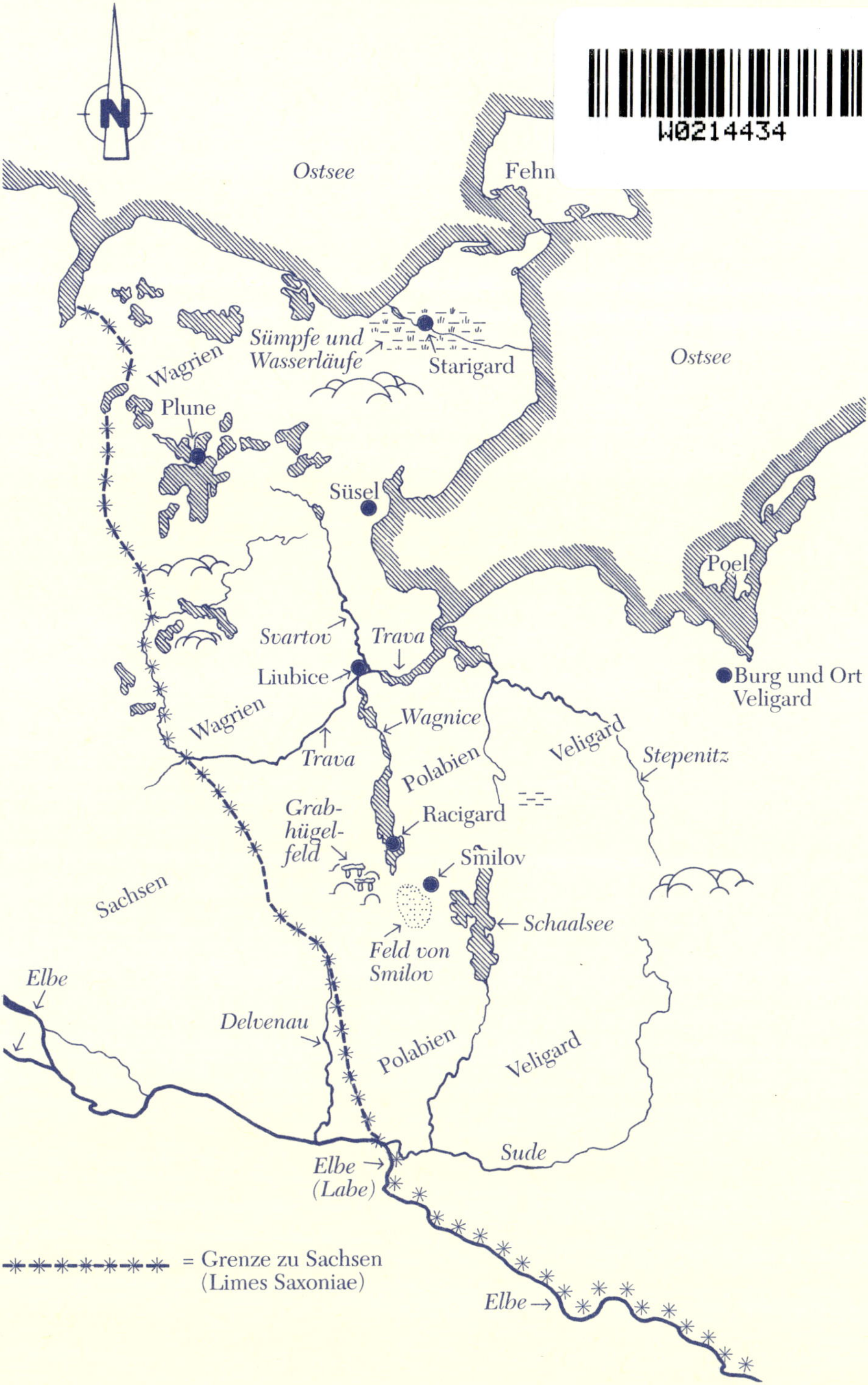
N
Ostsee
Fehn
Sümpfe und
Wasserläufe
Starigard
Ostsee
Wagrien
Plune
Süsel
Poel
Svartov
Trava
Liubice
Burg und Ort
Veligard
Wagrien
Wagnice
Trava
Polabien
Veligard
Stepenitz
Grab-
hügel-
feld
Racigard
Smilov
Sachsen
Schaalsee
Feld von
Smilov
Elbe
Delvenau
Polabien
Veligard
Sude
Elbe
(Labe)
Elbe
= Grenze zu Sachsen
(Limes Saxoniae)

Renata Petry
Die letzte Priesterin

Renata Petry

Die letzte Priesterin

Roman

Ehrenwirth

Die Deutsche Bibliothek – CIP-Einheitsaufnahme

Petry, Renata:
Die letzte Priesterin : Roman / Renata Petry. – München :
Ehrenwirth, 1966
ISBN 3-431-03433-0

Schwanthalerstr. 91, D-80336 München
ISBN 3-431-03433-0
Umschlag: Atelier Kontraste, München
Satz: Utesch Satztechnik GmbH, Hamburg
Druck: Landesverlag, Linz
Printed in Austria 1996

Orts- und Stammesnamen

Bodricen	Obotriten, Wenden; Sammelbegriff für die Stämme der Veligarder, Polaben und Wagrier
Hammaburg	sächsische Burg auf dem Gebiet des heutigen Hamburg
Hedeby	Haithabu
Labe	Elbe
Liubice	Alt-Lübeck
Luniburg	Lüneburg
Nakoniden	Anhänger des christlichen obotritischen Herrscherhauses, dessen Stammvater Nakon war
Plune	Burg im Plöner See
Polaben	»die bei der Elbe« , slawischer Stamm zwischen Elbe, Trave und Delvenau
Racigard	Ratzeburg
Ranen	Bewohner Rügens
Sarece	Sereetz
Slia	Schlei
Sliaswich	Schleswig
Smilov	Schmilau
Starigard	Oldenburg
Svartov	Schwartau
Trava	Trave
Veligard	Mecklenburg
Veligarder	slawischer Stamm östlich der Polaben
Wagnice	Wakenitz
Wagrier	slawischer Stamm zwischen Trave und Ostsee

Personen

Polaben

Lusa	junge Priesterin im Heiligtum von Racigard
Darya	Lusas Schwester
Ludgar der Alte	Vater von Lusa und Darya
Dobrina	Daryas Freundin
Slavka	Daryas Freundin
Radomir	Fürst der Polaben
Vojdo	Hohepriester des Svetovit
Amira	Vojdos Frau
Telka	Hohepriesterin der Göttin
Bodgar	Hauptmann von Radomirs Wache
Targomir	alter Krieger
Racibor	Vorfahr Radomirs
Oda	Daryas und Ragnars Tochter
Valna	Hohepriesterin und älteste Priesterin des Heiligtums
Polkar	junger Krieger
Vitu	Fischer
Sladko	Knabe aus Smilov

Veligarder

Svetlav	Krieger und Späher
Svebor	Svetlavs Vater
Rajda	Svetlavs Mutter
Niklot	Fürst der Veligarder
Nikislav	Niklots Vater
Radlav	Krieger

Wagrier

Kruto	Fürst der Wagrier und Großfürst aller Bodricen
Slavina	Krutos Frau
Blusso	Krutos Vater
Ivo	alter Krieger
Milo	Späher
Utar	Fischer in Liubice
Utar	ältester Sohn des Fischers Utar
Bogomir	Schmied in Liubice
Lubor	Krieger
Lerko	Krieger

Nakoniden

Ragnar Olegson	Krieger und Späher
Oleg	Ragnars Vater
Ingva	Ragnars Mutter
Heinrich	Fürst
Gottschalk	Heinrichs Vater
Sigrit	Heinrichs Mutter
Bodivoj	Heinrichs Halbbruder
Vater Dankward	sächsischer Mönch
Haakon	Krieger und Späher
Sigurd	Krieger und Späher
Ottar	Vertrauter Heinrichs
Eirik	Vertrauter Heinrichs
Niels	König der Dänen, Bruder von Heinrichs Mutter

Morana

Ein kalter, heller Mond stand sichelförmig am Himmel, und sein metallisches Licht schmerzte fast. Das Land lag still da, wie erstarrt. Diese Nacht gehörte der Göttin Morana, der Herrin des Schweigens. Sie brachte allem Leben Stillstand und Ruhe, dem Licht die Nacht, der Natur den Winter und den Menschen den Tod.

Als sie über das Land schritt, legte sich der leise Wind, die Feuer verlöschten, und die Gestirne des Himmels verharrten auf ihrer Bahn. Die Göttin zog Kälte wie eine Schleppe nach sich; dort, wo sie gegangen war, bedeckte Reif die Erde und dünnes Eis die Seen und Wasserläufe. Die Tiere verkrochen sich in die hintersten Winkel ihrer Schlafplätze, keines regte sich, keines gab einen Laut von sich. Die Menschen indes hatten Türen und Fenster ihrer Behausungen dicht verschlossen und lagen in tiefem, fast an Bewußtlosigkeit grenzenden Schlaf. Niemand hätte es gewagt, den Weg der Göttin zu kreuzen, und kein noch so kühner Kämpfer war bereit, für Neugier oder Unvorsichtigkeit mit dem Leben zu bezahlen.

So schritt Morana ungestört über das Land. Sie breitete ihre Arme weit aus und segnete die Erde, die Feuer, die Winde, die Wasser und die Ruhe der lebenden Wesen. Dies war ihr Land, die Menschen hier glaubten an sie, riefen sie an und brachten ihr Gaben. Und Morana hatte auch ihrerseits eine Gabe für die Lebenden, ein Geschenk von großer Kraft und Bedeutung: der Stillstand, den sie brachte, war die Quelle, aus der das Leben sich erneuerte, um aus der Zeit des Schweigens jedesmal mit neuer Kraft und in neuen Formen hervorzutreten.

Ohne die Gabe der Göttin wäre jegliches Leben längst von der Erde verschwunden, denn welche Winde können ewig wehen, welche Bäume tragen immer Früchte, und welcher Tänzer kann sich für alle Zeiten im Tanze drehen, ohne je Atem zu schöpfen? Moranas Segen schützte das Leben davor, sich zu verausgaben und seine Kraft zu verlieren. Ohne die von der Göttin verhängten Zeiten der Ruhe hätten sich die Abschnitte des Werdens und Vergehens nicht zum Kreis des Lebens gefunden, die beiden Enden der Weltenschlange sich nicht getroffen, sondern sich in einer unendlichen Spirale, gleich einem riesigen Strudel, tiefer und tie-

fer in den Abgrund der Zeit hinuntergeschraubt – so, wie der Geist des Menschen abstürzt, wenn man ihm den Schlaf entzieht.
Moranas Gabe war für das Gleichgewicht des Lebens unentbehrlich, im Kleinen wie im Großen. Die Menschen waren sich dessen bewußt, verehrten sie und unterwarfen sich wie alles Lebende den Phasen des Stillstands. Diese eine Nacht zu Beginn des Winters war der Göttin geweiht, so wie die Dämmerung, in der die Ruhe des Tages beginnt und die Todesstunde des Menschen. Wie in allen Momenten des Übergangs, wenn die Grenzen zwischen Zeiten und Welten durchlässig werden, waren die Götter den Irdischen besonders nahe und achteten darauf, daß im großen Kreislauf des Lebens nichts aus dem Gleichgewicht geriet und den Ablauf der ewigen Selbsterneuerung hemmte.
Aber in dieser Nacht, als Morana über die Erde schritt und das ruhende Leben segnete, spürte sie deutlich, daß etwas das Schweigen störte, daß die Wellen der Kraft, die von ihr ausgingen, an einer bestimmten Stelle auf einen Widerstand stießen. Langsam wandte sich die Göttin in die Richtung, aus der die Störung kam, und mit jedem Schritt verdichtete sich das Gefühl zur Gewißheit, daß dort etwas war, das sich ihrer Macht widersetzte, das sich dem Kreis des Lebens nicht unterwerfen wollte. Und dann sah sie es.
Verborgen in einer tieferen Mulde unter den starren Zweigen hoher Laubbäume stand ein Haus oder eher eine Art Halle. Es war ein regelmäßiger Bau von rechteckigem Grundriß, der wohl viermal so lang wie breit war und dessen Längsachse genau von Osten nach Westen verlief, wo sich der Eingang befand. Dies war ungewöhnlich, denn der Westen war die Wetterseite, und die Menschen hier pflegten die Türen ihrer Behausungen sonst lieber an geschützteren Stellen anzubringen. Die Halle hatte auf jeder ihrer langen Seiten die gleiche Anzahl Fensteröffnungen, die mit schweren Holzläden versperrt waren. Dennoch drang aus dem geschlossenen Haus der getragene Gesang vieler Menschenstimmen, und im Umkreis dieses Ortes war das Schweigen der Nacht gebrochen.
Morana blieb am Rand der Mulde stehen und lehnte sich gegen eine mächtige Buche, deren Stamm sich bei der Berührung der Göttin sogleich mit Reif überzog. Sie verspürte eine große Trauer. Die Zeit war also gekommen. Seitdem sie über die Erde wandelte, hatte sie davon gewußt – vom Ende aller alten Götter und dem Siegeszug einer neuen Religion, die alles Bisherige ablösen würde. Aus den Steinen der zerstör-

ten Tempel würden dem neuen Gott Häuser gebaut werden, und die seit Menschengedenken heiligen Stätten würden von den Anhängern des neuen Glaubens entweiht und geschändet werden. Man würde Altäre und Opfersteine umstoßen, heilige Hügel einebnen und heilige Haine abholzen. Die heiligen Seen würden verunreinigt und die Priester der alten Religion gedemütigt, verfolgt und ausgerottet werden. Die alten Feste und Bräuche würden für die Zwecke des neuen Glaubens umgestaltet werden, ebenso die Namen der Götter – falls sie nicht gänzlich aus dem Gedächtnis der Menschen verschwanden ...

Morana wußte, es würde einst ein Tag kommen, an dem niemand mehr sie anrief, niemand ihr Gaben brachte, niemand ihren Namen kannte oder sich ihrer erinnerte. Und das war der Tag, an dem für sie die große Ruhe beginnen würde, bis sie aus dem Kreis des Lebens irgendwann in fernen Zeiten in neuer Form hervorgehen würde – dann, wenn der neue Glauben wiederum längst dem Vergessen anheimgefallen war.

Der Gesang aus dem Gotteshaus schmerzte sie plötzlich, und sie wollte das Schweigen dieser Nacht wiederherstellen – jedenfalls dieses eine Mal, solange es noch in ihrer Macht stand. Sie trat bis an den Rand der Talmulde, hob die Arme hoch über den Kopf in einer Geste der Abwehr und schickte den Schall wieder in den Raum zurück, aus dem er gedrungen war. Ihr Hauch überzog die Außenwände des neuen Tempels mit Eis. Kein Geräusch drang jetzt mehr in die Nacht hinaus, und es war, als seien die singenden Menschen dort drinnen von der Dunkelheit verschluckt worden. Morana zog sich wieder an den Rand des Waldes zurück und betrachtete schweigend die Stätte, die nun in völliger Stille dalag. Die Augen der Göttin waren weit geöffnet und starr, denn kein Lid senkte sich je darüber, und sie sah Vergangenheit, Gegenwart und Zukunft zugleich. In diesem Augenblick sah sie längst gefallene Helden wieder zum Kampf reiten, und sie sah das Leid wie eine dunkle Wolke über dem Land aufziehen und für lange Zeit den Himmel darüber verfinstern. Ja, die Zeit war gekommen ...

Langsam wandte sich die Göttin ab und setzte ihren Weg fort, hügelauf, hügelab. Bald war sie nur noch ein Schemen in der Dunkelheit, nicht greifbarer als der allmählich wieder aufkommende nächtliche Wind. So schritt sie durch die stille Nacht zum Heiligtum im See, wo die Menschen ihr eine Stätte errichtet hatten und die Priesterinnen auf sie warteten. Morana war bereit – auch für den großen Stillstand.

Darya

Darya saß in dem neuen Gotteshaus auf einer der schmalen, harten Holzbänke und lauschte dem Gesang der anderen. Sie war heute das erste Mal dabei. Ihre beiden Freundinnen hatten seit Tagen auf sie eingeredet, an diesem Abend mitzukommen, und ihr in den leuchtendsten Farben die Herrlichkeit, die Macht und die Güte des neuen Gottes geschildert, so daß sie aus Neugier schließlich nachgegeben hatte. »Aber nur dies eine Mal!« waren ihre Worte gewesen, und Dobrina und Slawka hatten sanft gelächelt und gesagt: »Du wirst schon sehen – unser Herr Jesus Christus wird auch deine Seele nicht unberührt lassen, so daß du voll Freude immer wieder kommen wirst, zu jedem unserer Gottesdienste!« Darya hatte den Kopf mit dem schweren dunkelblonden Zopf in den Nacken geworfen und laut gelacht.

Christentum – das war nichts für sie, und der alte Glaube genausowenig. Sie haßte die langen, niemals endenden Rituale, und die stillen Priester und Priesterinnen im Heiligtum, die mit ernsten Mienen die vorgeschriebenen Handlungen vornahmen, erschienen ihr weltfremd und lächerlich. Nie würde sie begreifen, was Lusa, ihre ältere Schwester, dazu bewogen hatte, schon als Mädchen ihr Leben dem Dienst der Göttin zu widmen und eine derer zu werden, die im langen Gewand mit gemessenen Schritten und ausdruckslosen Gesichtern Feuer und Wasser im Heiligtum hin- und hertrugen. Und nun saß Darya hier, zwischen all den Anhängern des neuen Glaubens, die offenbar das, was sie taten, gleichfalls überaus ernst nahmen, und bei all ihrer Neugier, diesen fremden, herrlichen Gott zu sehen, hatte sie ganz vergessen, daß dies die Nacht der Morana war und sie besser daran getan hätte, hinter verschlossener Tür und verriegelten Fenstern auf ihrem Lager zu schlafen. Denn selbst wenn man von den Göttern nicht allzuviel hielt, konnte man ja nie genau wissen, ob an den alten Geschichten und Lehren nicht doch etwas dran war, so daß Vorsicht der beste Schutz vor unliebsamen Überraschungen war …

Solange Darya zurückdenken konnte, hatte sie diese eine Nacht stets unter einem Dach und in der Nähe eines wärmenden Feuers verbracht, während Mutter und Großmutter mit leisen Stimmen schreckliche Geschichten erzählten, von Narren und Neugierigen, die in diesen Stunden den Weg der Göttin gekreuzt hatten und zu Stein oder Eis erstarrt oder tot umgefallen waren. Eigentlich hatte sie jenen Geschichten nie so recht Glauben geschenkt, aber als sie jetzt an den langen, dunklen Heimweg nach Racigard dachte, lief ihr plötzlich ein kalter Schauer über den Rükken, und sie zog ihren Umhang enger um sich. Unauffällig schaute sie ihre Freundinnen von der Seite an; die sangen aus ganzem Herzen und mit glänzenden Augen die schwerfällige Melodie mit und schienen sich über den Heimweg nicht die geringsten Gedanken zu machen – diese beiden, die sonst immer so zaghaft waren und um jeden bellenden Hund einen großen Bogen machten!

Darya hielt es nicht mehr aus. Sie beugte sich zu der neben ihr sitzenden Dobrina hinüber und flüsterte ihr ins Ohr: »Fürchtest du dich nicht vor dem Heimweg? Es ist doch die Nacht des Schweigens!«

Dobrina warf ihr einen fast verächtlichen Blick zu. »Unser Gott wird uns begleiten und vor allen heidnischen Teufeln schützen! Wenn du nur glauben könntest, dann brauchtest du auch keine Angst mehr zu haben!«

Beim viergesichtigen Svetovit, dachte Darya, das mag ja heiter werden: ich in dieser Nacht mit den Christen unterwegs, deren Gott für mich sicher keinen Finger krumm machen wird, wenn Morana auftaucht ... Wenn der sich endlos hinziehende Gottesdienst nur endlich vorbei wäre! Die Gesänge schienen sich immer nur zu wiederholen, und die Worte waren in einer fremden Sprache und unverständlich. Bei den Gottesfeiern im Heiligtum auf der Insel wußte man jedenfalls, welche Bedeutung die zeremoniellen Handlungen der Priester hatten, und man verstand jedes Wort, das sie sprachen. Aber hier ... irgendwie haftete dem Gesang etwas Weinerliches an, die Tonfolgen waren fremdartig, und die Stimmen klangen dünn und dissonant. Darya gähnte verstohlen und ließ ihre Blicke durch das Gotteshaus schweifen.

Es gab wenig genug, das geeignet gewesen wäre, ihr Interesse zu erregen. Das Innere des Hauses war schmucklos, geradezu ärmlich. Die Baumstämme, aus denen die Außenwände gefertigt waren, waren grob behauen und bar jeglicher Verzierung, lediglich im Altarraum hatte man sie teilweise mit Brettern verschalt. Die Fackeln und Talglichter, die den Raum einigermaßen erhellten, flackerten im Luftzug, der eiskalt durch jede Ritze drang. Darya kam es eigenartig, ja, unpassend vor, daß ein Gott in dieser schäbigen Umgebung verehrt wurde. Wie konnte man einer Macht, die, wie es hieß, die ganze unermeßliche Welt erschaffen hatte, diesen Verschlag als Gotteshaus anbieten? Es war überhaupt seltsam, daß die Christen ihren Herrn nicht dort verehrten, wo er sicherlich – wie alle anderen Götter auch – zu Hause war: im Glanz der Sonne oder unter dem Sternenhimmel, in den stillen Wäldern, in einem der grundlosen, klaren Seen oder bei den uralten Steinen. Darya gefiel es nicht, daß die hölzernen Wände der Kirche den Gott gleichsam ausschlossen und den Blick auf die von ihm erschaffene Welt verwehrten. Hier drinnen war alles von Menschenhand gemacht – wie sollte sich ein Gott in einer so unzulänglichen Umgebung wohl fühlen? Warum sollte er seine eigene herrliche Wohnung verlassen und in der Enge und Muffigkeit dieses Holzhauses klagenden Gesängen und einem Schwall lateinischer Worte lauschen? Andererseits war es ja ein fremder Gott, der von weither kam, und vielleicht behagte es ihm so – zumal sich die Christen immer eine Geschichte erzählten, in der ein Stall als Herberge diente, so daß dieser Gott vielleicht tatsächlich eine Vorliebe für armselige Stätten hatte ... Sie würde nachher Dobrina und Slavka danach fragen; die schienen mit dem neuen Gott ja schon bestens vertraut!

Darya rutschte auf der harten Holzbank hin und her, um eine bequemere Position zu finden, und bemerkte, daß einige der umsitzenden Frauen ihr strenge Blicke zuwarfen. Das ist auch so etwas, dachte sie, die Frauen auf der einen, die Männer auf der anderen Seite der Kirche, streng getrennt durch einen Mittelgang, als ob sie nicht zusammengehörten, um Leben zu zeugen und zu gebären, so, wie es der Kreis des Lebens verlangt. Nachdenklich wanderten ihre Augen über die Köpfe. Was hatte nur all diese Menschen in das Haus des neuen Gottes getrieben? Vielleicht zwei Dutzend waren hier versammelt, und die meisten der vor ihr sitzenden Frauen kannte sie – vertraute Gesichter aus Racigard und den umliegenden Weilern und Gehöften, und bei den Männern drüben verhielt es sich ebenso.

Plötzlich blieb Daryas Blick an einem Kopf auf der Männerseite schräg vor ihr hängen, den sie mit Sicherheit noch nie in ihrem Leben gesehen hatte. Auch von hinten war er ein höchst erfreulicher Kopf mit dichten, blonden Locken. Dazu gehörte noch ein Paar stattlicher Schultern, bedeckt von einem Umhang oder Mantel fremdartiger Machart, einem Pelz, den der Fremde mit der Fellseite nach innen trug: die Außenseite war glänzendes, offenbar gut gepflegtes Leder. Darya konnte ihre Augen kaum von dem Mann abwenden und hoffte, vielleicht einen Blick auf sein Gesicht zu erhaschen. Etwas an ihm machte sie sicher, daß er nicht zu ihnen, den Polaben, gehörte. Er sah eigentlich überhaupt nicht wie ein Bodrice aus, eher wie ein Sachse, und schien auch recht hochgewachsen zu sein. Darya überlegte, wer der Fremde wohl sein mochte: vielleicht ein Händler oder Kaufmann oder gar ein Gesandter oder Bote aus einem anderen Land? Morgen würde sie sich auf den Inseln nach ihm erkundigen, und sie würde schon herausbringen, was es mit ihm auf sich hatte!

Ihr Blick hing immer noch traumverloren an dem blonden Kopf, als sie auf einmal eine Veränderung in der Kirche bemerkte. Obwohl die Menschen immer noch aus voller Brust sangen, klangen ihre Stimmen plötzlich seltsam matt und gedämpft, wie unter einer schweren Decke. Auch brannten die Lichter jetzt völlig ruhig und flackerten nicht mehr; dennoch schienen die Flammen zu schrumpfen und gaben nur noch einen trüben Schein. Und dann spürte Darya den eisigen Hauch der Göttin. Ohne daß auch nur die Andeutung eines Luftzuges durch den Raum gestrichen war, breitete sich auf einmal eine Kälte aus, die den Menschen fast den Atem nahm und bis ins Mark der Knochen drang. Darya fühlte sich plötzlich wie gelähmt, und auch ihre Gedanken schienen zu erstarren. Sie hörte, wie eine Frau hinter ihr »Morana!« flüsterte, und wie eine Welle lief eine Bewegung durch das Gotteshaus – die Menschen bekreuzigten sich. Der Fremde hingegen fuhr mit der Hand an die rechte Hüfte, wo offensichtlich sein Messer saß, und sah sich mit wachem Blick in der Kirche um, um auszumachen, was die plötzliche Veränderung bewirkt hatte. Als er den Kopf nach hinten wandte, blickte Darya direkt in seine grünen Augen, und es schien ihr, als halte die Welt den Atem an … Dann strich auf einmal ein Luftzug durch das Gotteshaus, vertrieb die Kältestarre und ließ die Lichter aufflackern und wieder heller brennen. Die Stimmen klangen von neuem hell und ein wenig schrill, der Fremde drehte sich fast abrupt um, und Darya, erst jetzt errötend, schlug die Augen nieder.

Der Rest des Gottesdienstes verging wie im Fluge. Der Mönch vor dem Altar – Vater Dankward, wie sie von ihren Freundinnen wußte – schlug das Zeichen des Kreuzes über der versammelten Gemeinde und forderte diejenigen, die noch keine Christen waren, nachdrücklich auf, ihre Seelen zu retten und sich dem neuen Glauben anzuschließen. Außerdem verkündete er, daß er diese Nacht, in der nach altem Aberglauben die heidnischen Geister besondere Macht hätten, wachend und im Gebet verbringen wolle, und wer sich dazu berufen fühle, möge sich ihm anschließen. Sofort drängten sich Dobrina und Slavka mit einer ganzen Schar anderer Frauen und Männer zum Altar und fielen dort auf die Knie, die Hände nach Christenart zum Gebet gefaltet.

So kam es, daß Darya auf einmal ganz allein in der kalten Nacht vor dem Gotteshaus stand. Diejenigen, die Vater Dankward bei der Nachtwache nicht Gesellschaft leisten wollten, hatten sich im Nu in alle Himmelsrichtungen zerstreut. Bald waren sie alle zwischen den hohen Bäumen des Waldes verschwunden, nur der Wind trug ab und zu noch den Klang ferner Stimmen heran. Darya sah sich suchend um, aber sie konnte niemanden mehr entdecken, dem sie sich für den Weg zurück nach Racigard hätte anschließen können. Offenbar wollten alle schnellstens nach Hause und fürchteten sich in der Nacht der Göttin ebenso wie sie. Darya seufzte. Was half es – wenn sie nicht die ganze Nacht dort im Gotteshaus auf den Knien verbringen wollte, mußte sie sich eben allein auf den Heimweg machen, und obwohl es ihr nicht leichtfiel, kehrte sie der kleinen Kirche den Rücken und schlug den Weg zum Wald ein, der in der Finsternis wie eine schwarze Wand vor ihr stand. Als sie den Rand erreichte, trat hinter dem Stamm einer alten Buche eine Gestalt hervor. Darya blieb wie angewurzelt stehen und hielt den Atem an. Noch war das Gotteshaus ja in Rufweite, und wenn sie schrie, würde man ihr hoffentlich zu Hilfe kommen.

Es war, als habe die Gestalt ihre Gedanken erraten. Der Mann trat vor in den hellen Mondschein und wandte ihr langsam sein Gesicht zu, ohne einen weiteren Schritt näher zu kommen, so, wie um ihr damit zu sagen: ich will dir nichts Böses – sieh mich nur in Ruhe an – du brauchst vor mir keine Angst zu haben! Das Leder des ärmellosen Mantels, den er mit der Fellseite nach innen trug, glänzte auch im Mondlicht …

Darya und der Fremde sahen einander einen Augenblick wortlos an, und dann begannen beide im selben Moment zu sprechen: »Wer bist du, woher kommst du?« – »Verzeihung, ich suche den Weg nach Racigard …« Beide hielten gleichzeitig wieder inne, schwiegen eine Weile verdutzt und mußten plötzlich über sich selber lachen – und damit war der Bann gebrochen. »Wer bist du, und woher kommst du?« fragte Darya erneut, und der Fremde antwortete ihr in ihrer eigenen Sprache, allerdings mit einem ungewohnten Akzent: »Ich bin Ragnar Olegson, ein Däne aus Sliaswich im Norden, und ich bin auf der Durchreise. Ich bin in Racigard bei Freunden untergekommen, und die haben mich heute abend auch mit zum Gottesdienst genommen. Aber nun wollen sie mit dem Mönch gemeinsam die Nacht durchwachen, und ich muß morgen in aller Frühe aufbrechen und brauche daher noch etwas Schlaf. Deswegen sollte ich mit einigen Leuten aus Racigard dorthin zurückkehren – aber irgendwie habe ich sie verfehlt, und nun kenne ich den Weg nicht. Kannst du mir helfen? Wie heißt du denn, und wo wohnst du?«

Darya sah den Fremden nachdenklich an. Sie hatte noch nie zuvor einen Dänen gesehen und wußte nur aus den Erzählungen vom großen Aufstand, daß die Dänen Christen waren und nicht gerade Freunde ihres Volkes. Aber von diesem Mann, dessen Augen sie so klar und offen anblickten, hatte sie gewiß nichts zu befürchten – merkwürdig nur, daß er die Gruppe, mit der er gehen sollte, verfehlt haben wollte; hatte er nicht absichtlich dort im Dunkel des Waldrandes auf sie gewartet? Nun, das war vielleicht mehr ihr Wunsch als eine Tatsache, aber wie auch immer, der Däne war eine willkommene Begleitung für den Heimweg, und sie brauchte sich in seiner Gesellschaft wohl kaum zu fürchten, nachdem er vorhin im Gotteshaus beim Nahen der Göttin sogleich kampfbereit zu seinem Messer gegriffen hatte! Darya sah dem Mann direkt in die Augen, und als sie sprach, klang ihre Stimme fest und sicher: »Ich bin Darya, die jüngste Tochter von Ludgar dem Alten aus Racigard. Auch ich bin auf dem Heimweg, und wir werden uns sicherlich gut ergänzen: ich zeige dir den Weg, und du gewährst mir deinen Schutz!« Der Däne nickte ihr lächelnd zu, und Darya, nun doch mit Herzklopfen wegen des unverhofften Abenteuers, schritt rasch voran in den Wald.

Inzwischen hatten sich ihre Augen längst an die Dunkelheit gewöhnt, und in den silbernen Bahnen des Mondlichts, das durch die hohen Bäume fiel, konnte sie den Pfad recht gut erkennen. Oben auf der Anhöhe würden sie ohnehin auf den alten Heerweg stoßen, der direkt nach Racigard führte; der Rest war dann ein Kinderspiel. Schnell und leichtfüßig stieg Darya den Hang hinauf, und der Däne hielt trotz seines schweren Mantels mühelos mit ihr Schritt. Die mit Rauhreif überzogenen Blätter knisterten leise unter ihren Schritten, aber das war der einzige Laut, der in dem nächtlichen Wald zu hören war. Sie sprachen erst wieder, als sie den Heerweg erreicht hatten und nebeneinander gehen konnten.

»Was hat es mit dieser Nacht auf sich?« fragte Ragnar. »Ich spüre hier draußen eine unnatürliche Stille und Beklemmung. Auch vorhin in der Kirche – diese plötzliche Kälte, das schwindende Licht, und die Leute heute abend – sie schienen es alle sehr eilig zu haben. Da irre ich mich doch nicht, oder?«

»Nein, du irrst dich nicht. Heute ist in der Tat eine besondere Nacht, nämlich die Nacht der Göttin des Stillstands und des Schweigens, die Nacht der Göttin …« Darya zögerte ein wenig, denn sie fürchtete sich, hier in der Dunkelheit des Waldes den Namen der Göttin auszusprechen. Aber Ragnars Augen blickten sie fragend an, und so beendete sie, kaum hörbar, den Satz: »… die Nacht der Göttin Morana.«

In der Nähe knackte plötzlich ein Zweig, und Darya griff instinktiv nach Ragnars Arm – um ihn allerdings gleich wieder loszulassen und sich verlegen abzuwenden. Der Däne lachte leise. »Diese Göttin muß eine große Macht haben, wenn sie alle Menschen hier und selbst ein so mutiges Mädchen wie dich ängstigt! Was gibt es denn da zu fürchten?«

Zögernd und leise gab Darya Antwort. »Meine Schwester könnte dir das alles viel besser erklären, denn sie ist Priesterin im Heiligtum auf der Insel«, schloß sie ihre Erklärungen, denn Ragnar schien ihr nicht angemessen beeindruckt zu sein.

»Du warst zwar heute beim Gottesdienst, aber du bist noch keine Christin, nicht wahr?« erwiderte er, und es war eher eine Feststellung als eine Frage. Darya, die sich über das Wörtchen »noch« ärgerte – als wüßte er über ihre Zukunft Bescheid! –, schüttelte schweigend den Kopf. »Ja, das dachte ich mir«, fuhr Ragnar fort, »denn wenn du eine Christin wärest, wenn du den rechten Glauben hättest, dann würdest du wissen, daß eure sogenannten Götter Hirngespinste ohne Macht sind, vor denen sich niemand zu fürchten braucht, der an den wahren Gott glaubt!« Darya stockte der Atem – Morana ein Hirngespinst? Der Däne hatte die Wirkung ihrer Macht doch am eigenen Leib gespürt! Und all die Christen in ihrem Gotteshaus hatten nicht weniger Angst gehabt als sie selbst! Sie wollte eine ärgerliche Antwort geben, als Ragnar erneut das Wort ergriff. »Ich verstehe dich ja, Mädchen«, sprach er mit sanfterer Stimme. »Auch wir hatten einmal Götter – große Götter! Göttinnen voller Schönheit und Klugheit und Götter, die die Naturgewalten bändigten und die Welt beherrschten! Aber es gibt eben einen, der mächtiger ist als alle zusammen – und diese Einsicht wird dir irgendwann auch noch zuteil werden, da bin ich mir sicher. Und dann wird er auch dich schützen, und die alten Götter werden ihre Macht über dich verlieren, du wirst schon sehen!«

Darya, die ihm nicht widersprechen wollte, schwieg, und eine Zeitlang hingen beide stumm ihren Gedanken nach.

Am Fuß des Hangs, über den der Weg jetzt führte, erkannte Darya die dunkle Oberfläche des Sees und wußte, daß sie Racigard nun bald erreichen würden. Eigentlich schade, dachte sie, denn auch wenn er ein Däne und ein Christ war, wäre sie gerne noch länger an seiner Seite durch die Nacht gewandert. Auch Ragnar hatte den See entdeckt. »Oh, hier sind wir!« rief er. »Beginnt dort vorn nicht schon der Damm, der nach Racigard hinüberführt?« Darya nickte stumm. Als sie die nächste Anhöhe erreichten, wichen die Bäume zurück und gaben den Blick über den See frei. Auf dem gegenüberliegenden Ufer der Insel sahen sie die spärlichen Lichter der Siedlung schimmern. Und noch etwas sahen die beiden: dort, wo sich am frühen Abend noch kleine Wellen gekräuselt hatten, lag jetzt eine starre, glatte, reglose Fläche – der See war zugefroren. Dem Dänen entfuhr ein Ausruf des Erstaunens. »Noch hat unsere Göttin Macht, wie du siehst!« sagte Darya lächelnd, und dieses Mal entgegnete Ragnar nichts darauf.

Während sie noch auf der Anhöhe standen und auf die Eisfläche unter ihnen blickten, griff der Däne an seinen Hals und löste ein schmales Lederband mit einer Art Amulett. Dann wandte er sich zu ihr, und als das Mondlicht auf seine Züge fiel, sah Darya, daß auch er lächelte. »Wir werden ja sehen, wer Recht behält, kleine Polabin! Aber bis diese Frage entschieden ist, möchte ich, daß du das hier trägst – zu deinem Schutz und zur Erinnerung an mich und an diesen Abend.« Darya konnte jetzt erkennen, daß der Anhänger, den sie für ein Amulett gehalten hatte, ein christliches Kreuz in einem Ring war. Das kostbare Silber schimmerte im Mondlicht. Darya wußte nicht, was sie sagen sollte, und blickte verlegen auf ihre Füße, aber als Ragnar sie fragte: »Nimmst du es an?«, nickte sie. Vorsichtig, ohne sie dabei zu berühren, streifte er ihr das Lederband über den Kopf. »Trag es unter deinem Gewand. Solange die Zeit noch nicht reif ist, muß es nicht jeder sehen«, sprach er. »Unsere Wege trennen sich hier. Ich finde jetzt mühelos allein nach Racigard, und es ist nicht gut, wenn man uns zusammen sieht. Geh du nur voran; ich werde dir in einigem Abstand folgen und ein Auge darauf haben, daß du die Siedlung wohlbehalten erreichst.«

Darya versuchte, ihre Enttäuschung zu verbergen. Mit belegter Stimme sagte sie Ragnar Dank und Lebewohl. Nicht einmal den Namen seiner Freunde in Racigard hatte sie von ihm erfahren – ach, sie würde ihn wohl nie wiedersehen ... Er schien ihre Enttäuschung zu spüren, denn als sie sich schon zum Gehen gewandt hatte, hielt er sie zurück. »Noch eins, das du wissen solltest, Darya«, sagte er und sprach ihren Namen dabei zum erstenmal aus, »ich werde zurückkommen – ganz gewiß!« Dann strich er mit dem Zeigefinger behutsam über ihre Wange, als wollte er all die Tränen wegwischen, die sie künftig um ihn weinen würde ... Eine kleine Wolke schob sich vor den Mond und nahm ihm für einen Moment die Helligkeit. Es gab nichts mehr zu sagen. Darya drehte sich endgültig um und ging langsam den Weg zur Siedlung entlang. Das Bewußtsein, daß Ragnar hinter ihr schritt und über ihre Sicherheit wachte, ließ sie trotz ihres Kummers über den Abschied glücklich lächeln. Auch Ragnar lächelte, während seine Blicke auf der jungen Frau vor ihm ruhten, aber es war kein angenehmes Lächeln.

Ragnar

Ragnar Olegson war in jenen kalten Herbsttagen nicht zu seinem eigenen Vergnügen im Grenzgebiet zwischen Bodricien und dem Sachsenland unterwegs. Er hatte einen wichtigen Auftrag zu erfüllen. Als er jedoch in dieser Nacht in angemessenem Abstand hinter Darya über den Damm und die lange hölzerne Brücke auf die Inseln im See zuschritt, dachte er ausnahmsweise einmal nicht an seine Mission, sondern an die heitere kleine Polabin mit dem dicken Zopf und den großen blauen Augen, deren helle Stimme ihm noch in den Ohren klang. Das Mädchen hatte ihm gut gefallen, schon in der Kirche, als er sie dabei ertappt hatte, wie sie ihn anstarrte. Er war froh über seinen Entschluß, sie abzufangen, um mit ihr gemeinsam nach Racigard zurückzugehen; ihre unbeschwerte Art hatte seine Sorgen für einen Moment zerstreut und ihn von den Schwierigkeiten abgelenkt, die ihn erwarteten – ihn und den Herrn, in dessen Auftrag er unterwegs war. Er mußte unwillkürlich lächeln. Schade, daß sie keine Christin war! Vielleicht hätte er Dankward bitten sollen, sich ein wenig um sie zu kümmern ... Schließlich war sie die Tochter eines alten Kriegers, und wer weiß, vielleicht konnte man sie vorsichtig aushorchen, ob sie durch ihren Vater etwas von den Plänen des Fürsten Radomir wußte. Nun, dazu war gewiß später noch Zeit – er hatte ohnehin schon genügend in Erfahrung gebracht, um seinem Herrn in Kürze melden zu können, daß die Zeit reif sei. Und dann würde man endlich Rache nehmen für die Niederlagen bei dem großen Aufstand, als Blussos Horden die Hammaburg angriffen und Hedeby zerstörten und Fürst Gottschalk am Ufer der Labe sein Leben verlor ... Ragnar dachte voller Bitterkeit daran, wie sein eigener Vater, Oleg der Wagrier, in jenem Winter vor der Wut der heidnischen Fürsten ins Dänenreich hatte flüchten müssen, zu Gottschalks Witwe Sigrit, der Tochter des Dänenkönigs Sven Estridsen, die der Fürst zusammen mit ihrem gemeinsamen Sohn Heinrich in die vermeintliche Sicherheit von Hedeby gesandt hatte, als der große Aufstand ausbrach. Dort hatten sie ausgeharrt, während Gottschalk voller Kampfesmut daheim im Bodricenland den aufständischen heidnischen Fürsten entgegengetreten und – womit keiner gerechnet hatte – schmählich unterlegen war. Nachdem die Bodricen Hedeby zerstört hatten, zerstreuten sich die wenigen Überlebenden der großen Stadt in alle Winde, aber Sigrit blieb in der Nähe und übersiedelte mit Heinrich ans jenseitige Ufer der Slia, damit er nicht allzu fern der Heimat seines Vaters aufwachse. In dem abgelegenen Fischerdorf Sliaswich hatten sie Unterschlupf gefunden, in einer jämmerlichen Behausung und nur von einer Handvoll Getreuer geschützt. Wie stets wurde Ragnar von Zorn ergriffen, wenn er daran dachte, unter welch unwürdigen Bedingungen Gemahlin und Sohn des großen Fürsten Gottschalk die erste Zeit verbracht hatten. Seine Mutter hatte ihm oft von jenen dunklen Tagen erzählt, die sie selbst als eine von Sigrits wenigen treuen Frauen miterlebt hatte, und schon als kleiner Junge hatte Ragnar geschworen, diese Schmach einst zu rächen.

Ragnars Vater Oleg war als einer der ersten zu Sigrit und Heinrich ins Exil gekommen. Vor dreiundzwanzig Wintern war es gewesen, gleich nach jener schrecklichen Schlacht an der Labe, wo die heidnischen Fürsten Gottschalk und dem größten Teil seines Heeres den Garaus gemacht hatten. Die Überlebenden hatten flüchten müssen, so groß war die Wut der Heiden gewesen, und manch einer hatte sich wie Oleg nach Norden gewandt. Sigrit Svenstochter hatte jeden bodricischen Krieger mit Freuden begrüßt, der bereit war, sie und Gottschalks Sohn zu beschützen und ihnen beizustehen, und Oleg hatte sogar zu jenem Dutzend Männern gehört, die mitgeholfen hatten, Sigrit und dem erst sechs Winter zählenden Knaben ein neues Haus zu bauen – auch wenn es bei weitem nicht so schön und prächtig geriet wie die alte Halle in Liubice, wo Gottschalk und Sigrit bis zum großen Aufstand gelebt hatten und deren Asche jetzt knietief den Boden innerhalb des Ringwalls bedeckte ... Sigrit ließ Heinrich christlich erziehen, und sie achtete auch darauf, daß die bodricischen Krieger ihn nicht nur in der Waffenkunst unterwiesen, sondern auch in der Sprache seines Vaters, denn es war ihr Ziel, ihn eines Tages auf dessen Hochsitz zu sehen, als Fürst der Wagrier und Herrscher über alle bodricischen Stämme. Sie hatte geschworen, jedem, der ihr und ihrem Sohn in der Verbannung mit Rat und Tat zur Seite stand, nach ihren Kräften zu belohnen, und sie hatte Wort gehalten.

Ein Lächeln glättete Ragnars finstere Miene, als er an all das Gute dachte, das ihm und den Seinen in der folgenden Zeit durch Sigrit widerfahren war. Wahrlich, sie war auch in der Verbannung eine edle Fürstin geblieben! Was seinen Vater anging, so hatte sie schon bald dafür gesorgt, daß Ingva in sein Leben trat, eine hübsche junge Dänin aus angesehener

Sippe, und als Oleg und Ingva sich einig waren, hatte Sigrit ihnen ein gutes Stück Land an der Slia zugewiesen und sie großzügig bei der Errichtung ihres Heimes unterstützt. Im darauffolgenden Winter wurde den beiden das erste Kind geboren, und aus Liebe zu seiner Frau hatte Oleg zugestimmt, dem Jungen den Namen »Ragnar« zu geben; aber er hatte auch darauf bestanden, daß Ragnar nicht nur das Dänisch der Mutter, sondern auch das Wagrische erlernte, denn eins stand für Oleg genauso fest wie für Gottschalks Witwe: eines Tages würden sie alle siegreich ins Bodricenland zurückkehren und dort für alle Zeiten herrlich und in Freuden leben. So erzählte er seinem staunenden Sohn wunderbare Geschichten von dem schönen Land im Süden, wo der Himmel blauer und die Wiesen grüner waren, die Seen klarer und die Bäume höher, die Sommer wärmer und die Winter milder ... Ragnar lernte, daß Heinrich, der ihm acht Winter voraushatte und für ihn wie ein älterer Bruder war, von Nakon abstammte, dem großen König der Bodricen, der mehr als hundert Jahre zuvor sich und sein Reich dem Christentum geöffnet hatte, dem einzig wahren Glauben, und er erfuhr, daß Heinrich durch seine Mutter Sigrit zugleich das Blut der alten Dänenkönige in sich hatte, die alle große Helden und wackere Krieger gewesen waren. In der kleinen bodricischen Siedlung am Rande der Slia wußte jeder, was das zu bedeuten hatte: Heinrich war durch seine Abstammung dazu ausersehen, ein großer König zu werden, und irgendwann würde der Tag kommen, an dem er das rot-weiße Banner der Abkömmlinge Nakons wieder im Bodricenland aufpflanzen würde. Die heidnischen Götter würden vertrieben werden und der Widerstand der störrischen Fürsten gebrochen; auf diesen Tag lebten sie alle hin. Seitdem er denken konnte, hatte Ragnar in Heinrich den großen König gesehen und sich unzählige Male geschworen, für ihn zu kämpfen und zu siegen.

Die Jahre vergingen. In der ersten Zeit suchten wenige sie in ihrer Abgeschiedenheit auf, aber dann sandte Sigrit irgendwann einen Kundschafter ins Bodricenreich, und von dem Zeitpunkt an waren ständig Späher unterwegs, so daß sie von nun an über alle Ereignisse im Süden auf dem laufenden gehalten wurden. Zu der Zeit hielt es Heinrichs älterer Halbbruder Bodivoj in der dänischen Verbannung nicht länger aus. Bodivoj war der Sohn Gottschalks aus einer Liebschaft mit einem wagrischen Mädchen, und obwohl es ein offenes Geheimnis war, daß Sigrit ihren Stiefsohn nicht besonders mochte, weil sie ihn als Gefahr für Heinrichs Anspruch auf den bodricischen Herrschersitz ansah, hatte sie ihm

stets Gerechtigkeit und Güte widerfahren lassen. Als ein junger Heißsporn von zwanzig Wintern eröffnete er ihr eines Tages, daß er die Zeit für reif halte und mit einer Schar Gesinnungsgenossen in Wagrien einzufallen und sich an Blusso zu rächen gedenke, der die heidnischen Fürsten im großen Aufstand angeführt und seinen Vater erschlagen hatte.
»Du meinst, die Zeit ist reif«, sagte Sigrit nachdenklich. »Ich bin mir nicht so sicher, Bodivoj, denn der große Aufstand liegt erst fünf Winter zurück, und Blussos Burg Starigard ist eine starke Festung! Und wie willst du dich mit Hilfe der wenigen Männer dort halten, wenn du nicht mit der Unterstützung jedenfalls eines Teils der Wagrier rechnen kannst?«
»Dir scheint nicht viel daran zu liegen, den Tod deines Gatten gerächt zu sehen, Sigrit!«
Sigrit fuhr zornig auf. »Hüte dich davor, mich in meinem Haus zu beleidigen!« rief sie. »Du bist schnell mit dem Wort, und mancher hat schon für die Taten büßen müssen, die seiner raschen Zunge folgten! Wir sind wenige, Bodivoj, und ich möchte keine Verschwendung unserer Kräfte, wenn der Sieg nicht zumindest im Bereich des Möglichen liegt, und dafür müssen wir einen günstigen Zeitpunkt abwarten!«
»Ja, abwarten!« entgegnete Bodivoj heftig. »Am besten abwarten, bis Heinrich alt genug ist und du die Freude hast, aus deinem Sohn einen König zu machen – aber ich lasse mich nicht so einfach ausstechen! Die Kundschafter haben berichtet, daß die Christen in Bodricien langsam wieder Zulauf erhalten und daß Blusso bei seinen Leuten nicht sonderlich beliebt ist. Also worauf soll ich deiner Meinung nach noch warten, wenn ich darüber nicht ein alter Mann werden will, dessen Schwerthand zittert?«
Sigrit versuchte ein letztes Mal, Bodivoj zur Vernunft zu bringen. »Du solltest wissen, daß ich dir meinen Rat nicht aus Eigennutz gebe«, sagte sie ernst, woraufhin der junge Mann verächtlich schnaubte. »Ich werde dir, einem erwachsenen Mann, meinen Rat aber auch nicht aufdrängen, denn wenn du gehen willst, kann ich dich nicht halten, selbst wenn du unsere gemeinsame Sache damit gefährdest. Ich will von dir nur wissen, wie du dich in Wagrien zu halten gedenkst – falls es euch tatsächlich gelingt, Blusso zu vertreiben.«
Bodivoj fiel die Antwort schwer, denn er wollte seiner Stiefmutter möglichst wenig Einblick in seine ehrgeizigen Pläne gewähren. Deshalb antwortete er ausweichend: »Mit der Hilfe – anderer.«

»Was heißt das – ›anderer‹?« fragte Sigrit scharf.
»Nun, ich habe mit unseren alten Freunden, den Sachsen, Verbindung aufgenommen …«, erwiderte Bodivoj zögernd.
Sigrit ließ sich ihre Empörung nicht anmerken, aber innerlich schäumte sie vor Zorn. Da hatte dieser Bursche hinter ihrem Rücken tatsächlich Späher ausgesandt und empfangen und heimliche Absprachen getroffen, und offenbar gab es unter ihnen auch den einen oder anderen, der Bodivoj unterstützte und bereit war, ihm zu folgen! Wenn die Sache so stand, mußte sie verhüten, daß ihre kleine Gruppe sich zerstritt und entzweite, und das hieß, sie mußte Bodivoj ziehen lassen und alle, die mit ihm gehen wollten – in ihren sicheren Untergang, wie Sigrit ahnte. Aber eins war gewiß: Heinrich war erst zwölf, und sosehr er auch darauf brannte, das Land seiner Väter zurückzuerobern, er war dafür noch zu jung, und er würde bei ihr in Sliaswich bleiben und mit dem Rest der Bodricen auf den richtigen Zeitpunkt warten …
Kurze Zeit später machte sich Bodivoj auf den Weg nach Wagrien, begleitet von ein paar Dutzend dänischen und bodricischen Kriegern. Mit ihnen zog auch Oleg, dem die Sehnsucht nach den grünen Hügeln Wagriens keine Ruhe mehr ließ, obwohl ihm das Herz schwer war, daß er jene, die er liebte, zurücklassen mußte. So blieb Ingva mit Ragnar und dessen jüngeren Schwestern allein zurück, und gemeinsam mit Sigrit, Heinrich und den anderen Frauen und Kindern sahen sie dem kleinen Trupp nach, bis er in der dunstigen Ferne verschwunden war.
Der Sommer war noch nicht zu Ende gegangen, als von Süden her ein Bote in schnellem Galopp nach Sliaswich geritten kam. Ragnar, damals ein Knabe von nur vier Wintern, hatte mit den anderen Kindern am Strand des Fjords nach Muscheln gesucht, als plötzlich seine Mutter herbeilief, ihn immer wieder an sich drückte und rief. »Sie haben gesiegt, Junge, sie haben gesiegt, verstehst du – dein Vater hat gesiegt!« Der kleine Ragnar hatte nicht ganz verstanden, was dies bedeutete, aber er hatte gelacht, weil seine Mutter lachte und seit längerer Zeit endlich wieder fröhlich war.
Bodivoj mit seinen Mannen war in der Tat siegreich gewesen. Eigenhändig hatte er den Mörder seines Vaters erschlagen und herrschte jetzt von der Burg Plune aus über ganz Wagrien. Den Zurückgebliebenen ließ er ausrichten, daß sie zu ihm kommen könnten, um unter seiner Herrschaft in Wagrien zu leben; sie seien dort alle willkommen, der Feind sei geschlagen, es gebe nichts mehr zu befürchten. Sigrit war überrascht, denn

mit einem Sieg Bodivojs hatte sie nicht gerechnet. Vielleicht hatte sie doch zu lange gezögert, und es war Bodivoj gewesen, der den richtigen Zeitpunkt erkannt hatte? Und dennoch – etwas in ihr warnte sie davor, diesem Sieg zu trauen. Blusso getötet, seine Leute vertrieben, nun gut – aber hatte nicht auch Blusso eine Witwe, einen Sohn? Sigrit wußte, welche Antwort sie dem Boten geben würde.

Noch am selben Abend rief sie alle Bodricen zu sich in ihre Halle, damit jeder ihre Entscheidung höre. Zu ihrer Rechten saß Heinrich, zwar kein Kind mehr, aber auch noch kein Mann. »Richte meinem Stiefsohn Bodivoj aus«, sagte sie zu dem Boten, »daß wir mit Freude von seinem Sieg gehört haben, und bringe ihm als Zeichen meiner Achtung und Anerkennung seiner Taten diesen silbernen Trinkbecher, der einst seinem Vater gehörte und der das Feuer von Hedeby überstanden hat. Und dann sage ihm, daß wir drei Winter vergehen lassen wollen, in denen er seine Macht festigen und ausdehnen kann, bevor wir nach Wagrien kommen.« Dann sah sie die Männer, Frauen und Kinder ringsum fest an und fügte hinzu: »Wer aber schon jetzt nach Wagrien aufbrechen möchte, der soll sich mit dir, Kundschafter, auf den Weg machen!«

Als sich der Bote wenige Tage später auf den Rückweg nach Plune machte, brach er allein auf; denn die Leute hatten die Weisheit von Sigrits Entscheidung erkannt und waren bereit, noch eine Weile zu warten, bevor sie ihr neugewonnenes Zuhause wieder aufgaben.

Die drei Jahre vergingen schnell, und die Boten, die jetzt regelmäßig zwischen Plune und Sliaswich verkehrten, brachten stets nur Nachrichten von neuen Erfolgen. Als die Zeit um war, forderte Bodivoj die Zurückgebliebenen abermals auf, nach Wagrien zu kommen, und diesmal erbat Sigrit noch zwei Jahre Aufschub. Ein Winter verging. Es war ein besonders harter Winter; die Slia fror zu, und die Männer mußten Löcher in das dicke Eis hacken, damit sie Fische fangen konnten. Es schien Ewigkeiten zu dauern, bis die Schwalben zurückkehrten, und Sigrit und die ihren hielten tagtäglich Ausschau nach Süden, aber der erste Bote aus Plune blieb aus. Als auch in den folgenden Wochen kein Kundschafter aus Wagrien kam, schickte Sigrit ihrerseits Leute aus, die erst zurückkehrten, als es auf die Sommersonnenwende zuging. Sie kamen mit schlechten Nachrichten. Kruto, Blussos Sohn, hatte sich erhoben. Aus seinem Versteck in den Wäldern des Grenzlandes war er hervorgekommen, blutgierig wie ein junger Wolf. Er hatte mit einer Schar verwegener Männer Plune erobert und danach jeden erschlagen, der noch nicht im Kampf gefallen war. Bodivoj war tot, Oleg war tot, genauso wie alle, die mit ihnen ausgezogen waren. Kruto hatte sich inzwischen in der alten Burg Starigard niedergelassen, dem Stammsitz seiner Sippe, und herrschte von dort aus uneingeschränkt über Wagrien. Sigrit zog sich zurück und bedachte die Neuigkeiten. Ingva und die anderen Frauen, die ihre Männer im Bodricenland verloren hatten, trauerten und klagten. Heinrich, mittlerweile ein hochaufgeschossener Sechzehnjähriger, schwor bittere Rache und gelobte, nicht eher zu ruhen, als bis die doppelte Schmach gerächt und er, Heinrich aus dem Geschlecht Nakons, König aller Bodricen war.

Für Ingva und ihre vier Kinder schien die Zeit stillzustehen. Oleg war tot. Niemals mehr würde er polternd das Haus betreten und mit dröhnender Stimme die kriegerischen Gesänge seiner Heimat anstimmen, wenn er mit den Männern Äl getrunken hatte. Nie wieder würde er seine starken Arme um sie schlingen, sie seine kleine Dänin nennen oder die Kinder auf seinen mächtigen Schenkeln reiten lassen, bis sie kreischten vor Vergnügen. In der ersten Zeit war es für Ingva unvorstellbar, daß Oleg nicht mehr zurückkehren würde. Als sie den Kindern die Nachricht vom Tode des Vaters verkündet hatte, war sie weinend zusammengesunken, und Ragnar, ihr Ältester, hatte mit seiner kleinen Hand über ihre Haare gestrichen und versucht, sie zu trösten. »Weine nicht, Mutter«, hatte er, ein magerer Achtjähriger, gesagt. »Ich werde jetzt für euch sorgen und euch beschützen, und das schwöre ich: eines Tages werde ich unseren Vater rächen!« Keine Träne hatte er vergossen, und seine drei jüngeren Schwestern, die sich längst nicht mehr an den Vater erinnern konnten, hatten ihn mit großen Augen angeschaut.

Ragnar hielt sein Versprechen. Von dieser Stunde an gab es für ihn die wilden Spiele mit seinen Freunden nicht mehr. Schon am nächsten Tag war er zu den Männern gegangen. Erst hatten sie ihn überhaupt nicht beachtet, als er ihnen wie ein Schatten folgte, egal, ob sie auf die Jagd gingen oder auf den Fjord hinausfuhren oder beisammen saßen und über die Lage im Land oder auch nur über Geschäfte sprachen. Er war dabei, wenn die jungen Burschen sich im Bogenschießen übten, und brachte ihnen eifrig die Pfeile zurück, die das Ziel verfehlt hatten. Er war dabei, wenn sie die Schiffe ausbesserten, wenn sie ein neues Haus errichteten und wenn die Alten am Feuer saßen und blutrünstige Geschichten von vergangenen Heldentaten erzählten. Es dauerte nicht lange, bis man sich an ihn gewöhnt hatte. »Wartet auf Ragnar!« sagten die Männer, wenn sie zum Fischfang ausfuhren, zu irgendwelchen Unternehmungen aufbrachen oder sich im Kampfspiel übten. Und Ragnar lernte von allen etwas; er lernte, Bogen zu spannen, Fische zu ködern, Hunde zu fahren, Pferde zu reiten und Schlingen für Vögel zu legen. Mit der Zeit wurde aus dem schmächtigen Knaben ein stattlicher Jüngling, und wie er es einst versprochen hatte, sorgte er nach Kräften für seine Mutter und die Schwestern, die ihn dafür achteten und liebten. Auch Heinrichs Auge ruhte mit Wohlgefallen auf Ragnar, und er kümmerte sich darum, daß der Junge trotz seiner täglichen Pflichten in der Kriegskunst unterwiesen wurde und die Sprache seines Vaters nicht verlernte, und Ragnar dankte es ihm mit hingebungsvoller Treue.

Als er vierzehn Winter alt war, befand Ragnar, daß es an der Zeit sei, seinem Fürsten zu nützen, und er beschloß, Heinrich von nun an als Späher zu dienen. Ingva jammerte und klagte, denn sie hätte Ragnar lieber auf dem Hof behalten, um ihm das Schicksal seines Vaters zu ersparen, aber er war unerbittlich, und zum erstenmal fielen harte Worte zwischen Mutter und Sohn. Schließlich schaltete sich Sigrit ein. »Ist es nicht das Schicksal von uns Müttern, unsere Söhne ziehen zu lassen?« fragte sie. »Du kannst doch deinen Sohn nicht daran hindern, ein Mann zu werden! Außerdem ist er das schon längst, wenn es nach Tapferkeit, Mut und Tatkraft geht! Steh ihm nicht im Wege – sonst geht er ohne deinen Segen, und das verdient er nicht!« – »Aber er ist doch noch so jung ...«, erwiderte Ingva. »Ich weiß ja, daß er ein tüchtiger und tapferer Jüngling ist, aber es mangelt ihm an List und Verschlagenheit. Als Späher im Feindesland würde ihn jeder Tölpel ausmachen – er kann sich doch nicht einmal vorstellen, welche Gefahren da auf ihn lauern!« – »Dem kann abgeholfen werden!« antwortete Sigrit und schlug vor, Ragnar zunächst mit einem erfahrenen Mann auf Erkundung zu schicken, damit er die Gelegenheit erhalte, sich die erforderlichen Kenntnisse anzueignen. Da gab Ingva schließlich nach, und als Ragnar nach der Tag- und Nachtgleiche das erstemal in seinem Leben Sliaswich für längere Zeit verließ, hatte er den Segen seiner Mutter dafür.

Heinrich gab ihn dem dicken Haakon mit. Als Ragnar sich darüber enttäuscht zeigte, weil der beleibte ältere Mann nicht gerade dem Bild entsprach, das er sich von einem wendigen und scharfäugigen Kundschafter gemacht hatte, nahm Heinrich ihn beiseite und sprach ernst zu ihm: »Du irrst dich, wenn du glaubst, ich hätte keine gute Wahl für dich getroffen, Ragnar! Haakon ist einer meiner besten Männer, und es gibt keinen, der von der Kunst des Ausspähens mehr versteht als er. Und das merke dir gleich als erstes: Beurteile einen Mann nie nach seinem Äußeren, denn der Gegner, den du unterschätzt hast, zieht das Schwert immer schneller als du!« Dann schlug er Ragnar auf die Schulter und ging lachend davon – und bereits am nächsten Tag wußte Ragnar, warum Heinrich so gelacht hatte.

Haakon machte sich mit Ragnar auf den Weg, noch bevor der Morgen graute. »Je weniger Augen sehen, daß du losziehst, desto besser!« sagte der kleine dicke Mann und schritt so rasch aus, daß Ragnar, der unter den Jungen einer der schnellsten im Laufen war, Mühe hatte, nicht zurückzubleiben. Trotz seines raschen Ganges schien Haakon alles ringsum wahrzunehmen, nicht die geringste Kleinigkeit entging seinem scharfen Blick. »Siehst du dort die dünnen Zweige, die eine Handbreit über deinem Kopf abgeknickt sind? Die Hufspuren auf dieser Seite des Weges verraten uns, daß hier ein Mann in großer Eile entlanggeritten ist, denn er hat sich weder die Mühe gemacht, dem Gezweig auszuweichen, noch hat er sein Pferd an dieser morastigen Wegstelle langsamer gehen lassen. Offensichtlich hatte er etwas von Bedeutung zu erledigen, und die Zeit drängte.« Ragnar staunte. Nie hätte der düstere, feuchte Waldweg ihm derartige Dinge offenbart!

Nachdem sie eine Weile schweigend weitergezogen waren, sprang Haakon plötzlich mit einem Satz ins Gebüsch am Wegesrand, wobei er den verdutzten Ragnar mit sich zog und ihm bedeutete, sich zu verbergen und still zu sein. »Mehrere Reiter kommen«, flüsterte er. »Es ist sicherer, wenn wir erst einmal sehen, wer sie sind, anstatt ihnen offen und ungeschützt auf dem Weg zu begegnen.« – »Ich höre aber gar nichts«, konnte Ragnar gerade noch sagen; dann vernahm auch er den Hufschlag mehrerer Pferde und den Klang verschiedener Stimmen, und ein halbes Dutzend schön gekleideter und gut bewaffneter Reiter erschien in der Wegbiegung. Laut und sorglos unterhielten sie sich miteinander, so daß selbst Ragnar dem Gespräch entnehmen konnte, daß sie zu Heinrichs Onkel gehörten, dem Dänenkönig Niels. Erst als die Reiter in der Ferne verschwunden waren, erlaubte Haakon, daß sie ihr Versteck verließen. »Ich hoffe, Junge, du hast daraus gleich mehreres gelernt: zum einen, daß man seine Ohren stets offenhalten soll, zum anderen, daß man immer bereit sein muß, sich in nächster Nähe zu verstecken – ohne langes Zögern und Suchen. Und zum dritten, daß du nie vertrauliche Gespräche mit lauter Stimme führen darfst, egal, ob in freier Natur oder in einer Siedlung oder Behausung – ganz gleich, wie sicher du dich fühlen magst!«

So begann Ragnars Lehrzeit. Drei lange Jahre wanderten und ritten sie gemeinsam durch das Dänenreich, durch das Land der Sachsen und mitunter auch durch Wagrien und Polabien. Manchmal hatten sie Nachrichten zu überbringen, manchmal sollten sie nur beobachten, was in den anderen Ländern vor sich ging und Heinrich Bericht erstatten. Ragnar lernte, sich ungesehen und ungehört zu bewegen, er lernte, in der Tarnung eines Händlers oder harmlosen Boten zu reisen, und er lernte, all seine Sinne zu schärfen und stets zu gebrauchen und keines der kleinen Zeichen zu übersehen, die für den Unwissenden so bedeutungslos, für den Eingeweihten aber so vielsagend sind.
Am Ende weihte Haakon ihn in ein letztes Geheimnis ein. Ragnar sollte mit ihm den Zweikampf üben. »Entwaffne mich, Sohn!« rief er Ragnar zu. Sie waren inzwischen zu den Anreden »Vater« und »Sohn« übergegangen, zum einen, weil dies ihren Gefühlen füreinander entsprach, und zum anderen, weil es eine ihrer häufigsten Tarnungen war. Haakon war nur mit einem leichten Kurzschwert bewaffnet. Breitbeinig, mit erhobenen Armen stand er vor Ragnar und grinste ihn an, während er sich die Waffe abnehmen ließ. Ragnar wollte gerade das Schwert aus den Händen legen, als er die Spitze eines Dolches auf sich zielen sah, den Haakon blitzschnell aus dem rechten Ärmel gezogen hatte. Dem Jüngling stockte der Atem. »Du solltest mich doch entwaffnen«, sagte Haakon in gespielt vorwurfsvollem Ton und warf ihm den Dolch zu. Ragnar fing ihn lachend auf: »Das mußt du mir zeigen!« – »Sicher doch«, sprach Haakon und beugte sich kurz nieder, wie um seinen Schuh zu richten. Als er sich ächzend wieder aufrichtete, hatte er abermals eine tödliche Klinge in der Hand, und unwillkürlich trat Ragnar einen Schritt zurück. Haakon sah ihn mit schiefgelegtem Kopf an. »Noch nicht einmal einen Mann entwaffnen kann er, nach all der Mühe, die ich mir mit ihm gemacht habe ...«, seufzte er. Plötzlich straffte sich seine Gestalt. »Du denkst, jetzt endlich bin ich unbewaffnet und wehrlos, nicht wahr?« rief er. »Und du sagst mir, ich soll meine Hände über den Kopf heben – was ich auch ganz folgsam tue. Siehst du? Hilflos hast du mich jetzt, dir ausgeliefert! Tritt ruhig etwas näher ... Ich kratze mich nur ein wenig am Nacken – und wenn du bis jetzt noch am Leben bist, dann ... dann ist dein Tod das dritte Messer!« Ragnar sah nur ein kurzes Aufblitzen in Haakons Hand, dann flog das dritte Messer schon scharf an seinem Kopf vorbei und blieb mit schwingendem Griff im Stamm einer wohl fünfzig Schritt entfernten jungen Buche stecken. Ragnar stand wie angewurzelt, den Mund vor

Staunen offen, während Haakon schallend lachte. »Und nun üben wir!« rief er gutgelaunt. »Komm, Sohn, bring mir meine drei Messer wieder und paß gut auf!«

Ragnar lächelte, als er an jene Szene dachte, die heute mehr als drei Jahre zurücklag. Bald darauf hatte Haakon ihn für erfahren genug gehalten, um ihn allein auf Erkundung gehen zu lassen, und von da an hatten sich ihre Wege getrennt. Sie waren sich nur wenige Male in Sliaswich wiederbegegnet, wenn sie zufällig beide gleichzeitig dort weilten. Sie hatten sich aber angewöhnt, füreinander geheime Zeichen zurückzulassen, wenn sie wußten, daß sie in derselben Gegend unterwegs waren, was aber nicht oft der Fall war: Heinrich setzte Ragnar vor allem in Bodricien ein. Da der junge Mann die Sprache seines Vaters gut sprechen konnte, war er dort von größerem Nutzen als andere Späher, die nur das Dänische beherrschten. Meist zog Ragnar, als sächsischer Händler getarnt, von Starigard über Liubice und Racigard auf der Salzstraße nach Luniburg, denn dieser Weg führte sowohl durch das Land der Wagrier als auch durch Polabien, wo der alte Fürst Radomir herrschte. Ragnar hatte stets Augen und Ohren offengehalten und Heinrich getreulich berichtet, was in jenen Gegenden vor sich ging, aber Kruto, Fürst der Wagrier und Großfürst aller Bodricen, saß in all den Jahren fest im Sattel auf Starigard, und es gab nicht das geringste Anzeichen dafür, daß seine Macht wankte. In dieser Zeit des Friedens blühte das Land vielmehr auf, und die Narben, die der große Aufstand und die vorangegangenen jahrzehntelangen Kämpfe gegen Heinrichs christliche Vorfahren hinterlassen hatten, verheilten allmählich. In den Heiligtümern wurden die alten Götter verehrt, als sei die christliche Lehre nie nach Bodricien gelangt, und davon konnten auch die wenigen Wandermönche ein Lied singen, die in jenen Gegenden die frohe Botschaft des Christentums verkünden wollten und meist keine Zuhörer fanden. Kleine Kinder warfen mit Steinen nach ihnen, die alten Weiber empfingen sie mit bösen Flüchen, und mancher Bauer ließ seine Hunde los.

Solange die Dinge so standen, war mit der Rückeroberung des Landes oder gar der Wiedereinführung des Christentums nicht zu rechnen. Manchmal schien selbst Heinrich, der mit nunmehr dreißig Jahren den Höhepunkt seiner Manneskraft fast überschritten hatte, daran zu zweifeln, ob der richtige Zeitpunkt zum Handeln jemals kommen werde. Sigrit war inzwischen gestorben und ruhte auf dem kleinen Gottesacker bei der neuen Kirche hinter der Siedlung, aber ihr Sohn hatte keinen ihrer klugen Ratschläge vergessen und übte sich immer noch in Geduld, auch wenn es ihm zunehmend schwerfiel. Er bemühte sich zwar stets, die wenigen getreuen Männer, die ihm noch zur Seite standen, seine Gefühle nicht merken zu lassen, aber diese wußten sehr wohl, was es zu bedeuten hatte, wenn Heinrich sich stundenlang in seine Räume zurückzog, nachdem ein Späher wieder einmal Kundschaft aus der Heimat gebracht hatte; sie sahen sich ernst an, seufzten, und der Kummer ihres Herrn war auch ihr Kummer.

Als Ragnar aber in jener Nacht über den langen Damm auf Racigard zuschritt, dachte er an sein Gespräch mit Dankward und daran, daß er dieses Mal dem Kummer des Fürsten vielleicht ein Ende machen konnte, und über diesen Gedanken trat die Erinnerung an das Mädchen Darya allmählich in den Hintergrund.

Svetlav

Weitab von jeder menschlichen Siedlung lag das Feld der Grabhügel, von jeher ein Ort des Schweigens und der Ruhe, auch wenn nicht die Nacht war, in der die Göttin dem hastigen Leben Stillstand gebot. Das Grabhügelfeld befand sich auf einem schmalen und langgestreckten Höhenrükken, dessen sanfte Hänge aus der Ebene aufstiegen wie die Küsten einer Insel aus dem Meer. Und eine Insel war es einst auch gewesen – in einer Zeit, als die Jahreszeiten noch keine Namen hatten und die Schmelzwasser des großen Eises in mächtigen Strömen über das Land flossen.
Schon die ersten Menschen, die nach dem großen Eis von Süden her in die Gegend kamen, erkannten, daß die Anhöhe etwas Besonderes war, ein Stück Erde, das älter war als alles umgebende Land, und sie weihten den Ort den Seelen ihrer Ahnen. Auf dem langgestreckten Rücken wurden bescheidene Grabstätten angelegt, kleine Steinkreise, rund wie das Rad der lebenspendenden Sonne, der ersten aller Gottheiten. Die Stämme zogen weiter, andere kamen nach, die auch wieder verschwanden und neuen Platz machten, aber die Stätte der Ahnen blieb. Die Gräber veränderten nur wenig das Gesicht, kleine Steinhaufen wurden errichtet und niedrige Erdhügel, aber alle waren rund und verkündeten so auf ihre Weise die Botschaft vom Kreis des Lebens, dem Untergang und der Wiederkehr. Kein Volk veränderte oder zerstörte die Gräber seiner Vorgänger, und je mehr Ahnen dort ruhten, desto höher wurde die Stätte geachtet. Als eines Tages die bodricischen Stämme ins Land kamen und bis hinunter an die Labe siedelten, brachten sie ihre eigenen Götter und Göttinnen mit, die Namen trugen und den Menschen, die an sie glaubten, ähnlich waren. Aber auch sie wußten von dem großen Kreislauf und verstanden noch die Sprache der Steinkreise und der runden Erdhügel, so daß sie den Frieden des Ortes nicht störten.
Inzwischen krönten vereinzelte hohe Buchen und Eichen den Höhenrücken, die ihre mächtigen Zweige wie schützende Arme über die Grabstätten hielten, unter denen ihre Wurzeln Halt gefunden hatten. In dieser Nacht standen sie kahl und schwarz da, nur dann und wann löste sich ein dicker Tautropfen vom Gezweig und fiel lautlos auf den weichen Boden. Es roch nach feuchter Erde und Herbstlaub. Auf einer Kuppe,

den Rücken gegen einen der alten Stämme gelehnt, saß ein Mann und blickte gen Osten über die Ebene, die sich im Mondschein unter ihm ausbreitete. Er hatte die Kapuze seines Mantels über den Kopf gezogen, hielt die Arme über der Brust verschränkt und rührte sich nicht. Sein Schwert lag neben ihm auf dem Boden, vom Tau benetzt. Im fahlen Licht des Mondes konnte man auf der glatten, silbrig schimmernden Scheide das eingeritzte Zeichen der Veligarder erkennen, das gehörnte Haupt eines Stieres.

Svetlav gehörte in der Tat zu den Männern Niklots, des Fürsten von Veligard, und er hatte es mehr als eilig, zu seinem Herrn zu kommen. Eigentlich war er mit einem sehr angenehmen Auftrag unterwegs gewesen: er hatte zu einer Abordnung von Edelleuten und Kriegern gehört, die Niklot ausgeschickt hatte, um mit Kruto, seinem alten Freund und Verbündeten, auf Starigard dessen Hochzeit zu feiern. Niklot selbst stritt sich gerade heftig mit einem starrköpfigen Ranenfürsten, der sich weigerte, die Oberhoheit der Veligarder anzuerkennen, und wollte sich aus diesem Grunde nicht auf eine längere Reise begeben. So schickte er ein gutes Dutzend Männer aus den besten Familien seines Landes auf den Weg, beladen mit kostbaren Geschenken und mit der Ermahnung, sich maßvoll zu verhalten und sich nicht auf Händel mit den wagrischen oder polabischen Gästen einzulassen, denn der Fürst kannte die Streitlust seiner Leute. Es war für jeden eine Auszeichnung, zu der Abordnung nach Starigard zu gehören, und so hatten die Männer sich frohgestimmt auf den Weg gemacht. In Racigard hatte sich ihnen Radomir mit den Seinen angeschlossen, so daß es ein stattlicher und prunkvoller Zug war, der an einem warmen Nachmittag kurz nach der herbstlichen Tag- und Nachtgleiche auf Starigard Einzug hielt.

Kruto empfing sie herzlich und bewirtete alle aufs großzügigste, und man merkte ihm an, wie stolz und glücklich ihn die bevorstehende Hochzeit mit der schönen Slavina machte. Die junge Braut entstammte einer angesehenen Sippe, die ihren Sitz ganz im Norden Wagriens, an der Grenze zum Dänenreich hatte, und obwohl man munkelte, daß ein guter Teil dänischen Blutes in ihren Adern floß, mußte Svetlav zugeben, daß sich wenige der anwesenden Damen mit der rosigen, blonden Schönheit Slavinas messen konnten, und auch sein Herz schlug schneller, wenn ihr Blick auf ihm ruhte oder sie das Wort an ihn richtete. Die Zeit verging wie im Fluge mit allerlei Vergnügungen, freundschaftlichen Wettkämpfen, Jagden und einer nicht enden wollenden Reihe festlicher Bankette.

Dann kam der Tag der Hochzeit, ein wundervoller, milder Herbsttag. Der Himmel strahlte in tiefem Blau, und die zarten Spinnwebfäden, die überall in der Luft schwebten, glitzerten golden wie Slavinas Locken. Sie trug ein zartblaues Gewand aus weichem, fließendem Stoff, und als Svetlav sie nach der Zeremonie an Krutos Seite dahinschreiten sah, das Haupt stolz erhoben und den alten Fürsten um eine Handbreite überragend, dachte Svetlav: Dort geht fürwahr eine Königin! Und ohne zu wissen, warum, empfand er plötzlich Mitleid mit Kruto. Der kühne Krieger, der keinem Kampf ausgewichen war, zog jetzt sein linkes Bein ein wenig nach, und obwohl der mit Gold und Silber reich verzierte Umhang seine Gestalt mit Glanz und Pracht umgab, sah Svetlav die Last der Jahre, die den Rücken des Fürsten zu krümmen begann.

Und dann sah er das Kreuz. Zunächst hielt er es für eine Einbildung. Slavina trug es. Auf den ersten Blick schien es nur ein kostbarer, ungewöhnlich kunstvoller Halsschmuck zu sein, der aus einer Vielzahl miteinander verbundener großer goldener Ringe bestand. Befestigt an dieser Kette, ruhte indes ein Anhänger auf Slavinas Brust, der aus fünf besonders schönen, gleichmäßig geschmiedeten Ringen zusammengesetzt war. Ein Ring war sehr klein und bildete den Mittelpunkt. An ihm waren die vier übrigen, gleich großen Ringe befestigt, je einer oben und unten, je einer links und rechts. Das Ganze ergab ein Gebilde, das einer vierblättrigen Blüte nicht unähnlich sah, aber für Svetlav war es unverkennbar ein Kreuz – ein Christenkreuz am Hals der Gattin Krutos und wie zum Hohn der Anwesenden völlig offen getragen!

Ihm wurde auf einmal kalt ums Herz. Der Zauber des Augenblicks war verflogen; er sah nicht mehr die liebliche junge Braut und den prachtvoll gekleideten Fürsten, sondern eine machtgierige, ränkevolle Frau und einen ahnungslosen Mann, der sie über alles verehrte und den Höhepunkt seiner Kräfte längst überschritten hatte. Unauffällig blickte Svetlav sich um, aber die anderen Gäste, auch die erfahrensten Krieger und erbittertsten Feinde der Christen, winkten unbeschwert lachend dem Brautpaar zu. Hochrufe erklangen, Becher wurden geleert und wieder gefüllt und von neuem geleert … Wie es in Bodricien Sitte war, kam dann ein Priester und brachte zwei hölzerne Schüsseln mit Erde und Wasser, deren Inhalt vor die Füße des Paares geschüttet wurde, auf daß sie stets in Fruchtbarkeit und Wohlstand wandelten. Lachend warf Slavina ihre von einem goldenen Stirnreifen gehaltenen Haare über die Schulter und benetzte ihre zierlichen Schuhe vorsichtig mit der nassen Erde. Kruto

zog sie liebevoll an sich, und die Männer und Frauen riefen ihnen anzügliche Bemerkungen und Scherze zu. Und niemand außer ihm schien im Halsschmuck der Braut mehr zu sehen als ein außergewöhnlich schönes Geschmeide. Dennoch war Svetlav sicher, daß er sich nicht täuschte.
Als sich später in der Nacht die Gelegenheit ergab, eine der Frauen Slavinas nach der Herkunft der Kette zu fragen, sah er seine bösen Ahnungen bestätigt. »Der Schmuck ist das Hochzeitsgeschenk Krutos«, erzählte ihm die Frau bereitwillig, »er ist aus drei vollen Beuteln Bruchgold gefertigt worden. Und«, fuhr sie fort, offenbar stolz, ihre Kenntnisse an den Mann zu bringen, »was kaum einer weiß: Slavina selbst hat diese herrliche Kette entworfen, und alle Goldschmiede von Starigard haben gemeinsam zwei Monde lang daran gearbeitet, um den Schmuck nach ihren Wünschen zu fertigen! Aber der Aufwand hat sich offenbar gelohnt, wenn dieses Geschmeide sogar einem Krieger wie dir auffällt …«, fügte sie neckisch hinzu und rückte gleich etwas näher an ihn heran, bis ihr weicher Schenkel den seinen berührte.
Svetlav hatte seine düsteren Vorahnungen für einen Moment beiseite geschoben und das, was ihm in dieser Nacht an Vergnügungen geboten wurde, vorbehaltlos genossen. Aber am nächsten Tag hatte er sich unter dem Vorwand, einen Rausch auskurieren zu müssen, für ein paar Stunden von dem Trubel des fortdauernden Festes zurückgezogen und nachgedacht, was zu tun sei. Eins war gewiß: Slavina war Christin, und sie führte mit Sicherheit etwas im Schilde. Und noch eins war gewiß: Weder Kruto noch einer von seinen Leuten hegte irgendeinen Argwohn. Svetlav hatte das Gefühl, daß es nicht klug sei, seinen Verdacht offen zu äußern, und daher beschloß er, zunächst Radomir von Racigard seine Befürchtungen mitzuteilen. Er richtete es so ein, daß sie einander draußen vor der Burg trafen, wo keine Lauscher zu befürchten waren. Svetlav zog Radomir ins Gespräch und lobte zunächst das Fest und Krutos großzügige Gastfreundschaft, und dann teilte er dem alten Fürsten mit vorsichtigen Worten seine Beobachtung mit.
Radomir lachte, winkte ab und sagte: »Svetlav, du siehst Gespenster! Slavinas Sippe sind alle gute Wagrier, und als Kruto damals Bodivoj besiegt hat, haben ihre Brüder und ihr Vater an seiner Seite gekämpft und mit ihm Plune erstürmt. Und glaube mir, auch wenn man das in Veligard vielleicht anders sieht – denn ich kenne ja meinen Waffenfreund Niklot und weiß, was ihr dort denkt –, mit den Christen ist es ein für alle mal aus und vorbei! Wir haben sie damals in Plune endgültig vertrieben, und

Heinrich sitzt seitdem schon über ein Dutzend Jahre in Sliaswich bei seinen Dänen und rührt sich nicht. Das weißt du doch selbst! Unsere Götter werden verehrt wie seit langem nicht mehr, und wer hätte auch Grund, von ihnen abzufallen, denn in ganz Bodricien geht es den Menschen gut – sei es in Wagrien, in Polabien oder bei euch in Veligard!« Svetlav schwieg. Radomir spürte, daß er den jungen Mann noch nicht überzeugt hatte und fuhr fort: »Weißt du, Svetlav, bei uns zum Beispiel gibt es seit einigen Wintern wieder einen wandernden Mönch, der über Land zieht und in den Dörfern und Gehöften für seinen Glauben wirbt. Am Anfang hatte ich vor, ihn des Landes zu verweisen, aber dann beschloß ich, noch abzuwarten – und das war klüger, denn oft machen gerade Verbote die Menschen neugierig, und meist verlangen sie nach nichts so sehr wie nach dem, was sie nicht haben sollen … Ich wartete also ab und beobachtete. Und weißt du, was geschah? Der Mann hatte nicht den geringsten Zulauf! Die Leute verspotteten ihn und jagten ihn davon, und in der ganzen Zeit gewann er höchstens ein paar Arme und Kranke für seine Sache – und das sind nicht gerade diejenigen, die uns gefährden. Sogar ein Gotteshaus habe ich ihn errichten lassen – natürlich weit draußen in den Wäldern, dafür habe ich allerdings gesorgt –, und du kannst dir keine kläglichere Scheune vorstellen! Lächerlich macht er sich, Svetlav, einfach lächerlich!« Svetlav lächelte höflich, denn immerhin war Radomir der Ältere und Erfahrenere und zudem ein Fürst. Radomir aber merkte, daß es ihm nicht gelungen war, Svetlavs Sorgen zu zerstreuen, und weil er den jungen Krieger schon seit langem kannte und schätzte, schlug er ihm freundlich auf die Schulter und sprach: »Merk auf, Svetlav, ich weiß Rat! Da du, wie ich dich kenne, den Rest der Feiern nun doch nicht mehr genießen kannst und ruhelos auf deine Heimkehr nach Veligard wartest, sage Kruto am besten, daß du die Nachricht erhalten hast, daß dein Vater erkrankt sei und daß du vorzeitig nach Hause müßtest. Dann ist hier keiner gekränkt, du selbst kannst schnell deine Pflicht erfüllen und Niklot Bericht erstatten – und uns anderen«, schloß er lachend, »mit deinen überflüssigen Sorgen nicht das schöne Fest verderben!« Aber Svetlav ging nicht auf den Scherz ein, sondern blickte den Polabenfürsten ernst an. »Dein Rat ist gut, Radomir, und ich werde mich gleich zu Kruto aufmachen, um mich von ihm zu verabschieden. Du kannst die Geschichte ja unter den anderen verbreiten … Ich bitte dich nur noch um eins: halte du gut die Augen offen!» Und damit entfernte er sich. Radomir sah ihm eine Weile kopfschüttelnd nach. Dann ging er

schnell zurück zur Burg und mischte sich in der großen Halle wieder unter die feiernden Gäste.
Svetlav brach sofort auf. Er hatte ein gutes, ausdauerndes Pferd, und so gelangte er in zwei Tagen nach Liubice und in einem weiteren nach Racigard. Überall fragten ihn die Menschen nach Krutos und Slavinas Hochzeit aus, und er schilderte stets alles in den leuchtendsten Farben. Als er Racigard schließlich erreichte, dämmerte bereits ein früher Herbstabend. Obwohl es schon kühl wurde und Svetlav sich danach sehnte, die Beine vor einem warmen Feuer auszustrecken, verhielt er sein Pferd einen Augenblick lang, als er das bewaldete Ufer erreichte, das zum See hin steil abfiel. Von hier aus bot sich ihm ein unvergleichlich schöner Anblick. Der See lag dunkelblau und glasklar im schwindenden Tageslicht zu seinen Füßen. In seiner Mitte schwebten zwei Inseln, dicht beisammen, wie aneinandergeschmiegt. Vor dem Abendhimmel zeichneten sich nur noch ihre Konturen ab. Ihm zunächst lag die Burginsel, die kleinere der beiden. Die Umrisse der Burg Racigard schienen geradewegs aus den dunklen Wassern aufzusteigen, der hohe Rundwall, die hölzernen Palisaden, die Wohnbauten und der Wachturm. Die ersten Fackeln und Lichter brannten schon, und die ruhige Seeoberfläche warf ihren Schein zurück. Dahinter erhob sich der langgestreckte und sanft gerundete Rücken der Siedlungsinsel, der in der rasch zunehmenden Dunkelheit mit den Umrissen der Burginsel nahtlos zu einem einzigen schattenhaften Gebilde verschmolz. Im südlichen Teil der Siedlungsinsel befand sich das Dorf, und dort konnte Svetlav den Schein einiger Feuer ausmachen. Eine leichte Abendbrise war aufgekommen, die ihm den scharfen Geruch von Rauch zutrug und die Wasseroberfläche sanft kräuselte, so daß die gespiegelten Lichtbahnen sich in lauter funkelnde Reflexe verwandelten, die wie Sterne bald hier, bald dort aufblinkten. Svetlavs Augen wanderten zum Nordteil der Siedlungsinsel, seinem Ziel an diesem Abend. Von dort drang nur wenig Licht herüber. Einige Fackeln flackerten in regelmäßigen Abständen und bildeten eine Art Halbkreis – das mußte der Wall sein, der das Heiligtum auf der Landseite vom Rest der Insel trennte. Denn wie die Spitze einer Lanze schob sich dort eine schmale Landzunge in den See, auf der das große Heiligtum von Racigard lag. Ein schwacher rötlicher Schein beleuchtete die schemenhaften Umrisse in der Ferne, und direkt darüber stand am klaren Himmel der Mitternachtsstern, der den Reisenden nachts die Richtung wies. Aus dem See stieg jetzt leichter Dunst auf, und Svetlav fröstelte. Er wandte

sich ab und lenkte sein Pferd zu der Stelle, wo der Damm begann, der das westliche Seeufer mit der Burginsel verband. Man hatte ihn allerdings nur im flacheren Wasser aufschütten können; über die tieferen Stellen führte eine lange hölzerne Brücke, und Svetlav war stets froh, wenn er das bedrohlich ächzende und knarrende alte Bauwerk hinter sich hatte. Dies war indes der einzige Weg, auf dem man zu den beiden Inseln gelangen konnte, sonst waren sie nur per Boot zu erreichen, und in ganz Polabien gab es wohl keinen geschützteren Ort als Racigard im See.

Svetlav wollte diesmal nicht in der Burg bei Radomirs Leuten übernachten, weil er wußte, daß man ihn über jede Kleinigkeit der Hochzeit in Starigard ausfragen würde, und wie man sich leicht denken konnte, würden die Racigarder Krieger bei seinem Bericht auch Lust auf eine Feier bekommen, so daß sein Besuch schließlich in einem großen Gelage enden würde ... Von Gelagen hatte er aber nach den Festlichkeiten bei Kruto genug, er wollte seinen Weg mit klarem Kopf fortsetzen, und er hatte es satt, immer wieder Krutos Prunkgewänder, Slavinas Schönheit und die Freuden ihrer Tafel zu beschreiben. Außerdem brauchte er Rat – und den würde er nicht in der Burg erhalten, sondern im Heiligtum.

Svetlav rief den Wachen auf der Burginsel daher nur ein paar Grußworte zu und schützte große Eile vor. Die Wachposten, die sich Neuigkeiten von Krutos Hochzeit erhofft hatten, ließen ihn enttäuscht ziehen. Er ritt außen um den Burgwall herum zum Ostufer, wo eine weitere Holzbrücke sich über den schmalen Wasserarm spannte, der die beiden Inseln voneinander trennte. Auf der Siedlungsinsel wandte er sich sogleich nach links und folgte einem breiten Weg, der auch in der Dunkelheit gut auszumachen war, bis zum Heiligtum. Er kannte sich hier bestens aus, war er doch viele Male seit seiner frühen Jugend zu Gast in der Stätte der Götter gewesen. Auf einmal stieg trotz seiner Müdigkeit Freude in ihm auf, die Freude, Vojdo wiederzusehen, seinen alten Lehrer und vertrauten Freund, der Hohepriester im Tempel des Svetovit war, und er würde natürlich auch Lusa treffen und alle anderen! Svetlav spornte sein Pferd noch einmal zu einer schnelleren Gangart an, bis er schließlich den Wall erreichte, der in einem sanft geschwungenen Bogen den Bereich des Heiligtums vom Rest der Insel trennte. Der Weg führte geradewegs auf die Stelle zu, an der sich mitten im Wall ein breites Tor befand, das jetzt sowohl von innen als auch von außen mit brennenden Fackeln beleuchtet wurde. Svetlav stieg vom Pferd ab und bat, eingelassen und zu Vojdo gebracht zu werden. Die Wachen, die ihn kannten, traten bereitwillig beiseite. Steifbeinig nach dem langen Ritt schritt er durch das Tor. Auf der anderen Seite warteten schon zwei Männer auf ihn. Der eine nahm ihm das Pferd ab und führte es zu den Ställen am Rand des Heiligtums, der andere begleitete ihn zu Vojdos Haus. Vojdo stand schon in der Tür, und Svetlav fragte sich, wie der Priester wohl so schnell von seiner Ankunft erfahren haben mochte. Beide Männer umarmten sich herzlich, und dann ließ Vojdo den Gast eintreten und am Feuer Platz nehmen. Amira, seine Frau, brachte einige Speisen und einen Krug mit erwärmtem Äl. Vojdo sprach kein Wort, sondern schaute schweigend ins Feuer und wartete, bis der Gast bereit war, zu sprechen.

Der Priester kannte Svetlav, seitdem dieser ein Knabe gewesen war. Damals, im großen Aufstand gegen Gottschalk und die anderen Christen, hatte Svebor, Svetlavs Vater, ihn aus einer Schar rachsüchtiger Mönche herausgehauen, die ihn unbedingt mit dem Kopf nach unten über einem lodernden Feuer aufhängen wollten, um ihn dazu zu bringen, seinem Glauben abzuschwören und ihren Herrn anzurufen. Svebor war mit nur zwei Männern unter sie gefahren wie ein Blitz, und bevor er sich versah, hatte Vojdo wieder auf den Füßen gestanden, zwar mit abgesengtem Kopfhaar, aber sonst wohlauf. Seitdem hatte eine tiefe Freundschaft den Priester mit dem Veligarder Krieger verbunden, und als Svebor es für gut befand, seinen einzigen Sohn mehr als Kampfkunst und Kriegsgesänge lernen zu lassen, hatte er den Jungen ins Heiligtum nach Racigard gebracht, wo Vojdo längst wieder in Amt und Würden wartete und voller Freude die Erziehung des Knaben übernahm. Ihm und Amira waren Kinder versagt geblieben, und gerne hätte er es gesehen, wenn Svetlav sich zum Priester berufen gefühlt hätte. Aber schon bald stellte sich heraus, daß es nicht das Richtige war für den lebhaften Jungen, der jede Gelegenheit ausnutzte, um der beengten Welt des Heiligtums zu entfliehen, in den Wäldern herumzustreifen oder mit einem Boot über den See zu gleiten. So hatte man den Plan bald aufgegeben, aus Svetlav einen Priester zu machen, und statt dessen war er drei Winter später wieder nach Veligard zurückgekehrt. Dies hatte der Verbundenheit zwischen Vojdo und Svetlav jedoch keinen Abbruch getan, er war weiterhin häufig zu Gast im Heiligtum gewesen, und der Priester hatte jede gemeinsame Stunde dazu genutzt, um dem Knaben und später dem Jüngling Wissen und Weisheit mit auf den Lebensweg zu geben.

Während Vojdo seinen Gedanken nachhing, hatte Svetlav sich gestärkt.

Für eine Weile blickte auch er schweigend ins Feuer, so wie Vojdo ihn einst gelehrt hatte. Er ließ die Ereignisse der letzten Tage nach und nach versinken, und erst als eine große Ruhe sich in ihm ausgebreitet hatte, begann er zu sprechen, langsam und bedächtig, ohne das geringste auszulassen, ohne etwas zu beschönigen oder zu übertreiben. Vojdo lauschte still, und zu Svetlavs großer Erleichterung nahm der alte Priester den Bericht ernst auf und versuchte weder, ihn zu beschwichtigen noch zu beruhigen. Als Svetlav schließlich geendet hatte, nickte Vojdo vielmehr nachdenklich mit dem Kopf und sprach. »Dein Bericht aus Starigard deckt sich mit unseren Beobachtungen, Svetlav. Das weiße Roß des Svetovit ist in letzter Zeit äußerst unruhig gewesen und hat die nördliche Ecke seines Geheges ängstlich gemieden, obwohl dort das saftigste Gras wächst … Und im Tempel selbst hat der Rauch der Opferfeuer in letzter Zeit das dem Norden zugewandte Antlitz des Viergesichtigen immer verhüllt, als scheue sich der Gott, dorthin zu blicken! Die Priesterinnen der Göttin haben in die Orakelschalen geschaut, bis ihnen die Augen brannten, und auch sie haben gesehen, daß sich im Norden Bodriciens Unheil zusammenbraut, großes Unheil, und es scheint wenig zu geben, das wir dem entgegensetzen können …«

»Aber Vojdo«, rief Svetlav heftig, »wir müssen doch etwas unternehmen, wir müssen das unterbinden – ja, notfalls dagegen kämpfen, mit aller Kraft!«

»Es ist gut, mein Sohn«, antwortete Vojdo mit leiser Stimme, »ein jeder möge tun, was in seiner Macht steht, und allein die Zeit wird zeigen, ob es ausreicht … Ich verspreche dir, ich werde Radomir mit Nachdruck warnen, und du wirst das Deinige in Veligard veranlassen, und wenn die Götter es wollen …«

Danach verstummte das Gespräch der beiden Männer, aber die flackernden Flammen des Feuers offenbarten ihren Blicken nichts, was sie als Trost in ihre unruhigen Träume hätten mitnehmen können.

Svetlav erwachte am nächsten Morgen nicht so frisch und ausgeruht, wie er gehofft hatte. Am liebsten wäre er sofort nach Veligard weitergeritten, aber er wußte, daß er Lusa damit gekränkt hätte, und das wollte er nicht. Daher machte er sich gleich nach dem Morgenmahl auf die Suche nach ihr. Während er durch das Heiligtum zur Stätte der Göttin schritt, dachte er daran, wie lange er Lusa schon kannte und wie vertraut sie ihm war. Sie war neun Winter jünger als er, so daß sie jetzt an die zwanzig sein mußte und damit genauso alt wie er damals, als er sie kennengelernt hatte. Wie es dazu gekommen war, hatte er längst vergessen – aber irgendwie hatte sich aus jener ersten Begegnung zwischen dem zur Priesterin geweihten Mädchen und dem jungen Veligarder Krieger eine Art Freundschaft entwickelt. Sie hatten später oftmals einträchtig am Seeufer gesessen, und er hatte ihr von seiner Zeit im Heiligtum erzählt, als man noch einen Priester aus ihm machen wollte, und Lusa hatte ihn nach Veligard gefragt, nach seinen Fahrten und nach der Welt außerhalb der Inseln. Jedesmal, wenn er sie nach längerer Zeit wiedersah, hatte er erstaunt ihre Veränderung wahrgenommen, denn aus dem schmächtigen Kind war nach und nach eine Jungfrau geworden, deren liebliches Gesicht im Laufe der Jahre wiederum von der Einsicht und dem Wissen einer Priesterin der Göttin geprägt worden war.

Svetlav fand Lusa am östlichen Ufer des Heiligtums. Sie schöpfte mit einem Tongefäß Wasser aus dem See, gerade an der Stelle, wo die ersten Strahlen der Morgensonne die Wasseroberfläche rosig färbten. Svetlav wußte, daß er sie bei dieser Tätigkeit nicht stören durfte, und wartete daher in einiger Entfernung und ohne ein Wort, bis Lusa sich mit der gefüllten Schale umdrehte. Sie zeigte kein Zeichen der Überraschung, als sie ihn so plötzlich vor sich stehen sah, sondern lächelte ihm nur zu, sagte: »Gleich!« und verschwand mit ihrer Schale im Haus der Göttin. Kurze Zeit später war sie wieder an seiner Seite und zog ihn zu den Findlingen, die in einem windstillen Winkel am Strand lagen und von der Morgensonne schon erwärmt waren. Erst als beide sich auf zwei der glattgeschliffenen Steine niedergelassen hatten, wandte sie sich ihm zu und schaute ihn aufmerksam an. Es verging abermals einige Zeit, bis sie sprach. »Svetlav – wie schön, dich wiederzusehen, und doch kann ich mich nicht richtig freuen, denn deine Stirn ist umwölkt und der Blick deiner Augen trübe! Weswegen bist du gekommen? Was quält dich? Kann ich dir helfen?«

Svetlav mußte trotz seiner drückenden Sorgen lächeln. So sehr war sie schon Priesterin geworden, das kleine Mädchen von einst, daß es ihr selbstverständlich schien, ihm, der um so vieles älter war, zu raten und den Weg zu weisen. Wieder ein neuer Zug an ihr und für ihn eine ungewohnte Rolle! Da er aber mit Vojdo übereingekommen war, vorerst über das Gesehene Schweigen zu bewahren, wich er dem fragenden Blick ihrer Augen aus und sagte nur: »Ach, Lusa, wie gut du dich schon darauf verstehst, in den Gesichtern der Menschen zu lesen! Du hast recht, ich bin in Sorge. Ich habe eine wichtige, geheime Botschaft auf dem schnell-

sten Wege nach Veligard zu bringen, und vermutlich wird mir erst danach wieder leichter ums Herz sein!«
Lusa sah ihn nachdenklich an. »Du willst mit mir nicht darüber sprechen, nicht wahr?« sagte sie dann. »Nun, so sei es. Du hast sicher deine Gründe. Ich wünschte nur, ich könnte dir deine Bürde erleichtern, denn so ernst habe ich dich in all den Jahren, in denen wir uns kennen, noch nie erlebt!«
Svetlav streckte die Hand aus und strich ihr mit einer brüderlichen Geste über die Schulter. »Ich weiß, wie gut du es meinst, Lusa, und glaube mir, ich weiß deinen Rat zu schätzen. Aber vorerst muß ich schweigen, auch wenn mir das gerade dir gegenüber nicht leichtfällt! Dennoch, glaube ich, kannst du mir helfen, denn weißt du, ich muß heute noch weiterreiten nach Veligard ...«
»Heute nacht?« unterbrach ihn Lusa scharf. »Heute ist die Nacht der Göttin!«
»Das weiß ich doch, und gerade deswegen bitte ich dich um deinen Rat: ich muß weiter, jede Stunde zählt, aber natürlich will ich weder Morana erzürnen noch mein Leben unter ihrem Eishauch verlieren. Was soll ich tun?«
Lusa sah ihn streng an und saß plötzlich kerzengerade auf ihrem Stein. In diesem Augenblick umgab sie unverkennbar die Aura der Priesterin. »Was du tun sollst, weißt du so gut wie ich, Svetlav! Du mußt bis zum Sonnenuntergang eine Herberge gefunden haben und dort die Nacht verbringen!«
»Aber du weißt doch, daß das unmöglich ist, Lusa! Die nächste Herberge von hier aus ist erst in Zarrenthin, und bis dahin schaffe ich es nie bis zum Abend!«
»Und deine Botschaft ist so dringend, daß du den Morgen nicht in Racigard abwarten kannst? Was kann schon so wichtig sein, daß du deswegen den Frieden der Göttin stören mußt? Was wirst du ihr antworten, wenn sie in dieser Nacht vor dir steht und dich fragt, warum du den Stillstand und das Schweigen gebrochen hast?«
»Ich werde ihr nichts sagen müssen, Lusa«, und noch während Svetlav sprach, spürte er, wie eine andere Kraft als die seiner eigenen Gedanken die Worte in ihm formte, die auf einmal wie von selbst über seine Lippen kamen. »Die Göttin weiß, weswegen ich unterwegs bin, und sie weiß, daß Eile geboten ist!«
Da erhob Lusa sich schweigend und trat ans Wasser. Sie stand völlig

reglos, das Gesicht der Morgensonne zugewandt. Svetlav rührte sich nicht und dachte über die Worte nach, die er ungewollt gesagt hatte. Er wußte, daß Lusa jetzt im Zwiegespräch mit der Göttin nach einer Antwort suchte, und als sie sich nach einiger Zeit wieder zu ihm umdrehte, erkannte er an ihrem völlig ausdruckslosen und leeren Blick, daß sie sehr weit gesehen hatte. Schließlich sprach sie mit einer Stimme, die seltsam matt und kraftlos klang: »Ja, Svetlav, es scheint in der Tat so, daß deine Botschaft keinen Aufschub duldet. Dennoch sollst du die alten Gesetze nicht brechen! Es gibt einen Ausweg: einen halben Tagesritt von hier entfernt, in Richtung Süden, liegt das Feld der Grabhügel. Es ist von jeher eine Stätte des Schweigens und des Stillstandes gewesen. Morana wird jene Hügel nicht berühren, denn dort sind ihre Gaben nicht nötig, weil sie immer schon vorhanden waren. Steige den Höhenrücken nur hinauf, du bist dort so sicher wie auf einer Insel, denn der Strom des Lebens umgibt die Stätte, ohne sie zu überfluten. Nur brich das Gebot des Schweigens nicht und verbringe die Nacht wachend – falls die Göttin zu dir sprechen will ...« Lusa streckte in einer uralten Geste beide Arme gen Himmel und berührte danach Svetlavs Kopf, seine Brust und seine Hände. »Die Göttin möge dich schützen!« sagte sie.

Und so kam es, daß er die Nacht der Morana an einem Ort verbrachte, den die Menschen bereits im hellen Sonnenschein mieden, weil die Kraft und die Ruhe, die er ausstrahlte, sie in ihrem hastigen Dasein ängstigten. Svetlav hatte das Grabhügelfeld etwa eine Stunde vor Sonnenuntergang erreicht. Er nahm seinem Pferd das Zaumzeug und den Sattel ab und band es mit einem Halfter und einer langen Leine an einem Baumstamm am Saum der Anhöhe fest, damit es dort in Ruhe grasen konnte, ohne den Frieden des Gräberfeldes zu stören. Er selbst stieg langsam den steilen Hang hinauf und suchte nach einem Plätzchen, wo er, geschützt vor dem Westwind, die Nacht verbringen konnte. Schließlich breitete er seine Reitdecke über ein Polster von weichem Herbstlaub am Fuß einer alten Buche aus. Er ließ sich nieder, lehnte sich gegen den glatten, grauen Stamm und holte aus seiner Satteltasche die Wegzehrung, die Amira ihm mitgegeben hatte: schweres, dunkles Gerstenbrot, eine Ecke kräftigen Käse, ein Stück geräuchertes Fleisch, Äpfel, Haselnüsse und einen Schlauch mit Quellwasser aus dem Heiligtum. Wie ein König auf seinem Thron kam er sich vor, als er dort oben auf dem Kamm des Höhenrükkens seine einsame Mahlzeit zu sich nahm, und als die Sonne hinter den Wäldern fern am westlichen Horizont versank, beendete er seinen Imbiß mit einem letzten langen Schluck von dem kühlen Wasser. Jetzt blieb ihm nichts mehr übrig, als auf den Morgen zu warten. Kein Laut war um ihn herum zu hören, nichts regte sich; nur ein leichter Wind strich durch das Gezweig der hohen Bäume. Langsam senkte sich die Nacht herab, und mit ihr stieg fern im Osten der Mond über der Ebene auf, dessen bleiches Licht zunehmend an Kraft gewann.

Svetlav hatte jegliches Gefühl für Zeit verloren. Er fror nicht. Er dachte nicht. Er starrte blicklos in die Ferne, ohne etwas wahrzunehmen. Er war zu einem Teil des Baumes geworden, an dem er lehnte, zu einem Teil der Erde, auf der er saß, zu einem Teil des ihn umgebenden Schweigens. Irgendwann einmal erwachten seine Sinne jedoch wieder, denn etwas hatte seine Aufmerksamkeit erregt, ohne daß er hätte sagen können, was es gewesen war. Eine kleine Dunstwolke, die aus dem Nichts heraus aufgetaucht war, hatte sich vor den Mond geschoben, und da meinte Svetlav, auf der Ebene unter ihm eine Veränderung wahrzunehmen. An einigen Stellen schienen sich die Schatten auf unerklärliche Weise zu vertiefen und zu verdichten, bis sie schließlich Formen und Umrisse bildeten, und auf einmal war ihm, als höre er einen Augenblick lang – wie von einer flüchtigen Brise herangetragen – Schreie, Waffengeklirr und das Wiehern von Pferden. Eine Schlacht! Es ist eine Schlacht! dachte er mit plötzlichem Schrecken, dort unten wird gekämpft! Er löste sich aus seiner starren Haltung, erhob sich auf die Knie und starrte in die wirbelnden Schatten unten auf der Ebene. Aber so sehr er sich auch bemühte, es gelang ihm nicht, Einzelheiten wie Farben, Wappen oder Banner zu erkennen. Wer kämpfte hier gegen wen? Und warum?

Auf einmal löste sich ein Schemen aus der Menge der übrigen und bewegte sich direkt auf die Stelle zu, wo Svetlav auf der Kuppe des Hügels kniete. Svetlav meinte, die Gestalt eines Kriegers zu erkennen, in voller Rüstung, das Kampfschwert zum todbringenden Schlag hoch erhoben. Unwillkürlich griff er nach seinem eigenen Schwert und zuckte zusammen, als seine Hand das kalte Eisen des Knaufs berührte. Der Schatten war inzwischen bis an den Fuß des Höhenrückens gelangt und begann nun mit rasender Geschwindigkeit anzuwachsen, er wurde größer und größer, bis er die Hügelkette überragte und sein riesiges Haupt sich deutlich gegen den nächtlichen Himmel abhob. Svetlav zog sein Schwert aus der Scheide und war bereit, es mitten in die dunkle, wabernde Erscheinung zu stoßen. Doch als der geisterhafte Krieger sich ihm bis auf die Länge seines gewaltigen Schwertes genähert hatte, begannen seine Umrisse plötzlich zu zerfließen, und im nächsten Moment waren sie nichts anderes als wirbelnde Dunstschwaden, vom Nachtwind herangeweht, vom Nachtwind davongetragen. Svetlav stand ratlos am Rande des Hanges, das Schwert in der Hand.

In diesem Augenblick gab die kleine Wolke den Mond endlich frei, und das kalte, blasse Licht fiel wieder ungetrübt auf die Ebene. Die schattenhaften Gestalten dort unten waren zwar sämtlich verschwunden, aber ein neuer Schrecken ließ Svetlav erstarren: vor seinen Augen nahm das Land eine leuchtendrote Farbe an, als hätten unzählige Krieger ihr Blut darauf vergossen und den Boden damit getränkt, und er nahm in diesen Augenblicken deutlich den Geruch von Tod und Verwesung wahr. Über seinem Kopf löste sich ein Rabe aus den Zweigen des Baumes, glitt mit trägen Flügelschlägen über das flache Land und ließ sich schließlich auf dem Boden nieder, mit dem Schnabel nach den Erdkrumen hackend. Svetlav erschauerte bis ins Mark. Dann verblaßte der rötliche Schein unter ihm, und aus dem gespenstischen Schlachtfeld wurde wieder das eintönige Grasland, über das der Nachtwind wehte. Er ließ das Schwert sinken und strich sich mit der Hand über die Augen. Die Göttin hatte ihm ein Gesicht geschickt, daran bestand kein Zweifel. Aber was mochte es bedeuten? Wer kämpfte die Schlacht, deren Geräusche er so deutlich vernommen hatte? Wessen Blut tränkte den Boden? Wer siegte, wer verlor? Diese Fragen ließen ihn nicht mehr los, aber die Göttin sandte ihm kein weiteres Zeichen.

Als schließlich ein dunstiger, kalter Morgen heraufdämmerte, sah er, daß die Ebene mit Reif überzogen war. Er erhob sich fröstelnd, mit steifen Gliedern und machte sich daran, sein Pferd zu satteln. Dieses hatte sich, soweit die Leine es zuließ, den Hang hinauf geflüchtet und wieherte ihm angstvoll entgegen. Offenbar war es genauso froh wie sein Herr, daß die Nacht mit ihren Erscheinungen vorüber war und sie ihren Weg fortsetzen konnten – fort von diesem unheimlichen Ort. Bald ritten sie ostwärts, Richtung Veligard.

Es dauerte nicht lange, bis sie an den ersten menschlichen Behausungen vorbeikamen. Es war nur eine klägliche Handvoll von Gehöften, dicht aneinandergedrängt am Rand der Ebene, die nicht einmal die Bezeichnung Dorf verdiente. Svetlav führte sein Pferd an die Viehtränke, und während es in durstigen Zügen trank, sah er einen kleinen Jungen, der, die Füße mit Lumpen umwickelt, einige magere Schafe auf eine Wiese trieb, die noch ganz von Reif bedeckt war. »He, Junge«, rief er zu ihm hinüber, »wie heißt die Siedlung hier?« Der Junge blieb überrascht stehen und blickte zu dem Fremden an der Viehtränke hin, den er vorher gar nicht wahrgenommen hatte. Nach einem Augenblick des Überlegens antwortete er bedächtig: »Smilov, Herr! Hier ist Smilov!« Svetlav dankte, winkte dem Knaben zu und ließ seine Blicke über die froststarre Ebene jenseits der Gehöfte schweifen. *Smilov*. Den Namen würde er nicht vergessen.

Lusa

Als Svetlav zu Mittag das Heiligtum durch das große Tor verließ, stieg Lusa auf den hohen Wall und sah ihm nach, verborgen hinter der Palisade, so lange, bis Pferd und Reiter im Halbschatten unter den Bäumen verschwunden waren. Svetlav. Sie liebte ihn, seit sie denken konnte – nein, eigentlich schon länger, denn je älter und wissender sie wurde, desto klarer wurde ihr, daß diese Liebe schon immer ein Bestandteil ihrer selbst gewesen war, wie ein Samenkorn, das in der Erde verborgen liegt und bei den ersten warmen Strahlen der Frühlingssonne zu sprießen beginnt. Manchmal fragte sie sich sogar, ob ihre Liebe nicht noch älter sei, älter als sie selbst, und vielleicht weiterlebte, wenn ihr eigenes Leben dereinst zu Ende war. Lusa war noch nicht wissend genug, um die Antwort auf ihre Frage zu finden, aber sie wußte bereits, daß die Weisheit sich schrittweise vollzog: der erste Schritt war stets, eine Frage zu stellen, der zweite war, die Antwort darauf zu finden. Dann kam das Erkennen der nächsten Frage, das Heraufdämmern der nächsten Antwort, und Schritt für Schritt, Frage auf Antwort auf Frage, vervollständigte sich der Weg zur Einsicht und würde erst dann zu Ende sein, wenn sie keine Fragen mehr in sich hatte.

Lusa stand in ihre Gedanken versunken noch eine Weile an der Palisade. Sie verspürte eine ihr ungewohnte innere Unruhe, die sie sich nicht erklären konnte. Irgendeine dunkle Ahnung hatte sie gestreift, aber woher kam sie, was wollte sie ihr sagen? Sie rief sich das Gespräch mit Svetlav noch einmal in die Erinnerung. Zuerst war alles wie immer gewesen, die Freude über das Wiedersehen, die Herzlichkeit der Begrüßung, die Vertraulichkeit der Gespräche. Er hatte zwar ziemlich bedrückt und vor allem sehr rastlos gewirkt, aber das war nichts Außergewöhnliches. In diesen Tagen wechselten gute und schlechte Nachrichten einander ab, und ein Mann hatte es immer eilig, wenn es darum ging, seinem Herrn eine wichtige Neuigkeit zu übermitteln. Aber andererseits war es noch nie geschehen, daß ein Reisender in der Nacht der Göttin die Gastlichkeit Racigards ausgeschlagen hatte – und er hatte ihr nicht einmal gesagt, weswegen. Svetlav trug offenbar ein Geheimnis von großer Bedeutung mit sich, und es konnte nichts Gutes sein, sonst wäre er nicht so besorgt gewesen. Auch als sie versucht hatte, in dieser Sache den Willen der Göttin zu erkennen, hatte sie eine entfernte Bedrohung und die Dringlichkeit von Svetlavs Anliegen deutlich gespürt; das aber bedeutete wiederum, daß auch er in Gefahr war – was nicht dazu beitrug, ihr Unbehagen zu lindern. Lusa erschauerte unwillkürlich, aber gleich darauf war ihr klar, was sie tun mußte: sie würde noch in dieser Nacht die Göttin bitten, ihr ein Zeichen zu geben, an dem sie erkennen konnte, ob ihre Furcht begründet war oder nicht. Bis dahin gab es allerdings noch viel zu tun, und durch das Gespräch mit Svetlav war sie mit ihren Pflichten ohnehin in Verzug geraten. Sie wandte sich entschlossen um und ging, erst mit langsamen, dann immer schnelleren Schritten, zurück ins Innere des Heiligtums, um gemeinsam mit den anderen Priesterinnen die Stätte der Göttin für die Nacht des Schweigens vorzubereiten.

Das Heiligtum im See war zwei Gottheiten geweiht. Als die Ahnen vor zahllosen Wintern auf ihrer langen Wanderung von Osten auf die Inseln im See gestoßen waren, hatten ihnen zwei unmißverständliche Zeichen zu verstehen gegeben, daß dies ein guter Ort sei, wo eine Ansiedlung den Segen der Götter haben würde. Das eine Zeichen war der See selbst gewesen. Er bestand nämlich aus vier Teilen, einem großen, langgestreckten Wasser nach Mitternacht zu, einem kleinen mit rund geschwungenen Ufern nach Morgen hin gelegen, einer weiten und verzweigten Wasserfläche im Mittag und schließlich dem mittleren Teil, wo sich die drei verschiedenen Ausbuchtungen trafen und die beiden Inseln lagen. Die Priester und mit ihnen alle anderen erkannten sogleich, daß sich ihnen in dieser Beschaffenheit Svetovit, der Viergesichtige, zeigte, und die Anwesenheit ihres höchsten Gottes verhieß ihnen Kriegsglück und Wohlergehen. Sie schlugen also ihr Lager auf der größeren der beiden Inseln auf und waren bis auf wenige stets Unzufriedene bereits geneigt zu bleiben, als ein zweites wunderbares Zeichen sie in ihrem Entschluß bestärkte, so daß auch die Unzufriedenen keinen Grund mehr hatten, nach Besserem zu suchen. Auf einer schmalen Halbinsel im Norden entdeckte man nämlich bei Streifzügen noch am selben Tage auf einer flachen Bodenerhebung einen Kreis, gebildet von zwölf uralten grauen Granitsteinen. Die Steine waren nicht besonders hoch, sie reichten nur etwa bis zur Brust, und waren unbehauen, von unregelmäßiger Form. Die Bodricen erkannten jedoch in dem vollkommenen Rund das Rad des Lebens, das Zeichen der Göttin, der Gebieterin über den im-

merwährenden Kreislauf von Wachstum, Reife und Stillstand, der Herrin der Zeit, der Mutter aller Götter. Wenn sich die Große Göttin aber bereits selbst an diesem Ort niedergelassen hatte, dann gab es für die Menschen wahrlich keinen Grund weiterzuziehen!
Die Bodricen begannen sogleich mit den Vorbereitungen für die Errichtung einer festen Siedlung, und im Lauf der Jahre stießen weitere Sippen und Stammesleute zu ihnen, so daß Racigard bald zu einem blühenden Flecken im Schutz der wehrhaften Wallburg heranwuchs, die auf der vorgelagerten kleineren Nachbarinsel errichtet wurde. Die Landzunge im Norden blieb jedoch für alle menschlichen Zwecke tabu und sollte allein der Verehrung der gütigen Götter dienen, die den Menschen dieses reiche und sichere Fleckchen gewiesen hatten. Noch im gleichen Herbst pflanzten die ersten Priester des Heiligtums um den Steinkreis herum zwölf junge Eichen, die über fünfhundert Jahre später, als Lusa von der Palisade zur Stätte der Göttin schritt, ihre knorrigen Äste mit trockenem braunem Laub schützend über das Rad des Lebens breiteten und dort wie riesenhafte Wächter standen.
Für Svetovit hatte man hingegen aus Balken und Lehm einen großen Tempel errichtet, der mit einem dichten Dach aus Riedgras gedeckt war, wie es so üppig an den Ufern des Sees wuchs. Im dämmrigen Innern der Halle befand sich ein hohes Abbild vom Kopf des viergesichtigen Gottes, aus rötlichem Buchenholz geschnitzt. Tag und Nacht warfen dort Fakkeln ihr flackerndes Licht über die vier göttlichen Antlitze, deren Ausdruck sich im zuckenden Feuerschein ständig zu verändern schien. Die Priester konnten in den Zügen des Gottes lesen und sein Mienenspiel deuten, und sie schlossen daraus auf kommende Ereignisse und fanden die Antworten auf Fragen, die sie ihm gestellt hatten. An den Tempel angrenzend, nach Osten zum Ufer der Halbinsel hin, befand sich das umzäunte Gehege des weißen Rosses, das dem Gott geweiht war und aus dessen Verhalten die Eingeweihten gleichfalls auf die Zukunft schließen konnten. Svetovit war der Schutzherr des Bodricenreiches. Er verteilte das Schlachtglück, Ruhm und Schmach, bestimmte Sieger und Verlierer und entschied, wer im Kampf sein Leben ließ. Er war der Gott der Männer, der Krieger, der Fürsten, und dennoch stand die Große Göttin über ihm, die Mutter allen Lebens, die jedem Menschen Zuflucht gewährte, egal, ob Frau oder Mann, ob mutig oder verzagt, ob mächtig oder unbedeutend.
In der Nacht der Göttin hatten die Priester die Fackeln in Svetovits Halle

ausgelöscht, und nur ein einziges kleines Feuer beleuchtete das erste Gesicht des Gottes, sein Traum-Gesicht, vor dem einige von ihnen wachten.

Die Priesterinnen der Göttin hingegen hatten sich an deren Stätte versammelt. Zunächst stellten sie zwischen die zwölf stehenden Steine flache Schalen mit geweihtem Wasser aus dem See. Bei Sonnenuntergang entfachte Telka, die Hohepriesterin, zwischen den Eichen zwölf kleine Feuer sowie ein größeres in der Mitte des Steinkreises, und danach nahmen die zwölf Priesterinnen des Heiligtums in dem Raum zwischen Baum- und Steinkreis auf dem Erdboden Platz, zwischen Feuer und Wasser. Von oben hätte die Anordnung mit dem großen Feuer im Mittelpunkt wie ein Rad mit zwölf Speichen ausgesehen, wie das Rad des Lebens, das die Göttin in dieser Nacht für kurze Zeit anhalten würde.

Von allen Zeremonien, die die verschiedenen Jahreszeiten mit sich brachten, war Lusa diese am liebsten. Obwohl die Priesterinnen keine wärmenden Matten oder Decken hatten und die Nacht dort zwischen den Kreisen nur im Schutz ihrer schweren dunklen Umhänge verbrachten, spürten sie keine Kälte. Sie waren es gewohnt, bei jeder Witterung stundenlang regungslos im Freien zu kauern, den Körper vergessend, ganz darauf konzentriert, den Geist zu entleeren und die von der Göttin gesandten Bilder aufzunehmen – sei es in den Flammen eines Feuers oder in dessen wirbelndem Rauch, in einer Schale mit geweihtem Wasser oder auf der gekräuselten Oberfläche des Sees, in den verwitterten Linien der alten Steine, im Gewirr der Äste der heiligen Eichen oder in den am Himmel dahinziehenden Wolken. Diese Fähigkeit zu entwickeln war eines der Ziele ihrer strengen Ausbildung, und Lusa, deren rechtes Bein von Geburt an etwas kürzer als das linke war, hatte es als einen Segen empfunden, als sie lernte, wie sie sich von ihrem unzulänglichen, hinkenden Körper lösen konnte. Die alte Telka selbst hatte sie zu sich genommen, was für die Hohepriesterin recht ungewöhnlich war. Sie hatte das geheime Wissen der Priesterinnen an sie weitergegeben und ihren aufnahmewilligen Geist geführt und geformt. »Auf dir ruht der besondere Segen der Göttin, meine Tochter«, hatte sie in den harten Jahren der Lehre oft zu Lusa gesprochen. »In dem Maß, wie deine Füße stolpernd und hinkend am Boden haften, so vermag dein Geist, wenn du ihn nur gut von allen äußeren und inneren Einwirkungen befreist, sich in größte Höhen aufzuschwingen oder in tiefste Tiefen hinabzutauchen – der Göttin entgegen. Dein Geist ist den Gesetzen des Körpers weniger unterworfen, als dies bei anderen Menschen der Fall ist, und die Göttin wird in dir ein würdiges Gefäß finden, bereit, ihre Botschaften aufzunehmen.«

Telka behielt recht. Lusa hatte noch zu den jüngsten Priesterschülerinnen im Heiligtum gehört, als sie ihr erstes Gesicht hatte, von ungewöhnlicher Klarheit und Kraft, und sie vergaß es nie. Es war in ihrem dritten Sommer im Heiligtum gewesen, in der kleinen Halle, wo alle gemeinsamen Übungen stattfanden, in denen sie die älteren Priesterinnen unterwiesen. Die Mädchen hatten um eine große, flache, mit Wasser gefüllte Bronzeschale gekniet, um wie immer zu üben, Bilder in sich aufsteigen zu lassen und auf der spiegelnden Wasseroberfläche zu erkennen. Da hatte Lusa auf einmal gesehen, wie sich das Wasser leicht kräuselte, als striche ein Windhauch darüber. Überrascht war sie zurückgewichen; an den ausdruckslosen Mienen der anderen hatte sie erkannt, daß diese ganz offensichtlich nichts Ungewöhnliches wahrnahmen. Die Priesterin, die durch die plötzliche Bewegung ihres Kopfes auf sie aufmerksam geworden war, hatte ihren Finger an die Lippen geführt zum Zeichen des Schweigens, war dann hinter sie getreten und hatte ihr mit sanftem Druck die Hände auf die Schultern gelegt. Lusa hatte die Bedeutung dieser Geste gleich erfaßt: sie solle nicht erschrecken und sich zurückziehen, sondern sich furchtlos und ruhig den Bildern öffnen, die zunächst wirr und verschwommen, dann aber immer klarer und deutlicher in der bronzenen Schale aufgestiegen waren.

Lusa hatte sich bemüht, langsam und gleichmäßig zu atmen, um – wie man es sie gelehrt hatte – ihr pochendes Herz zu besänftigen, und ihren Blick zu dem dunklen Wasser zurückgezwungen. Später war sie sich allerdings nie ganz sicher, ob ihre Augen tatsächlich offen gewesen waren oder ob die Bilder hinter ihren geschlossenen Lidern aus ihrem Innern aufgestiegen waren. Zunächst sah sie nur schattenhafte Umrisse, die ständig ihre Form veränderten, als ob sich in der Schale am Himmel schnell dahinziehende Wolken spiegelten. Dann war ihr, als ob sich die Schatten vertieften und langsamer bewegten. Ihr Auf und Ab schien auf einmal zielstrebiger zu sein, nicht reinen Zufälligkeiten unterworfen, sondern dem Zwang, sich zu einem bestimmten Bild zusammenzufügen. Es begannen sich Formen zu bilden, die dem menschlichen Auge vertraut waren. Das erste, was Lusa sah, waren Bäume, viele hohe Bäume im jungen Grün des Frühlings, mit ineinander verwobenem Geäst und – wie ein Spiegelbild – in der Erde verzweigten Wurzeln. Als Lusa klarwurde, daß sie tatsächlich auch die Wurzeln der Bäume sah, erschrak sie von neuem, und für einen kurzen Augenblick durchzuckte sie Angst, den Visionen, die sie erwarteten, nicht gewachsen zu sein. Sie spürte zwar noch den beruhigenden Druck der Hände der Priesterin auf ihren Schultern, aber irgendwie schien diese Berührung in die Ferne gerückt, als hätte sie die Grenzen ihres Körpers weit hinter sich gelassen. Doch schon im nächsten Moment forderte die Orakelschale ihre ungeteilte Aufmerksamkeit: das Bild veränderte sich. Unter den Bäumen schlängelte sich nun ein Pfad dahin, und auf dem Pfad wandelte eine hohe, schlanke Gestalt, die in ein weites, grünes Gewand gehüllt war und ihr den Rücken zuwandte; dennoch wußte Lusa, daß es eine Frau war, die da durch den Frühlingswald schritt. Plötzlich begann das Bild zu verschwimmen, als ob aus heiterem Himmel Regen darauf fiele. Lusa schaute wie gebannt, und abermals zeigte sich ein klares Bild in der Orakelschale. Es waren wiederum Bäume zu sehen, diesmal in tieferem Grün und mit ihrer Frucht an den Zweigen, und unter ihnen breitete sich nun ein üppiger Teppich aus Moosen, Gras und Farnen aus. Auch der Pfad fand sich wieder; er war nur schmaler als zuvor, als bedränge ihn die sprießende Natur von allen Seiten. Während Lusa noch die Einzelheiten des Bildes in sich aufnahm, entdeckte sie erneut die Frau, die durch den Wald wandelte. Es war zweifellos dieselbe Gestalt, doch jetzt umgab sie ein tiefgoldenes Gewand wie eine leuchtende Wolke, auf der sie zu schweben schien. Funkelnde Lichtreflexe, wie vom Schein einer unsichtbaren Sonne, huschten über das Bild, und Lusa, die unwillkürlich die Luft angehalten hatte, tat einen tiefen Atemzug: sie kannte die Gestalt, sie kannte sie seit langem, genau wie alle anderen im Heiligtum! Es war die Göttin selbst, die sich ihr in der Gestalt der Siwa, der strahlenden Göttin des Sommers, der Reife und der Ernte, offenbarte, und in dem Bild zuvor war es ebenfalls die Große Göttin gewesen, in ihrer Form als Vesna, die über den Frühling, das Wachstum und die Fruchtbarkeit herrschte. Lusa vermochte nicht ihren Blick von der leuchtenden Gestalt zu lösen, bis plötzlich der Blitz eines Sommergewitters über das Bild zuckte und es wieder verschwamm, als würde es von fallendem Regen verwischt. Als es sich ein weiteres Mal klärte, sah Lusa in der Orakelschale den schon vertrauten Wald, durch dessen Gezweig nun der Sturmwind fuhr. Bunte Blätter wirbelten durch die Luft, bis die Äste sich schließlich kahl und schwarz von dem nur wenig helleren Himmel abhoben. Es war offensichtlich Nacht, und es war Winter. Im bleichen Licht eines fernen Mondes konnte Lusa unter den leblosen Bäumen die Göttin erkennen, in der dritten und letzten ihrer Gestalten: sie war Morana, die Herrin des Winters, des Schweigens und des Stillstandes. Der Umhang, den sie trug, schien genauso schwarz wie die Bäume, aber Lusa wußte, daß er in Wirklichkeit von einem sehr dunklen Blau war, so wie die Farbe des Sees, kurz bevor sich die Nacht darüber senkte. Langsam wandelte Morana unter den Bäumen dahin. Hinter ihr blieb der im Dunkel der Nacht unsichtbare Pfad silbrig schimmernd zurück, überzogen von Reif. Dann nahm Lusa wahr, daß sich die Bäume allmählich lichteten, bis sie nur noch vereinzelt standen. Die Göttin hatte den Waldrand erreicht. Während sie dort einen Augenblick verharrte, fielen aus dem nächtlichen Himmel einzelne Schneeflocken und verdichteten sich rasch zu einem wirbelnden weißen Vorhang, der sich wie ein Schleier über das Bild senkte. Doch nach einer Weile fielen die glitzernden Flocken spärlicher, und schließlich legte sich der Schneefall ganz. Die Göttin war nicht mehr zu sehen, aber in der Orakelschale zeigte sich nun das Bild, das sie von der Stelle am Waldrand aus vor Augen gehabt haben mußte: vom Rand einer Anhöhe sah man auf eine kleine Halbinsel herab, deren Umrisse sich weiß und schneebedeckt vom dunklen Wasser eines sie umgebenden Sees abhoben. Lusa erkannte den Ort sofort – das war ihre Halbinsel, die Stätte des Heiligtums von Racigard! Zwar waren weder Wall und Palisade noch Tempel und Häuser auszumachen, aber der Steinkreis war da. Trotz der Entfernung hoben sich unverkennbar die zwölf grauen Steine im Licht des Vollmondes von ihrem schneebedeckten Untergrund ab. Als Lusa sich erregt über die Orakelschale beugte, um weitere Einzelheiten zu erkennen, begann auf einmal der Steinkreis sich zu drehen, immer schneller, und wuchs dabei an, bis er das ganze Bild ausfüllte, so daß der Mond schließlich in seiner Mitte war. Lusas angestrengte Augen konnten dem Wirbel kaum folgen, ihr Herz schlug bis zum Hals, und das Bild verschwamm vor ihrem Blick. Plötzlich sah sie nur noch das klare, dunkle Wasser in der Orakelschale vor sich, und das Bild, das sich darin spiegelte, war nicht der Mond, wie sie im ersten Moment geglaubt hatte, sondern ihr eigenes bleiches Gesicht.

Erschöpft sank sie zu Boden, und als sie wieder zu sich kam, fand sie sich auf ihrem Lager in Telkas Haus wieder. Ein kleines Feuer, das auch im Sommer brannte, ließ flackernde Schatten über die Wände tanzen. Telka saß davor auf einem niedrigen Schemel, über den sie ein Schaffell gebreitet hatte. Obwohl sie in die Flammen blickte und Lusa den Rücken zukehrte, spürte sie, daß Lusa erwacht war, denn ohne sich umzudrehen, sprach sie: »Nun, meine Tochter, bist du bereit, über das zu sprechen, was du gesehen hast? Fürchte dich nicht, erzähl mir alles, dann wollen wir sehen, was für eine Botschaft dein erstes Gesicht enthält!« Lusa war mehr als erleichtert, ihr Erlebnis mit jemandem teilen zu können, und so ließ sie die einzelnen Bilder noch einmal an ihrem inneren Auge vorüberziehen und beschrieb sie Telka.

»Die Göttin hat sich dir also in ihren drei Gestalten gezeigt«, meinte Telka, als Lusa ihre Schilderung beendet hatte. »Das ist ein besonderes Zeichen ihrer Huld, und es bedeutet, daß du zu allen Aspekten ihres Wesens Zugang hast. Und der Weg durch den Wald, durch das Jahr: das ist der Weg, den du selbst zurücklegen mußt, bevor du zu wahrer Einsicht und Weisheit gelangst. Schwer ist dieser Weg, sehr schwer, Lusa, denn wie du gesehen hast, gibt es zerstörerische Kräfte, die untrennbar zu jeder Station gehören, die du zu durchleben hast. Du bist jetzt noch ganz am Anfang deines Weges, dort, wo sich erstes zartes Grün im Frühlingswald zeigt, und es ist für dich nun die Zeit des Wachstums gekommen, des Lernens, Begreifens, Formens, bevor du über die Fruchtbarkeit zur Reife deines Sommers gelangst und von dort zur Ernte, zum Welken und zum Stillstand … Und du weißt, was du vom Frühling auch zu erwarten hast: den heftigen Regen, der die Erde nicht nur tränkt und nährt, sondern sie oftmals überschwemmt oder gar fortspült! Und du wirst lernen müssen, deinen Weg dennoch zu gehen, selbst wenn der Pfad unpassierbar scheint …« Lusa hatte sich inzwischen auf ihrem Lager aufgerichtet und nickte schweigend. Telka warf ihr einen kurzen Blick zu und fuhr fort: »Und noch etwas: das letzte Geheimnis, nämlich das große Rad des Lebens, wird sich dir erst dann offenbaren, wenn dein eigener Weg zu Ende ist. Morana ist es, die dich dorthin bringt, und erst wenn der Schnee des Winters auf dein Leben gefallen ist und es Nacht wird für dich, dann wirst du an diese letzte, die geheimste der Stätten gelangen. Trachte also nicht schon jetzt danach, die Zeit dafür ist noch lange nicht reif, sondern geh deinen Weg stets in Ehrfurcht vor dem Leben, das nie endet, auch wenn es für den einzelnen irgendwann einmal stillsteht!« Lusa nickte wieder, aber sie wußte, daß sie Telkas Worte lange Zeit in sich tragen würde, bevor sie ihren Sinn ganz verstanden hatte.

Seit jenem Tag hatte sie häufig Gesichte gehabt, meist kleinere Szenen, die sich auf das Leben in Racigard bezogen, manchmal eine Warnung der Göttin vor drohenden Unwettern oder besonders harten Wintern. Bisher hatte sie die Bilder immer frei in sich aufsteigen lassen, aber sie wußte, daß es auch einen anderen Weg gab: eine bestimmte Frage zu stellen und die Gedanken in diese Richtung zu schicken. Dieser Weg war eigentlich den älteren Priesterinnen vorbehalten, deren geistige Kräfte geschulter und leichter zu lenken waren, aber heute abend, nach ihrem beunruhigenden Gespräch mit Svetlav, wollte Lusa wenigstens einen Versuch wagen. Schlimmstenfalls würde die Göttin sich verschließen und ihr zu verstehen geben, daß sie sich nichts anmaßen sollte, was ihr nicht zustand – dann würde sie sich diesem Willen gerne beugen.

Kurz vor Sonnenuntergang begaben sich die zwölf Priesterinnen zum Steinkreis. Schweigend standen sie auf ihren Plätzen zwischen Bäumen und Steinen und warteten darauf, daß die Sonne hinter den waldigen Hügeln im Westen versank. Als die Sonne untergegangen war und nur noch ein roter Himmel an den vergangenen Tag erinnerte, trat Telka mit gemessenem Schritt in den Steinkreis und zündete den vorbereiteten Holzstoß in der Mitte an. Eine leichte Abendbrise fuhr in die Flammen, ließ sie knisternd auflodern und wehte ihren nachtblauen Umhang zurück. Dann trat in der Reihenfolge der Anzahl ihrer Jahre als Priesterin eine nach der anderen vor, entzündete einen Holzspan am großen Feuer und setzte damit wiederum den kleineren Holzstoß zwischen den Eichen hinter ihr in Brand. Lusa war die drittletzte, die in die Mitte des Steinkreises trat, und in ihrer inneren Erregung brauchte sie länger als die anderen, bis ihr Span Feuer gefangen hatte. Sie mußte sich geradezu zwingen, mit langsamen Schritten, wie sie es gelernt hatte, zu ihrem Holzstoß zu gehen, denn wenn der Span verlöschte, bevor sie ihr Feuer damit angezündet hatte, wäre dies ein schlechtes Vorzeichen gewesen. Das letzte der zwölf kleinen Feuer wurde wiederum von Telka entzündet, die bis dahin die Zeremonie von der Mitte des Steinkreises aus überwacht hatte – dadurch folgte auf die unerfahrenste Priesterin wiederum die höchste, der Kreis war geschlossen, das Rad des Lebens konnte sich drehen.

Die Priesterinnen ließen sich nun auf die Erde nieder und zogen ihre Umhänge dichter um sich. Das Ritual verlangte, daß sie das Gesicht bis Mitternacht dem zentralen Feuer zuwandten und sich gleichsam auf das Innerste, den Mittelpunkt aller Dinge, konzentrierten. Erfüllt von der Kraft und Energie, die von dem großen Feuer ausging, drehten sie diesem dann den Rücken zu, so daß sie, jede mit ihrem Tochterfeuer vor sich, nun alle nach außen blickten, der in der Nacht wandernden Göttin

entgegen. Erst wenn die Röte des nahenden Tages über dem östlichen See aufstieg und das letzte Feuer heruntergebrannt war, fand die Zeremonie ihr Ende.
So saß Lusa an diesem Abend im Kreis der Priesterinnen, blickte über die wassergefüllte Schale, die vor ihr zwischen den Steinen stand, auf das große Feuer in der Mitte des Kreises, und versuchte, ihren Geist zu leeren und der Göttin zu öffnen. Doch ihre Gedanken kehrten immer wieder zu Svetlav zurück, zu der Botschaft, mit der er unterwegs war und zu ihrer eigenen inneren Unruhe. O Göttin, dachte sie, was ist das für eine Bedrohung, die ich so deutlich spüre? Hilf mir, weise mir den Weg, zeig mir die Antwort ... Langsam verblaßte das Abendrot am westlichen Himmel und wich einem dunklen Blau, das sich ausbreitete und die letzte Helligkeit des Tages verdrängte. Man konnte bereits erste Sterne erkennen, und über den Höhen im Osten stieg langsam ein bleicher, sichelförmiger Mond auf. Der leichte Wind hatte sich schon wieder gelegt, und das große Feuer brannte ruhig und hell. Seine Flammen tauchten die Steine des Kreises in rötliches Licht und spiegelten sich in den wassergefüllten Schalen. Aus den Wäldern jenseits des Sees drang der Schrei eines Käuzchens. Ob Svetlav sich vor dem froststarren Atem der Göttin rechtzeitig in Sicherheit gebracht hatte? fragte sich Lusa. Wo mochte er jetzt sein? Hatte er das Grabhügelfeld schon erreicht? Wie würde er diese Nacht wohl verbringen? Sie merkte, daß ihre Gedanken wieder auseinandertrieben, wie die ringförmigen Wellen, die sich auf dem See bildeten, wenn man einen Stein ins Wasser warf. Sie rief sich innerlich zur Ordnung und begann von neuem, ihre Gedanken auf die Frage zu konzentrieren, deren Beantwortung ihr so sehr am Herzen lag. Aber wie sie sich auch bemühte, die Göttin schickte ihr kein erhellendes Gesicht. In den Flammen des großen Feuers und im Wasser der Orakelschale zeigten sich nur kurze, wirre Bilder, die sich in wirbelnde Formen und Farben auflösten, bevor Lusa etwas erkennen konnte. Ihr wurde klar, daß dies die Spiegelbilder ihrer eigenen aufgewühlten Gedanken waren, und sie verstand, daß sie erst zur inneren Ruhe zurückfinden mußte, wenn sie eine Botschaft der Göttin empfangen wollte. Sie bemühte sich also, gleichmäßig und ruhig zu atmen, an nichts zu denken, keine Fragen mehr zu stellen und nur auf das zu warten, was die Göttin ihr zeigen würde. Lange saß sie so da, starrte mit blicklosen Augen auf das große Feuer, auf die Steine und in das Wasser in der Schale vor ihr. Nichts zeigte sich, und nur gelegentlich schien sich ein Schatten zu formen, der gleich darauf wieder zerrann.

Lusa hatte bereits jegliches Gefühl für Zeit verloren, als Telka nach einem Blick auf den Mond, der jetzt fast über ihnen stand, das Zeichen gab, sich umzuwenden und dem großen Feuer den Rücken zuzukehren. Die Priesterinnen hatten nun die Eichen und die kleinen Feuer vor sich, und Lusas Blick wanderte ziellos von den Feuern hinauf in die verwobenen Kronen der Bäume. Jenseits des Eichenkreises stand die Nacht wie eine schwarze Wand, und der Atem bildete bei jedem ihrer Züge einen zarten weißen Nebel. Kein Laut war zu vernehmen außer dem Knistern der Flammen. Eine kleine Dunstwolke schob sich langsam über den Mond und nahm ihm für einige Augenblicke den fast schmerzenden kalten Glanz. Da war es Lusa, als würden sich die Eichen vor ihr bewegen und, wie von unsichtbaren Äxten gefällt, lautlos zu Boden stürzen. Im nächsten Moment schienen sie zu brennen, und die kleinen Feuer verwandelten sich in hoch auflodernde Flammen. Lusa stöhnte leise und wischte sich die Schweißperlen ab, die sich auf ihrer Stirn gebildet hatten. Dann fühlte sie sich der Szene auf einmal entrückt, wie von der Hand einer Riesin aufgehoben und davongetragen, und sie sah alles nur noch aus weiter Ferne. Sie begriff, daß sie aus größerer Höhe über das Heiligtum blickte. Der Ort und die Perspektive kamen ihr bekannt vor, und die Erinnerung an ein anderes, um so viel schöneres Bild schob sich ihr für einen Moment vor die Augen: ein Kreis stehender Steine im glitzernden Schneegestöber einer Winternacht... Auch jetzt schien Schnee zu fallen, allerdings vermischt mit Regen und Graupel, schwere, nasse Flocken, die auf dem Boden zerrannen, und es war auch keine stille, friedvolle Nacht, sondern es herrschte das trübe Zwielicht der Dämmerung, in dem sich ihr das ganze Ausmaß einer wütenden Zerstörung zeigte. Die heiligen Eichen lagen wie verkohlte Kadaver auf der nassen Erde, und auch die stehenden Steine waren nicht verschont geblieben: die unbekannten Angreifer hatten fast alle umgestürzt und mit Dreck und Unrat besudelt. Überall auf der kleinen Halbinsel stieg der Rauch in qualmenden Säulen auf, und sämtliche Gebäude, selbst der große Tempel des Svetovit, schienen zu Asche und Trümmern verbrannt zu sein.
Dann begann das grauenhafte Bild langsam zu verblassen; das düstere Zwielicht wurde zur gnädigen Dunkelheit, die ihren Mantel über die Halbinsel breitete. Bevor sich die Nacht aber ganz herabsenkte, sah Lusa in der Mitte des zerstörten Steinkreises eine Gestalt, eine Frau, die nicht viel größer war als die letzten noch stehenden Steine. Die Frau bewegte sich – nein, nicht nur das, sie tanzte! Lusa beobachtete die Szene ungläu-

big. Tatsächlich: mitten in all der Zerstörung, in den Trümmern des Heiligtums tanzte diese Frau, und ihr langes, rötliches Haar wehte im Wind. Sie tanzte, bewegte sich zu den Klängen einer unhörbaren Musik, wiegte den Körper, breitete die Arme weit aus und drehte sich schneller und schneller. Doch selbst aus der Ferne war zu erkennen, daß die Bewegungungen irgendwie unregelmäßig waren, als ob ... Und Lusa begriff endlich. Die Tänzerin hinkte ... Die hinkenden Schritte waren das Letzte, was sie sah, bevor sich die Szene gänzlich auflöste und mit dem nächtlichen Himmel darüber verschmolz. Der Schrei, der dann aus ihr hervorbrach, war so durchdringend, daß die Feuer im Heiligtum aufflackerten und die Menschen in der Siedlung im Schlaf stöhnten.

Der Flötenspieler

Dort, wo die Priesterinnen die Sonne hinter den Wäldern hatten versinken sehen, befand sich der Flötenspieler. Er hatte die Gestalt eines Jünglings, schlank und hochgewachsen, und das Haar, das von einem silbernen Schläfenring zurückgehalten wurde, fiel ihm bis auf die Schultern herab. Sein Schritt war leicht und lautlos wie der eines Tänzers, und mit dem unerschöpflichen Atem der Jugend spielte er fast ununterbrochen Melodien auf seiner Weidenflöte. Wer ihm jedoch in die Augen blickte, erkannte, daß es alte Augen waren, die von weither auf die Welt blickten, denen nichts fremd war, die sahen, was hinter dem Sichtbaren stand und noch viel mehr. Der Flötenspieler saß auf einem umgestürzten Baumstamm, der im moosigen Grund am Rand eines Birkenwäldchens fast versunken war. Vor ihm erstreckte sich bis zum Horizont ein ödes Moor, dessen Röhricht in einer leichten Brise raschelte. Ein Reiher schwang sich mit schweren, trägen Flügelschlägen in den Abendhimmel auf. Der Flötenspieler griff zu seinem Instrument und gab in einer leisen, dunklen Tonfolge das Rascheln der Binsen und den Flügelschlag des Reihers wieder; dann ging er über zum Lied der heraufdämmernden Nacht, dem Lied des Sichelmondes, der Sterne und des aufsteigenden Nebels. Er hatte keine Zuhörer, er spielte nie für Zuhörer; es ging ihm vielmehr darum, mit seiner Musik das Wesen der Dinge zu beschreiben und ihre Geschichte zu erzählen. Dies war eine einsame, verlassene Gegend, und schon mischten sich in sein Spiel Klänge der Öde und der Abgeschiedenheit. Das Sachsenland lag hinter ihm, hier begann das Grenzland der Polaben. Der Flötenspieler ließ für die Sachsen eine kräftige, einfache und derbe Weise erklingen, aber als er dann für das vor ihm liegende Land spielen wollte, stieg eine so traurige Melodie in ihm auf, daß er über den Schmerz, der darin lag, selbst erstaunt war. Wehmütig klang seine Flöte über das nächtliche Moor. Und auf einmal fiel ihm zu der Melodie ein Gesang ein; er setzte die Flöte ab und begann mit klarer Stimme zu singen:

Wann kam das Unglück in das Land?
Wann begann das Blutvergießen?
Der Kaiser schlug Nakon, beugte ihm die Knie,
Beugte ihm das Haupt zu demütigem Gebet,
Nakon ward Christ.

Nakons Sohn war Mistivoj.
Von seinem Volke trennte ihn das Kreuz.
Er brach die Sippe, erschlug den Vetter,
Obwohl sie derselben Ahnen Blut verband,
Ihn und Zelibar.

Wann kam das Unglück in das Land?
Wann begann das Blutvergießen?
Mistivoj zeugte Mitislav.
Außer Landes jagten ihn und seinen Gott
Die Erben Zelibars.

Mitislavs Sohn war Uto.
Wohlgelitten in sächsischen Kirchen
Blieb er doch glücklos.
Die falschen Freunde brachten ihm Tod
Um einen Becher Wein.

Wann kam das Unglück in das Land?
Wann begann das Blutvergießen?
Uto zeugte Gottschalk,
Den Pfeiler der christlichen Kirche,
Der Rache schwor.

Von Norden her, von Hedeby,
Kehrt siegreich er ins Land zurück.
Zu Boden sinken heilige Eichen.
Es zeigen den Heerweg dir
Brennende Tempel.

Wider des Kreuzes schweres Joch
Erhebt Blusso sich, Starigards Herr.
Der Viergesichtige führt ihn siegreich
Zur Schlacht; das Blut Gottschalks rötet
Der Labe Flut.

Wann kam das Unglück in das Land?
Wann begann das Blutvergießen?
Gottschalk zeugte Bodivoj.
Zorngeschwollen verheert er die Heimat,
Bis Blusso fällt.

Blussos Sohn ist Kruto.
Er rächt den Vater; zu Plune
Erschlägt er Bodivoj.
Von neuem erheben sich heilige Stätten
Unter schattigen Eichen.

Nun nennt mir den,
Der im Dänenreich sitzt,
Den finsteren Blick nach Starigard richtet!
Nach bitterer Rache trachtet dort Heinrich,
Jüngster Sproß Gottschalks.

Wann weicht das Unglück?
Wann endet das Blutvergießen?
Im Schatten des Kreuzes kämpft Sohn gegen Sohn.
Doch dir, Herr Kruto, hat noch kein Erbe
In der alten Wiege gelegen …

Darya

Es war ein klarer, kalter Morgen, und Darya lief so schnell, daß der Zopf auf ihrem Rücken auf und ab tanzte. Sie lief über die Insel, und als die Siedlung außer Sichtweite hinter ihr lag, gestattete sie sich von Zeit zu Zeit einen übermütigen kleinen Hüpfer. An diesem Morgen erschien ihr alles heiter und schön; der froststarre See, die letzten zu Boden sinkenden Blätter, selbst die Krähen in den Bäumen. In jeder Kleinigkeit sah sie ein gutes Zeichen, das ihr eine rosige Zukunft verhieß, und der makellose frühe Tag war für sie ein Versprechen kommender glücklicher Zeiten. Am liebsten hätte sie Ragnars Namen laut gesungen. Immer wieder griff sie sich an den Hals, um sich zu vergewissern, daß die Kette noch da war und bei dem schnellen Lauf nicht verlorengegangen war. Dort, wo das Kreuz unter ihren Kleidern auf der Haut lag, hatte sie fast das Gefühl einer körperlichen Berührung, und von neuem und zum abertausendsten Mal seit dem vergangenen Abend rief sie sich jede Einzelheit ihrer Begegnung mit Ragnar vor Augen. Oh, wie sie darauf brannte, alles ihrer Schwester zu erzählen! Ihre Freude zu teilen! Dann legte sie eine gesittetere Gangart ein, denn sie war jetzt so dicht am Wall rund um das Heiligtum, daß sie von dort leicht gesehen werden konnte. Als sie kurze Zeit später zu den beiden Wächtern trat und um Einlaß bat, war sie kaum noch außer Atem.

Die Männer kannten Darya und gaben ihr gleich den Weg frei, allerdings nicht, ohne ein paar scherzende Worte mit ihr gewechselt zu haben. Darya hatte es so eilig, daß sie am liebsten gleich zu ihrer Schwester gelaufen wäre, aber sie wollte nicht unhöflich sein und ging auf die Neckereien der Männer ein. Beide Wachen sahen ihr noch lange anerkennend nach, als sie ihren Weg fortsetzte. Darya hielt indessen eifrig nach ihrer Schwester Ausschau. Dort war der Steinkreis, und zwischen den Eichen lag noch die Asche der Feuer der vergangenen Nacht. Aber die Priesterinnen waren nicht mehr draußen, und Lusa war auch nicht am Seeufer zu finden, wo sie sonst oft saß und ins Wasser blickte. Wahrscheinlich war sie mit den anderen Priesterinnen zusammen im Gemeinschaftshaus, und da durfte Darya nicht stören. Enttäuscht sah sie sich noch einmal um, aber die heilige Stätte lag leer und verlassen. Langsam ging sie zum Tor zurück, aber

als sie an Telkas Haus vorbeikam, folgte sie einer Eingebung, stieg die vier Stufen hinab, die zur Tür führten, und klopfte an.
Es dauerte eine Weile, aber schließlich wurde die Tür langsam geöffnet, und Lusa stand vor ihr. »Schwester!« rief Darya, und in ihrer Freude, sie doch noch gefunden zu haben, fiel ihr Lusas verweintes Gesicht gar nicht auf. Statt dessen umarmte sie die schmale Gestalt im dunkelblauen Umhang herzlich und rief: »Schwester, ich habe dich gesucht, ich muß mit dir sprechen – darf ich eintreten?« Lusa wich zurück und bedeutete Darya, näherzutreten. Darya folgte ihr und ließ ihre Blicke neugierig im Haus der alten Priesterin umherwandern. Sie war noch nie hiergewesen, und jetzt gestand sie sich ein, daß sie irgendwie mit etwas Besonderem, ja, vielleicht sogar Unheimlichem gerechnet hatte – denn jeder wußte, daß die alte Telka sich auf Dinge verstand, die sich ein gewöhnlicher Mensch noch nicht einmal vorzustellen vermochte. Aber als sich ihre Augen an das Dämmerlicht gewöhnt hatten, stellte sie fast enttäuscht fest, daß sie sich in einem ganz normalen, eher kleinen Haus befand. Wie die meisten Häuser Racigards war es über einer rechteckigen, etwa drei bis vier Fuß in die Erde gegrabenen Grube errichtet. Der Boden bestand aus gestampftem Lehm und die Wände aus Flechtwerk. Darüber erhob sich das spitz zulaufende, mit Riedbündeln gedeckte Dach, unter dem allerdings anstelle des üblichen Räucherfleisches und Trockenfisches viele Sträuße und Büschel aus getrockneten Kräutern hingen. Ihre Gerüche, teils süß, teils harzig, teils bitter und teils frisch, vereinigten sich zu einem unbeschreibbaren und doch überaus angenehmen Duft, der das ganze Haus erfüllte. Die gemauerte Feuerstelle im hinteren Teil des Raumes war rund, und das Feuer, das darin brannte, war die einzige Lichtquelle. Kerzengerade stieg der Rauch zum Dach auf und zog durch die Öffnung am Giebel ab; das Ried hatte er dabei schon kräftig geschwärzt. Lusa war allein, und Darya war froh darüber, denn sie fürchtete die alte Priesterin, und wie hätte sie in deren Beisein ihre Geschichte erzählen können? So zog sie ihre Schwester an der Hand zur Feuerstelle und redete derweil schon eifrig auf sie ein.
»Lusa, ich muß dir unbedingt etwas erzählen! Gestern nacht ist etwas geschehen – also, du bist die einzige, mit der ich darüber reden kann ... Du mußt mir aber schwören, daß du alles für dich behältst; keiner darf davon wissen, und doch brauche ich dringend einen Rat!«
Lusa hatte noch kein Wort gesprochen, aber nun tat sie einen tiefen Atemzug und sagte: »Komm, wir wollen uns erst einmal setzen, dann

kannst du mir alles berichten!« Seite an Seite ließen sich die beiden Schwestern auf einer niedrigen, schmalen Bank nieder, die Lusa noch ein wenig näher ans Feuer gezogen hatte. Darya hob ein kleines Stück Holz vom Boden auf und drehte es unruhig in den Händen hin und her, während sie sprach.

Etwas verlegen erzählte sie zunächst von dem christlichen Gotteshaus, wie sie Ragnar darin erblickt und wie sie sich später draußen getroffen hatten. Sie erzählte von dem gemeinsamen Weg durch den nächtlichen Wald, wovon sie gesprochen hatten und wie geborgen sie sich an seiner Seite gefühlt hatte. »Und dann«, schloß sie ihren Bericht, »gab er mir diese Kette.« Sie griff in ihre Kleider und holte das Kreuz heraus. »Und er sagte, daß wir uns wiedersehen werden!« Lusa hatte die ganze Zeit geschwiegen, und Darya stellte befremdet fest, daß die Schwester noch nicht einmal einen Blick auf das silberne Schmuckstück geworfen hatte, sondern einfach nur regungslos in die Flammen schaute. »Lusa, so sag doch etwas! Ragnar ist schöner und stattlicher als jeder hier in Racigard, – und – und – auch ich würde ihn gerne wiedersehen!« Lusa schwieg noch immer, und Darya, dadurch unsicher geworden, sprach schneller und schneller. »Lusa, er ist etwas ganz Besonderes, stark und kühn, ich ... ich möchte mich am liebsten nie wieder von ihm trennen ... Ich glaube, ich ... liebe ihn ... Begreifst du das? Er ist doch ein Däne! Man wird unsere Beziehung unterbinden! Vater wird mich im Haus einsperren! Vielleicht zwingt er mich sogar, einen aus Racigard zum Mann zu nehmen ... und ... ich kann Ragnar nie wiedersehen!« Allein die Vorstellung trieb ihr die Tränen in die Augen. »Ich bin so froh, so glücklich wie nie zuvor in meinem Leben, und gleichzeitig habe ich soviel Angst ... Oh, Lusa, was soll ich nur machen?«

Langsam wandte sich Lusa ihr zu, und es schien, als fiele es ihr schwer zu sprechen, denn ihre Stimme klang matt, fast brüchig. »Was soll ich dir sagen, Schwester? Es gibt nur einen einzigen Rat für dich: folge deinem Herzen, hüte dein Geheimnis gut, bis du dich irgendwann einmal offen zu deiner Liebe bekennen kannst, und hoffe, daß dein Geliebter genauso fest zu dir steht wie du zu ihm!«

Die knappe Antwort enttäuschte Darya, und sie war ein wenig gekränkt, daß die Schwester dem großen Ereignis, das in der letzten Nacht ihr ganzes Leben verändert hatte, offenbar sowenig Bedeutung beimaß. Ärgerlich rückte sie ein Stückchen von Lusa ab. »Diese Antwort hätte mir jedes Dorfmädchen geben können!« rief sie. »Von dir, muß ich sagen, hätte ich mehr erwartet! Begreifst du denn nicht, ich liebe Ragnar, und für mich wird es ein Leben ohne ihn nicht mehr geben! Aber vielleicht kannst du das ja auch gar nicht verstehen, Lusa – hier in deinem Heiligtum, so abgeschirmt vom wirklichen Leben … Du hast deine Göttin, und für jemand anderen gibt es in deinem Herzen keinen Platz, und vielleicht beneidest du sogar diejenigen, bei denen das anders ist!«

Verstimmt schwieg Darya. Sie hatte nicht so heftig werden wollen, aber Lusas beherrschte Art, die anscheinend keine Gefühle kannte, machte sie zornig. Wie alle Priesterinnen tat Lusa immer so überlegen und allwissend, und dabei war Darya sicher, daß noch nie ein Mann die hinkende Schwester so angesehen hatte wie Ragnar sie in der letzten Nacht. Ärgerlich warf sie das Holzstück in die Flammen. Da legte Lusa ihr den Arm um die Schultern, und als sie sprach, war ihr Tonfall genauso gleichmäßig und ruhig wie immer.

»Du brauchst mir nicht zu zürnen, Darya. Du denkst, ich verstehe dich nicht, aber das ist nicht wahr; ich verstehe dich sehr gut, viel besser, als du dir vielleicht vorstellen kannst. Der Rat, den ich dir gegeben habe, ist der beste, den ich weiß, und er kommt aus ehrlichem Herzen. Ich bin auch fern davon, dich um deine Liebe zu beneiden – in den Zeiten, die auf uns zukommen …« Sie hielt einen Moment inne, und als sie weitersprach, war ihre Stimme so leise, daß Darya sie kaum verstehen konnte. »Ich sollte eigentlich mit keinem darüber sprechen, doch dir will ich es sagen: wisse, daß ich in der vergangenen Nacht gesehen habe, weit gesehen – weiter als je zuvor.«

Darya hob überrascht den Kopf und sah sie an. Die starre Haltung, die sie angenommen hatte, lockerte sich, und sie griff nach der Hand der Schwester, die immer noch auf ihrer Schulter ruhte. »Oh, Lusa!« – sie flüsterte es unwillkürlich – »was ist – was wird geschehen?« Lusa schwieg, und Darya wiederholte ihre Frage lauter und drängender. Als die Schwester wieder sprach, klang ihre Stimme so erschöpft und bedrückt, daß Darya sich fragte, wie ihr dies vorher hatte entgehen können. Bestürzt beugte sie sich vor, blickte Lusa ins Gesicht und erschrak beim Anblick der sorgenvollen Züge.

»Ach, Darya, es ist, wie ich es sagte – und mehr kann ich nicht sagen. Es werden schwere Zeiten kommen … dunkle Zeiten … unser Leben wird sich ändern … alles wird sich ändern … Hüte deine Liebe und bewahre sie, vielleicht wird die Göttin euch schützen! Es ist keine gute Zeit, um jemanden zu lieben, der von jenseits unserer Grenzen kommt – ach, es ist keine gute Zeit, überhaupt jemanden zu lieben!« fügte sie nach einer Pause nachdenklich hinzu.

Darya sprang erregt auf. »Was meinst du damit? Wird es Krieg geben? Müssen wir um unser Leben fürchten? Ist Ragnar in Gefahr? So sprich doch!«

Aber Lusa schüttelte nur wortlos den Kopf und blickte der Schwester dann in die Augen. »Ich kann es dir nicht sagen, Darya, denn ich weiß selbst nicht, was es ist, das da auf uns zukommt. Die Göttin offenbart nie alles! Ich habe nur Zerstörung gesehen – eine große Zerstörung; das magst du verstehen, wie du willst, aber ich bitte dich: behalte meine Worte für dich! Du weißt, daß eine Priesterin mit keinem über ihre Gesichte sprechen darf, der nicht zum Heiligtum gehört, und ich will dich nur warnen – damit du wachsam bist für dich und für deine Liebe. Und«, setzte sie hinzu, mit der Hand auf Daryas Brust deutend, »denke daran, daß man das Kreuz hier nicht gerne sieht, denn es ist das Zeichen des Schwertes und hat bisher nur Unheil über uns gebracht! Laß es keinen sehen, ja, vielleicht solltest du es besser ablegen und irgendwo verstecken.«

»Das werde ich nicht tun«, sagte Darya bestimmt. »Ich werde mich nie mehr davon trennen; es sei denn, Ragnar fordert es zurück!« Und in Gedanken fügte sie hinzu: wer weiß denn, ob der Christengott nicht doch mächtiger ist als deine Göttin? Letzte Nacht hat er mich jedenfalls wunderbar vor ihrem Zorn beschützt …

Lusas Augen ruhten nachdenklich auf der Schwester. »Fühl dich nie zu sicher!« sagte sie plötzlich, und Darya hatte das Gefühl, Lusa habe ihre Gedanken gelesen. Der milde Kräuterduft im Haus der Priesterin kam ihr auf einmal aufdringlich und schal vor.

»Ich muß jetzt zurück in die Siedlung«, sagte sie verlegen und fuhr geschwind fort: »Vater hat mich sicher schon beim Morgenmahl vermißt, und du weißt ja, wie er dann ist!« Sie lächelte schelmisch und wandte sich dem Ausgang zu.

Da erhob sich auch Lusa und ging mit den ihr eigenen, schwerfälligen Schritten langsam hinter Darya her, die sich an der Tür noch einmal zu ihr umdrehte und rief: »Lebewohl, Schwester!« Wie sie vom hellen Morgenlicht übergossen auf der Schwelle stand, die Hand anmutig zu einem Abschiedsgruß erhoben, da stieg in Lusa plötzlich ein Gefühl der Wärme und Zärtlichkeit auf, und sie dachte: Wie schön Darya ist! Sie bemühte sich, die Schwester mit einigen schnelleren Schritten zu erreichen, um sie noch einmal zu umarmen. Darya hingegen, vom Sonnenlicht schon geblendet, blickte auf die dunkle Gestalt, deren Umrisse sich kaum von dem düsteren Raum hinter ihr abhoben, und ihr schoß durch den Kopf: Eigenartig – mir ist bisher nie aufgefallen, wie stark sie hinkt ... Plötzlich hatte sie es sehr eilig, das Haus der Priesterin hinter sich zu lassen, und nach einem letzten Winken schloß sie die Tür, bevor Lusa sie erreicht hatte. Der Morgen war noch genauso strahlend und schön wie auf ihrem Hinweg, aber Darya hüpfte jetzt nicht mehr, und auch die Sonne schien ihr nicht mehr so hell zu leuchten.

Mit der Nacht der Göttin hatte die kalte Jahreszeit angefangen. Der Frost gab den See nicht mehr frei, und von nun an überzog Rauhreif jeden Morgen Bäume, Sträucher, Gräser und das Schilf am Ufer. Dies war die Zeit des Schweigens, der Besinnung und des Neubeginns für den Menschen, damit er sich im nächsten Frühjahr geläutert und gestärkt dem erwachenden Leben stellen konnte. Die Priester und Priesterinnen im Heiligtum verfolgten das Schwinden des Lichts und seine Rückkehr, sie beobachteten in den langen, dunklen Nächten die Himmelskörper, widmeten sich ihren Meditationen und übten sich in den alten Lehren und Weisheiten. Der weiße Hengst hielt sich zunehmend in der Wärme seines Stalls auf, und wenn die Langeweile ihn dazu verleitete, in der Morgensonne über die bereifte Koppel zu galoppieren, dann entstiegen seinen Nüstern weiße Atemwölkchen.

Auch auf der Burginsel war Ruhe eingekehrt. Jetzt war weniger als sonst mit Angriffen zu rechnen, und die Zahl der Wachen, die in der Kälte füßestampfend ihre Runden auf den Wällen drehten, war stark vermindert. Der Rest der Männer saß in Radomirs Halle am mächtigen Feuer, wo gemeinsam Waffen und Rüstungen ausgebessert wurden. Hier wurde ein Bogen neu gespannt, dort wurden aus dem starken Holz von Esche und Eibe Pfeile geschnitzt, Lederriemen wurden geflochten, Steigbügel und Zaumzeug neu geknüpft. Viel war nicht zu tun, denn es war wieder ein ruhiger Sommer gewesen, wie die vielen, die seit Krutos Kampf gegen Bodivoj vergangen waren. Die Männer sprachen bei ihren Tätigkeiten stets von jenen alten Zeiten, von den herrlichen, großen Schlachten, als noch mit einem einzigen gewaltigen Schwerthieb Leiber zerteilt und Schädel gespalten wurden, als die Lanzen schärfer und länger, die Bogen treffsicherer, die Rösser feuriger und die Helden kühner waren. In der großen gemauerten Feuerstelle prasselten die Flammen, die Frauen versorgten die Männer mit warmem Bier aus einer anscheinend nie versiegenden Quelle, und bei den Mahlzeiten waren Platten und Schüsseln stets reichlich gefüllt, denn es hatte eine gute Ernte gegeben, und das Vieh gedieh prächtig. Dennoch gingen die Männer, mehr zu ihrem eigenen Vergnügen, regelmäßig in den Wäldern auf Jagd, und die Beute, die sie zur Burg zurückbrachten, war in diesem Winter so ergiebig wie das, was Ställe, Scheunen und Schober zu bieten hatten.

Auch in der Siedlung herrschte keine Not. Die Dorfleute lebten von den Vorräten, die sie im vergangenen Sommer angelegt hatten, und sie lebten diese Mal nicht einmal schlecht davon. Die Männer besserten Gerätschaften aus oder fertigten neue, die Frauen waren mit dem Zubereiten der Mahlzeiten beschäftigt oder mit verschiedenen Handarbeiten. Dabei traf man sich gern reihum, alte Geschichten wurden erzählt oder über neue Ereignisse geklatscht. Darya versuchte, bei jeder nur denkbaren Gelegenheit in aller Vorsicht Erkundigungen über Ragnar einzuholen. Er hatte doch von Freunden in der Siedlung berichtet, und irgend jemand mußte ihn schließlich kennen. Doch wenn sie die Sprache auf die Fremden brachte, die in letzter Zeit Racigard besucht hatten, war Ragnar nie unter den Menschen, die man gesehen und mit denen man gesprochen hatte. Sie tröstete sich damit, daß seine Freunde vielleicht zur Burg gehörten und sie deswegen bei den Dorfleuten nichts über ihn in Erfahrung bringen konnte.

Doch dann fiel ihr ein, daß es eine Person gab, die ihr bekannt war und die auch Ragnar kannte, und das war Vater Dankward, der christliche Priester. Bei der nächsten Gelegenheit, die sich ihr bot, fragte sie Dobrina, ob der Mönch wohl bei seinem Gotteshaus wohne. »Warum willst du das denn wissen?« – »Ach, ich würde gerne ein bißchen mehr über den christlichen Glauben erfahren, und ich dachte, ich könnte ihn einmal aufsuchen ...« – »Oh, Darya, das ist ja wundervoll!« rief Dobrina mit glänzenden Augen aus. »Ich habe es gleich gewußt, daß der Herr sein Licht auch vor dir nicht verschließt und daß du eine von uns wirst! Morgen mittag gehe ich mit Slavka und einigen anderen wieder zur Andacht in die Kirche im Wald, und das Beste ist, du kommst mit, dann können wir gleich mit Vater Dankward sprechen!« Dobrina umarmte Darya und küßte sie auf beide Wangen. Darya war verlegen; sie hatte nicht vorausgesehen, daß sie mit ihren Worten eine derartige Wirkung erzielen würde, außerdem kam es ihr darauf an, mit Vater Dankward allein zu sprechen und nicht in Gegenwart der Freundinnen oder gar anderer Menschen. Aber was sollte sie machen? Dobrinas Angebot abzulehnen wäre unklug gewesen, und so umarmte auch sie die Freundin und sagte, daß sie gerne mitkommen wolle. Alles weitere würde sich schon finden.

In der nächsten Nacht fiel der erste Schnee, und als die drei Mädchen zusammen mit einigen anderen Frauen aus der Siedlung aufbrachen, schneite es immer noch leicht. Der See war jetzt eine weite, weiße Fläche, und man konnte die Umrisse der Inseln kaum mehr erkennen. Da Radomir es duldete, daß die Leute den christlichen Priester aufsuchten, brauchten sie sich nicht zu verstecken, sondern konnten den Weg zum kleinen Gotteshaus in aller Offenheit einschlagen. Darya war nur etwas bang davor, was ihr Vater dazu sagen würde, denn Ludgar stand fest zu den alten Göttern und brachte regelmäßig Opfergaben für Svetovit ins Heiligtum. Den Kirchenbesuch in der Nacht der Göttin hatte sie mit viel Geschick vor ihm verbergen können, aber wenn sie sich im hellen Tageslicht mit den Christen auf den Weg machte, würde er in Kürze davon erfahren. Aber es half nichts – wenn sie mehr über Ragnar wissen wollte, blieb ihr nur dieser Weg, und sie würde ihn gehen! Und so reihte sie sich mit ihren beiden Freundinnen in die kleine Gruppe ein, die über die Brücke zur Burginsel, über den verschneiten Wall zum westlichen Seeufer und von dort zum Gotteshaus in den Wäldern stapfte.

Darya hätte sich in Gedanken gerne noch damit beschäftigt, was sie dem Priester eigentlich sagen und wie sie es anstellen sollte, ihn allein zu treffen, aber Dobrina und Slavka redeten unterwegs pausenlos auf sie ein. Sie erzählten ihr wieder von der Größe und der Güte ihres Gottes, und daß nur er der wahre Gott sei, der über alle anderen Götter siegen werde. »Denk nur«, plapperte Slavka, »Vater Dankwards Gotteshaus steht ganz in der Nähe der Stelle, wo im großen Aufstand damals der arme Vater Ansverus mit seinen Brüdern erschlagen wurde, nach dem Sturm auf ihr Kloster auf dem Georgsberg, als sie um ihr Leben geflüchtet waren! Ihr heiliges Märtyrerblut hat diesen Boden getränkt …« Darya war nicht recht klar, was ein Märtyrer war, aber sie wollte gegenüber den Freundinnen ihre Unwissenheit nicht offenbaren und schwieg. »… Also, ihr heiliges Märtyrerblut hat diesen Boden getränkt, und Vater Dankward sagt, daß es ein Sieg Gottes ist, daß von dieser Erde hier wieder Sein Wort verkündet wird und daß es an dieser Stelle deshalb von besonderer Kraft ist!«

Darya konnte sich keinen Reim auf das Gehörte machen. Wenn ihr Vater diese Geschichte erzählte, dann geschah das stets unter großem Gelächter und Gejohle – wie man die Mönche den See entlang gejagt habe und wie sie um ihr Leben gewinselt hätten. »Und dann half ihnen ihr Gott«, pflegte Ludgar am Ende immer zu sagen, »indem er uns die Kraft verlieh, sie zu erschlagen, Mann für Mann, und wahrlich, in der Nacht lachte der Viergesichtige mit jedem seiner Gesichter!«

Schließlich erreichten sie das Gotteshaus, und Darya war gleichzeitig froh und wehmütig zumute, weil sie daran denken mußte, wie Ragnar hier aus dem Schatten der Bäume auf sie zugekommen war. Gleich dort drüben – da war es gewesen! Sie lächelte vor sich hin und berührte die Stelle, wo das Kreuz unter ihren Kleidern verborgen war. Wer immer die Götter waren – wenn sie ihn nur irgendwann wiedersehen würde … Gedankenverloren schaute sie auf die hohe Buche, hinter der Ragnar an jenem Abend hervorgetreten war, und als sie ihren Blick wieder dem Gotteshaus zuwandte, sah sie, daß sich auf der Südseite eine bescheidene kleine Hütte an die hölzernen Wände anlehnte; dort wohnte wohl der Hüter dieses Heiligtums. Vater Dankward indes stand auf den Stufen, die ins Gotteshaus führten und breitete seine Arme aus, als wolle er sie alle auf einmal an seine schmächtige Brust drücken. Als sie die Kirche betraten, begrüßte er jeden einzelnen von ihnen und nannte ihn beim Namen. Als die Reihe an Darya kam, trat Slavka neben sie und sprach: »Heute haben wir unsere gute Freundin Darya, die Tochter Ludgars, mitgebracht. Sie war schon mit uns am Abend der Heiligen, und sie hat in sich den Wunsch verspürt, Gottes Wort von neuem zu hören, Vater!« Der Mönch lächelte Darya freundlich an. »So sei denn willkommen in unserer Mitte, Darya, und möge der Herr deine Seele erleuchten und zum rechten Glauben führen! Ich glaube fast, daß ich mich an dein Gesicht erinnere …« Darya errötete verlegen. Der Mönch schlug das Zeichen des Kreuzes über ihnen, und die drei Mädchen traten an ihm vorbei in das eiskalte Gotteshaus und nahmen auf einer der schmalen, harten Bänke auf der Frauenseite Platz. Der Atem stand ihnen in kleinen Wölkchen vor dem Mund, und die Kälte drang nach und nach bis ins Mark.

Vater Dankward ließ sich mit dem Beginn des Gottesdienstes Zeit. Endlich schloß er die Kirchentür und ging gemessenen Schrittes zu dem kleinen Altar mit dem Kreuz, wo er die beiden Talglichter links und rechts davon anzündete. Und dann begannen wieder die klagenden Gesänge und die Darya unverständliche Ansprache des Priesters, in der die Rede von »Sünde« war, von »Verdammnis« und »Fegefeuer«, alles Begriffe, die ihr neu waren und mit denen sie keine Vorstellung verbinden konnte. Unauffällig hauchte sie auf ihre kalten Finger und blickte zur Männerseite hinüber, dorthin, wo an jenem Abend Ragnars blonder Kopf ihre Aufmerksamkeit erregt hatte … Ihr Herz schlug schneller bei der Erinnerung, und sie bat den Christengott inständig (denn der war ja für Ragnars Wege wohl zuständig), daß er sie wieder zusammenführe. Während Vater Dankward vorne unverständliche Worte sang, überlegte sie erneut, wie sie es anstellen konnte, ihn allein zu sprechen, und plötzlich wußte sie, was sie tun mußte. Vorsichtig und ohne daß die neben ihr sitzenden Freundinnen dies bemerkten, holte sie das Kreuz unter ihren Kleidern hervor, so daß es nur noch von ihrem Umhang verdeckt wurde. Schließlich war der Gottesdienst vorbei, und Vater Dankward forderte mit lauter Stimme diejenigen, die noch keine Christen waren, auf, sich bald von ihm taufen zu lassen. Die Menschen erhoben sich und verließen nach und nach das Gotteshaus. Der Priester hatte sich wieder neben die Tür gestellt und wechselte zum Abschied mit jedem ein paar Worte. Endlich war auch Darya an der Reihe. »Nun, Darya«, fragte er wohlwollend, »hat Gottes Wort dein Herz erreicht? Möchtest du dich nicht auch demnächst taufen lassen?«

»Vielleicht, Priester«, antwortete Darya, und der Mönch zuckte bei dieser unüblichen Anrede ein wenig zusammen. Darya spürte, wie Dobrina sie von hinten in den Rücken knuffte, aber sie ließ sich nicht beirren. »Ja, Vater Dankward, vielleicht«, fuhr sie fort und nahm dabei ihren Umhang gerade soweit auseinander, daß der Mönch das silberne Kreuz an ihrem Hals deutlich erkennen konnte. »Ich möchte zuvor von dir nur noch ein wenig mehr über euren Glauben erfahren!« Sie registrierte, daß Vater Dankward beim Anblick ihrer Kette überrascht die Augenbrauen in die Höhe zog. Als er jedoch antwortete, war seiner Stimme nichts von seinem Erstaunen anzumerken. »Sicher, meine Tochter«, sagte er und lächelte gütig, »ich will dir alle deine Fragen gerne beantworten. Besuche mich doch morgen, und wir wollen sehen, ob wir nicht eine gute Christin aus dir machen können, Darya!«

»Oh, Vater«, rief Slavka eifrig von hinten. »Dürfen wir mitkommen?« Der Mönch warf einen vorsichtigen Blick auf Darya, und als diese unmerklich den Kopf schüttelte, sprach er: »Vielleicht ein anderes Mal! Du und deine Freundin, ihr kennt euch in der Heiligen Schrift schon gut aus. Ihre erste Unterweisung soll Darya alleine erhalten.«

»Daß der Pater bereit ist, das für dich zu tun!« sagte Slavka mit fast vorwurfsvollem Unterton, als sie durch den verschneiten Buchenwald hoch über dem See zurück nach Racigard stapften. »Wir mußten immer zu mehreren zu ihm kommen, und du bist noch nicht einmal getauft!«

Darya nutzte das Stichwort, um die Freundinnen zu befragen, was es eigentlich damit auf sich habe, und den Rest des Weges war nur noch vom Sakrament der Taufe die Rede.

Am nächsten Morgen machte Darya sich erneut auf zum Gotteshaus. Der Pfad war jetzt beschwerlicher, denn es hatte die ganze Nacht geschneit. Aber Darya war der Weg inzwischen vertraut, und bald tauchten die Umrisse der schneebedeckten Kirche zwischen den Bäumen auf. Diesmal ging Darya geradewegs zu der kleinen Hütte seitlich der Kirche. Auf ihr Klopfen wurde ihr die niedrige Tür sofort geöffnet, und ehe sie sich versah, hatte Vater Dankward sie bereits am Arm hereingezogen. Er selbst trat noch einmal vor die Tür, wie um sich zu vergewissern, daß ihr niemand gefolgt war. Dann verschloß er den Eingang fest und wandte sich wieder zu ihr. Darya stand in einem dunklen, kleinen Raum, erwärmt und erleuchtet von einem flackernden Feuer, für das der Priester eine Art Herd aus Feldsteinen errichtet hatte. Ein intensiver Geruch nach gekochten Bohnen hing in dem niedrigen Raum und nahm Darya im ersten Moment fast den Atem. Sonst gab es in der Hütte noch ein Strohlager, einen kleinen Tisch, zwei dreibeinige Schemel und an der Wand ein Brett aus Buchenholz, das Daryas Neugier weckte. Neben einem Kreuz und einer Kette mit runden Holzperlen lagen dort nämlich zwei gebundene Bücher – etwas, von dem sie bisher nur gehört, das sie aber noch nie gesehen hatte. »Das ist unsere Heilige Schrift!« sagte der Mönch lächelnd, als er ihrem Blick folgte, »unser Altes und unser Neues Testament – doch davon ein andermal! Komm, nimm jetzt Platz und sag mir, warum du ein Kreuz trägst, obwohl du keine Christin bist, und warum du mich allein sprechen wolltest.«

Darya merkte, daß sie aufgeregter war, als sie hatte wahrhaben wollen. Die Worte kamen ihr nur zögernd über die Lippen. »Dieses Kreuz gab mir ein Mann, Vater Dankward, den du auch kennen mußt, und ich … ich wollte dich nach ihm befragen …«

»Zeig mir das Kreuz!« Darya nestelte an ihren Kleidern und hielt ihm den Anhänger entgegen. »Nimm es ab!« Ohne Widerworte gehorchte sie dem Priester und legte die Kette in seine ausgestreckte Hand. Schweigend wandte er sich um und trat näher an die Feuerstelle, wo er das Kreuz dicht vor die Augen hielt, hin und her wendete und von allen Seiten betrachtet. Dabei fragte er: »Wer war der Mann, der dir dieses Kreuz gegeben hat?«

»Er war ein Däne, Vater Dankward, und er war in der Nacht der Gött …

ich meine, in der Nacht der Heiligen war er hier bei dir in der Kirche, und er sagte mir, daß du ihn …«
»Kennst du seinen Namen?« unterbrach sie der Mönch barsch, und Darya wunderte sich, daß die Milde und Güte, die er bisher ausgestrahlt hatte, aus seinem Wesen gänzlich verschwunden waren.
Eifrig antwortete sie: »Ja, er nannte sich Ragnar Olegson, und er sagte auch, daß du ihn kennst!« Da schien es ihr, als ob sich der Mönch irgendwie entspannte, und als er wieder zu ihr trat, klang seine Stimme so warm und freundlich, wie Darya sie in Erinnerung hatte.
»Ich sehe, daß du die Wahrheit sprichst, Darya. Das Kreuz ist in der Art der dänischen Goldschmiede gefertigt, und ich habe an den Runen hier gesehen, daß es tatsächlich Ragnar gehört.« Er zeigte ihr zwei kleine Einritzungen auf der Rückseite des Kreuzes, die Darya zwar gleich entdeckt, jedoch nicht zu deuten vermocht hatte. »Raido für Ragnar, Odal für Olegson!« sagte der Priester, und Darya begriff, daß dies eine Art Verschlüsselung von Ragnars Namen sein mußte. »Doch nun sag mir, Mädchen, wie bist du an das Kreuz des Dänen gekommen, und was weißt du überhaupt von ihm?«
Darya fand es zwar merkwürdig, daß der Mönch, der Ragnar doch offensichtlich kannte, sie nach ihm befragte, aber sie hielt es für das Beste, ihre Geschichte vom Anfang bis Ende zu erzählen. Vater Dankward hörte schweigend zu und gab nicht zu erkennen, was er von dem allen hielt, aber da er auch kein unfreundliches Gesicht machte, wie Darya feststellte, ließ sie nichts aus und schloß ihren Bericht mit den Worten: »Und als ich in der Siedlung nach ihm fragte, kannte ihn dort keiner, und da dachte ich, daß du vielleicht …«
Der Priester war bei ihren letzten Worten aufgefahren, als habe er auf eine giftige Natter getreten, und er unterbrach sie in schroffem Ton, noch bevor sie ihren Satz beenden konnte: »Du hast *was* getan? Du hast im Dorf nach ihm herumgefragt?« Darya verstand nicht, warum Vater Dankward sich auf einmal so erregte, und sein veränderter Tonfall verunsicherte sie zudem, so daß sie seine Frage nur mit einem kleinen Nikken beantwortete. Der Mönch sah sie zornig an, aber nach einer Weile seufzte er und sagte: »Gut, so sei es also. Ich werde dir von Ragnar Olegson erzählen, und vielleicht verstehst du dann einige Dinge besser …«
Darya hing wie gebannt an seinen Lippen, damit ihr nur ja nichts entging. Vater Dankward erzählte ihr von Ragnars harter Jugend, vom Schicksal seiner Eltern, von den Jahren im dänischen Exil. »Und wie das Schicksal

so will«, fuhr er fort, »lebt nicht weit entfernt von ihm Heinrich aus dem Hause Nakons, der Sohn des erschlagenen Gottschalk, und du weißt, wie mißtrauisch deine Leute ihm gegenüber sind! Ragnar kann sich daher in Bodricien nicht offen zeigen, da man gleich argwöhnen würde, daß er etwas im Schilde führt, und so muß er seine Geschäfte hier mit der allergrößten Heimlichkeit und Vorsicht abwickeln. Und deshalb darf es auch keine naseweise Jungfrau geben, die in der Siedlung herumspaziert und in jeder Hütte nach ihm fragt!« Darya errötete verlegen und wollte sich rechtfertigen, aber der Mönch winkte nur ab. »Was geschehen ist, ist geschehen«, sagt er. »Für die Zukunft weißt du jedenfalls Bescheid. Außer mit den Leuten vom Dorf hast du hoffentlich mit keinem Menschen gesprochen?« Darya schüttelte den Kopf, und verbannte die Erinnerung an das seltsame Gespräch mit ihrer Schwester in den hintersten Winkel ihres Bewußtseins. »Und so muß es auch bleiben!« sprach Vater Dankward streng. »Du gefährdest sonst dein … äh … Ragnars Leben, und das willst du doch sicherlich nicht! Und noch eins: Mir scheint, daß du dich in Ragnar Olegson verliebt hast. Das geht mich zwar nichts an, aber einen guten Rat möchte ich dir geben: Ragnar ist ein aufrechter Christ, der seine Liebe nie einem Heidenmädchen schenken würde! Der Weg zu seinem Herzen führt über Christus, und wenn du seine Liebe gewinnen willst, tätest du gut daran, dich unserem Glauben anzuschließen, damit du ihn als getaufte Christin begrüßen kannst, wenn er wieder hierherkommt!«

Wenn er wieder hierherkommt … Nichts beschäftigte Darya so sehr wie diese Vorstellung, und deshalb drängte sich ihr die Frage wie von selbst auf: »Wann wird das sein, Vater Dankward, daß Ragnar wiederkommt?« Der Mönch erhob sich und warf einen abschätzenden Blick auf das Mädchen. Schließlich antwortete er: »Nun, zwischen Pfingsten und Johannis –« Als er Daryas verständnisloses Gesicht sah, fügte er kühl hinzu: »Das bedeutet, in der Zeit vor der Sommersonnenwende – wie ich sehe, verstehst du noch nicht einmal Ragnars Sprache, die unsere christliche Sprache ist. Du solltest dich wirklich dringend um unseren Glauben bemühen!«

Darya nickte mechanisch, denn ihre Gedanken kreisten allein um den Zeitpunkt, den der Priester für Ragnars Rückkehr genannt hatte. Die Sonnenwende war so unendlich fern … Zur Zeit konnte man sich gar nicht vorstellen, daß es jemals wieder etwas anderes geben würde als Eis, Rauhreif, Schnee und Kälte. Aber eins war sicher – Ragnar würde zurückkommen, und mit dieser Gewißheit würde sie die endlosen Wintermonde schon durchstehen! Sie erhob sich gleichfalls und dankte dem Mönch wortreich, der ihr dieses kostbare Wissen geschenkt hatte. Dieser winkte lächelnd ab. »Wenn du jemandem danken willst, dann sei unserem Herrgott dankbar, und du zeigst deine Dankbarkeit am besten dadurch, daß du künftig an unseren Gottesdiensten und Bibellesungen teilnimmst! Und wie wird Ragnar sich erst freuen, wenn er dich als Christin wiederfindet! Nun geh mit Gott – wir werden uns sicher bald wiedersehen!« Knarrend schloß sich die Tür der kleinen Hütte hinter ihr.

Während ihres Besuchs bei Vater Dankward war es draußen noch kälter geworden. Ein eisiger Ostwind wehte vom anderen Seeufer her und stach ihr nadelscharf ins Gesicht. Darya schlug das obere Ende ihres Umhangs über den Kopf und zog den dichtgewebten Stoff vor ihre untere Gesichtshälfte, so daß nur noch ihre Augen frei blieben: Sie tränten im schneidenden Wind, aber sie lächelte unter ihrem wollenen Schutz und fühlte sich endlich wieder froh und getröstet. Beschwingt schritt sie durch den verschneiten Wald und hing ihren Träumen nach. Sie hatte schon fast die Hälfte des Weges nach Racigard zurückgelegt, als sie wie so häufig nach Ragnars Kreuz tastete und erschrocken feststellte, daß sie es nicht mehr fühlte. Sie war schon drauf und dran, umzukehren und den Weg nach dem Kreuz abzusuchen, da fiel ihr plötzlich ein, daß der Christenpriester es ihr nicht zurückgegeben hatte. Er hatte es einfach behalten! Ärgerlich blieb sie einen Augenblick stehen und überlegte, ob sie umkehren und das Kreuz von Vater Dankward zurückfordern sollte. Doch das Heulen eines Wolfes, das aus den fernen Wäldern am nördlichen Seeufer durch die winterliche Stille drang, ließ sie ihre Schritte von neuem beschleunigen, Richtung Racigard.

Ragnar

»Eins ist klar!« sagte Heinrich der Nakonide zu den Männern, die er an diesem Winterabend in seiner Halle in Sliaswich um sich versammelt hatte. Es waren seine treuesten Gefolgsleute, die jetzt seinen Worten aufmerksam lauschten. Heinrich, der einige Gebräuche der Nordmänner selbst angenommen hatte, saß am Kopfende der Halle gegenüber dem großen Feuer auf einem hölzernen Hochsitz und ließ seinen Blick über die Häupter seiner Männer wandern. Wenn das, was er im Sinn hatte, gelang, waren die Jahre der unwürdigen Verbannung bald vorbei, und er konnte seine Gefährten in den ungleich prächtigeren Räumen der Burg Starigard empfangen und bewirten. Wer weiß, vielleicht würde er auch die zerstörte Burg seines Vaters zu Liubice wiederaufbauen oder Plune zu seinem Wohnsitz machen oder gar Racigard, das gesegnete … Das Land würde ihm jedenfalls offenstehen, er würde unter den Burgen Bodriciens nur zu wählen brauchen und endlich Slavina in die Arme schließen! Der Gedanke, daß zur Zeit sein verhaßter Feind Kruto Nutznießer ihrer Schönheit war, machte ihn fast rasend, obwohl es Teil seines großen Planes war, daß Slavina in Starigard bei Kruto die Wege für seine Rückkehr ebnete … Und noch ein wenig mehr würde sie zu gegebener Zeit für ihn tun, aber das war ein Geheimnis, von dem auch seine engsten Vertrauten nichts ahnten und das er nur mit Slavina teilte. Heinrich gestattete sich einen Moment die angenehmsten Gedanken, und bei der Vorstellung, daß ihn diesmal wirklich nicht mehr viel von der Verwirklichung seiner Träume trennte, wurden seine Hände vor Erregung feucht und hinterließen dunkle Flecken auf dem bleichen Holz der Armlehnen. Da merkte er, daß seine Leute darauf warteten, daß er weitersprach; hier und dort scharrte ein Stiefel, knarrte ein Lederwams und raschelte ein Umhang. Heinrich wußte, daß es ein Fehler war, die Geduld der eigenen Leute zu sehr zu strapazieren, und so blickte er ihnen reihum in die Augen und nahm den Faden wieder auf. »Also, eins ist sicher, freiwillig werden sie uns nicht ins Land zurückholen! Denn auch wenn das Christentum sich inzwischen weiter ausgebreitet hat, haben die Anhänger der Heidengötter noch immer die Macht fest in den Händen, und es wird lange dauern, bis sie zu schwach werden, um sie zu halten.« Er lächelte

grimmig in die Runde und fuhr fort: »Es sei denn natürlich, daß man ein wenig nachhilft ...«
Die Männer wechselten erstaunte Blicke. Sollte jetzt etwa der Zeitpunkt gekommen sein? Jener richtige Augenblick, von dem der Fürst immer gesprochen hatte, wenn man ihn wegen seiner abwartenden Haltung gegenüber Kruto tadelte?
Heinrich hatte nach seinen letzten Worten eine Pause eingelegt und seine Leute scharf beobachtet. Keine ihrer Regungen war ihm entgangen, und wieder umspielte ein Lächeln seine Lippen. In ungeteilter Aufmerksamkeit lauschten sie seinen Worten, als er schließlich weitersprach: »Nun – wie der Zufall es will, habe ich die Nachricht erhalten, daß es gelungen ist, dem alten Kruto eine Gesellschaft zu verschaffen, die mehr unseren als seinen Zielen dienlich ist, und daß er den Ratschlägen, die aus dieser Richtung kommen, ein mehr als geneigtes Ohr leiht ... Und was die Polaben angeht – Radomir ist alt und müde, der Letzte seiner Sippe, und er duldet inzwischen den christlichen Glauben in seinem Land, wie ich gleichfalls aus verläßlicher Quelle weiß. Ja, und schließlich die Veligarder: wie ihr selbst wißt, ist Veligard weit, und die Ranen beschäftigen Niklot und seine Krieger jahrein, jahraus – da wird er wenig Lust verspüren, sich noch zusätzlich mit den Angelegenheiten von Kruto und Radomir zu belasten!«
Es war jetzt so still in der Halle, daß man hören konnte, wie auf der Feuerstelle am anderen Ende des Raumes die Holzscheite knisternd in sich zusammenfielen. Alle blickten gespannt auf Heinrich. »Ich habe nicht vor«, sprach dieser weiter, »den gleichen Fehler zu machen wie mein unglücklicher Halbbruder Bodivoj und zu versuchen, mit einer vergleichsweise geringen Zahl von Kriegern ein ganzes Land zu erobern. Ich habe lange über alles nachgedacht, wie ihr wohl wißt, und schon vor einiger Zeit einen Plan gefaßt. Noch nie waren die Umstände dafür so günstig wie jetzt; endlich ist der Zeitpunkt gekommen, auf den wir alle so lange gewartet haben, jetzt werden wir ihn nutzen, und jetzt wird uns Gott zum Erfolg führen!« Wieder schwieg er und winkte die Männer näher zu sich. Dann fuhr er fort: »Um Bodricien zu erobern, ist es sinnlos, das Land in einen offenen Krieg zu verwickeln, und wie ich vorhin schon sagte, wird man uns natürlich nicht aus freien Stücken in die Heimat zurückrufen. Doch gibt es einen dritten Weg: Wir müssen Kruto einen Grund geben, uns ins Land zu lassen, und wenn wir erst einmal dort sind, dann gibt es auch Möglichkeiten, wie wir die Macht an uns bringen kön-

nen. Wichtig ist vor allem, daß wir ins Land zurückkehren und uns dort offen und frei bewegen, denn nur so können wir unser gerechtes Ziel erreichen! Und außerdem müssen wir stets darauf bedacht sein, keinen zu verlieren, denn jeder von uns wiegt für das Gelingen unseres Planes soviel wie hundert von Krutos Leuten!« Einige der Männer, darunter auch Ragnar Olegson, nickten beifällig. Heinrich hatte recht, um die Macht in Bodricien wiederzuerlangen, half nur eine List. Gespannt warteten sie darauf, was er sich hatte einfallen lassen.

Der Fürst kostete diesen Augenblick aus. Zum ersten Mal in seinem Leben war er nicht mehr zum Abwarten verdammt; er brauchte seine Leute heute nicht wieder zu vertrösten – auch wenn es zu ihrem Besten gewesen war, daß er nicht wie sein Halbbruder zornig davongetobt war, sondern geduldig ausgeharrt hatte, geduldig und klug. Die Zeit hatte schließlich für ihn gearbeitet, wie seine Mutter – Gott habe sie selig – es immer gesagt hatte. In Bodricien rechnete keiner mehr mit seiner Rache, nachdem er dreiundzwanzig Winter über dem Tod seines Vaters hatte verstreichen lassen und Bodivojs Gebeine seit immerhin schon vierzehn Jahren im See von Plune vermoderten. Kruto war sich seiner Macht allzu sicher, Radomir war kein ernst zu nehmender Gegner, und Niklot war weit weg und erfüllt von eigenen Sorgen. Der richtige Zeitpunkt war endlich gekommen, und sein Plan würde gelingen, daran zweifelte er nicht. Er atmete tief ein und begann von neuem zu sprechen: »Ihr kennt doch alle die Sage vom hölzernen Pferd von Troja, wie die Trojaner den Feind selbst in ihre Mauern holten und wie er sie dort überwand. Nun, wir werden kein hölzernes Pferd bauen müssen, denn es gibt ein einfacheres Mittel, Kruto dazu zu bringen, uns ins Land zurückzulassen. Hört also meinen Plan …«

Seit jenem Abend in Sliaswich waren fast zwei Monde und damit auch der Winter vergangen, die Zeit der Tag- und Nachtgleiche rückte näher. In der kleinen Gemeinschaft am Ufer der Slia war kein Tag ungenutzt verstrichen. Vor allem um die Boote hatte man sich gekümmert; sie waren überholt und frisch mit Pech bestrichen worden, und man hatte die schnellsten mit ein paar zusätzlichen Brettern für Fahrten auf offeneren Gewässern als auf dem schmalen Fjord vorbereitet.

Es mochten gut zwei Dutzend Boote sein, die eines Nachts in der Woche vor Ostern in den Stunden zwischen Mitternacht und Morgendämmerung mit der starken Strömung der Slia dem Meer zutrieben, lautlos, ohne einen Ruderschlag, die Segel gebläht von einem freundlichen Westwind. Ungesehen erreichte die kleine Flotte noch vor dem ersten Tageslicht die Ostsee und passierte die flackernden Feuer, die in der Dunkelheit die Mündung der Slia und die Sände zu beiden Seiten kennzeichneten. »Wer da?« rief die schläfrige Wache vom südlichen Ufer. »Sliaswicher Fischer auf Heringszug!« – »Wohin geht die Fahrt?« – »Zu den Fünschen Inseln, dem Fisch entgegen!« Damit gab sich der Wachtposten offensichtlich zufrieden, denn er rief lediglich noch einen Abschiedsgruß herüber.

Die Boote glitten wie dunkle Schatten aus dem Fjord hinaus auf die offene See, die Rüstungen und Waffen, die sie mitführten, blieben neugierigen Blicken verborgen. Als die Sonne aufging, waren sie schon weit auf dem Meer, und kein Späher an Land hätte an diesem Morgen etwas Ungewöhnliches entdecken können. Als die dänische Küste nur noch ein Dunststreifen am Horizont war, teilte sich die kleine Flotte in mehrere Gruppen zu je drei, vier Schiffen auf, die von nun an unterschiedliche Kurse steuerten. Bald waren sie über die ganzen Küstengewässer Wagriens, von Liubice im Süden bis zur Nordküste jenseits von Starigard, verstreut. Tagsüber versteckten sie sich in einsamen Buchten, an abgelegenen Stränden oder im dichten Schilf der Fjorde und Wieke. Im Schutz der Dunkelheit waren sie dann wieder unterwegs, bis jeder sein Ziel erreicht hatte. Und in der Osternacht des Jahres 1090 nahm der Schrekken seinen Anfang …

Von Stund an wurde die Bevölkerung der Küstenstriche von grausamen Überfällen heimgesucht, die kein Ende nahmen: immer nachts, immer an verschiedenen Orten gleichzeitig und immer nach demselben Muster. Die Menschen, die in den Gehöften und kleinen Weilern lebten, wurden brutal aus dem Schlaf gerissen. Sie sahen sich stets einer Horde dänisch sprechender Krieger gegenüber, die ihnen an Zahl und Waffen weit überlegen waren und erbarmungslos mordeten und brandschatzten. Ohne Unterschied wurden die Überrumpelten erschlagen, egal, ob Herr oder Knecht, Greis oder Säugling, Knabe oder Mädchen. Die Menschen an den Küsten kannten noch die alten Geschichten von den Wikingerüberfällen zu Zeiten von Harald Blauzahn und Sven Gabelbart; aber das lag lange zurück, und selbst die Großeltern des ältesten Greises hatten die Räuber aus dem Norden nicht mehr mit eigenen Augen gesehen. Die Wut der Dänen übertraf jetzt alle Greueltaten der Vergangenheit – und keiner wußte, warum. Auch machten die Dänen diesmal nicht einen Gefangenen; den kräftigsten Jüngling, das hübscheste Mädchen, sie alle ereilte das Schwert. Die fremden Räuber metzelten, plünderten und zündeten stets alle Häuser, Scheunen und Stallungen an, bevor sie zu ihren Schiffen zurückkehrten, so daß am Morgen nur die verbrannten Leichen von Mensch und Tier, verkohlte Balkenreste und Asche den Ort kennzeichneten, wo man tags zuvor noch dem gewohnten Tagesablauf nachgegangen war. Immer wieder schlugen die Dänen zu, ohne Pause, und als in diesem Jahr die Bäume blühten und der Monat Mai anbrach, war bereits viel Blut geflossen. Aber die Überfälle wurden immer dreister, immer weiter wagten sich die Männer ins Landesinnere vor und offenbarten dabei eine erschreckend gute Kenntnis der örtlichen Verhältnisse. Nie geschah es, daß sie ein Gehöft oder ein Dorf angriffen, dessen Bewohner sich auf einen Überfall eingestellt hatten und wo sich Nacht für Nacht eine Schar gut bewaffneter Männer hinter harmlos scheinenden Hecken und Lehmmauern verbarg. Immer waren es die Schwachen, die Ungeschützten und Unbewachten, die den Anschlägen zum Opfer fielen, und da niemand wußte, welches Ziel der nächste Überfall haben würde, konnten sich die wenigsten wirksam verteidigen.

Ragnar war in jenen Tagen pausenlos unterwegs. Man hatte ihn für den südlichsten Teil der Küste, die Gegend nördlich von Liubice, eingeteilt. Drei Boote trieben dort ihr Unwesen, und die weitverzweigten Fjorde mit ihren einsamen, bewaldeten Ufern boten tagsüber vorzügliche Verstecke. Von früh bis spät streifte er in der Tarnung eines sächsischen Händlers durch die Gegend, kein Dörfchen, kein Gehöft entging seiner Aufmerksamkeit, und nachts suchte er die abgelegenen Schlupfwinkel seiner Gefährten auf, um ihnen sichere Ziele zu nennen und sie vor unerwarteter Gegenwehr zu warnen. Es war ein trockener und warmer Frühling, wie geschaffen für Heinrichs Plan, und mit jeder Kerbe, die in die Griffe der Messer, der Äxte und Schwerter geschnitzt wurde, stieg die Stimmung der Männer. Jede Nacht, jeder Überfall brachte sie ihrem Ziel näher, und Ragnar ermahnte sie wiederholt, nicht in ihrer Vorsicht nachzulassen, denn es gibt keinen mächtigeren Feind als den Übermut. Auch er hielt seine Augen und Ohren mit unverminderter Aufmerksamkeit offen, und so fuhr er eines Nachmittags in den Wäldern hinter Putnice seinem Roß so heftig in die Zügel, daß es sich wiehernd aufbäumte. Ragnar sprang aus dem Sattel, noch bevor das Pferd sich ganz beruhigt hatte und kniete auf dem sandigen Boden nieder. Vor ihm auf dem Weg lag ein Späherzeichen – für jeden anderen wären es nur ein paar bedeutungslose kleine Steine und eine staubige Vogelfeder gewesen. Ragnar aber lächelte. Ein anderer Kundschafter wollte ihn sprechen – und er wußte auch, wer es war. Die Feder der Elster verwendete nämlich nur Haakon, und nur Haakon verstand es, seine Zeichen so unauffällig zu legen, daß sie nur von einem wirklich scharfen Auge erkannt wurden, und wehe demjenigen seiner ehemaligen Schüler, der je eine Nachricht von ihm übersah! Ragnar war das allerdings noch nie geschehen, und auch diesmal hatte er sich seines Lehrers als würdig erwiesen. Er drehte die Feder herum, so daß die Spitze in die entgegengesetzte Richtung wies, zum Zeichen dafür, daß er die Botschaft erhalten hatte und sich in derselben Nacht einfinden würde. Dann beschwerte er die Feder mit den gleichen Steinen, fügte aber noch einen weiteren hinzu.

Kurz vor Sonnenuntergang kehrte Ragnar zu dem Ort zurück. Haakon hatte ihm eingeschärft, wie wichtig es war, als erster zu einem auf diese Weise vereinbarten Treffen zu erscheinen, denn dann konnte man von einem Versteck aus beobachten, ob der Ankömmling wirklich der richtige war und einer Begegnung notfalls ausweichen. Er hatte sein Pferd schon am Waldrand zurückgelassen und bahnte sich nun lautlos einen Weg durchs Unterholz, bis er in die Nähe der Stelle gelangte, wo das Zeichen auf dem Weg gelegen hatte. Schließlich hatte er ein Plätzchen gefunden, von dem aus er durch die Zweige den Weg gut im Auge behalten konnte. Zufrieden ließ er sich auf dem weichen Moos nieder und wartete. Alles blieb still: es begannen die langen Stunden der nordischen Dämmerung, die im Sommer kaum ein Ende findet. Ragnar machte sich innerlich auf eine ermüdende Nachtwache gefaßt, als auf einmal nur eine Handbreit von seinem Fuß entfernt ein Messer zu Boden fiel und sich bis zum Schaft ins Moos eingrub. Gleichzeitig vernahm er über sich ein wohlbekanntes leises Lachen, Zweige knackten, und aus einer Esche hinter ihm sprang Haakon mit der fast schwerelosen Leichtigkeit herab, die Ragnar immer wieder in Erstaunen versetzte. Lachend schlugen sich die Männer auf die Schultern.

Haakon sprach als erster: »Mein Sohn, manches hast du ja gut gelernt von mir, aber habe ich dir nicht oft genug gesagt: Wenn dein Gegner schwimmt, mußt du gehen, wenn er geht, mußt du laufen, wenn er läuft, mußt du reiten – und wenn er reitet, mußt du fliegen! Du bist heute nicht geflogen, sonst wären wir uns in den Zweigen der Esche dort sicherlich begegnet, aber denk daran: einmal kann dein Leben davon abhängen, daß du nicht nur schneller bist, sondern auch weiter blickst als dein Gegner!« Ragnar grinste und nickte ergeben, wußte er doch, daß Haakon nichts so sehr freute, als wenn er dem besten der jungen Kundschafter noch eine Lehre erteilen konnte. Die beiden Männer ließen sich nun auf dem Waldboden nieder, und Haakon fragte, was Ragnar aus der Gegend zu berichten habe und wie es mit den Überfällen stehe. Schweigend hörte er zu, und als Ragnar geendet hatte, fing er selbst zu sprechen an: »Die Dinge stehen gut, Ragnar, gut für uns, schlecht für die Wagrier. Ich bin von Sliaswich die ganze Küste entlang bis hierher geritten und habe alle unsere Kundschafter gesprochen. Ihr hier unten bei Liubice habt eure Sache gut gemacht, aber auch die anderen waren durchaus erfolgreich. Alle wagrischen Strände sind ein einziges Wehklagen und Jammern, und es werden schon einzelne Stimmen laut, Kruto solle die Seinen besser schützen oder aber Frieden mit den Dänen machen ...« Haakon lachte kurz auf. »Wir müssen jetzt in Erfahrung bringen, wie es bei den Polaben steht und was diese von den Überfällen halten. Bisher sind sie ja nach Heinrichs Plan verschont geblieben, aber vielleicht ist es doch möglich, sich auf der Wagnice nach Racigard im See zu schleichen, denn ein Überfall auf die Siedlung dort oder gar das Heiligtum unter den Augen der Burg würde den alten Racigarder das Fürchten lehren! Ich selbst kann allerdings nicht mehr so weit nach Süden reisen«, setzte Haakon nach einer kurzen Pause hinzu, »denn ich muß bald Heinrich in Sliaswich zur Seite stehen. Du kennst doch die Gegend dort gut, und es ist ohnehin an der Zeit, Dankward wieder einen Besuch abzustatten – du könntest für einige Zeit bei ihm unterschlüpfen. Ich habe schon den langen Sigurd als Ersatz für dich hierher bestellt. In dessen Gegend haben unsere Schiffe nämlich fast ganz aufgeräumt unter den Fischern und Bauern, so daß er sich allmählich zu langweilen beginnt, während er hier noch ein wenig Abwechslung hat. Wenn du aber in Racigard fertig bist, will Heinrich dich sehen; komm dann auf direktem Wege zurück nach Sliaswich!« Ragnar nickte knapp, und Haakon fuhr ohne Unterbrechung fort: »Denk dran: Heinrich hat es eilig! Deswegen sollst du dich auch gleich morgen auf den Weg nach Racigard machen, und zwar ohne dein Roß, weil das zu sehr ins Auge fällt. Ich werde hier auf dem Posten bleiben, bis der Lange da ist. – Nun laß uns aber von Naheliegenderem sprechen: Hast du eine sichere Unterkunft, wo wir gemeinsam die Nacht verbringen können?«

»Ja, eine alte Köhlerhütte, die jetzt verlassen ist. Ein einsameres Örtchen

kannst du dir nicht vorstellen – umgeben von Mooren und Sümpfen, und die einzigen Besucher, allerdings gleich in ganzen Heerscharen, sind die Stechmücken.« »Das scheint mir der rechte Ort zu sein, um mit einem alten Freund einen gemütlichen Abend zu verbringen!« brummte Haakon. »Komm, laß uns aufbrechen, diese Mainächte sind noch recht kühl, und ich spüre schon, wie mein Hintern feucht wird! Ein Torffeuerchen ist's, was ich jetzt brauche, und vielleicht hat der Herr für seinen Gast ja noch einen Bissen zu essen in seiner Burg.«
Ragnar lachte, sprang auf und streckte dem Älteren helfend die Hand entgegen – eine Geste, die dieser mit einem verächtlichen Schnauben quittierte. »Der dicke Haakon ist doch kein gebrechliches Mütterchen! So schnell wie du komme ich noch allemal auf die Füße, wenn nicht schneller, junger Herr – schau nur her!« Und schon hatte er blitzschnell Ragnars Kniekehlen gepackt und zog daran, so daß der »junge Herr« den Halt verlor und nun seinerseits auf dem Boden saß, während der breitbeinig vor ihm stehende Haakon grinsend seine Pranke ausstreckte. »Darf ich bitten?« säuselte er in einem Tonfall, den er wohl als galant empfand, und schlug dem verdutzten Ragnar krachend auf die Schultern.
»Was macht eigentlich die Liebe?« war seine nächste Frage, während sie in dem immer noch dämmrigen Abendlicht durch den Wald schritten, um ihre Pferde zu holen.
Ja, die Liebe ... Um ehrlich zu sein, die hübsche kleine Polabin mit den großen blauen Augen und dem dicken Zopf hatte Ragnar recht gut gefallen. Aber viel Zeit war seitdem vergangen, und Heinrichs abenteuerliche Pläne hatten ihn ganz in ihren Bann gezogen, so daß er an die jüngste Tochter von Ludgar dem Alten immer seltener gedacht hatte. Doch als Haakon von Racigard sprach, waren vor seinem inneren Auge ihre lieblichen Züge aufgestiegen, und da es immer eine gute Sache war, das Angenehme mit dem Nützlichen zu verbinden, gab es keinen Ort, dem er freudiger zugestrebt wäre als die Inseln im See. Einige Tage später sah er sie vom nördlichen Ufer aus im klaren Licht eines warmen Nachmittags in der Ferne liegen. Vergnügt rieb sich Ragnar bei dem Anblick die Hände, und während er entlang dem westlichen Seeufer zu Dankwards Kirche ging, begann er, sich das Wiedersehen mit dem Mädchen auszumalen. Wie kalt die Nacht gewesen war, als sich ihre Wege gekreuzt hatten! Die Erinnerung an den froststarren See und die beißende Kälte, in der ihm das Land wie erstorben vorgekommen war, ließ ihn sogar noch jetzt erschauern, mitten im Mai, unter frisch ergrünten

Bäumen, in tanzenden Sonnenstrahlen und bei Vogelgezwitscher. Nun, bei ihrem nächsten Treffen würde die Natur ihnen besser gesonnen sein, und auf weichem Gras unter blühenden Weißdornbüschen ließ sich die Liebe einer Jungfrau leichter wecken als auf steinhart gefrorenem Boden!

Mit diesen Gedanken erreichte Ragnar schließlich den Rand der kleinen Talmulde, in die sich das Gotteshaus schmiegte. Wie um sich zu verbergen, dachte er unwillkürlich. Das sollte es, würde alles nach Heinrichs Willen gehen, nun bald nicht mehr nötig haben, und Vater Dankward würde seinen schäbigen schwarzen Kittel mit einer schönen, doppelt gewebten Wollkutte sächsischer Machart vertauschen können. Mit langen Schritten lief Ragnar den Hang hinunter, um die Kirche herum zu Dankwards Hütte, und riß die Tür auf, ohne erst anzuklopfen. Dankward, der mit dem Rücken zum Eingang an seinem wackligen Tisch saß und beim Schein einer Öllampe mit irgendeiner Schrift beschäftigt war, fuhr erschrocken zusammen und bekreuzigte sich. »Ragnar Olegson! Was stürmst du hier so herein und erschreckst einen armen christlichen Einsiedler! Ich dachte schon, ein wild gewordener Polabe will mir einen Besuch abstatten und mir mit der Streitaxt einen Scheitel über die Tonsur ziehen!«

Ragnar lachte und sah sich in der Hütte nach einer Sitzgelegenheit um. Die Tür ließ er weit offenstehen, denn er haßte es, bei hellem Sonnenschein in dunklen Räumen am Feuer oder im rußenden Licht einer Ölfunzel zu sitzen. Außerdem, fand er, konnte Dankwards Behausung wahrlich ein wenig frische Mailuft vertragen. Ob der Mönch sich je von anderem als gekochten Bohnen ernährte? Dankward jedoch erhob sich, schwerfällig wie eine Kreatur der Nacht, die bei Tag blinzelnd und hilflos im Lichte taumelt, schloß die Tür und sperrte den strahlenden Frühlingstag aus. »Das fehlt noch, daß du uns hier den Blicken der Neugierigen preisgibst, die oft genug um meine Kirche schleichen!« sagte er zu Ragnar.

»Die Leute hier werden sich ein wenig an meinen Anblick gewöhnen müssen«, antwortete dieser, »denn ich werde wohl einige Zeit bei dir bleiben – als was du mich ausgeben willst, ist mir gleich. Du kannst ja sagen, ich sei dein Schwestersohn, der auf der Durchreise ist und dir hier und da zur Hand gehen will – deine Hütte scheint mir, könnte schon einen Mann gebrauchen, der mit Holz, Hammer und Axt umgehen kann!« Er wies auf eine Stelle des schrägen Bretterdachs, durch die offensichtlich der Regen

drang, wie die grünen Spuren zeigten, die sich die Wand entlang bis zum Boden zogen. »Also, je eher die Leute sehen, daß du Besuch hast, desto besser! Und deswegen wollen wir auch nicht wie zwei Maulwürfe hier drinnen hocken, sondern uns hinaus in die warme Frühlingssonne setzen, die so recht zu dem paßt, was ich dir zu berichten habe …«
Widerwillig blies Dankward die Öllampe aus und folgte Ragnar, der schon in der offenen Tür stand; allerdings nicht, ohne sicherheitshalber noch zwei, drei Holzscheite auf das Feuer in der Ecke des Raumes gelegt zu haben. Kaum stand er neben Ragnar blinzelnd in der Sonne, schloß er auch schon die Tür hinter sich. »Damit es drinnen warm bleibt«, erklärte er, als er Ragnars finsteren Blick bemerkte. »In dieser unwirtlichen Gegend plagt mich die Gicht, und ich brauche die Wärme eines schönen Feuers!« Ein wenig mehr Bewegung im Sonnenschein würde sicher Wunder wirken, dachte Ragnar, aber er sprach es nicht aus, denn er wußte, daß die meisten Mönche die schwüle Luft einer düsteren Stube dem frischen Wind in freier Natur vorzogen. Aber eins stand für ihn fest: er selbst würde sein Lager im Gotteshaus aufschlagen, denn er hatte das Gefühl, daß er in Dankwards Behausung keinen Atemzug tun konnte.
Die beiden Männer ließen sich auf einem Holzbrett nieder, das an der Südwand der Kirche auf zwei Steinen ruhte. Zunächst sprach Ragnar von Heinrichs Plan und berichtete, wie weit man in der Zwischenzeit vorangekommen war. »Und wie steht es hier bei den Polaben?« fragte er schließlich. »Was tut Radomir, und was sagen die Leute zu den Überfällen an der wagrischen Küste?«
»Nun, die Menschen hier sind natürlich ein wenig beunruhigt, aber andererseits geschehen die Dinge in weiter Ferne, so daß sie sich in Sicherheit wähnen. Der eine oder andere, der irgendwann einmal mit einem Wagrier aneinandergeraten ist, reibt sich sogar die Hände und meint, es sei gar nicht so übel, daß der Starigarder, der sich ja schon wie ein König aller Bodricen aufgeführt hat, einmal in seine Schranken gewiesen wird! Du weißt doch, wie die Menschen sind: Solange sie das Unglück nicht am eigenen Leib spüren, scheint es für sie nicht zu existieren, denn nichts wiegt leichter als die Sorgen anderer!«
Ragnar nickte zustimmend. Die mächtigste Waffe gegen den Feind ist seine eigene Natur, hatte Heinrich damals in Sliaswich gesagt, und geschickt ausgenutzt wird sie uns zum Sieg verhelfen … »Meinst du, daß die Racigarder Kruto gegen unsere Überfälle unterstützen würden, wenn er sie jetzt darum bäte?« fragte Ragnar.

Dankward schüttelte nachdenklich den Kopf. »Du weißt ja selbst, Radomir ist nicht mehr der Jüngste, und er schätzt das behagliche Leben in seiner Burg dort unten. Solange er es irgendwie vermeiden kann, wird er die Seinen nicht in Kämpfe verwickeln, es sei natürlich, daß er einen handfesten Grund dafür hätte, in den Krieg zu ziehen.«

»Und diesen Grund, mein' ich, würden wir ihm liefern, wenn wir Racigard überfielen – einmal ganz abgesehen von den Gefahren der langen Flußfahrt von Liubice hierher«, murmelte Ragnar, mehr zu sich selbst.

Dankward aber hatte ihn durchaus verstanden und fuhr mit blitzenden Augen so heftig auf, daß das schmale Brett ins Wanken geriet. »Das würde mir gefallen!« rief er lebhaft. »Wenn alle diese hochmütigen Heiden auf den Inseln ihre gerechte Strafe erhielten! Wie mit Engelszungen rede ich seit mehr als einem Jahr auf sie ein, und dennoch sind es nur wenige, die sich zu unserem Glauben bekennen wollen. Schuld daran ist natürlich diese Teufelsbrut von Götzendienern in ihrem sogenannten Heiligtum, allen voran die alte Hexe, auf deren Wort sogar der Oberpriester Vojdo hört! Ach, bis an mein Lebensende würde ich den Tag preisen, an dem ich sähe, wie die Heidenstätte dort drüben in Rauch aufgeht, und das Wehgeschrei ihrer Priester klänge mir lieblicher in den Ohren als der Gesang der Cherubim! Ragnar, wenn wirklich die Möglichkeit bestünde, daß ...«

Hier unterbrach ihn Ragnar. »Ich kann deinen Groll ja verstehen, Dankward, aber der Kriegsmann, der siegen will, darf sich nicht von solchen Gefühlen leiten lassen! Was hilft uns die Zerstörung Racigards und ein kurzer Triumph, wenn dies zur Folge hat, daß sich uns Polaben und Wagrier verbündet in den Weg stellen? Damit würden wir unser eigenes Ziel nur gefährden, nämlich daß Heinrich ohne große Verluste ins Land zurückkehren kann und wir dann um so leichter die Macht an uns bringen!«

»Bei allen Heiligen, das schafft Heinrich nie!« rief Dankward erregt. »Er kann doch nicht erwarten, daß Kruto ihm nach allem, was geschehen ist, eine freundliche Einladung zur Rückkehr in die Heimat schickt! Und überhaupt – selbst wenn, wie sollte es dann weitergehen? Nein, Ragnar, ich hatte es für besser, wenn ihr eure augenblickliche Überlegenheit nutzt, die Überfälle weiter ausdehnt und zerstört, was ihr zerstören könnt! Anders zwingt man diese verfluchten Bodricen nicht in die Knie, glaube mir!« fügte er gehässig hinzu.

Aber Ragnar winkte ab. »Der Herrgott hat dich einen Mönch werden lassen, und er wußte, was er tat! Du magst dich in der Heiligen Schrift auskennen, Dankward, aber das Kriegshandwerk überlaß getrost anderen – ich sage dir ja schließlich auch nicht, auf welche Weise du die heidnischen Seelen am besten zum christlichen Glauben bekehrst! Und wir sollten Heinrichs Pläne hier auch nicht unter freiem Himmel laut diskutieren – also kein Wort mehr davon!«

Beide Männer schwiegen eine Weile. Ragnars Augen folgten dem Flug einer Schwalbe, während der Mönch mit unzufriedener Miene auf seine vor dem Bauch gefalteten Hände blickte. Schließlich erhob er sich umständlich. »Ich habe dir noch etwas zurückzugeben, was dein Eigentum ist«, sprach er bedeutungsvoll. »Warte nur, ich hol' es dir.« Ragnar blickte ihm erstaunt nach und zog dann überrascht die Brauen in die Höhe, als Dankward nach kurzer Zeit zurückkehrte und das silberne Kreuz an der Kette herausfordernd vor seinem Gesicht hin und her baumeln ließ. »Der Herr Krieger sollte wählerischer beim Verschenken seiner Preziosen sein!« bemerkte er in spöttischem Ton.

Ragnar griff wütend nach dem Kreuz. »Wie kommst du dazu? Und was ist mit Darina?« Dankward lächelte boshaft. »Darya heißt dein teurer Schatz, Herr Krieger! Oder ist die Liebe doch nicht so groß, da du ihren Namen schon vergessen hast? Und dabei hat die Gute bereits rote Augen davon, daß sie tagaus, tagein nach einem gewissen dänischen Handelsmann Ausschau hält und sich nachts in den Schlaf weint!«

»Hör auf, zu spotten!« rief Ragnar ärgerlich. »Sag schon, was mit Darya ist!«

Dankward genoß es sichtlich, Ragnar auf die Folter zu spannen. »Ja, was soll mit ihr wohl sein«, begann er gemächlich. »Sie ist auf dem besten Weg, eine Christin zu werden – aus lauter Liebe! Und wenn ich sie getauft habe, dann kannst du ihr meinethalben auch dein Kreuz wiedergeben – aber ich lasse nicht zu, daß das heilige Symbol unseres Glaubens am Hals eines Heidenmädchens baumelt, Ragnar Olegson!«

Ragnar hatte eine scharfe Erwiderung auf der Zunge, aber er hielt an sich, denn wenn er den Mönch verärgerte, würde er ihm gar nichts mehr von dem Mädchen erzählen. Also nickte er nur, und Dankward berichtete voller Wohlbehagen die Einzelheiten der Unterweisung Daryas im christlichen Glauben. »Regelmäßig kommt sie jetzt, die Kleine«, schloß er. »Wer weiß, vielleicht stattet sie ihrem geistlichen Vater ja gerade heute abend wieder einen Besuch ab … Na, wird das eine freudige Überraschung geben, daß der Herr ihr Beten und Flehen schließlich erhört hat!«

Tatsächlich näherte sich Darya am frühen Abend dieses Maitages der Kirche, ganz in Gedanken versunken. Langsam folgte sie dem Pfad über die Hügel, durch den Wald – die Zeit des Springens und Hüpfens schien endlos weit zurückzuliegen, und ihr Zopf ruhte still und artig auf ihrem Rücken. Die Schönheit des Frühlingstages vertiefte ihren Kummer noch; weder das junge Grün noch die warmen Sonnenstrahlen erfreuten sie, und vor dem Wachstum der Natur hätte sie am liebsten die Augen verschlossen. Mit der stillen Hoffnung, daß der Priester vielleicht diesmal Neuigkeiten von Ragnar hatte, trat sie am Rande der Talmulde aus dem Wald, um gleich darauf zu erstarren. In nur wenigen Schritten Entfernung von ihr stand Ragnar selbst. Seine schlanke, hohe Gestalt lehnte am Stamm just jener Buche, hinter der hervor er damals, in der Nacht der Göttin, auf sie zugetreten war. Die Arme hielt er vor der Brust verschränkt, ein freundliches Lächeln lag auf seinen Lippen, und seine blonden Haare leuchteten in der Abendsonne wie Gold. Er sah aus, als habe er seit Monaten dort gestanden, sich nicht vom Fleck gerührt und nur darauf gewartet, daß sie endlich erschiene. Eine Sekunde lang stand Darya da und nahm mit offenem Mund und aufgerissenen Augen seinen Anblick in sich auf. Dann holte sie Luft, schrie: »Ragnar!«, rannte auf ihn zu und warf sich in seine weit geöffneten Arme.
Vater Dankward verfolgte die Szene aus dem Schatten der Kirche heraus, ohne daß Darya ihn bemerkte. Er lächelte geringschätzig und dachte: Wie eine reife Frucht – sie fällt ihm zu wie eine reife Frucht, ihm und uns …

Svetlav

In Veligard neigte sich ein heißer, trockener Sommer seinem Ende zu. Es war Erntezeit, und die Menschen waren von Sonnenaufgang bis Sonnenuntergang damit beschäftigt, das Korn einzubringen. Obwohl es eine eher magere Ernte zu werden schien, sah man fast nur zufriedene Gesichter, denn es war ausnahmsweise eine friedliche Zeit. Die Ranen auf ihrer Insel hatten sich in den letzten Monaten erstaunlich ruhig verhalten, und der veligardische Küstenstrich war von den Dänenüberfällen, unter denen die Wagrier jetzt so zu leiden hatten, gänzlich verschont geblieben. Dennoch übten sich Niklot und seine Krieger täglich im Kampf und in der Waffenkunst, obwohl die Hitze ihnen nicht schlecht zusetzte und die Sprünge manches jungen Burschen beizeiten erlahmen ließ. Svetlav befand sich indes nicht bei den Männern der Burg, und manches Mädchen fragte sich, wo er wohl so lange stecken mochte, denn das letztemal hatte man ihn nur ganz kurz zu Beginn des Winters gesehen.

Damals war er nach seiner schaurigen Nacht auf dem Grabhügelfeld von Smilov auf dem kürzesten Wege zu Niklot in die Burg geritten und hatte ihm von seinen Beobachtungen bei Krutos Hochzeit berichtet. Er hatte lange überlegt, ob er auch von seinem Gesicht erzählen sollte, aber dann entschloß er sich, es nicht zu erwähnen. Solcherlei war Sache der Priesterschaft, und was würde man schon von einem Krieger halten, der den Lärm einer unsichtbaren Schlacht gehört hatte?

Zum Glück maß Niklot der Tatsache, daß Slavina allem Anschein nach eine Christin war und auf Starigard ein undurchsichtiges Spiel trieb, mehr Bedeutung zu, als Radomir dies seinerzeit getan hatte. »Das ist eine ernste Angelegenheit, Svetlav«, sagte der Fürst der Veligarder. »Wer weiß, ob Slavina nicht gar im Auftrag eines anderen mächtigen Herrn« – hier machte er eine Pause und sah Svetlav bedeutungsvoll an – »eines Herrn, der unser erbitterter Feind ist, ein böses Spiel mit Kruto treibt! Und wenn Kruto fällt, fällt Starigard, und wenn Starigard fällt, fällt Wagrien, und wenn Wagrien fällt – dann möge uns der viergesichtige Svetovit vor der Rache der Nakoniden schützen! Dein Argwohn ist angebracht, Svetlav. Wo die Christen ihre Hand im Spiel haben, da gibt es keine harmlosen Zufälle, und ich denke, wir tun gut daran, ein Auge auf den alten Hochzeiter dort in Starigard zu haben, damit wir den Plänen des Feindes möglichst rechtzeitig entgegenwirken können. Das Beste wäre« – Niklot zögerte und betrachtete Svetlav nachdenklich – »das Beste wäre, einige von uns hielten sich von nun an ständig in Krutos Nähe auf, um die Vorgänge zu beobachten, und es wäre mir, ehrlich gesagt, am liebsten, du würdest diese Schar anführen und sofort nach Starigard zurückkehren! Ja, ja, ich weiß«, setzte er rasch hinzu, als er sah, daß Svetlav etwas erwidern wollte, »du bist müde von deinem langen Ritt und hast noch nicht einmal deine alten Eltern begrüßt, die dich schon sehnsüchtig erwarten. Höre, ich gebe dir drei Tage Zeit, um dich am Feuer deines Vaters auszuruhen. Dann aber reitest du zurück nach Starigard, denn noch liegt kein Schnee, und du kommst auf den frostharten Wegen gut voran. Nimm vier oder fünf treue Männer deiner Wahl mit. Wir werden schon einen Vorwand finden, um Kruto eure Anwesenheit in seiner Burg schmackhaft zu machen, und du hast dann genug Leute dabei, um mir von Zeit zu Zeit einen Boten zu schicken, der vom Stand der Dinge berichtet. Vielleicht hat uns dein scharfer Blick vor großem Ungemach bewahrt. Und nun geh, wasch den Staub deiner Reise ab, stärke dich und begrüße die, die jetzt bestimmt schon ungeduldig nach dir Ausschau halten!«

So hatte sich die Nachricht von Svetlavs Rückkehr noch nicht überall herumgesprochen, als er schon wieder nach Westen aufbrach. Nach etwa sieben Tagen erreichten er und seine kleine Schar Liubice und trafen auf den Troß der von Starigard heimwärts ziehenden Hochzeitsgäste. »Ihr braucht gar nicht weiterzureiten, Svetlav«, rief ihm ein kecker Racigarder Krieger zu, mit dem er an Krutos Tafel gemeinsam ein paar Becher geleert hatte. »Das Bier ist alle, der Wein ist getrunken, ganz Starigard ist kahlgefressen, und die schöne Braut hat sich in ihre Gemächer zurückgezogen! Vorbei die Tage des Feierns und der Freude, und der Winter wird lang und dunkel ...« Svetlav entgegnete, daß sein Herr sie als Unterpfand der Freundschaft zu Kruto schicke, um ihm als Ehrenwache zu dienen, und versäumte es nicht, kräftig auf Niklot zu schimpfen, um keinen Argwohn bei den anderen zu wecken. Nur mit Radomir tauschte er einen langen Blick aus, und dieser nickte leicht zum Zeichen seines Einverständnisses. Dann trennte man sich unter fröhlichen Zurufen; die große Schar der Hochzeitsgäste zog mit allen Sänften, Karren und Wagen südwärts, Svetlav und seine fünf Männer ritten weiter nach Norden. Ein kalter Nordostwind blies ihnen entgegen und machte das Vorwärtskommen so schwer wie nur möglich, und als sie Starigard endlich erreicht hatten, fiel in der gleichen Nacht der erste Schnee.

Es war nicht schwer, Kruto, der immer noch nichts außer seiner bezaubernden jungen Frau im Kopfe hatte, von der Idee einer Ehrenwache zu überzeugen, und als Svetlav gar noch die drei Säckchen mit Silber überreichte, durch die Niklot selbst für ihren Unterhalt aufkommen wollte, da strahlte der alte Fürst erst recht – hatte die kostspielige Hochzeit seine eigenen Kassen doch arg strapaziert. So stand alles zum besten; die Veligarder richteten sich auf Starigard häuslich ein und standen bei offiziellen Anlässen hinter Krutos Prunksitz. Auch sonst waren sie stets in der Nähe des fürstlichen Paares anzutreffen, was von Slavina mit einem liebreizenden Lächeln quittiert wurde. »Wie treu dein Waffenfreund in Veligard zu dir steht, lieber Kruto«, sagte sie einmal. »Ein Herr, der solche Freunde hat, braucht wohl keinen Feind zu fürchten, und ich bin froh darum!« Da strich ihr Kruto liebevoll über die Wange, nannte sie sein kleines Täubchen und küßte ihre schmale weiße Hand. Aber Svetlav, der bei diesem Anlaß zufällig zugegen war, sah, daß ihr süßes Lächeln nicht ihre Augen erreichte. Einen Falken würde ich die Dame nennen, dachte er bei sich, einen Raubvogel, der auf sein ahnungsloses Opfer herunterstößt und es zerreißt! Armer Kruto, dein kleines Täubchen wird dich noch überraschen mit seinem scharfen Schnabel!

Der Winter verging auf der Burg Starigard ähnlich wie auf der Burginsel von Racigard, wobei man sich alle Mühe gab, Krutos geliebter junger Frau jeden Wunsch von den Augen abzulesen und ihr die dunklen Tage und langen Abende durch allerlei Zerstreuungen so kurzweilig wie möglich zu machen. Wenn Slavina eine Christin war, dann verbarg sie es gut, denn selbst am Tag der Geburt des christlichen Heilands war ihr nicht anzumerken, daß dieser Tag eine besondere Bedeutung für sie hätte. Schließlich waren die endlos scheinenden Wintermonde doch vergangen, und als die Tage wieder länger als die Nächte waren, konnte man Slavina, schlank und schön wie eh und je, bisweilen in der Mitte ihrer Frauen in der Sonne sitzen und sich die frisch gewaschenen hellen Haare bleichen sehen. Einmal erlebte Svetlav zufällig mit, wie Kruto ganz allein an der Palisade stand und gedankenversunken die lachenden und schwatzenden Frauen auf der Wiese unter ihm betrachtete. Svetlav gesellte sich zu ihm. Beide Männer blickten schweigend auf das heitere Bild; Svetlav indes bemerkte wohl den ernsten Gesichtsausdruck des Fürsten.

»Ich verstehe nicht, warum sie nicht längst guter Hoffnung ist«, sagte Kruto auf einmal in das Schweigen hinein. »Ich bin nicht mehr der Jüngste, und ich brauche bald einen Erben, das weiß sie auch. Und obwohl ich Nacht für Nacht bei ihr liege, zeigt sich nicht das geringste Zeichen einer nahenden Mutterschaft! Das bereitet mir langsam Sorge.«
»Habt Ihr schon einmal mit ihr darüber gesprochen?« fragte Svetlav vorsichtig.
»Ach, sie lacht dann nur und sagt, ihre Zeit wird noch kommen – aber wann, frage ich mich …«
Beide schwiegen wieder. Schließlich begann Kruto von neuem: »Und noch etwas, Svetlav – es wird sich ohnehin bald in der Burg herumgesprochen haben. Ich habe gestern Nachricht von einem Boten aus der Süseler Gegend erhalten: Die verfluchten Dänen regen sich wieder! Vor einer Woche etwa gab es entlang der ganzen wagrischen Küste mehrere Überfälle und vor zwei Tagen noch einmal das gleiche! Du weißt ja, die Dänen hadern wegen der Zerstörung von Hedeby immer noch mit uns, aber ich hoffe mehr als alles, daß wir uns nicht noch einmal mit ihnen zu schlagen brauchen. Damals war unser Sieg nur knapp, und ich weiß nicht, ob wir es noch einmal schaffen würden, zumal die Dänen jetzt angeblich auch Kontakte zu den Sachsen pflegen. Wir wären dann ja wie in einer Zange gefangen …« In diesem Augenblick drang Slavinas helle Stimme von unten zu ihnen herauf. Sie hatte die beiden Männer auf der Palisade erblickt und rief und winkte ihnen lebhaft zu. Kruto hob lächelnd den rechten Arm zum Gruß. »Wer ein solches Weib sein eigen nennt, der sollte nicht so trüben Gedanken nachhängen wie ich, was, Svetlav!« meinte er in scherzhaftem Tonfall, und noch ehe Svetlav etwas entgegnen konnte, stieg der alte Fürst bedächtig den Wall hinunter, durchschritt den Kreis der Frauen und küßte seine schöne Gemahlin auf den Scheitel. Svetlav erschauerte, ohne daß er hätte sagen können, warum, wandte sich ab und ging langsam ins Innere der Burg zurück.
Nach dem Gespräch mit Kruto schien es ihm noch nicht an der Zeit, Niklot über die Vorkommnisse in Wagrien zu unterrichten, aber als zwei Monde später der Frühling langsam in den Sommer überging, schickte er seinem Fürsten die erste Nachricht. Inzwischen gab es nämlich kein Gehöft, kein Dorf, keine Fischersiedlung entlang der wagrischen Küste, die nicht von den dänischen Horden überfallen worden wäre. Die Verluste waren hoch, und die Menschen im Landesinnern wurden unruhig. Je weiter das Jahr fortschritt, desto lauter wurden in Wagrien die Rufe,

Kruto solle sich endlich zur Wehr setzen und dem üblen Treiben ein Ende bereiten. Aber Kruto blieb tatenlos. Er schenkte den Boten, die jetzt fast täglich aus allen Teilen des Landes herbeikamen, um neue Greueltaten zu melden, kaum Gehör. »Ich kann nicht entlang unserer ganzen Küste gegen einen so gut wie unsichtbaren Feind kämpfen«, pflegte er jedesmal zu sagen. »Dafür habe ich nicht genug Männer. Ich denke, die Dänen werden ihr Spielchen bald selbst satthaben und es von sich aus einstellen. Falls nicht – tja, dann müssen wir weitersehen!«

Und so verging der Sommer. Die Dänen metzelten ungehindert weiter und drangen dabei immer tiefer ins Landesinnere vor. Die Starigarder ergingen sich in immer neuen Lustbarkeiten zu Ehren der jungen Hausfrau, und Svetlav schickte Niklot die zweite Botschaft ... Schließlich stand die Erntezeit vor der Tür. Da zeigte sich zum erstenmal die ganze Tragweite der Überfälle, und nun war man auf einmal auch in Starigard bestürzt, und die Fiedeln und Flöten verstummten endlich. Denn obwohl jede Frau, jeder Greis, jedes Kind herangezogen wurden, gab es nicht mehr genügend Hände, um die Ernte einzubringen, und schlimmer noch: die Leute mußten sich jetzt auch tagsüber auf den abgelegenen Feldern vor Überfällen und Hinterhalten fürchten, so daß immer mehr in die entlegenen Gegenden im Landesinnern flüchteten. Von der Ernte war gerade ein Viertel eingebracht, als ein neuer harter Schlag das heimgesuchte Land traf. Eines Nachts zündeten die räuberischen Horden an vielen verschiedenen Stellen zugleich die noch nicht abgeernteten Felder an, und binnen weniger Stunden verbrannte ein Großteil der Ernte. Auf Starigard, wo man wegen der umgebenden Sümpfe von den Feuern verschont geblieben war, hatte man am nächsten Morgen die Rauchwolken gesehen, die in allen Himmelsrichtungen über dem Land hingen, und als die Boten Kruto vom Ausmaß des Schadens berichteten und sagten, daß ihnen vermutlich allen ein Hungerwinter bevorstehe, da nickte der Fürst bedächtig mit dem Kopf.

»Dann ist es jetzt an der Zeit«, sprach er. »Ich hatte gehofft, daß uns ein neuer großer Krieg erspart bliebe und daß sich die Dänen wieder beruhigen – doch vergebens, wie mir nun scheint. Einen letzten Versuch will ich noch unternehmen und Boten zu den Dänen schicken, um zu hören, unter welchen Bedingungen sie bereit sind, uns Frieden zu geben. Dies scheint mir ein angemessener Schritt, denn wir haben die Antwort in wenigen Tagen und verlieren dabei nichts, sondern retten vielleicht sogar das Leben vieler unserer Männer. Und falls die Dänen ablehnen, dann wird unser Zorn nur um so größer sein und unsere Schwerthand stärken!« Und noch am gleichen Tage ritt ein halbes Dutzend Männer nach Norden.

Svetlav, der sich wie stets auch bei dieser Gelegenheit im Hintergrund gehalten hatte, bemerkte allerdings, wie einige der älteren Krieger sich bei Krutos Worten lange Blicke zuwarfen. »Früher, als ihm noch kein junges Eheweib das Bett wärmte, pflegte er sich mit dem Kämpfen nicht so schwer zu tun!« flüsterte einer von ihnen den anderen zu, die beifällig nickten. »Wenn Kruto nach allem, was die Dänen uns in diesem Jahr angetan haben, sich noch um eine« – er schnaubte verächtlich bei den Worten – »gütliche Einigung bemühen will, dann weiß ich wahrlich nicht, was uns als nächstes blüht! Wir hätten schon längst zurückschlagen sollen. Denkt meine Worte, Männer! Wenn sein liebliches Weib ihn nicht so umgarnt hätte – und ihr wißt, daß er jetzt in allen Dingen auf ihren Rat hört –, dann hätten wir diese dänischen Hunde längst wieder in ihre Heimat zurückgejagt!« »Die werden sich schön ins Fäustchen lachen, daß Kruto mit einem Friedensangebot kommt!« meinte ein anderer. »Und ich habe ganz das Gefühl, daß uns die plötzliche Friedliebe unseres Fürsten teuer zu stehen kommen wird – sehr teuer ...« – »Wartet doch erst einmal ab, was die Dänen entgegnen«, sagte ein dritter. »Wahrscheinlich geben sie ihm eine so deutliche Antwort, daß er gar nicht anders kann, als ihnen mit dem Schwert eine Lektion zu erteilen!« Die umstehenden Krieger lachten grimmig, aber Svetlav befiel bei ihrem Gespräch ein Unbehagen, das nicht so leicht wieder weichen wollte.

Es vergingen zweimal sieben Tage, und unter den Leuten in der Starigarder Burg stieg die Spannung, welche Botschaft wohl aus dem Dänenlande verlauten würde. Nur Kruto benahm sich, als interessierte es ihn nicht, ja, manchmal erweckte er sogar den Eindruck, er habe ganz vergessen, daß er Botschafter ausgesandt hatte. Unterdessen gingen die Überfälle mit unverminderter Grausamkeit weiter, und es schien, als hätten es die Dänen darauf abgesehen, die gesamte wagrische Küste zu entvölkern.

Am fünfzehnten Tag kehrten die Boten schließlich nach Starigard zurück, müde, durchnäßt, mit schlammverkrusteten Pferden, denn die Regenfälle des Herbstes hatten eingesetzt und Straßen und Wege in bodenlosen Morast verwandelt. Kruto ließ die Männer entgegen der bisher von ihm an den Tag gelegten Gleichgültigkeit sofort zu sich kommen, und keiner seiner Vertrauten durfte bei dem Gespräch zugegen sein; nur Slavina saß – wie immer – zu seiner Rechten. Zunächst erfuhr niemand, wie die Antwort der Dänen lautete; auch die Boten, die von den Männern heftig bedrängt wurden, als sie Krutos Halle verließen, schüttelten nur den Kopf und verrieten nichts. »Heute abend!« war ihre Antwort auf alle Fragen, und in der Tat forderte Kruto seine Leute auf, sich nach Sonnenuntergang in der großen Halle zu versammeln. Voller Spannung fand man sich dort ein, auch Svetlav war darunter, denn selbst ihm war es zu seinem Ärger nicht gelungen, von den Männern, die beim Dänenkönig Niels gewesen waren, irgend etwas über dessen Antwort zu erfahren, so geschickt und listig er es auch angestellt hatte. Als er jetzt mit den anderen in der Halle stand und auf Krutos Ansprache wartete, kam ihm zum wiederholten Mal Slavinas ungewöhnliche Schönheit zu Bewußtsein. Am Kopfende der Halle saß sie, auf einem etwas kleineren Holzsessel dicht neben Kruto, und im Schein der Fackeln, der Öllampen und der Feuer schimmerten ihre langen Haare wie gesponnenes Gold. Über den Schultern trug sie einen herrlichen Umhang, der auf der Innenseite mit kostbarem nordischem Pelz gefüttert war, und auf ihrer Brust ruhte ihr goldener Halsschmuck und blitzte manchmal auf, wenn der Schein der Flammen darauf fiel. Ihre linke Hand, ringgeschmückt, lag auf der Rechten Krutos. Die Blicke der Dame ruhten huldvoll auf den versammelten Menschen, und ihr war nicht das leiseste Unbehagen darüber anzumerken, daß sie die einzige Frau im Raum war. Svetlav sah, wie sie ganz kurz und für einen weniger aufmerksamen Beobachter kaum wahrnehmbar, Krutos Hand drückte. Da räusperte sich Kruto, richtete sich in seinem Sessel auf und ließ seine Wache dreimal mit dem Schwert gegen einen Schild schlagen, zum Zeichen dafür, daß er nun sprechen wolle. Sofort breitete sich in der Halle völlige Stille aus.

»Meine treuen Männer, ihr tapferen Krieger«, begann der Fürst. »Wie ihr alle wißt, sind unsere Boten heute zurückgekehrt mit der Antwort der Dänen auf unser Friedensangebot, und diese Antwort ist zwar – möchte ich sagen – überraschend, aber nicht gänzlich indiskutabel, so daß wir sie mit dem gebotenen Für und Wider erwägen wollen. König Niels läßt uns ausrichten, daß er genausowenig an einer kriegerischen Auseinandersetzung interessiert sei wie wir.«

»Warum plagt er uns dann mit seinen Überfällen?« rief ein alter Krieger dazwischen, dessen Haupthaar schon ergraut war und der in der ersten Reihe der Männer vor Krutos Sitz stand. Andere schlossen sich mit Zurufen dieser Frage an, und Kruto hob beschwichtigend die Hände.

»Wenn ihr mich nicht ausreden laßt, werdet ihr auch nicht alles erfahren! Also schweigt und hört, was ich euch zu sagen habe, bevor ihr eure Meinung kundtut! Natürlich habe ich dieselbe Frage gestellt wie ihr jetzt, und die Antwort ist folgende: König Niels ist nicht der Urheber dieser Überfälle!« Die Männer im Saal sahen einander verblüfft an. Kruto fuhr fort: »Der Urheber der Überfälle sitzt vielmehr in Sliaswich, seitdem wir seinen Leuten in Hedeby den Pelz versengt haben, und ihr kennt seinen Namen alle: Es ist Heinrich aus der Sippe Nakons, der uns mit seinen dänischen Gefolgsleuten heimsucht!«

Eine Welle der Empörung lief durch den Saal, aber Kruto sprach weiter, ohne seine Stimme zu erheben, so daß die Männer schweigen mußten, wenn sie seine Worte verstehen wollten. »Nun, wie ihr wißt, ist König Niels der Bruder von Sigrit Svenstochter, der Mutter Heinrichs, und er ist unter – äh – gewissen Bedingungen bereit, auf seinen Neffen einzuwirken, daß dieser die Überfälle unterläßt.« Hier schwieg Kruto einen Moment, und Svetlav, der das Fürstenpaar genau beobachtete, konnte sehen, daß Slavina wiederum aufmunternd die Hand ihres Gatten drückte. Kruto warf ihr einen liebevollen Blick zu und fuhr fort: »Die Sache ist nämlich die, daß König Niels nicht besonders gut auf Heinrich zu sprechen ist – vermutlich fürchtet er um das Erbe der eigenen Kinder, solange er den streitlustigen Schwestersohn im Lande hat. Langer Rede kurzer Sinn: Der Däne würde Heinrich gern außer Landes sehen, und er ist sicher, daß er ihn zum Frieden bewegen könnte, wenn wir ihm hier bei uns ein Fleckchen anbieten würden, wo er mit seinem Gefolge für sich leben könnte!«

Ein unbeschreiblicher Tumult brach los. Kruto tauschte einen langen Blick mit Slavina und gab der Wache das Zeichen, erneut mit dem Schwert auf den Schild zu schlagen, damit wieder Ruhe einkehrte. Diesmal dauerte es jedoch einige Zeit, bis sich die Männer einigermaßen beruhigt hatten und die erregten Stimmen verstummten. »Meine Männer«, sagte Kruto. »Ich kann euer … euer Erstaunen gut verstehen, ist es doch unseren Gesandten beim Dänenkönig ebenso ergangen, und als sie mir diese Botschaft überbrachten, war auch ich zunächst … äh … verblüfft über dieses scheinbar so dreiste Ansinnen. Man soll sich bei wichtigen Entscheidungen jedoch nie von der Empfindung des ersten Augenblicks leiten lassen, und man muß die Dinge stets einer genaueren und hintergründigeren Betrachtung unterziehen! Und dieses bitte ich euch zu tun … Seht auf der einen Seite, was wir Heinrich geben: ein paar

Flecken und etwas Land, am besten in einer Gegend, die er mit seinen Überfällen besonders stark verwüstet hat. Seine Leute sind nicht viele, vielleicht zehn Dutzend, wenn man die Dänen mit hinzurechnet, die sich ihm angeschlossen haben. Wir sind ihnen weit überlegen und können sie von Starigard aus ohne Mühe im Auge behalten – besser als jetzt und besser als Niels in seinem Inselreich! Auf der anderen Seite gewinnen wir Frieden, und zwar in dreifacher Hinsicht: Zum einen wird es keine Überfälle mehr geben, und Heinrich hätte in diesem Winter selbst die Folgen seiner Untaten zu tragen, des weiteren brauchten wir nicht mehr zu befürchten, daß er uns von Norden her mit Krieg überzieht, und schließlich wäre König Niels uns verpflichtet, und wir hätten endlich dauerhaften Frieden mit den Dänen. Und das, Männer, kann man nicht hoch genug einschätzen, denn es gefällt mir gar nicht, wie der Billunger und seine Sachsen in letzter Zeit mit den Schwertern rasseln und gierig nach unserem Land blicken! Wenn wir uns der Gefahr im Norden entledigen, können wir uns mit doppelter Kraft der Gefahr im Süden entgegenstellen und – wer weiß – vielleicht sogar gemeinsam mit den Dänen dagegen angehen!«

Kruto hielt einen Augenblick inne, um seine Worte auf die Männer wirken zu lassen. Viele schauten nachdenklich drein. Schließlich erhob der alte Krieger die Stimme, der zuvor die Zwischenfrage gestellt hatte. »Das ist alles schön gut, was du sagst, Kruto, aber hast du auch bedacht, daß Heinrich wie alle Nakoniden Christ ist? Mit wieviel Mühe haben wir im großen Aufstand das grausame christliche Joch abgeschüttelt, und wieviel Blut ist deswegen geflossen! Du weißt, wie die Christen sind: Holst du auch nur einen ins Land, gibt er keine Ruhe, bis nicht ganz Wagrien, ach was – ganz Bodricien vor seinem Gott auf den Knien liegt! Was willst du dagegen tun?«

Kruto, der spürte, daß er auf dem besten Weg war, die Zustimmung seiner Leute zu gewinnen, antwortete freundlich: »Was du sagst, ist gut und richtig, Ivo, und ich wäre ein schlechter Fürst, wenn ich diesen Punkt übersehen hätte! Ich werde Heinrich schwören lassen, bei allem was ihm heilig ist, daß er, solange er in unserem Land ist, keinen Versuch unternimmt, andere zum christlichen Glauben zu bewegen und daß er unseren Göttern die ihnen gebührende Ehre erweist.«

Die meisten Krieger nickten daraufhin zustimmend, aber der alte Ivo schien nicht ganz überzeugt zu sein. Schon öffnete er den Mund zu einer Erwiderung, da erklang auf einmal Slavinas helle Stimme: »Ich sehe noch

Sorgenfalten auf deiner Stirn! Wenn mein Herr es mir gestattet«, sagte sie mit einem anmutigen Lächeln, an Kruto gewandt, »will ich versuchen, sie zu glätten.« Kruto nickte zustimmend. »Heinrich wird ein Gelübde ablegen, bei seinem Gott, und er wird seinen Gott nicht dadurch beleidigen, daß er sein Gelübde bricht. Außerdem werden wir natürlich ein Auge darauf haben, daß er seinen Glauben nicht nach außen trägt – sollte er es dennoch tun, gibt es genug Mittel, ihm dies auszutreiben!« Sie lächelte bedeutungsvoll bei den letzten Worten. Ivo erwiderte hierauf nichts mehr, denn er war es nicht gewohnt, in derartigen Angelegenheiten mit einer Frau das Wort zu wechseln.

Svetlav hatte sich bisher damit begnügt, alles zu beobachten. Er war bei Krutos Worten zutiefst erschrocken, aber er wollte es Krutos Männern überlassen, ihre Meinung zu sagen, und sich als Außenstehender zurückhalten. Nun aber schien es, daß Kruto die Wagrier mit seiner wohlüberlegten Rede in ihrer zuvor unmißverständlich geäußerten Meinung verunsichert hatte, denn es kamen jetzt nur noch zaghafte Fragen und Einwürfe. Svetlav war jedoch überzeugt, er dürfe es nicht zulassen, daß Kruto Heinrich ohne weiteres zurück ins Land holte. Er hätte nicht sagen können, warum sich alles in ihm dagegen sträubte; darüber nachzudenken hatte er keine Zeit gehabt. Krutos Argumente schienen ihm etwas ganz Wesentliches außer acht zu lassen, und er war sicher, daß dieses ungute Gefühl ihn nicht trog. Als sich aber Slavina in das Gespräch einmischte, drängte sich ihm der Gedanke auf, sie alle, auch Kruto, seien nur Figuren in dem ausgeklügelten Plan eines anderen, den er sich noch nicht erklären konnte. Eins jedoch war gewiß: Solange er nicht herausgefunden hatte, was dahinter steckte, mußte er alles daran setzen, das angekündigte Vorhaben zu verhindern oder zumindest zu hemmen. Und deswegen bahnte er sich jetzt zügig einen Weg durch die Männer bis vor Krutos Sitz und bat als dessen Gast höflich um die Erlaubnis zu sprechen, die ihm erteilt wurde.

»Ich habe alle Worte vernommen, die heute hier gesagt worden sind, und mir scheint, daß die Entscheidung, vor der Ihr, Herr Kruto, steht, von allergrößter Bedeutung und Tragweite ist. Deshalb meine auch ich, man soll sie mit Bedacht treffen und das Für und Wider sorgfältig gegeneinander abwägen ... Um eines möchte ich aber im Namen meines Herrn Niklot auf Veligard bitten: Die Entscheidung betrifft nicht nur euch Wagrier, sondern uns alle, alle Bodricen, denn schließlich haben wir Seite an Seite am Strand der Labe gekämpft, als es galt, Heinrichs

Vater Gottschalk zu besiegen. Wir haben gemeinsam das Geschlecht Nakons vertrieben, und deswegen, denke ich, sollten wir auch gemeinsam über die Rückkehr Heinrichs entscheiden. Holt Euch deshalb Niklot und Radomir nach Starigard zum Rat, denn drei weise Fürsten werden schon den richtigen Weg wählen, und – wie gesagt – dieser Weg geht uns alle an!«

Kruto betrachtete Svetlav nachdenklich und schien seine Worte abzuwägen, und obwohl Slavina sich offensichtlich bemühte, ihm freundlich zuzulächeln, lag eine eisige Kälte in ihrem Blick. Inzwischen meldeten sich auch einige der wagrischen Krieger zu Wort. »Der Veligarder hat recht, Kruto! Hol die anderen Fürsten dazu, denn schließlich sind sie die ersten, deren Hilfe wir brauchen, wenn es mit Heinrich doch Ärger gibt – und der Dänenkönig ist weit!« – »Teilt euch die Last der Entscheidung, dann teilt ihr auch später die Last ihrer Folgen!« – »Ja, höre, was Niklot und Radomir zu sagen haben, auch sie haben ihr Wissen über Heinrich!«

Svetlav hatte den Eindruck, daß sein Vorschlag Kruto immer mehr behagte. Welcher Herr, auch wenn er noch so mächtig war, widerstand schon der Versuchung, die Last der Verantwortung einer so schweren Entscheidung auf mehreren Schultern zu verteilen? Und richtig, als Kruto wieder das Wort ergriff, bat er Svetlav, eiligst nach Veligard zu reiten und sowohl Niklot als auch Radomir nach Starigard zu holen. »Und beeil dich, Svetlav«, fügte Kruto hinzu, »jeder Tag bringt uns hier weitere Überfälle, kostet uns Menschen, Tiere, Vorräte! Auch soll Niels von uns Nachricht erhalten, bevor es endgültig Winter wird und der Schnee die Wege unpassierbar macht.«

Und so war Svetlav abermals unterwegs. Er ritt, als gehe es um sein Leben, und seine Gedanken drehten sich nur um die Frage, wie man verhindern konnte, daß Kruto Heinrich ins Land zurückholte. Aber er wußte zugleich, daß sein eigenes Wort nichts galt, daß nur die beiden anderen Fürsten Kruto umstimmen konnten – vorausgesetzt, sie waren einer Meinung ... Niklot, der ein erbitterter Feind Heinrichs war, würde mit Gewißheit seine eigene Einschätzung teilen, dachte Svetlav, und schließlich würde ihnen der gemeinsame Ritt nach Starigard ausreichend Gelegenheit bieten, Radomir davon zu überzeugen, daß man Krutos gefährliches Vorhaben auf jeden Fall verhindern mußte. Diese Gedanken machten den jungen Krieger wieder ein wenig zuversichtlicher, und als er an einem regnerischen Tag Racigard erreichte, ritt er direkt zur Burginsel und suchte ohne Umweg Radomir auf, um ihm die Neuigkeiten zu überbringen. Schon am nächsten Morgen führte sein Auftrag ihn weiter, nach Veligard.

Es war wieder ein regnerischer, windiger Tag; kleine Wellen mit gelblichen Schaumkronen kräuselten die graue Oberfläche des Racigarder Sees und spülten die welken Blätter des Sommers an die Kiesstrände der Inseln. Acht Tage und Nächte waren seit Svetlavs Besuch bei Radomir vergangen, und diesmal ritt er an der Spitze des kleinen Trupps, den Fürst Niklot selbst in aller Eile zusammengestellt hatte, um ihn und Svetlav nach Starigard zu begleiten. Mit Radomir war vereinbart worden, daß er in der Zwischenzeit ebenfalls zur Reise rüsten werde, um dann ohne Verzug gemeinsam mit Niklot den Weg zu Kruto zurückzulegen. Um so überraschter war Svetlav, als sie in den Burghof Racigards ritten und dort nicht das geringste Anzeichen einer bevorstehenden Reise bemerkten – und was noch viel eigenartiger war: selbst von dem üblichen geschäftigen Treiben war nichts zu sehen. Es brannten kaum Fackeln; unter den hölzernen Vordächern auf dem Burghof hielten sich nur wenige Männer auf, die es mit Bedacht vermieden, in den Herbstregen hinauszutreten und die Veligarder Krieger mit der gebührenden Ehre zu empfangen.
Niklot warf Svetlav einen fragenden Blick zu und zog seinen Hengst so heftig am Zügel, daß er wiehernd auf die Hinterbeine stieg. »Was ist los auf Racigard?« rief er mit lauter Stimme. »Gibt es unter euch keinen, der den Fürsten Niklot von Veligard und die Seinen empfangen will? Her mit euch, bringt unsere Pferde ins Trockene und meldet Radomir unsere Ankunft!« Da traten einige Männer in den Regen hinaus, fast widerwillig, wie es schien, und nahmen den Veligardern die Pferde ab.
Aus dem Eingang zum Wohnbau kam mit eiligen Schritten ein älterer Krieger auf sie zu, offenbar ein Mann höheren Ranges, und entbot ihnen den Willkommensgruß. »Heil Euch, Fürst Niklot, heil euch, ihr Veligarder Männer! Ich heiße euch im Namen Radomirs willkommen und biete euch den Schutz Racigards für euren Aufenthalt. Folgt mir nun in die Halle, damit ihr euch am Feuer wärmen könnt!«
Während sie ihm in den dunklen, nur von zwei Fackeln erhellten Vorraum folgten, der zur Halle führte und in dem sie ihre nassen Umhänge und die Waffen ablegten, fragte Niklot: »Wo ist denn dein Herr? Warum begrüßt er seinen Kampffreund nicht?« Der alte Krieger wandte sich um.

»Mein Herr Radomir läßt euch durch mich seinen Gruß entbieten. Er selbst ist bereits abgereist und auf dem Weg zu Fürst Kruto. Ihr mögt hier nach Euren Wünschen rasten und Euch erfrischen, um ihm dann zu folgen. Für euer Wohlergehen werde ich sorgen. Ich bin Bodgar, der Führer von Radomirs Wache; es wird euch an nichts mangeln, ihr könnt bleiben, solange ihr wollt, und ...«
Svetlav und Niklot hatten bei der Rede des Alten einen erstaunten Blick gewechselt. Auf ein Zeichen Niklots unterbrach Svetlav jetzt den Wortschwall: »Bodgar, weißt du, warum dein Herr nicht auf uns gewartet hat? Es war doch abgesprochen, daß wir zusammen weiterreiten!« Bodgar antwortete zunächst nicht auf Svetlavs Fragen, sondern geleitete sie schweigend in die Halle. In dem großen, länglichen Raum brannte nur an einem Kopfende ein Feuer, dessen prasselnde Flammen aber ausreichten, um eine Wärme zu verbreiten, die den Männern nach dem langen Ritt und den im Freien verbrachten Nächten geradezu stickig vorkam. Bodgar trat ein wenig zur Seite und forderte die Veligarder mit einer einladenden Geste auf, es sich auf den fellbedeckten Bänken entlang den Wänden bequem zu machen. Zwei sauber gekleidete ältere Mägde brachten Krüge mit gewärmtem Bier herein und stellten sie auf niedrigen Holztischen ab. Bodgar schien die Unruhe seiner Gäste nicht zu spüren. In aller Ruhe gebot er den Mägden, das Bier in dickwandige Becher zu füllen und den Männern zu reichen.
»Gleich werden sie euch frisches Brot und ein gutes Mahl bringen! Streckt ihr derweil nur eure klammen Glieder am Feuer aus, und für Euch, Herr Niklot, ist hier der Ehrenplatz gedacht!« Bodgar zeigte auf einen einzelnen Sessel, der neben dem verwaisten Fürstensitz Radomirs stand und den er nun fürsorglich näher an das wärmende Feuer zog. Niklot nahm darin Platz, und die, die ihn kannten, lasen trotz des spärlichen Lichts und des flackernden Widerscheins der Flammen in seinen Zügen die Ungeduld, endlich die Antwort auf Svetlavs Frage zu erfahren. Aber der Fürst wußte, was die Sitte verlangte, nahm dankend den gefüllten Becher entgegen, und als auch jeder seiner Männer versorgt war, erhob er sich von seinem Sitz, entbot mit aller Höflichkeit dem Hause Radomir sein Heil und dankte für die Gastfreundschaft. Bevor er den Becher an die Lippen führte, goß er, wie es sich gehörte, dreimal einige Tropfen auf den Boden für die Ahnen des Hauses. Die Veligarder Männer hatten sich gemeinsam mit Niklot erhoben, auch sie murmelten ihren Dank, und erst als ihr Fürst den Becher absetzte und wieder Platz

nahm, tranken auch sie und ließen sich dann erwartungsvoll auf den Bänken nieder, wobei jeder seine Beine in den feuchten Kleidern so weit wie möglich dem Feuer entgegenstreckte.

Bodgar nickte zufrieden. Alles hatte seine Ordnung. Er setzte sich auf einen Schemel zu Füßen des Fürstensitzes, um seinen Gästen dadurch zu zeigen, daß er den abwesenden Hausherrn vertrat. Er hüstelte, ein wenig verlegen, denn schließlich war es noch nie seine Aufgabe gewesen, einen so hochgestellten Gast zu bewirten. Umständlich setzte er zum Sprechen an, richtete sich auf dem Schemel auf, strich seine grauen Haare hinter die Ohren und wischte sich den Bierschaum von den Lippen. Die Veligarder Männer ließen ihn währenddessen nicht aus den Augen. Schließlich begann er auf bereits vertrautem Boden: »Mein Herr Radomir entbietet Euch seinen Gruß, Herr Niklot …«

Niklot, der nur ein paar Winter älter war als Svetlav, kostete es enorme Kraft, den Alten nicht zu unterbrechen und seine umschweifige Rede zu dem Punkt zu bringen, der alle so brennend interessierte. Aber die Sitte gebot es, nicht nur den Gast, sondern auch den Gastgeber sprechen zu lassen, wie er wollte, und der Fürst lehnte sich betont ruhig in seinem Sessel zurück. Aber seine Männer sahen an der Art, wie er die Augen verengte und die Zähne zusammenbiß, daß er kurz davor war, die Beherrschung zu verlieren. Bodgar bemerkte von all dem nichts, sondern fuhr fort, nach Altmännerart von Gedanken zu Gedanken springend, zu berichten, was sich nach Svetlavs Besuch in den letzten Tagen in Racigard ereignet hatte.

»Aber, vor drei Tagen, kam ein Bote …« sagte er jetzt und weckte damit endlich das Interesse der Veligarder. Da wurde die Hallentür aufgestoßen, und die beiden Mägde schleppten einen dampfenden Kessel herein, den sie am Feuer abstellten. Bodgar verstummte, denn nun war er wieder als Gastgeber gefordert, und das verlangte seine gesamte Aufmerksamkeit. »Wo bleibt das Brot, wo das Fleisch?« rief er unwirsch, seine ungewohnte Rolle sichtlich genießend, während Niklot die Augen verdrehte. Für die nächste Stunde war nichts zu machen; Bodgar schlürfte hingebungsvoll die Suppe aus seinem Holznapf, tunkte auch kräftig Brot und Fleisch hinein und war zu sehr mit diesem Genuß beschäftigt und mit der Aufgabe, seinen struppigen Kinnbart und den guten Überwurf von der fettigen Flüssigkeit frei zu halten, als daß er an seine Gäste hätte denken können, die sich in der rauhen Veligarder Mundart leise untereinander unterhielten. Als schließlich das letzte Stück Fleisch gegessen war und der Alte mit dem letzten Stück Brot seinen Napf ausgewischt hatte, ergriff Niklot, der sein Mahl schon lange beendet hatte, das Wort: »Bodgar, du sagtest vorhin, vor drei Nächten sei ein Bote zu euch gekommen. Was wollte er denn?«

Bodgar rülpste, wischte sich noch einmal mit dem Handrücken über die glänzenden Lippen und besann sich auf seine Aufgabe. »Ja, Herr, so war es ... an dem Abend, an dem der Mond ins letzte Viertel trat, und es hatte den ganzen Tag geregnet, so wie heute. Überhaupt, meine ich, hat es in diesem Winter bisher schon viel mehr geregnet als sonst. Ist es bei Euch in Veligard auch so naß in diesem Jahr? Und wie war Eure Ernte? Bei uns ist sie recht mager ausgefallen, aber die Wagrier, höre ich, haben noch größeres Unglück gehabt – aber hast du das nicht neulich selbst berichtet, Svetlav? Oder war es jemand anderes – ich weiß es einfach nicht mehr! Also, unsere Ernte, war, wie gesagt, nicht besonders gut ...«

Da brach Niklot schließlich alle guten Sitten und fragte in strengem Ton: »Was hat der Bote vor drei Nächten von deinem Herrn gewollt, Bodgar? Und von wem kam er?«

Die Unhöflichkeit verschlug Bodgar für einen Moment die Sprache, aber er faßte sich bald wieder. An seiner Miene war abzulesen, daß er die Veligarder für eine Meute rüpelhafter Bauern hielt, die nicht wußten, wie man sich zu benehmen hatte, hart und störrisch wie ihr sandiges Land. Als der Alte wieder sprach, war sein Ton zwar merklich kühler, aber dafür erfuhren die Veligarder endlich, was sich ereignet hatte. »Es war ein stattlicher, hochgewachsener junger Mann, sicherlich ein Krieger, blond wie ein Däne – und mit untadeligem Benehmen!« fügte er mit einem grollenden Blick auf Niklot hinzu.

Da nun schon alle Gepflogenheiten über den Haufen geworfen waren, scheute dieser sich nicht, gleich nachzuhaken: »Wie hieß er? Wer war sein Herr? Und was war seine Botschaft?«

Bodgar schnaufte empört, stand dann aber Rede und Antwort. »Er hieß Oleg, war ein Wagrier und ein Mann Krutos aus Starigard!« Niklot warf Svetlav einen fragenden Blick zu, und dieser schüttelte leicht den Kopf, denn er hatte während seiner Zeit in Starigard keinen Mann mit diesem Namen oder Aussehen bemerkt.

»Seine Botschaft war folgende«, fuhr Bodgar fort. »Der Herr Kruto bittet den Herrn Radomir, auf schnellstem Weg zu ihm zu kommen und nicht erst auf den Herrn Niklot zu warten. Dieser möge dann nachkommen.«

»Hat der Bote einen Grund für diese Botschaft angegeben?«

»Ja, es ging um einen eiligen Rat, den der Herr Kruto brauchte, und der Bote meinte, jeder weitere Tag könne die Wege unpassierbar machen, und er wolle sichergehen, daß jedenfalls einer der Fürsten Starigard noch erreiche!«
Niklot schüttelte verwundert den Kopf, denn die nasse Jahreszeit war weit fortgeschritten, und man konnte nun jeden Tag mit Frost rechnen, was das Fortkommen doch nur erleichterte; Schnee würde erst später fallen. Bodgar schwieg griesgrämig und drehte den leeren Becher in den Händen. Niklot sprach kein weiteres Wort, sondern erhob sich von seinem Sitz und trat ans Feuer. Er schaute eine Weile schweigend und mit zusammengezogenen Brauen in die Flammen. Als er sich wieder zu den Männern herumdrehte, waren seine Züge sorgenvoll. Svetlav seufzte insgeheim. Er wußte, was der Fürst jetzt sagen würde, und er wußte auch, daß die Entscheidung die richtige war, obwohl er es sich diese Nacht gern unter den weichen Fellen in Radomirs warmer und trockener Halle bequem gemacht hätte.
»Männer«, sagte Niklot, »Hunger und Durst sind von unserem freundlichen Gastgeber gestillt worden. Ich weiß, daß ihr müde seid, und ich weiß auch, daß eure Kleider und Umhänge noch naß sind. Auch unsere Pferde werden sich nicht freuen, den warmen Stall zu verlassen. Trotzdem meine ich, daß wir auf dem schnellsten Wege nach Starigard reiten müssen – wenn es Kruto mit dem Rat so eilig ist. Nehmt also einen letzten Schluck Bier, und laßt uns dann aufbrechen!«
Der Fürst selbst setzte sich gar nicht erst wieder, sondern schritt unruhig vor dem Feuer auf und ab, während seine Männer sich beeilten, ihre Becher zu leeren. Sie waren ihm treu ergeben und ließen sich ihre Enttäuschung nicht anmerken, denn sie wußten, daß er seine Gründe für den schnellen Aufbruch hatte – gute Gründe.
Bodgar sah davon ab, sie ins Freie zu begleiten, und verabschiedete sich von seinen ungehobelten Gästen in der Halle. Kurz danach standen die Veligarder draußen im Burghof, in ihre klammen Umhänge gehüllt, und warteten auf ihre Pferde. Niklot nahm Svetlav beiseite. »Du hast diesen Oleg in Starigard niemals gesehen, nicht wahr?« fragte er. Svetlav nickte müde und spürte, wie die Wärme der Halle langsam aus seinem Körper wich. »Das dachte ich mir!« sagte Niklot grimmig. »Es gefällt mir ganz und gar nicht, daß man Radomir von uns getrennt hat. Du weißt, er ist alt und leicht zu überreden – wozu auch immer! Ich habe das Gefühl, daß ein paar Tage allein mit Kruto und dieser Slavina dazu ausreichen,

um ihn auf ihre Seite zu ziehen; schließlich hatten wir ja dasselbe mit ihm vor … Beeilen wir uns also, damit diese zwei Herren so wenig Zeit wie nur möglich miteinander verbringen.«

In dem Moment wurden die Pferde gebracht, sie saßen schweigend auf und ritten aus dem Burghof über die schwankende Brücke und den Damm durch den nachtschwarzen See dem westlichen Ufer zu. Erst als sie, mit Svetlav an der Spitze, die steile Küste erklommen hatten und ihre Pferde nordwärts lenkten, um dem alten Weg nach Liubice und Wagrien zu folgen, merkten sie, daß der Regen längst aufgehört hatte. Die Nacht war jetzt sternenklar und überraschend kalt. Svetlav wandte seinen Blick zurück nach Racigard. Die Burg lag im Dunkeln, aber dahinter, auf der größeren Insel, loderten im Heiligtum die Flammen heller Feuer. Die Priester wachen, während die Krieger schlafen, dachte Svetlav. Ihm fiel ein, daß es bis zur Nacht der Göttin nicht mehr lang war, und er wünschte von Herzen, daß sie bis dahin alle unter Starigards Dächern weilten. Er zog den Umhang über die kalten Hände und trieb sein Pferd zu einer schnelleren Gangart an.

Lusa

Wie so oft, wenn die Ernte schlecht gewesen ist, folgte auf den Sommer ein besonders harter Winter. Die alten Männer konnten sich nicht daran erinnern, daß der erste Frost jemals vor der Nacht aufgetreten war, in der Morana den Stillstand über das Leben verhängte; und doch war es in diesem Jahr so gewesen. Heftige Stürme aus Nordost waren bald dem Rauhreif und dem Frost gefolgt und hatten feine Schneeflocken zu mannshohen Verwehungen aufgetürmt, die an vielen Stellen noch über die Ränder der Schilfdächer ragten. Das war den Bewohnern der Häuser nur recht, denn die Schneewände schützten die nie ganz dichten Wände aus Flechtwerk und Lehm vor dem eisigen Winterwind.

Der See war seit langem zugefroren, und der Schnee, der ihn bedeckte, war von einer Helligkeit, daß man auch an trüben Tagen die Augen zusammenkneifen mußte, wenn man über die weite weiße Fläche blickte. Einzelne Fußspuren führten von den Inseln zu den tief verschneiten Ufern, und an manchen Stellen hatten die Fischer Löcher ins Eis gehackt. Dort kauerten sie oft stundenlang, regungslos, wie erstarrt in der Kälte, um dann blitzschnell das Fangnetz einzutauchen oder mit dem Speer zuzustoßen, wenn sich in dem dunklen Wasserauge ein Fisch bemerkbar machte, und die Freude war groß, wenn sich die eintönigen Mahlzeiten auf diese Weise bereichern ließen. Im übrigen gingen die Männer jetzt auch vermehrt auf die Jagd, und da die eisige Kälte die Tiere aus den Wäldern immer näher zu den menschlichen Siedlungen trieb, waren die Wege der Jäger um so kürzer. Noch hatten alle genug zu essen, und wenn man mit den Vorräten sparsam umging, würden sie wohl bis zum Frühling reichen …

Im Heiligtum ging alles seinen gewohnten Gang, so, als müßte man nicht jeden Morgen mühsam das Eis aufhacken, um die Orakelschalen mit Wasser zu füllen, und als kaute Svetovits weißes Roß nicht trockenes Heu in einem niedrigen, halb in die Erde hineingebauten Stall, sondern graste munter auf einer grünen Weide. Viele Pfade, vom Schnee befreit, zogen sich kreuz und quer durch das Heiligtum und verbanden die einzelnen Stätten miteinander. Nur der Steinkreis war unangetastet; keine Fußspur führte hindurch, und dort, wo die Steine dem Wind zugewandt waren,

hatten die Schneewehen eigenartige glatte Formen gebildet, die sich alle glichen und doch immer wieder anders waren. Ein schmaler, ausgetretener Pfad umgab wie ein dritter Ring die beiden Kreise der Steine und Bäume, und dann und wann konnte man eine Priesterin im langen dunklen Umhang sehen, die dort gedankenversunken die Stätte der Göttin umrundete, ohne je den Fuß aus dem vollkommenen Kreis zu setzen.
Auch Lusa suchte dort manchmal die Einsamkeit, und wer nahe genug gewesen wäre, um ihr Gesicht zu sehen, wäre über den glücklichen Ausdruck in der bitteren Kälte überrascht gewesen. Nun war es in der Tat nicht so, daß Lusa den Winter mehr schätzte als die übrigen Zeiten des Jahres – der Grund, der ein Lächeln auf ihr sonst so ernstes Gesicht zauberte und ihre Augen leuchten ließ, war ein ganz anderer: Svetlav war da.
Seit drei Monden schon hielt er sich bei Vojdo und Amira auf, und es war bisher kein Tag vergangen, an dem er nicht ein wenig Zeit mit ihr verbracht hätte, mal in Telkas Haus, mal an Vojdos und Amiras Feuer, mal in Svetovits großer Halle und manchmal auch an den verharschten Ufern der Halbinsel. Lusa war überglücklich. Obwohl sie es sonst so gut verstand, ihre Gefühle hinter dem gebotenen Gleichmut der Priesterin zu verbergen, war die Liebe zu Svetlav so klar in ihren Augen zu lesen, daß dieser manchmal über die Eindringlichkeit ihres Blicks erschrak.
Es war kurz nach der Nacht der Göttin gewesen, als Svetlav völlig erschöpft im Morgengrauen eines eisigen Wintertags Einlaß ins Heiligtum begehrt hatte, und noch am Abend desselben Tages war der große Schneesturm losgebrochen und hatte für lange Zeit alle Wege unpassierbar gemacht. Svetlav hatte in Vojdos Haus einen Tag und eine Nacht lang nur geschlafen, bis er sich von der Anstrengung des langen Ritts erholt hatte, und Lusa hatte zunächst nicht einmal gewußt, daß er sich in ihrer Nähe aufhielt. Sie war am Abend des folgenden Tages mit einer Nachricht von Telka zu Vojdo und Amira gekommen und hatte im ersten Moment ihren Augen nicht getraut, als sie Svetlav erkannte, der am Feuer saß und mit einem Lederriemen das Zaumzeug seines Pferdes ausbesserte. Svetlav hatte gelacht beim Anblick ihres überraschten Gesichts und ihr zugerufen, daß er nachher zu Telkas Haus kommen werde.
Lusa erwartete ihn dort. In einer Ecke des Raums hatte sie ein paar besonders schöne Schaffelle ausgebreitet, damit sie dort nebeneinander sitzen und ihre Neuigkeiten austauschen konnten, während Telka auf ihrem Hocker am Feuer kauerte und die Zutaten für einen Sud zusam-

menstellte. Er war für die Frostbeulen bestimmt, mit denen die Menschen in nächster Zeit zu ihr kommen würden, ihr jammernd Hände und Füße entgegenstreckend, als habe sie Schuld an der bitteren Kälte.

Der Schneesturm hatte immer noch nicht nachgelassen. In einer Wolke von wirbelnden Flocken betrat Svetlav den Raum und blieb nach der Begrüßung zunächst neben Telka am Feuer stehen, um seine Hände zu wärmen, die von den wenigen Schritten durch die eisige Kälte schon fast erstarrt waren. Telka reichte ihm einen Becher mit heißem Gewürzwein, auf dessen Zubereitung sie sich hervorragend verstand, und erst nachdem er ausgetrunken und ein wenig mit der alten Priesterin geplaudert hatte, nahm er neben Lusa Platz. »Erzähl mir, Svetlav«, sagte Lusa, »was ist geschehen? Radomir und seine Männer sind noch nicht aus Starigard zurückgekehrt, und bei diesem Wetter werden wir sie wohl erst zu Vesnas Zeit wiedersehen. Man munkelt hier so allerlei, und falls du mich ins Vertrauen ziehen darfst und willst, dann erleichtere dein Herz und sprich von dem, was sich ereignet hat.«

Svetlav, der sich seit langem nicht mehr so wohl und geborgen gefühlt hatte wie seit seiner Ankunft im Heiligtum von Racigard, lehnte sich an die mit gewebten Decken behangene Wand und schloß für einen Moment die Augen, als müsse er sich die Ereignisse der letzten Wochen erst wieder in Erinnerung bringen. Dann nahm er Lusas Hand in die seine, holte noch einmal tief Luft und begann mit leiser Stimme zu sprechen: »Du weißt, daß Kruto Niklot und Radomir zum Rat nach Starigard gerufen hat.«

Lusa nickte und fragte sich, wie schon öfter, was wohl wichtig genug war, daß Kruto zu dieser Jahreszeit die beiden anderen Fürsten nach Starigard rufen mußte. Was war es, das Radomir aus seiner behaglichen Behausung getrieben und Niklot bewogen hatte, den weiten Weg von seiner abgelegenen Burg bis nach Starigard zu reiten? Dahinter konnte nur eine Sache von großer Bedeutung und Dringlichkeit stehen, und wenn das der Fall war, dann war es sicher nichts Gutes …

Svetlav schwieg nach seinen einleitenden Worten, und trotz ihrer eigenen Anspannung drängte Lusa ihn nicht zum Weitersprechen, sondern wartete geduldig, bis er seine Gedanken geordnet hatte und den Faden wieder aufnahm und Antwort auf ihre eigenen unausgesprochenen Fragen gab. »Bei dem Treffen bei Kruto ging es um eine Sache von allergrößter Wichtigkeit, eine schnelle Entscheidung, die uns alle betrifft, alle Bodricen, und die keinen Aufschub duldete. Da die Entscheidung nun getroffen ist und es ohnehin im ganzen Land bald kein anderes Gesprächsthema mehr geben wird, ist es auch kein Geheimnis, und ich kann es dir sagen: Zu entscheiden war, ob Heinrich, Gottschalks Sohn, aus dem Dänenreich wieder nach Bodricien zurückkehren dürfe!«

Ein lautes Klappern unterbrach ihn. Telka, die ihren Platz am Feuer nicht verlassen, aber keines seiner Worte versäumt hatte, war bei seinem letzten Satz so heftig aufgesprungen, daß sie ihren Schemel umgestoßen hatte. »Was für eine Nachricht, Svetlav!« rief sie erregt. »Nach all dem Blut, das geflossen ist! Nach all dem Unglück, das Nakons Geschlecht über unser Land gebracht hat! Noch sind die letzten, die den großen Kampf am Strand der Labe mitgefochten haben, am Leben, und die Klagen derer, die ihre Männer, Brüder oder Väter dort verloren haben, sind noch nicht ganz verstummt! Für alle Zeiten wollten wir sie vertreiben, Gottschalk und die Seinen, und sind alle Zeiten nicht mehr als die zwei Dutzend Winter, die seither vergangen sind? Radomir hat dort selbst das Schwert gegen die Nakoniden geführt, und es war Blusso, Krutos Vater, der den Kampf zum Sieg entschieden und unsere Unterdrücker mitsamt ihrem heuchlerischen Gott geschlagen hat! Und Nikislav, Niklots Vater, hat dabei sein Leben gelassen, der alte Veligarder! Noch mit gebrochenen Augen soll er mit einem letzten gewaltigen Streich zwei der Feinde gefällt haben, die ihn schon für tot hielten und seiner Waffen berauben wollten ... Ach, und dein Vater war dabei, Svetlav, und deiner auch, Lusa, und so viele, viele ... Und nun sagst du, daß die drei Fürsten sich in Starigard treffen wollten, um allen Ernstes darüber zu beratschlagen, ob Heinrich mit seinen Leuten zurückkehren darf? Hierher – wo es kaum ein Haus gibt, das keinen Toten zu beklagen hatte? Hierher, ins ureigene Land der dreigestaltigen Göttin, die sie verraten, verflucht und bekämpft haben? Hat Kruto denn vergessen, daß es Heinrichs Bruder war, der seinen Vater erschlagen hat? Hat Niklot vergessen, daß die Labe einst auch das Blut Nikislavs ins große Meer gespült hat? Und unser Fürst Radomir, dieser Narr, hat er vergessen, daß seine Schwerthand nicht mehr so stark ist wie vor vierundzwanzig Wintern? Was wollen sie denn beraten, wenn es nur eine einzige Antwort geben kann: nämlich nein und abermals nein, und für alle Zeiten nein!«

»Ach, Telka«, sagte Svetlav, während er die alte Priesterin traurig anschaute, »du sprichst mir aus dem Herzen. Und dabei weißt du das Schlimmste noch gar nicht! Laß mich meine Geschichte zu Ende erzählen, und dein Zorn wird noch größer sein ...«

Telka sah ihn durchdringend an, und einen Moment lang hielten die dunklen Augen der Priesterin die kühnen grauen Augen des Kriegers gefangen. Dann nickte Telka leicht mit dem Kopf, wandte sich abrupt um und ging zurück zum Feuer. Als sie den umgestoßenen Hocker wieder aufstellte, sagte sie, ohne Svetlav oder Lusa dabei anzusehen: »Wenn es so ist, dann kommt großes Unglück auf uns zu … unvorstellbar großes Unglück …«

Svetlav wartete noch eine Weile, um sicher zu sein, daß Telka zu Ende gesprochen hatte. Sie sagte nichts mehr, ihr Zorn schien plötzlich verraucht, und die Bewegungen, mit denen sie jetzt wieder den Sud im Kessel umrührte, waren die müden Gesten einer alten Frau. Er setzte seinen Bericht fort, erwähnte zunächst die Dänenüberfälle und kam dann auf die Botschaft zu sprechen, die Krutos Unterhändler von König Niels mitgebracht hatten und über die es zu entscheiden galt. Dann erzählte er von seinen Bemühungen, einen vorschnellen und falschen Entschluß des Großfürsten zu verhindern – weshalb er damit beauftragt worden sei, Niklot und Radomir nach Starigard zum Rat zu holen.

»Auch Niklot war entschlossen, mit allen Mitteln Heinrichs Rückkehr zu verhindern«, fuhr Svetlav fort, »und wir waren recht zuversichtlich, daß uns dies mit Radomirs Hilfe auch gelingen würde. Niklot wollte alles mit Radomir auf dem gemeinsamen Weg nach Starigard besprechen, und so verloren wir keine Zeit und brachen sofort von Veligard auf. Wie groß war unsere Bestürzung, als wir in Racigard ankamen und entdeckten, daß Radomir nicht wie verabredet auf uns gewartet hatte, sondern auf die Nachricht eines unbekannten Boten hin längst aufgebrochen und unterwegs nach Wagrien war! Es hatte den ganzen Tag gestürmt und geregnet, und wir waren froh, als wir nach dem langen Ritt endlich die Racigarder Burg erreichten. Aber nachdem wir dort erfahren hatten, daß Radomir sich bereits auf den Weg gemacht hatte, gönnte Niklot weder uns noch den Pferden eine Nacht Ruhe, sondern ließ uns gleich wieder aufbrechen, weil er hoffte, Radomir irgendwo unterwegs noch einzuholen. In jener Nacht sprach Niklot zum erstenmal von Verrat, und er ließ uns so schnell reiten, wie unsere müden Pferden nur konnten. Wir rasteten nur so lang wie unbedingt nötig, damit uns die Pferde nicht zusammenbrachen. Uns fielen beim Reiten oft die Augen zu, und wir hatten Mühe, uns im Sattel zu halten. Hinzu kam, daß nun die ersten Fröste auftraten. Auf dem gefrorenen Boden kamen wir zwar schneller vorwärts, aber von Radomir und seinen Leuten war keine Spur – und was noch eigenartiger war: keiner, den wir unterwegs trafen und befragten, hatte sie gesehen! Je mehr Zeit verging, und je näher wir Starigard kamen, desto ungeduldiger und unwirscher wurde Niklot. Er sprach kaum noch, nur einmal sagte er: ›Es ist Verrat, Svetlav, und wir kommen zu spät!‹ Obwohl ich von Herzen wünschte, daß Niklot sich irrte und eine ganz harmlose Geschichte hinter Radomirs eiligem Aufbruch steckte, zweifelte ich insgeheim nicht, daß Niklot recht hatte: Jemand wollte verhindern, daß wir Radomir vor dem Rat der Fürsten auf unsere Seite zögen. Und wenn dies der Fall war, dann war unserem unbekannten Gegner auch daran gelegen, daß man Heinrichs Rückkehr zustimmte. Es konnte nicht Kruto selbst sein, denn vor seinen Leuten hatte er Heinrichs Rückkehr zwar befürwortet, war aber sofort mit meinem Vorschlag einverstanden gewesen, die beiden anderen Fürsten zu Rate zu ziehen. Ich habe Kruto in der Zeit, die ich in Starigard in seiner Nähe verbracht habe, gut kennengelernt, und ich weiß, daß er zu einer solchen Verstellung nicht fähig ist. Überhaupt scheinen Listen und Ränke nicht gerade seine Stärke zu sein, denn er hat ja schließlich auch die Geschichte mit der Veligarder ›Ehrenwache‹ ohne Argwohn geschluckt, obwohl mancher Starigarder Krieger sich seinen Teil dabei gedacht haben wird. Und erst recht Slavina …« Hier hielt Svetlav inne und schwieg einen Augenblick. Er lächelte Lusa freundlich zu, und sie erwiderte sein Lächeln mit einem jener eigenartigen Blicke, die er nicht deuten konnte und die ihn immer verlegen machten. Endlich sprach er weiter, und seine Stimme war angespannter als zuvor.

»Am dritten Tag nach unserem Aufbruch von Racigard sahen wir in der Ferne die Wälle von Starigard. Es war klirrend kalt, die Sonne war kurz vor dem Untergehen. Je tiefer wir nach Wagrien vorgedrungen waren, desto häufiger machten sich die anderen Veligarder, die das im Gegensatz zu mir ja noch nicht gesehen hatten, auf die Spuren der Verwüstungen und Brände aufmerksam und wunderten sich, daß uns immer weniger Leute begegneten. Auch jetzt, in unmittelbarer Nähe Starigards, war der Weg menschenleer. Wie ihr wißt, liegt Starigard wie eine Insel in einem ausgedehnten Sumpfgebiet, umgeben von Seen und Wasserläufen, die an dieser Stelle die wagrische Halbinsel von Küste zu Küste durchschneiden. Diese ganze Wasserlandschaft war, so weit das Auge reichte, im Frost erstarrt und von Rauhreif überzogen, und mir wurde wie nie zuvor bewußt, daß Starigard nur auf diesem einen schmalen Weg zu erreichen ist. Wehe dem, der sich hier verirrt oder der gezwungen ist, sich der Burg auf Umwegen zu nähern! In der warmen Jahreszeit, wenn der Boden mora-

stig ist und Schwärme von Mücken sich freudig über jeden Reisenden hermachen, ist selbst dieser von den Starigardern mit Mühe befestigte Weg unangenehm, und nur einen Fußbreit daneben lauert oft genug der Tod. Und doch, dachte ich, mußte es noch andere Wege zur Burg geben, die nur die Einheimischen kannten, denn bisher hatte nicht einmal eine Spur von Pferdedung verraten, daß Radomir mit den Seinen hier vor uns entlanggeritten war, und ich fragte mich schon, ob wir ihn nicht doch irgendwann unterwegs überholt hatten, als die Rufe der ersten Wachposten von Starigard meine Gedanken unterbrachen.
Sie empfingen uns überaus freundlich und geleiteten uns mit aller gebotenen Ehre zu den Wällen Starigards. An den Toren brauchten wir nicht abzusteigen wie die Wachposten selbst, sondern durften in den weiten Hof hineinreiten, eine Ehre, die die Wagrier nur besonders geschätzten Gästen zukommen lassen. Noch bevor wir abgestiegen waren, reichten uns junge Burschen Becher mit warmem Bier, und zwei von ihnen geleiteten uns dann in die uns zugedachten Räumlichkeiten, während die Knechte unsere Pferde versorgten. Diejenigen von uns Veligardern, die Starigard noch nicht kannten, staunten über die Größe und die Pracht der Burg. Du kennst Racigard ja gut genug, Lusa, um zu wissen, daß es ein Schmuckstück ist, auf das jeder Fürst stolz sein kann, und Veligard auf seinem einsamen Hügel ist gewiß auch eindrucksvoll und in den Ausmaßen nicht kleiner als die Burg der Wagrier, aber es gleicht doch mehr einem befestigten ländlichen Hof – und Starigard ist etwas ganz anderes! Man spürt auf Schritt und Tritt, daß es der Sitz eines Großfürsten ist, denn alles ist reicher und stattlicher als in den anderen Burgen. So haben sie zum Beispiel dort ein schönes, festes Haus nur für Gäste, in dem wir untergebracht wurden. In einer geräumigen Halle brannten schon zwei Feuer, als habe man gewußt, daß wir an dem Abend ankommen würden. Wärme empfing uns, und es gab genug heißes Wasser für alle, damit wir uns nach dem langen Ritt waschen konnten. Auch Krüge mit Bier hatte man uns hingestellt, dazu frisches Brot, so daß wir den ersten Hunger und Durst stillen konnten, während wir uns auf den Empfang bei Kruto vorbereiteten.
Dies gefiel den Männern natürlich sehr, und es breitete sich eine fröhliche Stimmung aus, als hätten wir nicht den geringsten Grund, uns Sorgen zu machen. Krutos Leute hatten jedoch Radomir mit keinem Wort erwähnt, und Niklot, der sich eher die Zunge abgebissen hätte, als seine Ungeduld zu zeigen, fragte nicht nach ihm. Wir würden es ohnehin bald erfahren.«

Hier schwieg Svetlav wieder. Lusa, die seinen Worten mit wachsender Spannung gelauscht hatte, ahnte inzwischen, wie die Geschichte weitergehen würde. Heinrich ins Land zurückzuholen, nach allem was geschehen war, erschien ihr kaum vorstellbar, und doch deutete alles, was Svetlav berichtet hatte, darauf hin. Sie dachte an die Gesichte, die nicht nur sie, sondern auch die anderen Priesterinnen in letzter Zeit gehabt hatten, die Orakel und Omen – alle waren von schlechter Vorbedeutung gewesen und hatten auf bevorstehende Gefahr, auf Krieg, Zerstörung, Untergang hingewiesen. Bei Svetlavs letzten Sätzen hatte sich vor allem ein Bild wieder vor ihr inneres Auge geschoben, ein Bild, das sich ihr mehr eingeprägt hatte als alle anderen: geborstene Baumstämme, verkohlt, die an manchen Stellen noch schwelten und am Boden lagen wie gefällte Krieger, so, wie der Tod sie getroffen hatte, und die umgestoßenen Steine, die selbst in ihrer Zerstörung noch den Kreis des Lebens nachzeichneten, der schwarze, von vielen Füßen aufgewühlte Boden, auf den schwere, nasse Schneeflocken fielen, die sich sogleich auflösten, wenn sie die Erde berührten … Lusa erschauerte selbst in der Erinnerung und war dankbar, daß Svetlav weitersprach, bevor sich ihr der letzte schreckliche Teil des Bildes aufdrängte: die tanzende Priesterin, hoffnungslos, hinkend …

»Nachdem wir uns ausgeruht, gewaschen und die Kleider gewechselt hatten«, hörte sie Svetlav sagen, »wurden wir in Krutos große Halle geleitet, in der gleich mehrere Feuer brannten und den ganzen hohen Raum mit Wärme erfüllten. Aber ich sage dir, Lusa, bei dem Anblick, der sich uns bot, wurde mir eiskalt, als sei ich wieder draußen in den gefrorenen Sümpfen von Starigard, und meinen Gefährten erging es ebenso! Es war inzwischen Nacht geworden, und in der Halle war alles festlich zum Mahl hergerichtet. Unter den Männern erkannte ich sogleich etliche besonders geachtete Starigarder Krieger, und dazwischen saßen einige Polaben von Radomirs Wache. Am Kopfende der langen Tafel aber hatte man einen kürzeren Tisch quergestellt, und da saßen sie nebeneinander, in schönster Eintracht: Kruto auf einem Prunksessel, ein wenig höher als seine Tischgenossen, und zu seiner Rechten, auf einem niedrigeren, aber nicht weniger prächtigen Stuhl die liebliche Slavina. Zu ihrer Rechten wiederum saß Radomir, und als wir die Halle betraten, beugte sich Slavina gerade zu ihm und schenkte seinen Becher voll Wein, wobei sie – was ich deutlich sah – ihre Brüste auf seinem Arm ruhen ließ und der alte Narr auf ihren blonden Scheitel starrte, als erblickte er zum erstenmal die Sonne! Sie beugte sich zu ihm, was die Reize ihres Ausschnitts noch besser zur Geltung brachte, flüsterte ihm vertraulich etwas zu, und dann lachten beide, und er tätschelte ihre Rechte – und Kruto sah zu mit der Miene dessen, der beobachtet, wie seine Katze mit einer Maus spielt …

Als ich einen Blick zu Niklot hinüberwarf, sah ich, daß sein Gesicht rot angelaufen war, denn natürlich wußte er, daß unser Ritt vergeblich gewesen war und Kruto und Radomir sich in bezug auf Heinrichs Rückkehr längst einig waren. Man führte uns zu unseren Plätzen, während Niklot zu Krutos Tafel geleitet wurde. Kruto begrüßte ihn betont herzlich. Neben Kruto hatte bisher ein hochgewachsener, blonder junger Mann gesessen, und diesem bedeutete Kruto jetzt, sich einen anderen Platz zu suchen. Mit der allergrößten Zuvorkommenheit erhob sich der Blonde und setzte sich mitsamt seinem Becher an die lange Tafel zu den anderen Männern. Zwei Knechte brachten jetzt einen vierten Sessel herbei, der seiner Größe nach dem Radomirs entsprach, Kruto ließ Niklot zu seiner Linken Platz nehmen, und sie erwiesen sich gegenseitig alle Ehren – obwohl ich selbst auf meinem entfernten Platz noch meinte, Niklot mit den Zähnen knirschen zu hören … Slavina, die Niklot bisher nicht gekannt hatte, näherte sich ihm mit dem lieblichsten Lächeln, füllte seinen Becher, und als ein Blick in sein finsteres Gesicht ihr zeigte, daß sie seine Stimmung nicht so leicht aufheitern konnte, zog sie sich mit einer demütigen Neigung des Kopfes auf ihren Platz zurück.

Wir langten alle kräftig zu, hielten uns aber beim Bier zurück, denn nichts ist dem Mann, der durstig und müde ist, gefährlicher als übermäßiger Trunk. Meine Tischgenossen nahmen mich bald in Anspruch, zwei Starigarder Krieger, die ich schon aus meiner Zeit bei Kruto kannte, und so konnte ich nicht mehr beobachten, was am Tisch der Fürsten vor sich ging. Inzwischen verfolgte ich aber meine eigenen Ziele. Mir war der blonde, junge Mann zu Krutos Linken aufgefallen, und da er an so herausragender Stelle gesessen hatte, erschien es mir ganz natürlich, nach ihm zu fragen – wobei ich von Anfang an einen gewissen Verdacht hegte, der sich noch bestätigen sollte. ›Ach, du meinst den Dänen!‹ antwortete der alte Ivo, rechts von mir mit unüberhörbarer Geringschätzung in der Stimme. ›Den Dänen?‹ fragte ich erstaunt. ›Ja, in meinen Augen ist er ein Däne, obwohl sein Vater einer von uns war, ein Wagrier, allerdings einer von denjenigen, die im großen Aufstand auf der falschen Seite gekämpft haben, nämlich mit Gottschalk. Nachdem sie ihre Sache verloren hatten, gingen die meisten von denen, die noch am Leben waren, mit Sigrit, Gottschalks Witwe, ins Exil zu deren Bruder, dem Dänenkönig Niels. Oleg war einer derjenigen, die lieber ihr Land verließen und einer Frau in die Fremde folgten als dem verfluchten Christengott abzuschwören und Blussos Herrschaft anzuerkennen. Er hat dann, so wird erzählt, ein Dänenmädchen geheiratet, und der Blonde dort ist sein Sohn, mit Namen Ragnar – und mir scheint, als würden er und seinesgleichen in Zukunft häufig auf Starigard vom besten Wein trinken!‹ Dabei spuckte Ivo auf den Boden und machte ein obszönes Zeichen in die Richtung des Dänen.«

Svetlav lächelte bei der Erinnerung an diese Szene, und so entging ihm, daß Lusa bei der Nennung des Namen Ragnar erschrocken zusammengefahren war. Ein blonder Däne namens Ragnar … Sie dachte an ihre Schwester, eine ärgerliche Darya an Telkas Feuer, an einem kalten Morgen, der ein gutes Jahr zurücklag. »Begreifst du denn nicht – ich liebe Ragnar!« hatte die Schwester empört ausgerufen. Ich muß sie warnen, dachte Lusa, bei nächster Gelegenheit, bevor es zu spät ist …

»Bei Ivos Rede«, sprach Svetlav weiter, »bestätigte sich mein anfänglicher Verdacht. Ein blonder Bote, hatte Bodgar in Racigard gesagt, aussehend wie ein Däne, mit Namen Oleg. Um ganz sicherzugehen, fragte ich nach: ›Ist er nicht der Bote, den Kruto losgeschickt hat, um Radomir zu holen? Wenn er aber einer der Männer Heinrichs ist, und das scheint mir sicher, wieso hat Kruto dann gerade ihn ausgesandt? Ich habe ihn auch noch nie zuvor in Starigard gesehen …‹ Ivo, der dem Starkbier schon reichlich zugesprochen hatte, kicherte in seinen Bart hinein und schlug mir auf die Schulter. ›Immer noch der alte, was, Svetlav? Immer mit der Nase auf der Fährte wie ein Jagdhund, und immer eine schlaue Frage bereit!‹ rief er, viel zu laut, so daß sich uns schon einige neugierige Gesichter zuwandten. Ivo indes, so betrunken er auch sein mochte, war dies gleichfalls nicht entgangen. Er grölte: ›Wo bleibt das Bier?‹ und streckte dem herbeieilenden Knecht den Becher entgegen, aber kaum war der gegangen, senkte er seine Stimme und sah nicht mehr mich an, sondern sprach in seinen vollen Becher hinein, und ich merkte, daß ich mir keine Sorgen um unsere Sicherheit zu machen brauchte. Selbst mit trunkenem Kopf hatte der Alte mehr Verstand als die sonst so scharfäugigen wagrischen Jünglinge, die sich jetzt um Ragnar scharten. Im allgemeinen Geschrei und Gelächter, hatte ich Mühe, Ivo zu verstehen. ›Ja, Svetlav, du hast richtig vermutet, der Däne ist es gewesen, der Radomir so schnell zu Kruto gebracht hat, daß Niklot, unser aller Hoffnung, nun das Nachsehen hat. Und merkwürdigerweise ist der Däne gerade dann hier aufgetaucht, als du eben losgeritten warst, um die Fürsten zu holen. Und irgendwie ist es dann gelungen, unseren arglosen Herrn davon zu überzeugen, daß man mit dem Rat nicht warten sollte, bis ihr Veligarder endlich da wäret, sondern mit Radomir schon vorab zu beratschlagen, und was dabei herausgekommen ist, siehst du mit eigenen Augen!‹ Wir schauten beide zu Slavina hinüber, die wie ein gutes Töchterchen Radomir die besten Bissen von einer großen Platte mit Fleisch zuschob. Ivo war noch nicht am Ende: ›Die Leute reden natürlich, insbesondere in Zeiten wie diesen. Es gibt da eine alte Vettel, die mit dieser Slavina zusammen nach Starigard gekommen ist, und die soll gesagt haben, daß der Däne schon bei Slavinas Leuten ein und aus gegangen ist und daß er der treueste Freund von dem nakonidischen Hund an der Slia dort oben ist! Ich denke, daß unsere kluge Hausfrau nicht lange gezögert haben wird, als sie durch deinen Rat Heinrichs Sache gefährdet sah, sondern schnell dafür gesorgt hat, daß Radomir statt dem unversöhnlichen Niklot einen Reisegefährten ganz anderer Art erhielt, der ihm wahrscheinlich die ganze Zeit mit den schönsten Worten von Heinrich erzählt hat – und, wer weiß, vielleicht auch von dem, was für Racigard abfällt, wenn Radomir sich nicht gegen die Rückkehr des Nakoniden sperrt!‹ Das deckte sich im großen und ganzen mit meinen eigenen Vermutungen, aber was ich nie geargwöhnt hatte, war die Rolle, die der Däne Ragnar und seine Herkunft spielten, wodurch eine unglaubliche, ungeahnte Verbindung sichtbar wurde: die zwischen Slavina und Heinrich!

Bei dieser Entdeckung wußte ich, daß ich auf der Stelle mit Niklot sprechen mußte, aber als ich zur Tafel der Fürsten schaute, waren die vier Sitze leer – ich hatte nicht einmal bemerkt, daß sie die Halle verlassen hatten. Ich sprang auf und sah mich aufgeregt um, aber Ivo zog mich wieder auf die Bank neben sich und sagte: ›Setz dich, Svetlav, die Dinge haben keine Eile mehr. Kruto und Radomir sind sich wegen Heinrichs Rückkehr längst einig, und wenn Niklot glaubt, es findet noch ein ehrlicher Rat statt, dann täuscht er sich. Die Sache ist abgemacht. Du mußt nämlich wissen, daß Kruto längst Boten losgeschickt hat, nach Sliaswich zu Heinrich, und ich meine, daß es höchstens ein paar Tage dauern wird, bis der Nakonide mit seinen Leuten bei uns in Starigard eintrifft. Sie haben wohl nur noch zu klären, wo er zukünftig seinen Sitz nehmen soll, aber auch das wird, so wie die Dinge stehen, nicht ohne Heinrichs Einverständnis geschehen, und Niklot brauchen sie dazu nicht! Ihr seid den weiten Weg von Veligard umsonst hergeritten, und das werden Kruto und Radomir natürlich zu

verschleiern versuchen, damit sich Niklot mit ihnen nicht überwirft. Nun, du hast ja das Ohr deines Fürsten und wirst wissen, was du mit dem, was ich dir gesagt habe, anzufangen hast …‹ Ivo machte auf einmal einen stocknüchternen Eindruck, und die Worte, die er beiläufig sprach, schienen jetzt für die ganze Runde bestimmt zu sein, und doch wußte ich, daß sie nur mir galten. ›Na, unser Herr Kruto wird sich mit seinen Ehrengästen in die kleine Halle im Turm zurückgezogen haben, da kann er in Gesellschaft weitertrinken und hat es nicht mehr so weit zu seinem Schlafgemach!‹ Die Männer lachten und machten einige anzügliche Bemerkungen, ich aber erhob mich mit einer Entschuldigung und ging zum Turm.
Die schneidend kalte Luft tat mir gut. Es war die Nacht der Göttin, aber in Starigard schien man nicht viel von den alten Bräuchen zu halten, denn von überall her erschollen betrunkenes Gelächter, Gegröle und das Kreischen von Frauen. Als ich den Turm erreicht hatte, traten zwei Wachen aus dem Schatten und verwehrten mir den Zutritt. Ich zuckte die Achseln, mimte den Betrunkenen und tat, als wollte ich umkehren. Kaum aber hatten sie den Eingang wieder freigegeben, drehte ich mich um und sprang die wenigen Schritte zurück, hinein in den Turm, und die beiden Wachposten, die mir brüllend folgten, hatten das Nachsehen. So stürmten wir drei in Krutos kleine Halle, und die darin versammelten Fürsten starrten uns erstaunt an. Radomir und Kruto saßen am Feuer in bequemen Sesseln, zu ihren Füßen Krutos große Hunde, die bei dem Tumult zornig zu kläffen begannen. Niklot hingegen war im Raum unruhig hin- und hergegangen, wie immer, wenn er erregt ist, und er blieb bei meinem überraschenden Erscheinen abrupt stehen. Was ist das für ein Lärm? fragte Kruto streng und versuchte, die Hunde zu beruhigen. ›Was hat Svetlav hier zu suchen? Wir halten Rat und wollen ungestört sein, also haltet euch gefälligst an meinen Befehl. Bringt Svetlav wieder hinaus!‹ Aber Niklot fuhr die Wachen an, sie sollten mich loslassen. ›Svetlav ist mein Mann, ich bin für ihn verantwortlich, und wenn er uns auf diese Weise stört, hat er sicher einen guten Grund – oder es wird ihm leid tun!‹ sagte er. Ich warf Niklot einen dankbaren Blick zu, den dieser jedoch nicht zur Kenntnis zu nehmen schien. Er forderte mich auf zu sprechen, und ich sagte: ›Herr, dieser Rat hier ist nur vorgetäuscht, um Euch zu befrieden! Sie sind sich längst einig, ja, sie haben sogar schon Boten zu Heinrich geschickt …‹ Auf einmal erklang die schrille Stimme einer Frau, die befahl: ›Schafft ihn raus, aber schnell!‹, und erst jetzt nahm ich Slavina wahr; sie stand auf einer steilen Treppe, die aus einem über der

Halle liegenden Gemach hinunterführte, und hatte von dort aus offensichtlich alles beobachtet.
Die Wachen zerrten mich zum Ausgang, Krutos Hunde hoben wieder knurrend die Köpfe. Ich rief so laut ich konnte: ›Alles ein abgekartetes Spiel, Niklot! Heinrich ist wahrscheinlich schon unterwegs hierher!‹
›Bringt ihn endlich zum Schweigen!‹ schrie Slavina. Es war unbeschreiblich: Die Wachen brüllten, Kruto brüllte, ich brüllte, die Hunde kläfften, und über allem gellte Slavinas Stimme. Da ging Niklot in eine Ecke des Raumes, ergriff einen großen Krug, der dort stand, und schlug ihn so heftig auf den Tisch, daß er zersprang und roter Wein sich über das Holz ergoß und auf den Boden floß. Sofort trat Stille ein. Niklot war völlig ruhig, aber ich wußte, daß er kochte vor Zorn, und das spürten auch die, die ihn nicht so gut kannten wie ich.
›Komm mit mir, Svetlav‹, sagte er. ›Nur die Achtung vor der großen Göttin hindert mich daran, noch in dieser Nacht aufzubrechen. Ein paar Stunden werden wir Veligarder noch unter deinem Dach verharren und dann für immer gehen, Kruto! Hiermit sind die Bande zwischen uns getrennt.‹ Und dabei warf er den silbernen Becher, aus dem er getrunken hatte, ins Feuer. ›Die Bande sind getrennt zwischen Veligard und Starigard, von nun an und für alle Zeiten! In der Stunde der Not wirst du an diesen Becher denken und an den Kampffreund, dessen Rat dir sowenig wert war, daß du ihn nur zum Schein in deine Halle geholt hast ... Und nun mach du dich ans Werk, schöne Hausfrau!‹ rief er dann, zu Slavina gewandt. ›Richte die Lager, schüre die Feuer, bestreue die Böden mit weißem Sand, denn der wahre Herr von Starigard ist unterwegs!‹
Und damit ist eigentlich alles erzählt. Wir zogen uns mit den anderen Veligardern in unsere Gasthalle zurück, froh darüber, daß wir für uns sein konnten und nach dem, was vorgefallen war, weder die Gesellschaft von Wagriern noch von Polaben ertragen mußten. Trotz unserer Müdigkeit fand keiner den Schlaf, nach dem wir uns während der kalten Nächte unterwegs so gesehnt hatten. Wir saßen schweigend um das Feuer, dachten an das, was geschehen war, und an das, was nun geschehen wird, und dann spürten wir, wie der eisige Hauch der Göttin sich über Starigard senkte, und zwar auf eine Weise, als verhängte Morana den Stillstand nicht nur für diese eine Nacht, sondern für alle Zeiten.
Der Morgen graute noch nicht, als wir ohne Abschied aufbrachen und wieder südwärts ritten. Auch diesmal ließen wir uns wenig Zeit, denn die Pferde spürten den bevorstehenden Wetterumschwung, den großen

Schnee, und liefen, was das Zeug hielt. Als wir uns Liubice näherten, nahm mich Niklot beiseite und sagte, daß unsere Wege sich hier trennen sollten. Er wolle die zugefrorene Trava überqueren und auf direktem Wege mit den anderen nach Veligard reiten; mich bat er, nach Racigard zu gehen und ihm von dort aus weitere Neuigkeiten zu übermitteln, die gewiß nicht lange auf sich warten lassen würden. Weil er aber auch mit Radomir als Krutos Verbündetem gebrochen hatte, wies er mich an, mich von der Burg und Radomirs Leuten fernzuhalten. ›Der einzige Ort, wo wir in Racigard noch Unterstützung finden, ist das Heiligtum!‹ sagte er. ›Geh also zu deinen alten Freunden, den Priestern, und berichte ihnen, was in Starigard geschehen ist!‹ Und deswegen bin ich jetzt bei euch und werde den Winter über bleiben – worüber ich selbst alles andere als unglücklich bin, denn das Heiligtum war mir immer eine Quelle neuer Kraft, und nichts brauche ich jetzt mehr als das.«

Svetlav schwieg, und Lusa war von seinem Bericht viel zu aufgewühlt, um Worte zu finden. So saßen sie still nebeneinander, und ohne darüber nachzudenken, nahm Lusa Svetlavs Hand in die ihre, und er ließ es geschehen. Die Welt draußen versank immer tiefer in Schnee und Schweigen, und während sie Telkas ruhige, gleichmäßige Bewegungen am Feuer beobachteten, kehrte auch in ihren Herzen langsam die Ruhe ein. Schließlich zog die alte Priesterin den Topf von der Glut und stellte ihn zum Abkühlen neben die Feuerstelle. Ohne sich zu Lusa und Svetlav umzuwenden, sprach sie: »Ich habe es gewußt, daß ich bald wieder den großen Kessel brauchen werde – den größten meiner Kessel. Und der Sud, den ich darin zubereiten werde, ist nicht für Frostbeulen, sondern für ganz andere Dinge, und so wahr mir die Göttin helfe, wir werden viel davon brauchen, allzuviel …«

Seit jenem Abend waren nun drei Monde vergangen, und die Stunden mit Svetlav waren zu einem festen Bestandteil von Lusas Alltag geworden. Zwischen ihnen hatte sich nichts verändert; Svetlav behandelte sie nach wie vor mit der freundschaftlichen Vertraulichkeit, die er einer jüngeren Schwester entgegengebracht hätte, und doch hatte Lusa den Eindruck, daß sie einander ein winziges Stück nähergekommen waren. Manchmal schien Svetlav sie nachdenklicher als sonst zu betrachten, und offensichtlich genoß er ihre Gegenwart fast so wie sie die seine, so daß Lusas Hoffnung wuchs, die große Übereinstimmung, die sie in allem verband, werde sich auch bei ihm noch zu Liebe wandeln.

Der Flötenspieler

Der Flötenspieler war immer unterwegs, zu jeder Jahreszeit, zu jeder Tageszeit, und mancher war ihm sogar nachts schon begegnet, so daß niemand sagen konnte, ob er überhaupt je schlief. Er war unempfindlich gegen die Glut der Sommersonne, gegen die Stürme und den peitschenden Regen des Herbstes, und an diesem Tag konnte selbst der beißende Frost seine Finger nicht daran hindern, der Weidenflöte zarte Melodien zu entlocken, während er dahinschritt – Melodien des Winters, die die klirrende Kälte beschrieben, das kahle Gezweig der Bäume, das Krächzen der Krähen, die zu Eis erstarrten Seen und Wasserläufe und den milchigen Himmel, aus dem dann und wann eine Flocke zur Erde sank. Kein Mensch war ihm in den letzten Tagen auf seiner Wanderung begegnet, und er fragte sich schon, ob die Göttin sie alle mit dem Bann des Stillstandes belegt habe, als er aus der Ferne das Geräusch von Pferdehufen, klirrenden Waffen und das Lachen und Rufen von Männerstimmen hörte. Es mußten ihrer viele sein, und sie näherten sich rasch. Der Flötenspieler, dem sie viel zu jäh die Stille des Wintertages unterbrachen, entschied, daß er ihnen nicht begegnen wollte. Er nahm sein Instrument von den Lippen und betrat eine gefrorene Wasserfläche neben dem Weg. Ein dichter Schilfgürtel verbarg ihn vor den Blicken der Männer, die von Norden her auf Starigard zuritten. Der Schnee fiel jetzt dichter und dämpfte immer mehr die Geräusche der Welt.

Als die Reiter die Stelle erreicht hatten, wo der Flötenspieler sich ein paar Armlängen von ihnen entfernt im Dickicht der Wasserpflanzen verborgen hielt, zogen sie daran vorbei, ohne seine Anwesenheit zu spüren. Es waren so viele, daß es dem Flötenspieler schien, der Zug werde nie ein Ende nehmen, und sie würden dort bis zum Ende aller Zeiten vorbeireiten, und er war froh, daß er ihnen aus dem Wege gegangen war. Stattliche Krieger waren es, auf kräftigen Pferden, die meisten von ihnen mit geflochtenem Blondhaar, das unter den Helmen hervor lang in die Nacken fiel. Unter schweren Umhängen trugen sie ihre Waffen: lange, scharfe Schwerter, starke Speere und Streitäxte und Dolchmesser mit funkelnden Klingen. »Da vorn liegt Starigard!« rief einer von ihnen, und sie lachten und trieben ihre Pferde zu einem schnelleren Trab an, und doch nahm der Zug immer noch kein Ende. Aus seinem Versteck heraus schaute der Flötenspieler in ihre Gesichter, harte, verwegene Gesichter, manche hellwach, manche müde, manche starr vor Kälte, manche in grimmiger Freude lächelnd, jedes anders und doch einander auf unheimliche Weise ähnlich, denn in allen spiegelte sich die Gier nach Macht und Beute, nach Krieg und Kampf, nach Mord und Rache.

Und auf einmal – ob es an den immer dichter wirbelnden Flocken lag oder an den klarsichtigen Augen des Flötenspielers – verwandelten sich die Männer auf ihren Pferden plötzlich in Wölfe, grau, zottig, mit blutunterlaufenen Augen, und der Geifer tropfte ihnen von den Lefzen. Der Flötenspieler stand wie erstarrt und betrachtete die Wölfe, wie sie gen Starigard ritten, und als nach einer langen Zeit schließlich doch der letzte hinter der Wegbiegung verschwunden war, setzte er mit einem Seufzer wieder die Flöte an die Lippen. Auch er hatte nach Starigard gewollt, aber er hatte sich jetzt eines anderen besonnen und kehrte nicht auf den festen Weg zurück, sondern schritt geradewegs durch den wirbelnden Schnee, über die gefrorenen Seen und Moore, durch Gestrüpp und Dikkicht, immer tiefer in die Wildnis der Sümpfe hinein.

Schon bald hatte sich die Gestalt des Flötenspielers in den tanzenden Flocken aufgelöst. Sein Fuß hinterließ keine Spur auf dem frischgefallenen Schnee, und niemand vernahm das Lied, das er sang und von Zeit zu Zeit mit tiefen, dunklen Tönen aus der Flöte untermalte.

Laßt mich herein, rief der Wolf,
Ihr Schafe, öffnet mir die Tore!
Ihr habt mich davongejagt,
Gebissen haben mich eure Hunde.
War das recht?

Ich will euch vergeben, rief der Wolf,
Euer treuer Freund will ich sein!
Gemeinsam wollen wir grasen
Auf den grünen Weiden Wagriens,
Die auch meine sind.

Laßt mich zu euch, rief der Wolf!
Seite an Seite laßt uns schlummern
In den gut geschützten Pferchen
Und zusammen Träume träumen,
Wenn die Nacht kommt.

Ich trage euch nichts nach, rief der Wolf,
Meine Wunden sind verheilt.
Ich sehne mich nach süßen Kräutern, grünem Gras
Und nach der friedlichen Freundschaft
Eurer Lämmer.

So laßt mich doch ein, rief der Wolf.
Weist mir ein Fleckchen zu,
Wo ich wohnen darf mit meinen Freunden.
Niemals will ich eure Wege stören,
Stets dankbar sein.

Öffnet die Tore dem Wolf, riefen die Schafe.
Auf unseren grünen Wiesen gibt es Platz für ihn,
Und wir werden Frieden haben,
Brauchen doch nie mehr zu fürchten
Den Wolf in den Wäldern …

Darya

Auch der längste Winter hat einmal ein Ende. Irgendwann kam eines Nachts ein milder Südwind auf, und mit ihm war die Macht des Winters gebrochen. Eis und Schnee schmolzen zusehends dahin, und der Racigarder See verwandelte sich in eine stumpfe graue Fläche. Die Löcher, die die Fischer ins Eis geschlagen hatten, wurden immer größer; Scharen von Wasservögeln sammelten sich hier, von denen niemand wußte, wo sie den Winter verbracht hatten und woher sie plötzlich alle gekommen waren. Die ersten Seemöwen machten ihre Erkundungsflüge von den Küsten landeinwärts, und ihr heiserer Schrei erzählte vom wiedererwachten Meer, von frischen Winden und der steigenden Sonne.
In Polabien löste der Winter sich in Wasser auf: aus jeder Ecke, jeder Spalte sickerte es, tröpfelte, plätscherte, rauschte – Bäche und Quellen sprudelten, und der Spiegel des großen Sees stieg in wenigen Tagen um gut einen Fuß. Ein warmer, feiner, alles durchnässender Sprühregen tat das Seine dazu, und bald waren Schnee und Eis verschwunden, und das Land lag braun und grau unter einem fahlen Himmel. Zu dieser Waage des Lichts, der Tag- und Nachtgleiche, kamen dann die Stürme und rissen dürre Zweige und winterschwache Bäume zu Boden.
Nicht anders war es bei den Menschen. Viele waren erschöpft nach der langen Zeit der Dunkelheit und Kälte und erkrankten, und die Priesterinnen, deren Aufgabe von jeher auch das Heilen gewesen war, hielten sich mehr in der Siedlung und in der Burg auf als im Heiligtum. Auch Lusa gehörte zu den Heilkundigen und war in dieser Zeit fast ständig unterwegs, obwohl sie gerade jetzt die gepflasterten Wege des Heiligtums höchst ungern verließ. Der befestigte Weg zwischen Siedlung und Heiligtum war völlig aufgeweicht, und wegen ihres zu kurzen Beins fiel ihr dieser Gang schwerer als anderen. Sie konnte nicht von einem Grasbüschel zum nächsten springen oder mit einem langen Schritt eine bodenlose Wasserlache zu überqueren, sondern mußte geduldig zwischen Morast und Pfützen nach trockenen Flecken suchen, auf die sie den Fuß setzen konnte, ohne knöcheltief im Schlamm zu versinken. Sie hatte indes längst gelernt, ihr Gebrechen mit Gelassenheit zu tragen, und wenn sie beiseite trat, um den einen oder anderen vorbeizulassen, der schnel-

ler war als sie, dann empfand sie dabei weder Neid noch Bitterkeit. Manch einer bot ihr auch seine Hilfe an, denn die Dorfleute waren dankbar, daß die Priesterinnen sich der Kranken annahmen, und versuchten ihnen den beschwerlichen Weg zu erleichtern.

An diesem Nachmittag freute sich Lusa, daß irgend jemand, der wohl am Vortag ihre Not beobachtet haben mochte, über die schlimmsten Stellen des Weges dicke Baumstämme gerollt hatte, so daß sie heute leichter vorankam. Zufrieden löste sie ihren Blick für eine Zeitlang vom Boden und betrachtete statt dessen den Buchenwald zu beiden Seiten des schlammigen Wegs, der sich fast bis ans Ufer der Insel erstreckte. Das Auge der Priesterin nahm auch die kleinste Veränderung war, und daher bemerkte sie gleich, daß die matte Farbe von Gräsern, Sträuchern und Bäumen einem fast unsichtbaren Grünschimmer gewichen war. So war in der letzten Nacht Vesna unterwegs gewesen, die grüngewandete Herrin des Erwachens und des Wachstums, und ihr Atem, der die Kraft des Lebens in sich barg, hatte die Welt berührt. Hoffentlich auch die Kranken im Dorf, dachte sie, als sie auf die Gestalt einer Frau aufmerksam wurde, die ihr auf den rutschigen Stämmen mit erstaunlicher Geschwindigkeit entgegenkam und so in Gedanken versunken war, daß sie Lusa sicher umgerannt hätte, wenn diese nicht zuvor ihren Namen gerufen hätte. »Darya!«

Darya blieb wie angewurzelt stehen, und Lusa, die sie schon in die Arme hatte schließen wollen, hielt verlegen inne, denn sie sah an Daryas Miene, daß dieser die Begegnung nicht willkommen war – ja, Lusa war sicher, daß Darya ihr aus dem Weg gegangen wäre, wenn sie sie früher bemerkt hätte. Dafür war es nun zu spät; und so standen sich die beiden jungen Frauen auf den halb im Schlamm versunkenen Baumstämmen gegenüber und blickten sich an, ohne recht zu wissen, was sie sagen sollten. Sie hatten sich den ganzen Winter über kaum gesehen, und seit dem Morgen in Telkas Haus vor über einem Jahr, als Ragnar in Daryas Leben getreten war, hatten sie kein tiefergehendes Gespräch mehr miteinander geführt, sondern nur noch über Oberflächlichkeiten geredet. Lusa hatte bisher noch nicht die Möglichkeit gehabt, Darya vor Ragnar zu warnen, aber da sie wußte, daß der Däne sich in diesem Winter in Starigard aufhielt, bestand keine unmittelbare Gefahr, und sie hoffte auf einen günstigen Zeitpunkt, um bei ihrer Schwester Gehör zu finden. Das vergangene Jahr hatte die beiden Schwestern voneinander entfernt, und jede las dies in den Augen der anderen. Lusa sah zudem noch etwas anderes darin, und sie dachte bei sich: sie trägt ein Kind – und sie ist sterbensunglücklich.

Kaum hatte sie dies erkannt, stieg die Liebe zu ihrer Schwester übermächtig in ihrem Herzen auf und verdrängte das Gefühl der Entfremdung. Ohne ein weiteres Wort trat Lusa mit einem raschen Schritt auf die Schwester zu und umarmte sie, und da war auf einmal auch in Darya das Eis geschmolzen. Vorsichtig, um auf dem schlüpfrigen Stamm nicht aus dem Gleichgewicht zu geraten, lösten sie sich voneinander, und es war Darya, die als erste sprach: »Oh, Lusa, was für ein Ort, um sich nach so langer Zeit wiederzusehen! Ausgerechnet mitten in diesem Schlammloch müssen wir uns treffen! Du mußt mir verzeihen, ich war so in Gedanken versunken, daß ich gar nicht bemerkt habe, daß mir jemand entgegenkommt – und mit dir habe ich am allerwenigsten gerechnet.«

Es entstand eine kleine Pause, aber Darya sprach weiter, bevor Lusa die Gelegenheit zu einer Antwort gefunden hatte. »Nun laß dich einmal anschauen – gut siehst du aus, trotz dieses endlosen Winters, und irgendwie anders als sonst –« Darya hielt einen Augenblick inne und versuchte, ihre Empfindungen in Worte zu kleiden. »Ja, ein wenig anders – schwer zu sagen – fast möcht' ich meinen – glücklicher!« Sie blickte die ältere Schwester fragend an. Lusa dachte an Svetlav, der immer noch bei Vojdo und Amira lebte und auch angesichts des Winterendes nicht zu erkennen gegeben hatte, daß es ihn wieder fortzog, und sie lächelte. Statt einer Antwort auf Daryas unausgesprochene Frage sagte sie nur: »Wo willst du eigentlich hin?« Sogleich legte sich ein Schatten über Daryas liebliches Gesicht. »Ach, nur ein bißchen zum See hinunter«, sprach sie, »und an der Burg vorbei ... Vielleicht gibt es ja Neuigkeiten von Radomir. Er ist immer noch nicht aus Starigard zurück – er und die, die mit ihm gezogen sind ...« Lusas Herz krampfte sich vor Mitleid zusammen. So stand es also um die Schwester! Ragnar Olegson, der blonde Däne, der treue Mann Heinrichs, der mit Radomir bei Kruto an der Tafel der Fürsten gespeist hatte – Darya hatte ihn auch den Winter über nicht vergessen und wartete sehnlichst auf seine Rückkehr. Wahrscheinlich wußte er noch gar nicht, daß er einer Vaterschaft entgegensah. Lusas Gedanken überschlugen sich. Jetzt war der Zeitpunkt gekommen, Darya zu warnen. Es gab soviel, was sie ihr hätte sagen müssen, und doch durfte sie kaum etwas preisgeben, um Svetlav und seinen Auftrag nicht zu verraten. Aber Darya brauchte Beistand ... Sinnend starrte sie in die schlammige, schwarze Wasserlache zu ihren Füßen, und dann wußte sie plötzlich, was zu tun war.

»Weißt du, Darya«, begann sie zögernd, »ich bin jetzt in Eile, denn im Dorf wartet Targomirs Familie auf mich, und die von Malya und von der kleinen Ludvica … Und doch ist es an der Zeit, daß wir einmal länger miteinander sprechen, denn ich glaube, daß ich dir etwas zu sagen habe – etwas, das vielleicht von Bedeutung für dich ist.«

Darya, die sich schon gewundert hatte, daß Lusa auf die Erwähnung ihres Spaziergangs hin so nachdenklich geworden war, blickte sie erstaunt an. »Was ist es denn?« fragte sie neugierig.

»Ach, nichts Besonderes«, antwortete Lusa, »und vor allem nichts Schlimmes.« Darya atmete hörbar auf. »Als wir zur Waage des Lichts das Orakel befragten, habe ich etwas gesehen, das du wissen solltest …«

Daryas Augen wurden vor Erstaunen weit. »Wollen wir uns treffen, wenn du deinen Gang zu den Kranken beendet hast?« fragte sie eifrig. »Vielleicht in Vaters Haus?« Aber den Gedanken verwarf sie sofort wieder. »Nein, das wäre wohl nicht geeignet, vielleicht besser an einem Ort, wo wir ganz ungestört sind?«

Lusa nickte zustimmend und sagte: »Du kennst doch den alten Fischerplatz, der etwa auf halbem Weg zwischen dem Dorf und dem Heiligtum liegt? Seitdem in der Siedlung die neuen Stege gebaut worden sind, geht kaum noch jemand dorthin, und der Platz liegt für uns beide auf dem Weg; du kannst dort auf mich warten, wenn du von …« – hier zögerte sie ein wenig, entschied sich dann aber für Offenheit und fuhr entschlossen fort: »… wenn du von der Burg zurückkommst. Ich werde auf meinem Rückweg zum Heiligtum zu dir stoßen. Aber nun hilf mir bitte, an dir vorbeizukommen, denn ich muß mich wirklich sputen!«

Darya bemühte sich, Lusa auf den schlüpfrigen Stämmen ausreichend Platz zu machen, und so schlängelten sie sich vorsichtig, mit tastenden Schritten aneinander vorbei. Sie hatten es schon fast geschafft, als ein plötzlicher Windstoß Daryas weiten Umhang blähte und gegen die beiden Frauen drückte, so daß sie aus dem Gleichgewicht gerieten und zu schwanken begannen. Aber in dem Bestreben, die andere vor dem Sturz in den Schlamm zu bewahren, streckte jede mit einer raschen Bewegung die Arme aus, und in dieser Umarmung fanden beide den sicheren Stand wieder.

»Siehst du«, rief Darya lachend, »nur der Wunsch, der anderen zu helfen, hat uns vor dem Fall bewahrt!«

Lusa nickte ihr liebevoll zu. »Möge dies immer so sein!« sagte sie leise, mehr zu sich selbst, dann drehte sie sich um und ging davon, so schnell ihr Bein es ihr erlaubte, aber auf dem ganzen Weg klangen ihr Daryas Worte im Ohr, als hätten sie nicht nur für diesen Augenblick gegolten.

Der alte Fischerplatz lag an einer abgelegenen Stelle am westlichen Ufer der Siedlungsinsel, nicht weit von der hölzernen Brücke, die zur Burginsel hinüberführte. Ein auf beiden Seiten von undurchdringlichem Dornengestrüpp gesäumter Pfad führte dorthin. Zwergeichen, niedrige Erlen und verkrüppelte Weiden behaupteten ihren Platz inmitten des Buschwerks. Einst war der Weg breit genug für einen Karren gewesen, jetzt aber wurde er nur noch von badenden Kindern betreten und von Paaren, die die Verschwiegenheit suchten, und so hatten die Pflanzen sich Sommer für Sommer die gestampfte Erde zurückerobert.
In der warmen Zeit bildeten die Büsche und Bäume einen dämmrigen grünen Tunnel, an dessen fernem Ende das blaue Wasser in der Sonne glitzerte. Darya dachte daran, wie sie als Mädchen – vor ewigen Zeiten, wie ihr schien – mit den anderen Kindern aus dem Dorf dort im weißen Sand des Strandes gespielt und gebadet hatte und wie der blaue, glitzernde Fleck am Ende des grünen Tunnels sie alle stets magisch angezogen und dazu gebracht hatte, den schmalen Weg entlang zum Strand um die Wette zu rennen. Es war so lange her! Auch heute beschleunigte sie unwillkürlich ihre Schritte. Der gewachsene Tunnel war zwar kahl, so daß man durch das Gestrüpp der Ranken und Zweige überall den Himmel sehen konnte, aber wie immer blinkte an seinem Ende die Wasseroberfläche verlockend hell und freundlich. Darya löste vorsichtig eine letzte Brombeerranke, die sich in ihrem Umhang verfangen hatte, und trat aus dem Dickicht. Ohne zu zögern, schlug sie den Weg zu ihrem alten Stammplatz ein, einem umgedrehten flachen Fischerkahn am Rand der schmalen Uferwiese. Im Sommer war er meist von Brennesseln überwuchert, aber jetzt lag er frei vor einigen Weidensträuchern, die schon die ersten wolligen Kätzchen trugen und einen guten Windschutz boten. Darya fand es ganz selbstverständlich, daß der alte Kahn noch immer an derselben Stelle ruhte, und ließ sich auf den rauhen grauen Bodenplanken nieder. Sie spürte durch ihre Kleider die angenehme Wärme des sonnenwarmen Holzes, richtete sich auf und sah sich um.
Am anderen Ende der kleinen Bucht war ein magerer alter Fischer damit beschäftigt, die undichten Ritzen zwischen den Planken seines Bootes mit Schnüren aus gedrehtem Kuhhaar und Harz neu abzudichten; er würdigte Darya keines Blickes. Wahrscheinlich nahm er an, daß sie hier

auf ihren Liebsten wartete, dachte sie. Sie lächelte wehmütig bei dem Gedanken und ließ ihren Blick weiterwandern. Die Zeit hatte den alten Fischerplatz kaum berührt, es war alles wie früher. Einige halb verrottete Kähne waren auf die Uferwiese gezogen worden, wo sie wie eh und je Wind und Wetter ausgesetzt waren und langsam in sich zusammenfielen. Alte Fischernetze waren zu unentwirrbaren Knäueln zusammengerollt, daneben lagen zerrissenes Tauwerk, zerbrochene Reusen und zerfledderte Fischkörbe aus Weidenruten, zu nichts mehr zu gebrauchen. Ein Paar von der Sonne gebleichte Riemen, einst so kostbar, war nachlässig auf die Wiese geworfen worden; das harte Eichenholz war nun spröde und brüchig. An der halb eingesunkenen Wand eines windschiefen Verschlags stapelten sich die Holzkisten, in denen die Fischer nach einem guten Fang die überzähligen Fische lebend im Wasser zu versenken pflegten, um dadurch längere Zeit frische Vorräte zu haben. Verrostete Angelhaken und die Eisenspitzen von Fischspeeren lagen in kleinen Häufchen, dazwischen die Scherben von Krügen und Schüsseln und die schwarzen, gebogenen Bretter längst geleerter Fässer, und über allem hing der Duft des Sees: der Geruch nach Fisch, nach Tang, nach dem tiefen, kühlen Wasser, das seine Geheimnisse nie vollständig preisgab.

Vom Strand der kleinen Bucht aus sah man die Reste einiger Pfahlreihen im flachen Wasser, die Überbleibsel einer längst vergessenen Anlegestelle. Die alten Geschichten und Gesänge erzählten davon, daß dies die Stelle war, an der zum erstenmal Menschen die Inseln im großen See betreten hatten; von Westen waren sie gekommen, als das große Eis das Land endlich wieder freigegeben hatte. Darya fragte sich, wie dieser Platz damals wohl ausgesehen haben mochte, da sah sie den alten Fischer sich über seinem Kahn aufrichten und jemanden grüßen. Sie drehte sich um: Lusa war aus dem Tunnelweg auf die Uferwiese getreten, und der Alte, der sie selbst eines Kopfnickens nicht für würdig befunden hatte, grüßte die Priesterin mit einer Achtung, die Darya verblüffte. Lusa winkte ihm freundlich zu und kam dann zu ihrer Schwester herüber. Den schweren Lederbeutel mit ihrer Medizin legte sie vorsichtig auf das trockene Holz neben sich. Eine Weile saßen sie schweigend nebeneinander; Darya spürte, daß auch Lusa zunächst den Geist des Ortes in sich aufnahm, und die Worte, die ihre Schwester dann sprach, bestätigten ihre Vermutung.

»Alles wie immer – als ob die Zeit über diesen Platz keine Gewalt hätte, jedenfalls noch nicht ...«, sagte Lusa nachdenklich. »Oh, es tut gut, zu sitzen, Darya! Dieser Nachmittag war anstrengend, ich habe mich länger im Dorf aufgehalten, als ich vorhatte. Malya ist auf dem Weg der Besserung; sie ist kräftig, in der Blüte ihrer Jahre und wird das Fieber überwinden. Aber Targomir und vor allem Ludvica machen mir Sorgen. Die Kleine ist so dünn und bleich, und Targomir ist fast so alt wie Vater … Möge die Göttin ihnen helfen!« Lusa strich mit den Fingerspitzen sanft über die Brosche, die ihren dunkelblauen Umhang über der Brust zusammenhielt, und Darya folgte ihrer Bewegung mit einem scheuen Blick. Die Brosche war eine wundervolle Schmiedearbeit aus Silber, mit glatter, schimmernder Oberfläche, alt und überaus kostbar. Trotzdem löste ihr Anblick bei Darya Unbehagen aus, denn es war das Zeichen der Göttin, das Lusa auf der Brust trug, die doppelte Spirale, die Schlange, die sich um sich selbst windet, das Symbol der Wiederkehr und der Unendlichkeit, und diesem Zeichen hatte Darya im vergangenen Sommer für alle Zeiten abgeschworen. Ihr fiel ein, daß sie nicht darauf geachtet hatte, ob Ragnars Kreuz, das sie seitdem wieder an einer Kette um den Hals trug, unter ihrem Hemd versteckt war, denn wenn sie nicht unter Christen war, verbarg sie sorgfältig, daß sie zu den Anhängern des neuen Glaubens gehörte, und ihrer Schwester wollte sie dies am wenigsten offenbaren. Ein tastender Griff an ihren Hals beruhigte sie indes; das Kreuz war immer noch unter ihren Kleidern verborgen.

»Wann wirst du dein Kind auf die Welt bringen, Darya?« fragte Lusa unvermittelt, und Darya zuckte vor Schreck zusammen. Das Blut stieg ihr in die Wangen, und sie fragte ihrerseits: »Woher weißt du es? Nicht einmal meine Freundinnen und die, die mit mir zusammenleben, haben es bemerkt, und gerade dieser Umhang hier verbirgt meine Gestalt fast gänzlich!«

Lusa lächelte. »Zu dem, was eine Priesterin im Heiligtum lernt, gehört auch, in den Augen der anderen zu lesen, und du wärst überrascht, wenn du wüßtest, was man in den Augen eines Menschen alles erkennen kann! Mir genügen deine Augen; auf deine Gestalt brauche ich keinen Blick zu werfen, um zu wissen, was ich weiß …«

Nun, auch Vater Dankward war ein Priester, und Darya hatte ihn erst gestern besucht, aber er hatte wohl nicht gelernt, in den Augen der Menschen zu lesen. »Im Hochsommer«, antwortete sie. »Im Mond nach der Sonnenwende, bevor die Ernte beginnt.«

Lusa nickte und sagte: »Wisse, wenn deine Zeit gekommen ist, werde ich für dich dasein …« Sie spürte, wie Darya ihr dankbar die Hand drückte, erwiderte den Druck und fuhr dann fort: »Der Vater deines

Kindes ist … jener Ragnar, von dem du mir damals bei Telka erzählt hast, nicht wahr?« Wieder stieg eine Röte in Daryas Wangen, und Lusa fuhr fort, ohne eine Antwort abzuwarten: »Ragnar also … Sagtest du nicht, er sei ein Däne? Wann hast du ihn eigentlich das letzte Mal gesehen? Und weiß er schon …?«

Ihre ruhigen Fragen trafen genau den Kern von Daryas Elend, und es war um ihre Beherrschung geschehen; alle Sorgen der letzten Wochen und Monate stiegen auf einmal in ihr auf, und mit ihnen kamen die inzwischen schon vertrauten Tränen. Darya weinte bitterlich, und Lusa legte schweigend den Arm um ihre Schultern und wartete, bis die Schwester sich soweit beruhigt hatte, daß sie wieder sprechen konnte. Es dauerte eine Weile. Ein lauer Wind war aufgekommen und kräuselte die Oberfläche des Sees. Die Weiden hinter ihnen raschelten leise. Von der Stelle, wo der alte Fischer an seinem Kahn arbeitete, drang das dumpfe Pochen des hölzernen Hammers herüber, mit dem er die Kalfaterung zwischen die Planken trieb. Schließlich blickte Darya auf und wischte sich mit der Kante ihres Umhangs die Tränen aus den Augen. »Ach, Lusa, was soll ich dir sagen«, seufzte sie. »Du scheinst ja ohnehin alles zu wissen.«

Lusa streichelte beruhigend ihren Arm. »Ich habe mir die Worte gut gemerkt, die du damals in Telkas Haus zu mir gesprochen hast, und daß du Kummer hast, kann dir jeder ansehen, der nur ein bißchen aufmerksam ist! Und außerdem hat es sich sogar bis ins Heiligtum herumgesprochen, daß ein junger, blonder Mann, der wie ein Däne aussah, Radomir und die Seinen auf Krutos Geheiß zum Rat nach Starigard geholt hat, und deshalb kann ich mir denken, was dich so bedrückt: du hast ihn seitdem weder gesehen noch etwas von ihm gehört! Und da dies alles vor ungefähr fünf Monden geschehen ist, wird dein Liebster noch nicht einmal wissen, daß du ein Kind von ihm trägst – ist es nicht so?«

Darya nickte stumm und sagte dann: »Noch mehr quält mich die Furcht, daß Ragnar etwas zugestoßen ist oder daß er einfach nicht mehr nach Racigard zurückkommt! Was soll ich dann bloß tun? Ich sehe keinen Ausweg … Weißt du nicht einen Rat? Du sagtest doch vorhin, als wir uns trafen, du habest etwas im Orakel gesehen, was für mich von Bedeutung sein könnte – willst du nicht mit mir darüber sprechen? Oh, wenn es doch irgend etwas gäbe, was mein Herz erleichtern könnte …«

Lusa lächelte ihr zu. »Es mag schon sein, daß ich etwas weiß«, sagte sie, »aber zuvor möchte ich dich bitten, mir eine Frage zu beantworten. Was weißt du eigentlich von Ragnar?«

Darya hatte in ihrem bisherigen Leben weder die Arglist noch die geheimen Ränke der Mächtigen kennengelernt, und deshalb überraschte sie die Frage der Schwester ein wenig. Dann huschte ein verschmitztes Lächeln über ihr Gesicht und ließ für einen Augenblick wieder das sorglose junge Mädchen erkennen, das stets lieber gehüpft als gegangen war und dessen fröhliches Lachen kaum jemals verstummt war.
»Also, Lusa, du darfst mich nicht für leichtsinnig halten, aber für jemanden, dessen Kind ich trage, weiß ich gar nicht so sehr viel von Ragnar ...« Ihr Blick wurde dabei verlegen, aber sie sprach entschlossen weiter, und Lusa zweifelte nicht an ihrer Aufrichtigkeit. »Wie ich dir damals erzählt habe, habe ich Ragnar das erste Mal in ... nun, in der Kirche von Vater Dankward gesehen –«
Bei diesen Worten griff eine eisige Hand nach Lusas Herzen, und es kostete sie einige Mühe, nicht zu zeigen, wie bestürzt sie war, daß Darya den Mönch, der sie selbst stets abgestoßen hatte, nicht nur beim Namen nannte, sondern auch noch mit der Anrede »Vater« ehrte. Dies konnte nur eins bedeuten: Darya war mit dem christlichen Priester vertraut und vielleicht sogar noch mehr – Heinrich war Christ, Ragnar war Christ, und es war wenig wahrscheinlich, daß Darya sich ihren Fängen hatte entziehen können. Unauffällig blickte sie auf Daryas Hand, und richtig: der im Heiligtum geweihte, doppelt gewundene Schlangenring, den der Vater seiner Tochter geschenkt hatte, als sie zur Frau herangereift war, befand sich nicht mehr dort. Darya stand nicht mehr unter dem Schutz der Göttin ... Lusa nahm den Arm von Daryas Schulter und rückte ein Stück von der Schwester ab; diese aber merkte es nicht. Durch das Gezweig des hohen Strauches hinter ihnen schien die Sonne und warf den Schatten eines kleinen Zweiges zwischen sie, der auf dem ausgebleichten Holz des Bootes hin- und hertanzte, und Lusa sah, daß er die Form eines Kreuzes hatte. So wird das Kreuz uns trennen, dachte sie, und ich werde meine Schwester verlieren ... Sie empfand tiefe Trauer. Ihr nächster Gedanke war indes, Darya davon nichts spüren zu lassen, und sie bemühte sich, Herrin ihrer Gefühle zu werden, was ihr mit der jahrelangen Übung der Priesterin auch bald gelang. Nicht jetzt – diese Stunde gehörte noch ihnen beiden; wenn sie heute abend allein war, beim heiligen Feuer, dann wollte sie mit der Göttin Zwiesprache halten und ihren Kummer dem Rat der Mutter allen Lebens anvertrauen. So zwang sie sich, Darya wieder zuzuhören, die, sichtlich froh darüber, sich endlich einmal einem Menschen offenbaren zu können, ausführlich berichtete,

wie sie Ragnar im Frühling des vergangenen Jahres wiedergesehen hatte und was danach geschehen war.
»Ragnar war fast den ganzen Sommer da«, erzählte Darya, »nur einmal hatte er für kurze Zeit im Norden etwas zu erledigen, aber er kam so schnell wie möglich nach Racigard zurück und zu mir ... Es war so schön, Lusa, und ich war so glücklich wie nie in meinem Leben. Fast jeden Tag sahen wir uns ...« Die bloße Erinnerung an die herrliche Zeit ließ Darya glücklich lächeln. »Fast jeden Tag – auch als der Sommer zu Ende ging ... Ja, und kurz vor dem Tag aller Heilig – ... ich meine, kurz vor der Nacht der Göttin, kam ein Reiter aus dem Norden mit einer Botschaft vom Fürsten Kruto und von dessen Frau Slavina.« Sie sprach den Namen ohne Argwohn aus. »Die baten Ragnar, Radomir eilends zum Rat nach Starigard zu bringen, und es ist mir bis heute ein Rätsel, woher ihnen Ragnar bekannt war und wieso ausgerechnet er Radomir geleiten sollte! Er hatte noch nicht einmal die Zeit, mir Lebwohl zu sagen, sondern hinterließ nur eine Nachricht bei Vater Dankward, daß er fortreiten müsse und nicht wisse, wann er wiederkomme. Und ich habe erst einige Tage später gemerkt, daß ich ... ein Kind trage ...«
Darya seufzte kummervoll. Lusa wurde gegen ihre Gewohnheit ein wenig ungeduldig, und sie bemühte sich, die Schwester nichts davon merken zu lassen. Darya hatte ihr zwar in aller Ausführlichkeit die Geschichte ihrer Liebe zu Ragnar erzählt, aber damit war ihre zuvor gestellte Frage immer noch nicht beantwortet. So versuchte sie es noch einmal: »Und was weißt du sonst noch über Ragnar? Ich meine, über seine Herkunft zum Beispiel, über seine Sippe!«
Darya blickte die Schwester vertrauensvoll an. »Ich habe deine Frage nicht vergessen – es ist nur – ich kann dir sowenig darauf antworten. Ragnars Vater war Wagrier, aber er hat in Dänemark gelebt – warum, weiß ich nicht – und hatte eine Dänin zur Frau, denn dort ist Ragnar auch geboren – ich glaube, er hat einmal Sliaswich erwähnt. Eins kannst du mir glauben, besonders gesprächig war er nicht, wenn ich ihn nach seinen Leuten fragte – was selten genug geschah! Aber nun sag doch endlich, was hat das Orakel dir gezeigt?«
Lusa wußte jetzt, daß ihre Schwester in bezug auf Ragnar so ahnungslos war, wie sie vermutet hatte. Es gab nun zweierlei zu tun: einmal mußte sie Darya davor warnen, sich in die Ränke der Mächtigen verstricken zu lassen, in denen auch Ragnar eine Rolle spielte, und zum anderen mußte sie ihr die Angst und die Sorge um ihn nehmen – und das alles, ohne die

Quelle ihres Wissens preiszugeben. Zum Glück hatte sie genug Zeit gehabt, darüber nachzudenken, welche Bilder sie wählen konnte, um Darya die Botschaft zu übermitteln. Bevor sie begann, strich sie mit der Hand über die große Silberbrosche an ihrem Umhang und bat die Göttin im stillen, sie möge ihr vergeben, weil sie das der Wahrheit geweihte Orakel in einer Lüge mißbrauchen mußte. Es fiel ihr unendlich schwer, aber wie sonst sollte sie Svetlav und Darya gleichzeitig schützen – die beiden Menschen, die außer Telka ihrem Herzen am nächsten standen?
Lusa sammelte sich, und als sie schließlich zu sprechen anfing, klang ihre Stimme völlig ruhig, und von dem Zwiespalt der Gefühle war ihr nichts anzumerken.
»Zur Waage des Lichts befragten wir das Orakel, und nach einiger Zeit offenbarte sich mir im geweihten Wasser meiner Schale ein Bild. Ich will es dir beschreiben, dann magst du selber urteilen, was es dir sagt ... Zunächst war es so, als würde ich in eine große, prunkvoll ausgestattete Halle blicken, viel schöner als Radomirs Halle in der Burg. Im Schein der Feuer sah ich viele Männer an einer langen Tafel beim Mahl zusammensitzen, ohne daß ich Einzelheiten ausmachen konnte. Dann vertiefte sich das Bild, und ich sah einen anderen, kleineren Tisch, daran saßen und speisten drei Fürsten auf Prunksitzen und eine sehr schöne, herrlich gekleidete junge Frau mit langen blonden Haaren. Den ältesten von ihnen kannte ich, es war Radomir; die beiden anderen waren mir fremd. Der mittlere war ein Mann, der die Blüte seiner Jahre durchschritten hatte, und seine Rechte umschloß die Hand der Frau neben ihm ...«
»Kruto und Slavina!« flüsterte Darya aufgeregt.
»Auf seiner anderen Seite saß der dritte Fürst, der jüngste von ihnen, und er blickte mit grimmiger Miene drein!«
»Das wird der Veligarder gewesen sein«, unterbrach Darya die Schwester, »der war doch auch zum Rat nach Starigard geladen, und er soll sich mächtig geärgert haben, daß Radomir schon unterwegs war, als er hier eintraf – das haben jedenfalls die Männer aus der Burg erzählt!«
Lusa fuhr fort, ohne auf die Worte der Schwester einzugehen: »Nicht weit von ihnen, unter den geehrtesten Kriegern, sah ich einen jungen Mann, hochgewachsen, breitschultrig, mit blondem Haupthaar, einem vollen Lippenbart und kühn blickenden grünen Augen. Er hob seinen Becher, und Kruto und Radomir tranken ihm zu.«
Darya war vor Erregung außer sich. Sie sprang auf und rief, so laut, daß sogar der alte Fischer am anderen Ende des Strandes von seiner Arbeit

aufblickte: »Das war Ragnar! Und er lebt! Oh, Lusa, ob er wohl auch nach Racigard zurückkommt?«

Lusa ließ ihre Augen über den See schweifen, und sie ruhten einen Moment auf dem langen Damm, der die Burginsel mit dem westlichen Ufer verband. Dort würde Radomir mit den Seinen entlangreiten, wenn er aus Starigard zurückkam; fast meinte sie schon, den fernen Schlag der Pferdehufe zu vernehmen, und auf einmal war sie ganz sicher, daß Ragnar im Gefolge des Fürsten sein würde. »Ja, Darya, er kommt zurück, bald schon, zusammen mit Radomir und den anderen!« sagte sie daher mit Bestimmtheit, lächelte der Schwester zu und machte ihr ein Zeichen, wieder Platz zu nehmen. »Ich bin noch nicht am Ende. Das Orakel hat nämlich noch mehr offenbart …«

»Ragnar lebt! Er ist in Starigard, und es geht ihm gut! Und er kommt zu mir zurück, er kommt wieder zu mir zurück!« Darya wiederholte die Sätze einige Male, bis Lusas Stimme endlich in ihr Bewußtsein drang und sie begriff, daß die Schwester noch etwas sagen wollte. Mit einem Seufzen ließ sie sich schließlich wieder auf dem umgedrehten Kahn nieder.

»Ich kann deine Freude ja verstehen, Darya«, sagte Lusa, und ihre Stimme klang auf einmal sehr ernst, »aber freue dich nie über ein Orakel, bevor du es zu Ende gehört hast!« Erschrocken fuhr Darya auf, und Lusa, die jetzt wieder die Aufmerksamkeit hatte, die so wichtig für das Folgende war, fuhr fort: »Die Bilder führten mich aus der großen Halle hinaus, und ich sah … es war wie ein Vorhang, ein weißer Vorhang aus dichtem Schnee …« Noch während sie sprach, stieg tatsächlich ein Bild in ihr auf: sie sah einen Weg durch eine winterlich einsame Landschaft, die nur aus gefrorenen Seen, erstarrten Wasserläufen und vereisten Sümpfen zu bestehen schien, und es war ihr, als stünde sie neben dem Weg und blickte durch hohes Schilf, und der Schnee fiel immer dichter. Und plötzlich tauchte ein Reiter auf, und hinter ihm in den wirbelnden Flocken noch einer, und noch einer … Lusa hörte ihre eigene Stimme, während sie sprach, aber es schien die einer Fremden zu sein. »Viele Reiter sah ich, sie kamen von Norden und ritten nach Starigard, und als sie die Burg erreicht hatten, wurden ihnen die Tore geöffnet, und es waren ihrer so viele, daß sie den ganzen Hof füllten. Ragnar war unter den ersten, die sie grüßten und willkommen hießen. Er umarmte den Anführer der Schar, einen stattlichen Mann mit rotblondem Kinnbart, dessen Gesten stolz und herrisch waren wie die eines Fürsten, und der Name, der von Mund zu Mund geflüstert wurde, war ›Heinrich, Gottschalks Sohn‹. Aber als die Tore Starigards hinter ihnen wieder geschlossen wurden«, sagte Lusa mit zitternder Stimme, »da wurde der Schnee dunkelrot wie Blut und fiel auf die versammelten Männer, auch auf die beiden Fürsten, die inzwischen aus der Halle getreten waren, auf Radomir und Kruto, auf alle Krieger, und auch auf Ragnar ... Höre, Darya, Ragnar ist Heinrichs Mann, und alle Zeichen sind schlecht und weisen darauf hin, daß Heinrich großes Unheil über uns alle bringt. Deswegen warne ich dich, Schwester, sei auf der Hut!«

Lusa schwieg und schloß die Augen, aber das schreckliche Bild der blutbesudelten Männer wollte nicht so schnell versinken. Beide Schwestern saßen stumm und reglos da, jede für sich mit ihren Gedanken. Lusa dachte mit Ehrfurcht, daß die Göttin ihr gerade jetzt dieses Gesicht gesandt hatte, als sie das Orakel nur als Ausrede gebrauchen wollte. Darya hingegen war noch starr vor Schreck. Sie hatte immer schon eine große Scheu vor dem geheimen Wissen der Priesterinnen gehabt, zu dem auch die Befragung des Orakels gehörte. Dies waren Vorgänge, die sie sich nicht erklären konnte, vor denen ihr graute und über die sie weder nachdenken noch Näheres wissen wollte. In Lusa hatte sie stets die Schwester gesehen und nicht die Priesterin, und wenn die Priesterin manchmal zu offenkundig wurde, hatte sie sich bemüht, darüber hinwegzusehen. Diesmal hatte die Priesterin die Schwester völlig verdrängt, sie hatte Darya mit Angst, ja mit Entsetzen erfüllt, denn so unerfahren Darya in derlei Dingen auch war, so war ihr doch klar, daß Lusa das schreckliche Gesicht in diesem Moment gehabt hatte, während sie hier neben ihr saß und der erste zarte Schmetterling des Frühlings sich auf den Gräsern vor ihnen niederließ. Die Stimme der Göttin hatte durch Lusa gesprochen und ihr ein Bild des Grauens gezeigt, Dinge, die sie nie hatte hören oder sehen wollen und die jetzt schwer auf ihrer Seele lasteten, schwerer als zuvor ihre Angst um Ragnar. Und mit einem Mal wurde Darya ärgerlich, ärgerlich vor allem auf die Priesterin, die ihr dies offenbart hatte und ihre Schwester war. Sie wußte, daß Heinrich ein Christ war wie Ragnar, wie Vater Dankward, wie Slavka und Dobrina, Menschen, die ihr alle viel bedeuteten, und sie hatte auch gehört, daß die Priester im Heiligtum gegen Heinrichs Rückkehr waren und nicht auf der Seite von Kruto und Radomir standen. Kein Wunder also, daß Lusa Blutstropfen vom Himmel fallen sah, denn natürlich würden sich die Heiden mit aller Kraft zur Wehr setzen, wenn wieder ein christlicher Fürst im Lande war, und überhaupt – hatte nicht Vater Dankward sie gelehrt, daß es nur den Einen

Gott gab, zu dem sie jetzt betete und der sie und Ragnar beschützte? Was für ein Gewicht hatten da die Schreckensvisionen der Priesterinnen, die der unheimlichen alten Göttin dienten? Ärgerlich bückte sich Darya nach einem kleinen Stein und schleuderte ihn in den See, aber ihr Wurf war zu kurz, er schlug am Strand auf und blieb dort im Sand liegen. Abrupt stand sie auf und drehte sich zu Lusa um, bevor sie sich zum Gehen anschickte.

»Es wird langsam kühl, und ich muß jetzt auch ins Dorf zurück«, sagte sie, und ihre Stimme klang angespannt. »Vielleicht kreuzen sich unsere Wege ja bald wieder einmal ... Ich werde Vater von dir grüßen – und du lebe wohl!«

Lusa erwiderte nichts, sondern sah sie nur an, und ihr klarer, wissender Blick brannte in Daryas Augen, so daß diese sich abwandte. »Noch eins, bevor du gehst, Darya«, sagte Lusa da, und Darya hielt inne, ohne sich noch einmal zu der Schwester umzudrehen. »Du brauchst das Kreuz, das du trägst, vor mir nicht zu verbergen, aber ich rate dir: Wenn deine Stunde gekommen ist, dann leg es ab – denn der Gott des Kreuzes ist ein Gott des Schwertes, und er liebt die Frauen nicht!«

Sosehr Darya sich auch bemühte, es gelang ihr nicht, Lusas Worte durch angenehmere Gedanken zu verdrängen, und da sie keine Ruhe finden konnte, suchte sie bei nächster Gelegenheit Vater Dankward auf. Wie immer saß er in seiner düsteren Hütte und schrieb im Schein der rußenden Öllampe auf gelbliches Pergament. Als Darya eintrat, bedeutete er ihr, auf dem anderen Schemel Platz zu nehmen. Noch eine Weile kratzte seine Gänsefeder aber das Papier, aber schließlich legte er sie aus der Hand und sah auf. »Sprich, meine Tochter«, sagte er freundlich, »was hast du auf dem Herzen?« Darya tat einen tiefen Atemzug und berichtete ihm alles, Wort für Wort, aber sie erwähnte nicht, daß die Priesterin ihre Schwester gewesen war, und sie verschwieg auch deren letzte Sätze.

Vater Dankward betete mit ihr, tröstete sie und sagte: »Vergiß den Geifer der Heiden, Darya! Natürlich fürchten sie den christlichen Fürsten, der mit Gottes Hilfe bald wieder im Lande herrschen wird. Glaube mir – das Blut, das sie fließen sehen, ist höchstens ihr eigenes, und ihre Orakel und Gesichte sind nichts als Schall und Rauch und Lug und Trug!«

Etwas beunruhigte Darya aber immer noch. »Vergib mir, Vater Dankward«, sagte sie, »aber ich habe gehört, wie sie unseren Herrgott einen Gott des Schwertes nannten. Das ist doch auch eine Lüge, nicht wahr?«

Vater Dankward schüttelte kummervoll sein tonsuriertes Haupt und sprach: »Sie schrecken vor nichts zurück, und das ewige Fegefeuer wird ihr Lohn sein! Und du – wie kannst du mich so etwas allen Ernstes fragen? Du hast doch selbst gelernt, daß Gott uns gebietet ›Du sollst nicht töten‹ – spricht so ein Gott des Schwertes?« Er bekreuzigte sich hastig. »Nein, Darya, unser Gott ist ein Gott der Liebe – ein gütiger Vater, der den Menschen das Leben gibt und bewahrt, sogar das ewige Leben, wie du weißt!«

Diese Worte beruhigten und trösteten Darya, und das Erlebnis am Fischerplatz mit der Schwester begann von Tag zu Tag ein wenig mehr zu verblassen. Dann aber kam eine Stunde, in der ihr alles wieder so lebendig vor Augen stand, als säße Lusa abermals neben ihr auf dem umgedrehten Boot und spreche zu ihr mit jener fremden, seltsam entfernt klingenden Stimme.

Es war ein schöner Frühlingsnachmittag, eigentlich der erste richtig warme Tag des Jahres, und Darya war – wie so oft in letzter Zeit – unterwegs zur Burg, um sich nach Neuigkeiten von Radomir und seinen Begleitern zu erkundigen. Sie hatte ihr Ziel schon fast erreicht, als sie einen stattlichen Trupp Reiter vom westlichen Ufer her über den langen Damm näherkommen sah. Die helle Sonne schien auf Radomirs rot-grüne Banner, die im Frühlingswind flatterten. Es waren vierzehn Männer, so viele, wie vor dem Winter nach Starigard aufgebrochen waren: zwölf Racigarder Krieger, der Fürst – und ein gewisser Bote, dessen blondes Haar sie immer deutlicher in der Sonne leuchten sah, während der Trupp näher herankam. Ragnar kehrt mit Radomir aus Starigard zurück, dachte Darya frohlockend, und Lusa hat doch recht gehabt! Aber schon im nächsten Augenblick fiel ein Schatten auf ihre Freude, denn ihr klangen die anderen Worte im Ohr, die die Schwester danach gesprochen hatte: Freu dich nie über ein Orakel, bevor du es zu Ende gehört hast …

Ragnar

Nachdem Radomir aus Starigard zurückgekehrt war, drehte sich zunächst alles um die Neuigkeiten, die er mitbrachte. Ja, es stimmte: Heinrich, Gottschalks Sohn, war auf Krutos Wort hin zurückgekehrt in seine Heimat. Auf den Flügeln des großen Schneesturms war er nach Starigard gekommen, und eine große Zahl kühner Krieger hatte ihn begleitet. Sie hatten alle gemeinsam den Winter in Starigard verbracht, ihre Pferde hatten die Ställe gefüllt und die Männer das Gästehaus, und in Krutos großer Halle hatte ein Festmahl begonnen, das den ganzen Winter dauerte. Viel Zeit hatte man füreinander gehabt an den langen Abenden, man hatte miteinander gesprochen, war sich näher gekommen, hatte gemeinsam Lieder gesungen und die Heldentaten gerühmt, die das Volk der Bodricen vor der großen Fehde einst berühmt und mächtig gemacht hatten. Nie war der Wein an der Tafel der Fürsten versiegt, und die Becher der Männer waren immer wieder mit Bier gefüllt worden, die Feuer hatten Tag und Nacht gebrannt, und die schöne Slavina hatte die neuen Gäste überaus huldreich aufgenommen. Ah, es war ein Winter gewesen, der seinesgleichen suchte, alte Feindschaften hatte man überwunden, neue Freundschaften geschlossen, eine Zeit der Freude und des Friedens war es gewesen, und man würde bis in alle Zeiten davon sprechen, von Krutos Weisheit, Radomirs Würde und Heinrichs Großmut. Schade nur, daß Niklot nicht an der gemeinsamen Tafel gesessen hatte, auch er wäre als Freund geschieden und hätte schließlich eingesehen, daß es doch möglich war, mit einem Christen zu feiern und den Becher der Brüderschaft zu leeren, und auch, daß der alte und der neue Glauben nebeneinander leben konnten. Heinrich war, so sagten die Racigarder, ehrlich bekümmert gewesen, daß Niklot im Grunde seinetwegen Starigard im Unfrieden verlassen hatte, aber die drei Fürsten waren sich einig, Niklot die heftigen Worte zu vergeben, die dieser in Krutos Gemach gesprochen hatte, und dann würden alle Bodricen seit langer Zeit wieder in Frieden und in Freundschaft miteinander leben, den feindlich gesinnten Nachbarn zum Trotz, und die alte Fehde mit den Nakoniden, die das Volk gespalten hatte, war endlich begraben.
Im übrigen hatte man sich auch geeinigt, wo Heinrich sich mit den Sei-

nen niederlassen konnte. Kruto hatte ihm Plune angeboten, was wohl auch ein wenig als Wiedergutmachung für den dort getöteten Bodivoj gedacht war, aber Heinrich hatte großmütig auf die starke Festung im See verzichtet und statt dessen in aller Bescheidenheit um eine viel geringere Stätte gebeten: nämlich den Flecken Liubice am Zusammenfluß von Trava und Svartov, an der südlichen Grenze Wagriens. »Liubice liegt auf der Mitte zwischen Starigard und Racigard«, hatte er dazu bemerkt, »und so, wie ihr mich in eure Mitte aufgenommen habt und ich an eurer Tafel sitze, so will ich auch meinen Wohnsitz wählen – den einen von euch zur Linken und den anderen zur Rechten, und immer in Freundschaft verbunden!« Das waren edle Worte gewesen, eines Fürsten würdig, und Kruto und Radomir hatten Heinrichs Ansinnen sogleich begrüßt. Wie diese gesagt hatte, lag Liubice, eine Handvoll ärmlicher Katen sowie eine verfallene Festung, die noch aus der Zeit Nakons des Alten stammte, an der Grenze zwischen ihren Ländern, und am Rand des eigenen Machtbereichs stört die Burg eines anderen Herrn wenig.

Ragnar gehörte nach wie vor zu Heinrichs engsten Vertrauten, und eines Wintermorgens in Starigard rief dieser sie zusammen. Sie trafen sich im Freien, wo niemand sie belauschen konnte: vier Männer, die auf dem verschneiten Weg unterhalb der hohen Wälle auf und ab gingen, als genössen sie nach einer durchzechten Nacht nur die frische Winterluft. Außer Heinrich und Ragnar waren noch Ottar und Eirik dabei, Heinrichs treueste Gefährten, die wie er noch vor dem großen Aufstand in Wagrien geboren waren und deren Sippen damals Gottschalks Witwe und ihren jungen Sohn ins Exil begleitet hatten.

»Nun, wie gefällt euch das«, fragte Heinrich sie schmunzelnd, »wenn wir demnächst der alten Feste Liubice zu neuem Glanz und Ruhm verhelfen?«

»Liegt sie nicht ein bißchen zu weit ab von Starigard, und wäre Plune nicht besser gewesen, um die Fäden in die Hand zu nehmen?« fragte Eirik. Ragnar als der jüngste von ihnen schwieg zunächst, um den erfahreneren Männern den Vortritt zu lassen, und der listige Ottar sprach denn auch seine Meinung aus: »Ich glaube, Eirik, unser Herr hat den besten Flecken im ganzen Bodricenland gewählt, denn kein Ort ist unseren Plänen so dienlich wie Liubice. Es liegt weit genug von Racigard im Süden und von Starigard im Norden, damit wir dort ungestört und unbeobachtet alles für die Auseinandersetzung vorbereiten können, die sicher nicht lange auf sich warten lassen wird. Und Kruto und Radomir wiegen sich in ihren Nestern in Sicherheit – aber wenn der eine für den

anderen eines Tages eine wichtige Nachricht haben sollte, dann führt der Weg an Liubice vorbei, und wir haben den Zugriff auf jeden Boten, jeden Kundschafter! Wahrhaft trefflich gewählt, Heinrich!«
Lächelnd blickte dieser auf Ragnar. »Und was meint der Jüngste von uns zu dem neuen Fürstensitz in Liubice?«
Ragnar blickte Heinrich fest an und sprach: »Ich teile Ottars Meinung, aber eins möchte ich noch hinzusetzen: Wenn der Tag gekommen ist, an dem keiner von uns zweifelt, der Tag, an dem du, Heinrich, die Macht erringst in diesem Land, dann wird Liubice genau in der Mitte deines Reichs liegen, denn wenn du Wagrien gewinnst, dann wird dir auch Polabien gehören, und stets wird dich Liubice an dieses Ziel erinnern. Deshalb sage auch ich – eine gute und weise Wahl!«
»Gut gesprochen, Ragnar«, rief Heinrich, »du und Ottar, ihr habt meine Gedanken erraten, und ich bin sicher, daß auch mein blondes Täubchen daran Gefallen gefunden hat; denn wenn ich sie erst einmal von ihrem alten Gatten befreit habe, dann möchte sie sicher nicht mehr in ihrem bisherigen Bett schlafen!« Die Männer lachten, denn jeder von ihnen hatte das eine oder andere Mal schon vertrauliche Botschaften zwischen Heinrich und Slavina übermittelt und wußte, wie die Sache stand.
»Wenn der Winter vergangen ist, werden wir also nach Liubice gehen«, nahm Heinrich den Faden wieder auf. »Und damit es dort bei unserer Ankunft nicht gar zu unwirtlich ist, habe ich schon vor einer Weile einen Mann ausgesandt, der bis dahin jedenfalls das Notwendigste veranlassen wird …« Die drei Männer blickten sich erstaunt an. Ihr Fürst überraschte sie immer wieder mit seiner weit vorausplanenden Art, und immer wieder stellten sie fest, daß es keinen von ihnen gab, zu dem er genügend Vertrauen hatte, um ihm seine Schritte gänzlich zu offenbaren. Sie hatten alle drei nichts davon gemerkt, geschweige denn gewußt, daß einer der Ihren bereits nach Liubice unterwegs war. Wer mochte es wohl sein?
Heinrich strich sich über seinen rotblonden Kinnbart und nickte zufrieden angesichts ihrer Verblüffung. Ja, es gab keinen, der sich im Erdenken von Listen so leicht mit ihm messen konnte, und das war gut so. Jetzt wollte er die drei aber nicht länger auf die Folter spannen. In einer vertraulichen Geste legte er Eirik den Arm um die Schultern und winkte auch Ottar und Ragnar näher zu sich heran. »Ihr kennt ihn alle, meinen geheimen Boten«, sprach er lächelnd zu ihnen, »und mich wundert, daß ihr ihn hier in Starigard noch nicht vermißt habt …«
Da dämmerte in Ragnar die Erkenntnis. »Mit Verlaub, Herr«, rief er, »ich

weiß jetzt, wer für dich nach Liubice unterwegs ist, und ich habe ihn in der Tat vermißt hier! Er ist der einzige von uns, der auch im Schnee keinen Fußabdruck hinterläßt – und das trotz seines Gewichtes …«
Die anderen lachten, und Eirik rief: »Haakon – natürlich der dicke Haakon, der beste aller Kundschafter! Was wird er sich grämen, daß ihm Krutos reich bestellte Tafel versagt geblieben ist!« Da schaute ihn Heinrich mit plötzlichem Ernst an, und als er sprach, waren es Worte, die keiner von ihnen verstand und an die sie sich erst viel später erinnern sollten: »So ist es, Eirik, Krutos Tafel, ja, vielmehr Kruto selbst, das ist genau der Grund, warum Haakon hier fehlt und statt dessen weit weg in Liubice die Burg für uns vorbereitet … Der dicke Haakon mit den drei Messern … Und nun laßt uns zu Krutos Halle zurückgehen, bevor sie nach uns Ausschau halten!«

Als die Schneeschmelze vorüber war und man die Wege selbst in der sumpfigen Umgebung Starigards wieder betreten konnte, ohne im Morast zu versinken, machten sich die Gäste des Winters auf den Weg, nach vielen Danksagungen an Kruto und Slavina und gegenseitigen Treueversprechen. Ein Stück des Weges zogen Heinrich und Radomir mit ihrem Gefolge gemeinsam, und als sie etwa eine Tagesreise von Liubice entfernt eine Rast einlegten, winkte Heinrich Ragnar zu sich. »Höre, Ragnar«, sagte er. »Ich weiß, daß du mich gerne nach Liubice begleiten würdest, aber ich habe eine wichtigere Aufgabe für dich. Nach Haakon, den ich aus bestimmten Gründen in Liubice nicht entbehren kann, bist du mein bester Späher, und deshalb sollst du Radomir nach Racigard zurückbegleiten und dort ein Auge auf ihn haben. Radomir ist ein Mann, der sich zu leicht von der Meinung anderer überzeugen läßt, und ich möchte verhindern, daß der Veligarder dies eines Tages für seine Zwecke ausnutzt. Deine Aufgabe ist also, mich über alle Vorgänge in Racigard unterrichtet zu halten, die für unsere Sache von Bedeutung sein könnten – ohne daß Radomir davon etwas ahnt. Es wird vermutlich noch ein, zwei Winter dauern, bis ich es mit den Wagriern aufnehmen kann, und bis dahin dürfen uns die Polabier nicht in den Rücken fallen! Du bist klug und scharfsinnig, genau der richtige Mann, um zum Schein in Radomirs Dienste zu treten und ihn zu beobachten – nur leider ist mir noch kein Vorwand dafür eingefallen. Du hast dich doch längere Zeit bei Dankward aufgehalten; weißt du nicht irgend etwas, womit man Radomir deine Anwesenheit in Racigard erklären könnte?«

O ja, Ragnar wußte in der Tat etwas, und die Antwort auf Heinrichs Fragen stand ihm sogleich vor Augen, blauäugig, blondbezopft. Eigentlich hatte er in den gastlichen Hallen von Starigard den ganzen Winter über kaum mehr an sie gedacht, aber wenn die Sache so stand ... »Es gibt da ein Mädchen in Racigard, Herr«, begann er zögernd, aber Heinrich ließ ihn gar nicht ausreden, sondern klopfte ihm anerkennend auf die Schulter. »Das ist genau das, was wir brauchen, Ragnar«, sagte er zufrieden. »Laß uns jetzt gleich zu Radomir gehen ...«

So kam es, daß Ragnar unter den Männern war, die mit Radomir nach Racigard zurückkehrten, und noch am Abend desselben Tages suchte er, von Radomir väterlich ermuntert, Darya auf. Seit sie ihn am Nachmittag zur Burg hatte hinüberreiten sehen, war sie nur kurz ins Haus ihres Vaters geeilt, hatte ein frisches Gewand angezogen, einen leuchtendblauen Umhang umgelegt, der sie besonders gut kleidete und war dann wieder hinausgelaufen, um in der Nähe der Burg eine Gelegenheit abzuwarten, Ragnar zu sehen oder ihm eine Botschaft zukommen zu lassen. Eigentlich rechnete sie gar nicht damit, daß ihr dies so kurz nach der Ankunft der Männer aus Starigard gelingen würde, und als nach einiger Zeit der Abend dämmerte, wollte sie schon unverrichteter Dinge ins Dorf zurückkehren. Da sah sie, wie ein Mann aus dem Schatten der Wallanlage heraustrat und auf die Brücke zuging, und ihr Herz lief über vor Freude, als sie Ragnar erkannte. So war seine Sehnsucht, sie wiederzusehen, ebenso groß wie die ihre, und er hatte sich so früh wie möglich auf den Weg gemacht, um sie aufzusuchen! Darya raffte ihren Umhang zusammen und eilte ihm entgegen, und sie trafen sich genau auf der Brücke zwischen den beiden Inseln.

Überwältigt von ihren Gefühlen warf sich Darya an Ragnars Brust, und er schloß sie fest in die Arme. Ein paar Krieger, die ebenfalls unterwegs ins Dorf waren, riefen ihnen einige Scherzworte zu, und da wurde ihnen klar, daß die alte Holzbrücke wahrlich ein schlechter Platz war, um Zärtlichkeiten auszutauschen und vertrauliche Gespräche zu führen. Darya dachte kurz nach und wußte dann Abhilfe. Lachend ergriff sie Ragnars Hand und zog ihn hinter sich her über die Brücke auf die Siedlungsinsel. Sie gingen nur ein kurzes Stück auf dem Weg, der ins Dorf führte, dann bog Darya nach rechts ab und folgte einem in der Dämmerung fast unsichtbaren Pfad, der quer durch den Wald in Richtung Ufer führte, aber plötzlich in einem undurchdringlichen Dickicht aus dornigem Gestrüpp und verkrüppelten Bäumen zu enden schien. Darya jedoch zog vorsichtig ein paar Zweige zur Seite, und sie traten gemeinsam in einen grünen, dämmrigen Tunnel, an dessen Ausgang der See golden im Abendlicht leuchtete. Als sie die Uferwiese erreicht hatten, vergewisserte sich Darya mit einem schnellen Blick, daß der alte Fischerplatz ihnen beiden allein gehörte, und führte Ragnar zu dem umgedrehten Kahn. Wie ein Kind freute sie sich über die gelungene Überraschung. Ragnar nahm sie wieder in die Arme, und Darya wünschte sich, daß dieser Augenblick nie vergehen möge. Doch plötzlich rückte er ein Stück von ihr ab und betrachtete sie aufmerksam aus schmalen Augen.

»Sag mal, Darya«, sagte er schließlich. »Du hast dich ein wenig verändert, nicht wahr? Ich habe den Eindruck, daß du um die Mitte herum ein wenig fülliger geworden bist!« Da war er also, der Moment, vor dem sie sich insgeheim gefürchtet hatte, ohne es sich einzugestehen. Ausreden waren jedoch fehl am Platz – ihm hatte sie nichts zu verbergen. So richtete sie sich auf und blickte ihm in die Augen. »Ja, Ragnar«, sagte sie mit fester Stimme, »es ist wahr, ich habe mich verändert! Es ist dein Kind, das ich trage und das meine Mitte fülliger werden läßt, und deswegen bin ich sehr, sehr froh, daß du heute zurückgekommen bist!«

Bei allen Teufeln – damit hatte er nicht gerechnet! Rasch zählte er nach, wann sie einander das letzte Mal getroffen hatten. Sechs Monde waren seitdem bestimmt vergangen. Ob sie ihm die Wahrheit sagte? Scharf faßte er Darya ins Auge und fragte: »Wann soll das Kind denn zur Welt kommen?«

Darya wich seinem Blick nicht aus, und ihre Antwort kam prompt: »In knapp drei Monden, denke ich – und du hast wahrlich keinen Grund, mir zu mißtrauen!« fügte sie mit kühler Stimme hinzu. Dann wandte sie sich ab und blickte schweigend über den See, dorthin, wo ein roter Schein am Himmel die Stelle anzeigte, wo die Sonne hinter den fernen Hügeln versunken war. Ihre Enttäuschung war grenzenlos. Natürlich hatte sie nicht erwartet, daß Ragnar ihr bei der Eröffnung freudig um den Hals fallen würde, aber dies war nun doch zu arg: seine kalten, berechnenden Überlegungen und am schlimmsten – das Mißtrauen. Auch Ragnar schwieg. Seine Gedanken überschlugen sich. In diesem Augenblick verwünschte er Heinrichs Entscheidung, ihn nach Racigard zurückzuschikken, bei deren Verwirklichung er selbst noch so tatkräftig mitgeholfen hatte. Ihm hatte eine lose, zu nichts verpflichtende Liebschaft vor Augen gestanden, und statt dessen erwartete ihn hier nun etwas völlig anderes. So sehr er auch nachdachte, er sah nur zwei Möglichkeiten, auf die Umstände zu reagieren, die ihn so unplanmäßig überrascht hatten. Die eine war, schnellstens auf Nimmerwiedersehen zu verschwinden, aber das bedeutete Verrat an Heinrich und kam nicht in Betracht. Und die andere Möglichkeit – die er nur mit Unbehagen erwog – war, Darya zur Frau zu nehmen. Je länger er aber darüber nachdachte, desto klarer wurde ihm, daß tatsächlich nur diese Lösung für ihn blieb, und vielleicht war eine Eheschließung mit einem Racigarder Mädchen gar nicht so dumm. Gegenwärtig würde es auch den letzten Zweifel an seiner Anwesenheit ausräumen, den noch irgend jemand haben mochte, und später – später würde man sehen ... Ragnar war ein Mann schneller Entschlüsse. Er unterdrückte einen Seufzer und tastete nach Daryas Hand, die diese in den Falten ihres Umhangs verborgen hielt.

»Höre, Darya«, begann er, noch ein wenig stockend, »ich wollte dich nicht kränken, und falls ich das getan habe, bitte ich dich, mir zu verzeihen. Natürlich mißtraue ich dir nicht im geringsten, aber unser Wiedersehen nach so langer Zeit, und dann diese Neuigkeiten – das ist alles so schnell über mich gekommen, daß ich nicht wußte, wie mir geschah, und daher vielleicht nicht die richtigen Worte gefunden habe.«

Darya schaute nach wie vor auf den See hinaus, in dessen spiegelglatter Wasseroberfläche sich immer noch die herrlichen Farben des Abendhimmels spiegelten. Sie hatte es zugelassen, daß Ragnar ihre Hand ergriff, aber sie konnte es noch nicht über sich bringen, ihn anzusehen. Vielleicht nicht die richtigen Worte gefunden ... Ihre Enttäuschung wurde langsam zu Ärger. Ragnar, der ihre Abwehr wohl spürte, legte den Arm um ihre Schultern, faßte sie am Kinn und drehte ihr Gesicht sanft zu sich herum.

»Es ist nicht schön, daß du mir so grollst an unserem ersten gemeinsamen Abend – dem ersten von vielen!« fügte er verheißungsvoll hinzu. Aber so leicht war Darya nicht zu versöhnen. Sie schwieg noch immer und ließ ihm keine andere Wahl, als weiterzusprechen. »Der erste Abend von vielen gemeinsamen«, fuhr er fort, »denn wenn du einverstanden bist, möchte ich dich gern zur Frau nehmen, und unser erster Sohn soll meinen Namen tragen!«

»Hast du dir das auch gut überlegt?« fragte Darya mit einem Spott, der ihm neu an ihr war. Dann aber schlang sie die Arme um seinen Hals, ihre innere Anspannung entlud sich in einem kurzen Aufschluchzen, und sie sagte: »Ach, Ragnar, du weißt, wie sehr ich dich liebe, und nichts möchte ich lieber, als deine Frau werden und für alle Zeiten das Leben mit dir teilen! Ich will aber, daß du dich aus freien Stücken für mich entscheidest, aus Liebe, und nicht unter dem Zwang dieser … Umstände. Ich hatte, seit du fort warst, genügend Zeit, über alles nachzudenken, du bist hingegen von diesen Neuigkeiten heute überrascht worden, und du hast recht, es ist ein bißchen viel auf einmal. Wir wollen deswegen drei Tage verstreichen lassen, und du sollst in dieser Zeit über alles in Ruhe nachdenken – und wenn du mich dann noch willst, dann mag Vater Dankward uns trauen!«

Da lachte Ragnar, umarmte sie, strich ihr über das Haar und sprach: »Meine kleine Polabin, dafür brauche ich keine drei Tage mehr! Meine Wahl ist getroffen – und mein Wort gilt! In drei Wochen ist das Fest des Heiligen Geistes, dann wollen wir im Gotteshaus unseren Bund schließen!«

Darya war selbst überrascht, wie groß ihre Erleichterung bei seinen Worten war. So wenig war sie sich seiner sicher gewesen … Ihre Augen folgten nachdenklich einem Reiher, der aus dem Schilf aufstieg und mit langsamen, schweren Flügelschlägen den See überquerte und in der Ferne verschwand. Warum nur kehrte die Freude nicht wieder zurück, die sie vorhin noch bei Ragnars Anblick empfunden hatte? Ihr Liebster hingegen schien allerbester Dinge zu sein; für ihn war die Angelegenheit offensichtlich erledigt, denn er erzählte inzwischen lebhaft vom Fürsten Heinrich, von Starigard und von allem, was sich dort während des langen Winters ereignet hatte.

Auch im Heiligtum hatte man die Rückkehr von Radomir und seinen Kriegern bemerkt. Drei Tage gaben ihm die Priester Zeit, sich von dem langen Ritt auszuruhen und seine Angelegenheiten in Haus und Hof zu ordnen. Am Morgen des vierten Tages machten sich Vojdo, Telka und Valna, die älteste aller Priester und Priesterinnen des Heiligtums auf den Weg zur Burg, und an Telkas Seite schritt Lusa. Es war eine große Ehre für sie, die drei höchsten Priester auf diesem Gang zu begleiten. Telka hatte Vojdo und Valna vorgeschlagen, sie mitzunehmen. »Für die Augen der anderen soll Lusa an meiner Seite gehen und meine Stütze sein – eine Stütze, die ich, wie ihr wohl wißt, noch nicht nötig habe … Aber Lusas Sinne sind scharf, und während wir mit dem Fürsten sprechen, soll sie auf die Dinge achten, die uns Älteren vielleicht entgehen und die nicht nur für uns, sondern auch für Svetlav und seinen Veligarder Herrn von Bedeutung sein könnten.«

Valna und Vojdo stimmten Telkas Vorschlag zu, und so schritt Lusa an Telkas Seite, während Vojdo an schwierigen Wegstellen der greisen Valna zu helfen versuchte, die freilich darauf bestand, sich auf ihren alten, knotigen Eschenstab und nicht auf Vojdos Arm zu stützen. Valna hatte seit langem das Heiligtum nicht mehr verlassen, und der Weg, für den ein gesunder Mensch nicht viel mehr als eine Viertelstunde brauchte, erschöpfte ihre Kraft, so daß sie häufig kurze Pausen einlegen mußten und die Burginsel erst nach der dreifachen Zeit erreichten. Viele neugierige Blicke waren ihnen gefolgt, denn die Menschen wußten, daß es nur eine Angelegenheit von allergrößter Bedeutung sein konnte, deretwegen die drei höchsten Priester des Heiligtums den Fürsten aufsuchten. Auch die Wachen vor dem Burgtor musterten sie mit unverhohlener Neugier, und in den Blick des einen oder anderen, der schon das Kreuz unter dem Hemd trug, mischte sich Geringschätzung. Die vier warteten zunächst, daß man beiseite trat, um sie einzulassen, aber als nichts geschah, tat Valna einen mühsamen Schritt vorwärts und richtete ihre hagere Gestalt so gerade auf, wie ihr alterskrummer Rücken es zuließ.

»Ich bin Valna, die älteste der Priesterinnen und Priester des Heiligtums«, sprach sie würdevoll, »und Telka und Vojdo, die Hohepriester, sollten euch wohlbekannt sein. Uns gebührt freier Zutritt zum Fürsten; laßt uns also ein!«

Der Führer der Wache zeigte mit dem Kinn kurz in ihre Richtung, woraufhin einer der Krieger sich aus den Reihen löste und zu ihnen trat. »Ich werde euch in die Halle des Fürsten geleiten«, sagte er und ging durch das Tor voran.

Aber Valna hielt noch einmal inne, schwer auf ihren Stock gestützt. Finster blickte sie die Wachen aus ihren tiefliegenden Augen an. »Durch dieses Tor bin ich oft ein und aus gegangen«, sagte sie zum Führer der Wache, »in einer Zeit, als du noch nicht einmal geboren warst, Mann, als Racibor der Mächtige von hier aus nicht nur über Polabien, sondern über ganz Bodricien herrschte und seine acht starken Söhne sich auf dem Burgfeld dort mit den Kriegern im Kampfspiel maßen. Viele Winter waren es, bis diese ruhmreiche Zeit einer schlechteren wich. Aber nie, nicht ein einziges Mal bis zum heutigen Tag habe ich meinen Namen nennen müssen, um Einlaß in die Burg zu erhalten!« Lusa sah, daß der Wachführer bei Valnas Worten vor Zorn rot anlief, aber die Scheu vor der Macht der Priester hielt ihn davon ab, seinen Ärger in Worten auszudrücken. So brummte er nur etwas Unverständliches und trat auf seinen Posten zurück. Hocherhobenen Hauptes folgte Valna dem jungen Wachmann, der aus einigen Schritten Entfernung die Szene mit aufgerissenen Augen verfolgt hatte. Der Wind ließ ihr langes, schneeweißes Haupthaar wehen, das sie mit einem Schläfenring aus der Stirn hielt, und sie schritt jetzt so leicht dahin, als habe sie ihren Stock nur zur Sicherheit mitgenommen, nicht aus Notwendigkeit. Die Wache sollte die Schwäche ihres Alters jedenfalls nicht merken, gleich, wieviel Kraft es sie kostete! Telka, die im Gegenteil betont unsicher auftrat, folgte an Lusas Arm, und Vojdo war der Letzte der Gruppe. Wie zuvor zogen sie wiederum alle Blicke auf sich. Vojdo erwiderte von Zeit zu Zeit einen Gruß, und auch Telka nickte dem einen oder anderen bekannten Gesicht freundlich zu.

Lusa hingegen ließ ihre Augen aufmerksam über den inneren Burghof wandern. Sie hatte den Eindruck, als stünde alles Leben für einen Augenblick still, als die Priester vorbeischritten. Zwei Knechte, die mit Reisigbesen die Pflastersteine fegten, hielten in ihrer Tätigkeit inne. Ein paar Krieger, die unter dem hölzernen Vordach würfelten, unterbrachen ihr Spiel und starrten sie an. Die Stallburschen, die im Hof die Pferde striegelten, ließen Striegel und Bürsten sinken – ja, Lusa schien es, als erstarrten sogar die Tauben vor ihrem Schlag, als verstummte das Gebell der Hunde und das Gackern und Schnattern der Hühner und Gänse. Als wäre Morana selbst bei uns, dachte sie. Am Brunnen standen drei füllige Mägde, die kicherten und lachten, denn zwei stattliche Krieger hatten sich ihnen genähert und die Hübscheste ins Hinterteil gezwickt, als sie sich gerade über einen Eimer beugte. Als sie jedoch die Priester erblickten, erstarb ihr Gelächter schlagartig, und die beiden Krieger schauten sich um. Der eine von ihnen war besonders hochgewachsen, breitschultrig und blond. Mit scharfem Blick musterte er die vier Ankömmlinge, und als seine grünen Augen Lusas Blick kreuzten, wußte sie, wer der Mann war, der mit den Mägden am Brunnen Scherze trieb … Während sie auf Radomirs Halle zugingen, spürte Lusa, ohne sich umzuwenden, wie sein Blick über ihr volles, rötliches Haar glitt, das sie wie alle Priesterinnen stets offen trug, sie spürte, wie er ihren langen dunkelblauen Umhang musterte, der ihre Gestalt verbarg, und schließlich – wie könnte es anders sein – an ihrem rechten Fuß hängenblieb. Dann hatten sie die Halle erreicht.

Auch hier stand eine Wache vor dem Eingang, die aber beiseite trat, als die Priester sich näherten. Der Wachmann, der sie begleitete, öffnete die hohe Tür weit und führte sie hinein, und als die Tür sich hinter ihnen schloß, spürte Lusa förmlich, wie in den Burghof draußen das Leben zurückkehrte. Aber sie spürte noch etwas – zuerst meinte sie, nur einen Luftzug wahrgenommen zu haben, aber dann hörte sie das leise Klacken von Holz auf Holz. Also war nach ihnen noch jemand in die Halle getreten. Als sie sich an das dämmrige Licht gewöhnt hatte, erkannte sie aus den Augenwinkeln an einer Seitenwand die Umrisse einer kleinen Pforte. Nicht weit davon stand einer der breiten Pfosten, die innen die Dachbalken abstützten, und offenbar hielt der Mann, der ihnen gefolgt war, sich im Schatten dieses Pfostens verborgen. Ohne daß sie ihn gesehen hatte, wußte Lusa, wer er war, denn sie spürte immer noch seinen Blick, wie zuvor auf dem Burghof, einen kalten Blick aus grünen Augen …

Der Wachmann hatte sie inzwischen durch die lange Halle zur gegenüberliegenden Seite geführt. Dort brannte ein helles Feuer, in dessen Nähe ein schöngeschnitzter Sessel mit hoher Lehne stand. Darin saß Radomir, der Fürst Polabiens. Vor sich hatte er einen kleinen Tisch, gedeckt mit einem Leinentuch, auf dem allerlei Speisen und Getränke standen. Es war offensichtlich, daß der Fürst erst jetzt, zu dieser recht späten Stunde sein Morgenmahl einnahm, was nicht der günstigste Augenblick für eine ernste Unterredung war. Zu seinen Füßen, in der Nähe des Feuers, lagen zwei dänische Doggen, die witternd die Köpfe hoben. Lusa sah, daß auf den breiten Bänken an den Längswänden in Radomirs Nähe auch einige Krieger saßen, Krüge und Schüsseln zwischen sich. Radomir setzte überrascht den Becher ab, als er im flackernden Schein des Feuers erkannte, wer da vor ihm stand. Er wischte sich mit dem Handrücken über den Mund, schob den Tisch zur Seite und erhob sich, denn die Sitte gebot, daß Fürst und Hohepriester einander Auge in Auge begrüßten. Lusa, die entsprechend ihrem untergeordneten Rang hinter die drei anderen zurückgetreten war, konnte von dort Radomirs Gesicht genau betrachten, ohne daß er es bemerkte. Er freut sich nicht, daß gerade wir es sind, die ihn beim Morgenmahl stören, dachte sie, und er sieht alt aus, müde und sorgenvoll. Er ahnt bestimmt, weswegen wir gekommen sind …

Die Mägde, die Radomir und seine Gefolgsleute in der Halle bedienten, hatten in der Zwischenzeit drei Stühle und einen Hocker für Lusa gebracht. Radomir bedeutete ihnen, Platz zu nehmen, und ließ sich seinerseits wieder nieder. Offenbar wollte er ihretwegen sein Morgenmahl nicht unterbrechen, denn er schnitt sich zunächst ein Stück kaltes Fleisch von einem gewaltigen Braten ab, bevor er das Wort ergriff. »Es ist lange her, daß ich dich gesehen habe, Valna, und es freut mich, daß du bei guter Gesundheit bist! Auch ihr wart lange nicht in meiner Halle, Vojdo und Telka. Was gibt es im Heiligtum? Habt ihr den Winter gut überstanden, dort, in der Nähe der Götter?« Wenn dies ein Scherz sein sollte, so nahmen die Priester ihn nicht zur Kenntnis. Ernst schauten sie Radomir an, der ihren zwingenden Blicken zum Trotz das Stück Fleisch in den Mund schob und in aller Ruhe ein paar weitere Scheiben abschnitt, die er seinen Hunden vorwarf.

Kauend sprach er: »Ihr wollt mich sprechen – also redet! Die Neuigkeiten, die ich aus Starigard mitgebracht habe, kennt ihr sicherlich bereits, wenn ihr sie nicht schon vorher kanntet!« Dies war eine unverhohlene Anspielung darauf, daß Radomir damit rechnete, die Veligarder hätten auf ihrem Rückweg von Starigard bereits ihre Version der Geschehnisse verbreitet und im Heiligtum Gehör gefunden. Vojdo ging hierauf nicht ein. Mit ruhiger, freundlicher Stimme sagte er, was gesagt werden mußte, während Radomir herzhaft in ein Stück frisches Weizenbrot biß – zu dieser Jahreszeit eine besondere Kostbarkeit.

»Ja, Radomir, wir sind zu dir gekommen, um mit dir zu sprechen. Ich bitte dich aber, uns allein Gehör zu schenken, ohne deine Krieger.« Radomir runzelte die Stirn und spülte das Brot mit einem Schluck warmem Dünnbier hinunter. »Du weißt doch«, fuhr Vojdo mit gleichbleibender Freundlichkeit fort, »daß die Hohepriester das Recht haben, den Fürsten *allein* zu sprechen, wie auch der Fürst dieses Recht hat, und von diesem Recht machen wir heute morgen Gebrauch!« Radomir seufzte und winkte seinen Leuten, zu gehen, die daraufhin murrend mit ihren Krügen von dannen zogen. »Die auch!« sagte Vojdo und deutete auf die Mägde, die dem Fürsten auf dessen Geheiß hin eine hölzerne Schüssel mit heißer Grütze füllten. »Dürfen jedenfalls meine Hunde bleiben?« fragte Radomir spöttisch, aber Vojdo war nicht aus der Ruhe zu bringen. »Die Antwort weißt du so gut wie ich, Radomir! Doch laß uns nicht in Unmut miteinander sprechen, das dient der Sache nicht, die doch von größter Bedeutung ist. Wir wollen mit dir über die Rückkehr von Heinrich, Gottschalks Sohn, sprechen«, sagte Vojdo mit ernster Stimme.

Da legte Radomir den Löffel neben die Schüssel, verschränkte die Arme über der Brust und blickte sie trotzig an. »Ich weiß nicht, was es darüber noch zu reden gäbe«, sagte er. »Wie ihr ja augenscheinlich wißt, ist Heinrich längst in Liubice, wo er weder uns noch die Wagrier stört, und nachdem die alte Fehde mit den Nakoniden auf diese Weise begraben ist, werden nun endlich einmal Frieden und Eintracht in Bodricien herrschen – die Veligarder vielleicht ausgenommen, aber die werden sich auch noch eines Besseren besinnen!«

Da erhob Telka die Stimme. »Es wäre gut, wenn dies so wäre, und wir wären die letzten, die etwas gegen Frieden und Eintracht in diesem Lande einzuwenden hätten. Aber es ist nicht so, wie du sagst, Radomir, und deswegen sind wir heute gekommen. Wisse, daß alle Zeichen und Orakel in letzter Zeit schlecht gewesen sind, schlechter als je zuvor, und nichts deutet darauf hin, daß uns Frieden und Eintracht bevorstehen – im Gegenteil! Im großen Orakel der Göttin haben wir dunkle Wolken über dem Land gesehen, die von Mittag und Mitternacht her aufgezogen sind, und schlimmer noch: es formten sich die Umrisse eines Wolfes, der den Rachen aufriß, bis der Himmel sich spaltete und das ganze Land versank, und die Priesterinnen« – sie vermied es, Lusas Namen zu nennen – »haben gesehen, wie die heiligen Eichen gefällt und die stehenden Steine umgestürzt wurden und wie Feuer das Heiligtum zerstörte! Schwarze Raben haben wir gesehen, die sich auf einem weiten Feld sammelten, bis es ganz von ihnen bedeckt war, Bäume, die mitten im Sommer ihre grünen Blätter verloren, bis sie nackt und kahl dastanden, goldene Felder zur Erntezeit, auf denen plötzlich die Gerste an den Halmen verdorrte, und roten Schnee, der auf den Köpfen und Schultern von Männern wie Blut zerrann … Sage selbst, Radomir, ob dies Zeichen sind, die auf eine gute Zeit hindeuten!«

Radomir hatte während Telkas Rede wieder den Löffel ergriffen und rührte unschlüssig in der vor ihm stehenden Schüssel, ohne den Blick zu heben. Da sprach Vojdo: »Auch aus der Halle des Svetovit kann ich dir nur Schlechtes berichten. Den ganzen langen Winter über hat der Rauch der heiligen Feuer stets drei seiner vier Gesichter verhüllt, ganz gleich, wie der Wind wehte und welche Opfer wir brachten. Svetovit hat uns tagaus, tagein immer nur das vierte Gesicht gezeigt, das schlimmste von allen: das Gesicht des weinenden Gottes … Unsere Schriften sagen, daß dies zuletzt im schlechtesten aller Jahre geschehen ist, nämlich als Racibor und seine acht Söhne ihr Leben ließen – und selbst da hat der Gott mehr gezürnt als geweint! Und der weiße Hengst ist bei weitem nicht so munter wie sonst im Frühjahr; er frißt schlecht, sein Fell bleibt matt, und die Augen sind trübe. Seit langem schon haben wir ihn nicht wiehern gehört, und sein Dung hat häßliche Formen, wie zerrissen und zerfetzt. Wie sollen wir da an Frieden und Eintracht glauben?«

Radomir erwiderte noch immer nichts. Schließlich erhob sich Valna von ihrem Sitz. Mit langsamen Schritten trat sie vor den Tisch des Fürsten. »Ich habe dir dieses zu sagen, Radomir«, sprach sie, und ihre Stimme klang so dunkel und voll wie zu ihrer besten Zeit, »ich bin nicht nur die Älteste im Heiligtum, ich bin auch die Älteste auf beiden Inseln im See und habe mehr gesehen als andere Menschen. Dieses war mein achtzigster Winter, und der Kreis meines Lebens wird sich bald schließen. Ich brauche jetzt nur noch wenig Schlaf, und wenn ich in der Halle der Priesterinnen nachts am Feuer sitze, dann kommen keine Träume mehr über mich. Aber die Ahnen haben angefangen, zu mir zu sprechen, Nacht für Nacht, und seit kurzem auch tagsüber, immer öfter. Und was sie sagen, ist schlecht, Radomir, schlecht für uns alle!« Radomir hatte endlich den hölzernen Löffel losgelassen. Er lehnte sich weit in seinem Sessel zurück, als wollte er damit mehr Abstand zwischen sich und Valna schaffen, und starrte die alte Frau mit gefurchter Stirn an. »Die Ahnen sprechen von Verrat, von Mord und Treuebruch, von Zerstörung und Untergang, und von einer Schlacht – der letzten aller Schlachten …«
Das Feuer flammte hell auf und warf für einen Augenblick Valnas Schatten an die Wand hinter Radomir. Lusa lief es kalt über den Rücken, denn sie sah auf einmal, daß die schwarzen, zuckenden Umrisse mehr waren als der Schatten der alten Priesterin: die Gestalt eines Kriegers in voller Bewaffnung stand dort an der Wand, und Radomir schien plötzlich in der tiefen Schwärze des Bildes hinter ihm zu verschwinden, so, als habe der Schatten ihn aufgesogen. Da hörte sie Telka und Vojdo fast gleichzeitig flüstern: »Der Schatten des Todes steht über Radomir!«, und sie wußte, daß auch die anderen das schaurige Bild sahen und daß es keine Einbildung ihrer angespannten Sinne war. Die Hunde am Feuer hoben die Köpfe und knurrten böse. Der Schatten an der Wand verblich allmählich, und Radomir saß wieder vor ihnen am gedeckten Tisch und fragte unmutig: »Was starrt ihr mich denn so an?« Keiner erwiderte etwas. Valna kehrte still zu ihrem Sitz zurück, und die Hunde widmeten ihre ganze Aufmerksamkeit wieder den Fleischklumpen zwischen ihren Vorderpfoten. Lusa dachte an den Mann in seinem Versteck hinter der Säule. Er würde nichts Besonderes bemerkt haben, denn derlei Dinge waren mit dem gewöhnlichen menschlichen Auge nicht wahrzunehmen – wie scharf es auch sein mochte …
Da brach Radomir schließlich das Schweigen. »Ich habe eure Worte vernommen. Die Zeichen und Orakel im Heiligtum weisen also auf nahes

Unheil hin, und ihr meint, daß dies im Zusammenhang mit Heinrichs Rückkehr steht. Wie sollte das sein?«
»Der Rat der Fürsten war schlecht, Radomir«, antwortete ihm Telka. »Mit Heinrich habt ihr nicht nur euren mächtigsten Feind ins Land geholt, für die Vertreibung von dessen Sippe so viele tapfere Männer ihr Blut vergossen haben, sondern auch die Christen – und du weißt, wie sie sind: wenn sie sich einmal in ein Stück Erde verbissen haben, dann lassen sie es nicht mehr aus den Zähnen, nicht anders als deine Hunde dort.« Sie wies zum Feuer.
»Wenn das eure Sorge ist, dann kann ich euch vielleicht beruhigen, Telka«, sprach Radomir, »Kruto und ich sind keine Narren, und wir haben Heinrich bei seinem Gott und bei dem Kreuz, das er um den Hals trägt, schwören lassen, daß er nichts gegen den alten Glauben unternehmen wird, solange er hier bei uns lebt. Und was das andere betrifft: Liubice liegt in der Mitte von Wagrien und Polabien, und Kruto und ich haben Heinrich damit zwischen uns, wie in einer Zange!«
Telka lächelte und entgegnete: »Nein, Radomir, anders ist es: Heinrich hat euch beide, wie die Spinne im Netz!«
Lusa spürte, wie der Mann mit den kalten grünen Augen im Schatten des Pfostens unruhig wurde. Telka hatte mit ihren Worten also ins Schwarze getroffen! Radomir hingegen ärgerte sich über die Hartnäckigkeit der Priesterin und rief: »Das ist doch alles Unfug, Telka! Wie sollte Heinrich das wohl bewerkstelligen mit seinen wenigen Männern? Außerdem ist der Rat längst beendet und Heinrich fast genauso lang wieder zurück – was soll ich denn eurer Meinung nach jetzt noch tun, wenn das alles wahr ist, was ihr mir erzählt habt?«
Diesmal ergriff Vojdo das Wort: »Die Orakel lügen nicht, und die Zeichen sind schlecht, weil geschehen *wird*, was sie ankündigen, und nicht, weil es geschehen könnte, wenn wir es nicht abwenden!« Radomir schüttelte den Kopf, offensichtlich verwirrt. »Ich will es dir erklären, Radomir«, fuhr Vojdo fort. »Wir sind Priester, und wir haben die Gabe, gewisse Dinge zu sehen, aber nicht, sie zu ändern!«
»Und was, bitte, soll ich dann unternehmen? Ich bin noch nicht einmal Priester! Was wollt ihr eigentlich von mir, wenn die Dinge, die ihr seht, ohnehin geschehen?« unterbrach ihn Radomir.
»Wir sind nicht nur Priester«, sagte Telka mit sanfter Stimme, »wir sind auch Menschen, und als Menschen hoffen wir, daß wir vielleicht trotz allem die Kraft haben, das Schicksal zu wenden oder jedenfalls zu mil-

dern – und dies ist heute unser Versuch und unser Anliegen. Wir wollen dich warnen, Radomir, daß du nicht weiter an Eintracht und Frieden glaubst, wenn Verrat und Kampf bevorstehen. Wir wollen deinen Blick schärfen, damit du dich vielleicht noch rechtzeitig zur Wehr setzen kannst, und Kruto auch!«

Die eindringlichen Worte der Priesterin gingen dem Fürsten offensichtlich zu Herzen, denn er sprach jetzt in milderem Ton: »Gut, ich habe euch nun verstanden, und ich werde eure Worte behalten und auf der Hut sein! Das kann sowieso nie schaden!« fügte er mit einem Lächeln hinzu. Da nun alles gesagt war, erhoben sich die vier Priester, und auch Radomir stand umständlich aus seinem Sessel auf. »Wir scheiden als Freunde!« grüßte er sie zum Abschied, und Vojdo nickte leicht und bestätigte: »Als Freunde!«

Als sie die Halle verließen und über den inneren Burghof schritten, hatte Lusa den Eindruck, sie seien unsichtbar geworden, denn niemand blickte mehr zu ihnen hin oder unterbrach gar seine Tätigkeit. Die Menschen sahen einfach durch sie hindurch und wichen ihnen aus, ohne sie anzuschauen. Bald würden die Krieger wieder Radomirs Halle bevölkern, und Lusa sah vor ihrem inneren Auge, wie Ragnar hinter seinem Pfosten hervortrat und sich unauffällig unter die Männer mischte, die lärmend auf den Bänken Platz nahmen, um gemeinsam mit ihrem Fürsten das unterbrochene Morgenmahl zu beenden.

Schließlich hatten die vier Priester den äußeren Wall erreicht und durchschritten das Tor, ohne daß die Wachen auch nur die Köpfe wendeten. Als sie wieder vor der Burg auf dem Weg zur Brücke standen, hielt Valna inne und schaute noch einmal zurück, wie um Abschied zu nehmen. »Nie wieder werde ich dieses Tor durchschreiten …«, sagte sie mit leiser, wieder brüchiger Greisenstimme und stützte sich zum erstenmal, seit sie das Heiligtum verlassen hatten, auf den von Vojdo dargebotenen Arm. Ihr Rückweg dauerte noch länger als der Hinweg, und während der ganzen Zeit sprach keiner von ihnen ein Wort.

Es war ein wunderbarer Tag Ende Mai, als Darya und Ragnar vor dem Christengott ihren Bund schlossen, und Vater Dankward segnete sie und die kleine Gemeinde, die sich zu dem festlichen Anlaß fast vollständig im Gotteshaus eingefunden hatte. Darya dachte an den dunklen, kalten Abend zurück, an dem sich in diesem Raum ihr und Ragnars Blick getroffen hatte, und als sie spürte, wie sich sein Kind in ihr regte, wurde sie ganz von Dankbarkeit und Liebe erfüllt. In diesem Moment war alles andere vergessen, der lange Winter des ungewissen Wartens, die warnenden Worte ihrer Schwester, Ragnars kühle, seltsam berechnende Reaktion auf ihren Zustand – und daß außer Slavka und Dobrina niemand, der ihrem Herzen nahestand, diese Stunde mit ihr teilte. Der Vater hatte sich rundheraus geweigert, das Gotteshaus zu betreten; böse Worte waren gefallen, als er erfuhr, wer seine Tochter zur Frau nehmen wollte und wessen Kind sie bereits trug, und als sie sich schließlich ihm gegenüber zum neuen Glauben bekannte, war er geradezu außer sich gewesen, und Darya war froh, daß sie von nun an mit Ragnar auf der Burginsel leben würde. Aber all das zählte in diesem Augenblick nicht mehr, die Zeit der Tränen lag hinter ihr, und als sie Gott in einem inbrünstigen Gebet bat, Ragnar, das Kind und sie selbst zu bewahren und zu schützen, da war sie sicher, daß er ihre Bitte erhören würde.

Radomir hatte ihnen in seiner eigenen Halle ein Festmahl ausgerichtet, das auf den Inseln seinesgleichen suchte, und wenn Darya auch den Eindruck hatte, daß die Gäste, die fast ausschließlich aus Männern der Burg bestanden, mehr um des Feierns willen feierten als Ragnars und ihretwegen, so war es doch ein prachtvolles Fest, und sie hatte sich nie träumen lassen, ihre Hochzeit einmal in der Halle des Fürsten zu feiern. Als Darya an diesem Abend ihr Lager aufsuchte, während Ragnar noch mit seinen Genossen zechte, war sie rundum glücklich und hatte das Gefühl, daß dies künftig immer so bleiben würde.

Etwa sieben Wochen später kam der Tag, an dem ihr Kind auf die Welt drängte, ein heißer Sommertag, an dem die Sonne das Land erbarmungslos ausdörrte und kein Lüftchen sich regte. Darya lief der Schweiß in Strömen herab, und sie wußte nicht, ob es von den unsäglichen Schmerzen kam oder von der Hitze. Die Frauen, die Erfahrung darin hatten, versuchten ihr beizustehen und trösteten sie – die erste Geburt sei immer besonders schwer –, aber als gegen Abend Daryas Kräfte nach und nach erlahmten und das Kind immer noch nicht da war, wurden ihre Mienen allmählich sorgenvoller. Schließlich traf Darya selbst eine Entscheidung. Die Schmerzen machten ihr das Sprechen fast unmöglich, und nur mit größter Anstrengung brachte sie die Worte heraus: »Holt Lusa … Schwester …«, ehe sie für einen Moment das Bewußtsein verlor.

»Sie meint ihre Schwester, die Priesterin ist im Heiligtum«, sagte eine der Frauen. »Laßt sie uns holen, sie ist eine Heilkundige und weiß vielleicht Rat!« Da machte sich die Jüngste von ihnen auf den Weg, so schnell ihre

Beine sie trugen, aber die Frauen trauten dennoch ihren Augen nicht, als sie nach höchstens einer Viertelstunde wieder zurück war – mit Lusa. »Sie war mir schon entgegengekommen«, flüsterte sie aufgeregt. »Die Priesterin hat gespürt, daß ihre Schwester sie braucht. Stellt euch bloß vor, sie war bereits an der Brücke, als ich sie traf!« – »Das ist gut«, sagte eine andere, »denn wie mir scheint, tut Eile not; ich glaube nämlich, daß es mit ihr zu Ende geht!« Da hob Lusa die Hand und befahl ihr zu schweigen. Dann sprach sie: »Laßt mich jetzt mit ihr allein, aber bleibt in der Nähe; ich rufe euch, wenn ich eurer Hilfe bedarf!« Die Frauen verließen den Raum mit scheuen Blicken auf die Priesterin, die selbst an diesem warmen Abend den langen, dunkelblauen Umhang trug, an dem unübersehbar das silberne Zeichen der Göttin schimmerte.

Auch Darya schien die Anwesenheit der Schwester zu spüren, denn sie schlug die Augen auf und stöhnte leise. Dann fühlte sie Lusas kühle Hand auf ihrer Stirn und an der Ader an ihrem Hals, wo der Herzschlag pochte, und sie sah verschwommen, wie Lusa schweigend den Umhang ablegte, zum Fenster ging und es so weit wie möglich öffnete. Darya spürte einen unerwartet frischen Luftzug, der vom See hereinwehte, und als ein neuer, brennender Schmerz sie durchzuckte, schloß sie wieder die Augen, aber diesmal in der Gewißheit, daß alles gut werden würde. Erneut fühlte sie Lusas kühle Hände auf ihrer heißen Stirn und hörte die ruhigen Worte der Schwester: »Hab keine Angst, Darya. Wenn der Mond über dem See aufgeht, wird dein Kind kommen!«

Alles, was danach geschah, blieb in ihrer Erinnerung dunkel und nebelhaft. Sie spürte, wie Lusa sanft ihren Kopf hob und ihr die Kette mit dem Kreuz abnahm. Sie roch den betäubenden Duft süßer Kräuter, hörte wie in weiter Ferne das Knistern eines kleinen Feuers und Lusas geflüsterte Worte, deren Sinn sie nicht verstand. Auf einmal sagte Lusa: »Öffne die Augen, Darya, und sieh zum Fenster!« Da sah Darya, wie draußen der zunehmende Mond am Himmel stand, und sein silbriges Licht, das in ihre Kammer fiel, wurde in ihren Augen plötzlich zu gleißender Helligkeit. Kurz darauf war alles überstanden. Sie vernahm den ersten Schrei eines Kindes, ihres Kindes, und dann kamen die Frauen wieder. Öllampen wurden angezündet, das Feuer geschürt und das Fenster wieder geschlossen. Sie betteten Darya neu, wuschen das Kind und legten es in ihre Arme. Darya richtete sich ein wenig auf und sah sich um, aber von Lusa war nichts mehr zu sehen, und so fragte sie auch nicht nach ihr. Erst als Ragnar zu ihr trat und in enttäuschtem Ton sagte: »Ach – eine Tochter!«, da merkte sie, daß sie die Kette mit dem Kreuz wieder um den Hals trug. Unwillkürlich mußte Darya lächeln. Lusa hatte an alles gedacht …

In den folgenden Tagen ließ Ragnar sich kaum noch an Daryas Lager blicken und zeigte auch kein Interesse für die Kleine, so daß schließlich Darya allein über deren Namen entschied und sie Oda nannte, nach ihrer verstorbenen Mutter, nach der sie noch nie so große Sehnsucht gehabt hatte wie in dieser Zeit.

Die Späher

Kurz nach dem heißesten der Sommermonde, als Darya die kleine Oda zur Welt gebracht hatte, begann jene Zeit, die die Menschen später die Zeit der Späher nennen sollten. Alle waren sie unterwegs, mit offenen Augen und offenen Ohren: der lange Sigurd beobachtete den Norden Wagriens in der Gegend von Starigard bis hinauf nach Sliaswich, und Haakon war von Heinrich weit nach Süden geschickt worden, ins Land der Sachsen, mit einem höchst bedeutungsvollen Auftrag. Ragnar war oft zwischen Racigard und Liubice unterwegs, um seinem wahren Herrn zu berichten, was die Polaben bewegte, und schließlich hatte Heinrich seine Augen noch direkt an der Seite Krutos – schöne, blaue Augen, die in Wachsamkeit und Schärfe den Augen der Männer in nichts nachstanden. Kruto seinerseits war trotz aller Freundschaftsbeteuerungen argwöhnisch genug gewesen, um Milo, einen hübschen jungen Krieger, der als ein besonders ergebener Verehrer der Schönheit Slavinas galt, für eine gewisse Zeit zu dessen Schwester zu schicken, die nach Sarece geheiratet hatte, einen Flecken ganz in der Nähe von Liubice. Radomir, den die Worte der Priester mehr beunruhigt hatten, als er sich selbst eingestehen wollte, hatte sich nicht gescheut, den alten Bodgar, den dies sehr verdroß, als väterlichen Freund und Ratgeber zu Heinrich zu entsenden. Und Svetlav war für Niklot unterwegs, im ganzen Bodricenland, aber sein besonderes Augenmerk galt Liubice.

»Es ist schon erstaunlich«, berichtete er eines Abends seinem Fürsten, als er nach längerem Ritt wieder einmal nach Veligard zurückgekehrt war, »was Heinrich in der kurzen Zeit aus der heruntergekommenen alten Burg gemacht hat.«

»Wie meinst du das?« fragte Niklot, und der Argwohn gegenüber allem, was Heinrich trieb, ließ seine Stimme eine Spur schärfer klingen.

»Nun, Herr, du weißt, wie Liubice bis vor kurzem ausgesehen hat«, antwortete Svetlav. »Einst mag es wohl das Kleinod Gottschalks gewesen sein, aber nachdem unsere Väter ihn geschlagen und seine Leute vertrieben hatten, war die Burg dem Verfall preisgegeben. Auf den Wällen ließen die Bauern das Vieh grasen, im Burghof wühlten Schweine, und die Leute aus dem Dorf holten sich das Holz für ihre Häuser und Ställe.

Nach kurzer Zeit waren die Wälle niedergetrampelt, der Hof ein grundloser Morast, von den Gebäuden verrottete, was von den Menschen noch nicht zerstört worden war. Niemand im ganzen Bodricenreich hätte auch nur eine halbe Silbermünze für ganz Liubice gegeben. Aber das, Herr, ist nun wahrlich anders geworden ...« Svetlav verstummte und nahm einen Schluck aus dem Becher mit rotem Wein, eine Kostbarkeit auf Veligard, mit der ihm sein Fürst eine besondere Ehre erwies. Niklot, der Svetlavs Gesicht beobachtete, fand, daß es viel zu sorgenvoll aussah für jemanden, der einen seltenen Schluck Wein genießt, und schloß daraus, daß Svetlav ihm keine guten Nachrichten zu bringen hatte.

»Ja, Herr«, fuhr Svetlav fort, »kaum ein halbes Jahr, nachdem Heinrich die Ruinen von Liubice bezogen hat, ist der Ort nicht wiederzuerkennen. Als erstes hat er angefangen, die äußere Wallanlage herzurichten, und zwar zweimal so hoch und dreimal so breit wie zu Gottschalks Zeiten – stärker als die Wälle Starigards, ganz zu schweigen von uns und Racigard!«

»Der Nakonide scheint sich ja auf unruhige Zeiten einzurichten«, meinte Niklot stirnrunzelnd, »und nachdem er sich mit den Polaben und den Wagriern ewige Freundschaft geschworen hat, wird er wohl kaum soviel Angst allein vor den Kriegern aus Veligard haben! Was führt er wohl im Schilde?«

»Ich weiß es nicht«, entgegnete Svetlav, »und ich fürchte, niemand scheint es zu wissen. Ich habe mich nämlich mit einem Fischer angefreundet, dessen Söhne beim Bau des Burgwalls mithelfen, und ihn ein wenig ausgefragt, was die Leute so reden und warum Heinrich die Wälle so mächtig ausbaut. Der Fischer wußte von seinen Söhnen nur, daß Liubice eine besonders schöne und starke Festung werden solle, zum Ruhm des Hauses Nakons, und überhaupt sei es ein Segen, daß endlich wieder ein Herr in der Burg sei. So viele Fische habe er in seinem Leben noch nicht verkauft, auch zahlten die Burgleute in blankem Silber, und wenn dieses Glück anhalte, dann könne er im nächsten Winter sogar einen zweiten Kahn bauen lassen. Seine Söhne brächten gleichfalls guten Lohn mit nach Hause, und niemand in Liubice habe je mit soviel Wohlstand gerechnet! Unter allen Dächern gebe es jetzt genug zu essen, zum erstenmal seit Gottschalks Zeiten, und es sei nur schade, daß alle jungen Männer es wegen des blanken Silbers vorzögen, in Heinrichs Dienste zu treten, so daß die Alten beim Fischen, bei der Versorgung des Viehs und beim Bestellen der Felder nun keine Hilfe mehr hätten, denn die Töchter könnten die Söhne auch nicht ersetzen … Und noch etwas behagte meinem alten Freund nicht«, fügte Svetlav hinzu. »Heinrich, dieser Fuchs, hat zwar verkündet, daß jeder seinen Glauben so ausüben solle, wie er wolle, er werde sich nicht darum kümmern, aber gleichzeitig verlangt er, daß jeder, der in seine Dienste tritt, sich zum Christengott bekennt – und du kannst dir denken, was der neue Gott in Liubice für einen Zulauf hat, bei den guten Löhnen, die Heinrich für die einfachsten Handreichungen zahlt! Kurz, der Bauplatz wimmelt nur so von kräftigen jungen Burschen, und alle tragen das Kreuz um den Hals …«

»Und das Innere der Burg – hattest du Gelegenheit, einen Blick hineinzuwerfen?« fragte Niklot.

»Nein, Herr«, erwiderte Svetlav. »Auch das hat Heinrich schlau eingefädelt: die hohen Wälle verbergen vollkommen, was dahinter vorgeht, und sie lassen keinen in die Nähe der Burg, der sich dort nicht verdingt hat. Ich habe aber Utars – so heißt mein Freund – Ältesten gefragt, und der war mächtig stolz darauf, daß er sich mit seinem Wissen gegenüber einem Fremden hervortun konnte, und hat mir alles bis in die kleinste Kleinigkeit geschildert. Heinrich hat bis auf eine Halle, die er soweit ausbessern ließ, daß seine Leute vorläufig darin schlafen können, alle Gebäude bis auf die Grundmauern abreißen lassen. Dann wurde als erstes der innere Hof befestigt, so daß ein ganzer Trupp Krieger im stärksten Regen darüber reiten kann, ohne daß sich im Boden auch nur die Spur eines Hufabdrucks zeigt – so sagt jedenfalls der Junge. Nun sind sie bereits dabei, die neuen Gebäude rundherum aufzurichten, und es sollen Hallen von riesigen Ausmaßen sein, dazu geschaffen, unzählige Krieger zu beherbergen, und dazu die entsprechenden Ställe, größer, als man je gesehen hat. Und selbst wenn man von der Schilderung des Sohnes des Fischers alles abzieht, was der jugendliche Stolz auf den neuen Herrn in Liubice hinzugefügt haben mag, dann bleibt noch genug übrig, um jedem vernünftigen Mann zu denken zu geben.«

Niklot nickte. »Deine Worte entsprechen ganz und gar meinen Befürchtungen«, sagte er mit ernster Stimme. »Beim viergesichtigen Svetovit, ich kenne die Nakoniden, Svetlav, und dieser hier wird nicht eher ruhen, als bis er das ganze Bodricenreich in seine Gewalt gebracht hat! Was sind sie doch für Narren – Kruto und Radomir! Ich möchte fast wetten, daß sie immer noch nicht den geringsten Argwohn hegen! Was gibt es denn aus Racigard zu berichten?«

Da erzählte Svetlav dem Fürsten vom Gang der Priester zu Radomir und was sich in dessen Halle zugetragen hatte, denn Lusa und Vojdo hatten ihm gleich danach alles geschildert. »Es ist ihnen aber letztlich doch gelungen, Radomirs Wachsamkeit ein wenig zu schärfen, denn der hat immerhin einen seiner treuesten Männer zu Heinrich nach Liubice geschickt – angeblich als Ratgeber und Beistand, aber man weiß natürlich, was man davon zu halten hat. Nur, fürchte ich, ist der alte Bodgar wenig angetan von diesem Auftrag, denn wie alle alten Leute verläßt er sein Feuer nur ungern, und die Bedeutung seiner Aufgabe ist ihm sicherlich nicht bewußt, so daß er Radomir wohl nicht allzuviel nützen wird. Aber sei's drum, es ist jedenfalls ein Zeichen, daß die Polaben gegenüber Heinrich nicht völlig blind sind. Und dann fiel mir unter den Fischern ein hübscher junger Bursche auf, der in der Art der Starigarder sprach und angeblich zu Besuch bei seiner Schwester in Sarece war ... Kruto schläft also auch nicht!«

Niklot lachte ein freudloses Lachen. »Das hilft uns alles nur noch wenig, Svetlav«, sagte er, »der frisch erwachte Argwohn der Herren auf Racigard und Starigard! Sie haben sich die Laus selbst in den Pelz gesetzt, und die können sie nun nicht mehr so einfach abschütteln! Da wird erst Blut fließen müssen, und mir scheint, Heinrich trifft seinerseits alle Vorbereitungen, um sich und die Seinen davor zu bewahren, wieder aus dem Land gejagt zu werden. Wenn ich nur wüßte, was er darüber hinaus noch im Schild führt ... Na, komm, Svetlav, schau nicht so trübe drein, wir werden noch dahinterkommen, und ich bin froh, daß ich dabei auf einen so geschickten und scharfsinnigen Mann zählen kann wie dich!« Dann wechselten sie das Thema; Niklot erzählte Svetlav, was sich in der Zwischenzeit in Veligard ereignet hatte, wie die Ernte ausgefallen war und was man von den Ranen hörte.

Bald nach Svetlavs Rückkehr nach Veligard war es Winter geworden, kein so kalter und schneereicher wie im Vorjahr, sondern einer jener Winter, in denen ein starker Westwind unablässig graue Wolken vom Sachsenmeer über das Land trieb. Mit Wasser vollgesogen wie Schwämme, ergossen sie sich über die sandigen Äcker und die Kiefernwälder und erfüllten jedes Haus mit klammer Feuchtigkeit – die Menschen froren fast noch mehr als bei Frost und Schnee. Wochenlang zeigte sich die Sonne nicht, es wurde nicht einmal mehr richtig hell, sondern die grauen Stunden der Tage gingen unmerklich in die schwarzen Stunden der langen Nächte über, während draußen der Sturm den Regen über das Land peitschte. Der heftige Wind drückte den Rauch der Feuer unter die

Dächer zurück, so daß in den Hütten und Häusern beißender Qualm in jede Ecke drang und den Menschen die Tränen in die Augen trieb und das Atmen erschwerte. Die Nässe ließ auch manche Vorräte faulen, das Brennholz ließ sich nicht mehr trocken halten, und die Menschen gingen dazu über, das Holz ins Haus zu holen und in der Nähe des Feuers zu stapeln. Dort breiteten sie auch ihre Umhänge, die Decken und die Felle aus, aber hatte die Nässe sich erst einmal festgesetzt, trocknete sie nie mehr, und jeder sehnte sich nur nach der warmen Jahreszeit.

Es war eigentlich geplant gewesen, daß Svetlav zu Beginn des Winters nach Racigard zurückkehrte, aber da kein Frost kam, der den Schlamm der aufgeweichten Wege erstarren ließ, sondern die endlosen Regenfälle inzwischen aus jedem Moorloch einen Teich, aus jedem Teich einen See und aus jedem Bach einen unpassierbaren, gurgelnden Fluß gemacht hatten, war an einen längeren Ritt über Land nicht zu denken – und nur eins beruhigte Niklot: wenn das Wetter ihnen schon im normalerweise eher trockenen Veligard derart übel mitspielte, dann mußte es in den westlichen Teilen des Bodricenlandes noch schlechter stehen, und Heinrichs Machenschaften – was immer er im Schilde führte – waren folglich gleichfalls Grenzen gesetzt. So freuten sich Svebor und Rajda, Svetlavs Eltern, den Sohn einmal wieder am heimischen Feuer zu haben. Svetlav war ihr einziges Kind; Rajda war schon betagt gewesen, als sie ihn geboren hatte, und mitunter erfüllte sie Kummer darüber, daß er soviel unterwegs und nur selten in Veligard war, aber desto stolzer waren sie zugleich, daß der Sohn so hoch in der Achtung des Fürsten stand. Nun hatten sie seit langem zum erstenmal wieder einen ganzen Winter Zeit füreinander, Svetlav half dem Vater auf dem Hof, abends saßen sie am Feuer, und die Eltern lauschten seinen Erzählungen von Starigard, von Liubice und Racigard, während der Regen auf die hölzernen Schindeln des Daches prasselte. Mit der Scharfsinnigkeit, die Frauen an den Tag legen, wenn es um Dinge des Herzens geht, fragte Rajda den Sohn auch einmal nach Lusa, denn längst war ihr aufgefallen, daß Svetlav in seinen Schilderungen um die junge Priesterin stets einen Bogen machte.

»Ich weiß nicht, Mutter, was ich von ihr halten soll«, entgegnete Svetlav freimütig, denn den Rat und die Meinung der Mutter hatte er von jeher hoch geschätzt. »Sie ist so anders als andere Mädchen, daß ich es gar nicht beschreiben kann. Es stört mich nicht, daß sie hinkt, denn sie ist sonst von wirklich schöner Gestalt, mit klaren, reinen Gesichtszügen, wie man sie selten findet. Aber obwohl sie soviel jünger ist als ich – neun oder zehn Winter – habe ich in ihrer Nähe oft das Gefühl, daß ich gegen sie wie ein Kind bin, unwissend, ahnungslos, ja manchmal sogar hilflos. Ich habe gespürt, daß sie mir so tiefe Gefühle entgegenbringt, wie sie wohl nur wenigen glücklichen Männern je geschenkt werden, aber ich kann sie nicht in gleicher Weise erwidern; es fällt mir sogar schwer, die Frau in ihr zu sehen, trotz ihrer Schönheit, ihrer Güte und Weisheit – ja, vielleicht gerade deswegen. In ihr ist die große Göttin gegenwärtig, und das hat mich oft genug mit Scheu und Beklommenheit erfüllt, und wer kann schon eine Frau lieben, die ihm eher Angst einflößt als Leidenschaft? Trotzdem steht sie meinem Herzen so nah wie keine andere, und deswegen kann ich dir nur sagen: ich weiß es nicht!«

Rajda hatte dem Sohn aufmerksam zugehört und von Zeit zu Zeit bedächtig genickt. »Sie hat das Gesicht, nicht wahr?« fragte sie dann.

»Ja, und zwar öfter und deutlicher als alle anderen Priesterinnen im Heiligtum, und deswegen genießt sie auch die größte Achtung. Und wenn für Telka einmal die Zeit des Stillstands kommt, dann wird Lusa sicher an ihre Stelle treten.«

Svebor, der bislang still im Hintergrund gesessen und hingebungsvoll an einem Löffel aus weichem Kiefernholz geschnitzt hatte, ließ nun die Hände sinken. Er hatte aus der Schilderung des Sohnes über die junge Priesterin nur Gutes entnehmen können und wäre froh gewesen, an seinem Feuer eine Tochter aufzunehmen, die der Göttin diente und das Gesicht hatte. So etwas brachte einer Sippe den Segen der Göttin und die Achtung der anderen, Wohlstand und Glück, und wer weiß, vielleicht auch einmal den Rat, wie das Wetter im nächsten Winter sein oder die Ernte ausfallen würde … So zog er seinen Schemel näher ans Feuer und sagte: »Du sprachst von Schönheit, Güte und Weisheit und von tiefen Gefühlen, und das sind wahrlich Eigenschaften, die man an einem Menschen nicht hoch genug schätzen kann, sei er Mann oder Frau. Auch deine Mutter hat vor über vierzig Wintern so einmal vor mir gestanden und mich beschämt und mit Scheu erfüllt.« Er beugte sich vor und streichelte Rajdas knochige und abgearbeitete Hand. »Sie ist zwar keine Priesterin, aber ein wenig wohnt die Göttin in jeder Frau, und viele haben die Gabe, mit dem Herzen weiter zu sehen als mit den Augen. Auch deine Mutter, und deswegen schätzen wir Männer selbst als Krieger ihren Rat!«

Rajda lächelte Svebor liebevoll zu. Die beiden Alten waren einander so zugetan wie eh und je, und kein junges Paar hätte zärtlicher miteinander umgehen können als sie, von denen der eine schon über sechzig Winter und der andere fast ebenso viele auf den gebeugten Schultern trug. »Ja, Svetlav«, sagte Rajda, »dein Vater hat weise gesprochen wie immer, und seine Worte sind wahr. Ich weiß aber, daß es für einen Mann nicht leicht ist, eine Priesterin zu lieben, denn es gibt immer den einen Teil ihres Wesens, zu dem er nie Zutritt erhält, weil er der Göttin gehört ... Wenn man aber einen Menschen liebt, dann will man ihn meist ganz und gar, und es erfüllt einen oft genug mit Ärger oder – wie du gesagt hast – mit Scheu, wenn man von einem Teil des geliebten Menschen ausgeschlossen ist. Aber sieh, die meisten Priester und Priesterinnen haben Frauen und Männer und auch Kinder – denke nur an Vojdo und Amira! Doch es ist wahr, man muß stark sein, um einen anderen mit einem Gott zu teilen, denn du hast recht, Svetlav, gegenüber dem Wissen der Götter, an dem die Priester Anteil haben, sind wir alle ahnungslose Kinder – und wer mag schon ständig daran erinnert werden? Daher ist dies mein Rat: warte ein wenig, denn offenbar ist es noch zu früh, um eine Entscheidung zu treffen, und du bist noch nicht weit genug gegangen, um zu erkennen, wie dein Weg weiterführt ... Es wird ein Tag kommen, an dem du selbst weißt, was du tun sollst, denn entweder geschehen in deinem Leben Dinge, die dich stark genug machen, um es mit einer Priesterin zu teilen, oder es gelingt dir nicht, Lusas Liebe zu erwidern, ohne daß du dich deswegen zu schämen brauchst, denn dieser Weg ist nicht jedem Mann bestimmt! Dein Vater und ich, wir wollen die Göttin bitten, daß sie uns noch erleben läßt, wen du uns als Tochter zuführst – jede wird uns willkommen sein, wenn sie nur guten Herzens, aufrechten Sinnes und klaren Verstandes ist, nicht wahr, Svebor?«

Svebor lachte. »Mit diesen Wünschen hast du die Zahl der Mädchen aber schon stark eingeschränkt, unter denen dein Sohn wählen darf! Und ich hätte zudem gerne noch eine heitere, hübsche junge Frau auf dem Hof, die mir viele Enkel bringt. So, Svetlav, nun weißt du genau, was deine Eltern von dir erwarten!« Da ließ sich auch Svetlav vom scherzhaften Ton des Vaters anstecken, und alle drei lachten, aber die Worte seiner Mutter gingen ihm nicht aus dem Sinn – warte ein wenig, dann wirst du wissen, was zu tun ist ...

Der Regen des Winters ging irgendwann einmal in den Frühlingsregen über, ohne daß man eine Grenze zwischen den Jahreszeiten hätte ziehen können; es wurde kaum wärmer, und die grauen Stunden hielten sich mit den schwarzen bei weitem noch nicht die Waage. Aber eines Abends drehte der Wind, es folgte eine ungewohnt kalte, frostige Nacht, und am nächsten Morgen hatte ein frischer Ostwind alle grauen Wolken ins Sachsenland zurückgeblasen. Es war zwar noch kalt, aber endlich stand die Sonne am klaren blauen Himmel, und da wußten die Menschen, daß die Regenzeit endlich vorbei war. Allmählich wurde es wärmer, im selben Maß, wie sich die endlosen Steppen und Wälder im Osten erwärmten, von denen nach wie vor der Wind wehte. Bald zeigte sich frisches Grün an Bäumen und Büschen, und als nach und nach die Wege trockneten, verabschiedete sich Svetlav von seinen Eltern und ritt abermals für seinen Fürsten gen Westen.

Svetlav war natürlich nicht der einzige, der nach dem Ende des Winters wieder sein Pferd bestieg. Alle Späher hatten sich noch vor der Tag- und Nachtgleiche auf den Weg gemacht und erfüllten die geheimen Weisungen ihrer Fürsten, die einander so wenig trauten, daß sie sich am liebsten keine Stunde unbeobachtet gelassen hätten. Dennoch brachten die Späher eher spärliche Nachrichten von ihren Streifzügen mit. Von Heinrich ließ sich nur berichten, daß er anscheinend an nichts anderes dachte als an seine Burg Liubice, die er weiterhin mit großer Sorgfalt und Hingabe ausbaute. Ja, er beaufsichtigte selbst die Arbeiten und achtete darauf, daß jede Kleinigkeit nach seinen Anweisungen ausgeführt wurde. Svetlav war es gelungen, vom Kahn seines Fischerfreundes aus Heinrichs unverwechselbare Gestalt mit dem rotblonden Kinnbart auf dem Burgwall zu beobachten, und trotz der Entfernung war der Zorn nicht zu überhören gewesen, mit dem Heinrich mehrere Arbeiter wegen irgendeines Vorfalls zur Rechenschaft gezogen hatte. Die Welt außerhalb seiner Burg schien für ihn nicht zu existieren, man sah weder ihn noch seine Leute im Umland, und er ließ stets alles, was er an Vorräten und Baumaterial brauchte, direkt in die Burg bringen. In keiner Schänke tauchten seine Gefolgsleute auf, mit niemandem ließen sie sich auf Händel ein, und es gab kein Mädchen und keine Frau, die hätte sagen können, daß sie von einem Dänen oder Bodricen aus der Burg belästigt worden sei. Während die Leute aus der Gegend von Liubice dies alles mit Wohlwollen zur Kenntnis nahmen, sich ihres Wohlstands freuten und der eine oder andere bereits stolz von »unserem« Fürsten und »unserer« Burg sprach, erfüllte Svetlav diese scheinbar friedvolle Zurückgezogenheit mit wachsendem Unbehagen. So unauffällig und rücksichtsvoll hatte sich noch nie ein Bodricenfürst verhalten, erst recht kein Nakonide, und bei einem Mann wie Heinrich, der mit den Überfällen auf die wagrische Küste bereits gezeigt hatte, wie grausam und skrupellos er war, konnte dies nach Svetlavs Verständnis nur eines bedeuten: Heinrich verfolgte einen Plan, zu dem der Ausbau von Liubice genauso gehörte wie sein maßvolles Gebaren den Bewohnern des Landes gegenüber; offensichtlich benötigte er für sein Ziel zumindest zwei Dinge – eine starke Festung und ihm ergebene Gefolgsleute. Svetlavs Sorge wuchs, bis etwas geschah, was seine Befürchtungen vollkommen bestätigte.

Es war an einem schönen, warmen Sommertag kurz nach der Sonnenwende. Svetlav, dessen innere Unruhe ihn in letzter Zeit häufig zu Pferd in der Umgebung von Liubice umherstreifen ließ, ritt die Trava entlang in Richtung Meer, denn dies war einer der Tage, an denen es ihn unwiderstehlich zur Küste hinzog, um den kühlen Seewind zu spüren, dem Rauschen der Brandung zu lauschen, ins klare Wasser einzutauchen, zu schwimmen und sich anschließend von den heißen Strahlen der Sommersonne durchdringen zu lassen. Von Veligard aus war die Küste auf dem Rücken eines Pferdes in einer halben Stunde zu erreichen, auch spürte man an solchen Tagen die kühle Seebrise sogar noch in der Burg; hingegen brauchte ein Reiter von Liubice aus mindestens die dreifache Zeit, um bis zu der runden Bucht zu gelangen, in die die Trava mündete. Svetlav hatte an diesem Tag nicht die Zeit, um bis zum Meer zu reiten, er wollte nur der Stickigkeit des Landesinnern entfliehen und hoffte, irgendwo einen schattigen Flecken am Ufer der Trava zu finden, um im Fluß zu baden. Nach einer Zeit fiel ihm auf, daß sein Pferd ungleichmäßig auftrat, als wollte es die rechte Hinterhand schonen. Svetlav sprang aus dem Sattel, um nachzuschauen, was dem Tier fehlte, und entdeckte zu seinem Ärger, daß sich das Eisen gelockert hatte. Nun war an eine Mußestunde am Ufer der Trava natürlich nicht mehr zu denken. Er warf dem Pferd die Zügel über den Kopf und führte es hinter sich her – wie lang wurde ihm in der Hitze des Sommernachmittags der Rückweg nach Liubice, obwohl er den Eindruck hatte, kaum mehr als eine Viertelstunde geritten zu sein! Immer öfter wischte er sich den Schweiß von der Stirn und sehnte sich nach einem kühlen Trunk. Der Weg nahm kein Ende, und er ärgerte sich maßlos, daß er es in seiner Ungeduld ausgerechnet heute unterlassen hatte, die Eisen seines Rosses vor dem Ritt zu prüfen.

Gut eine Stunde mochte vergangen sein, als endlich die Burg und die Häuser von Liubice auftauchten. Im Süden stand eine dunkle Gewitterwand am Himmel, und die Sonne hatte bereits etwas Stechendes. Kein Lüftchen regte sich. Svetlav führte sein Pferd gleich in die Schmiede –

den letzten Ort, den er, hätte er eine Wahl gehabt, an einem schwülen Sommernachmittag aufgesucht hätte. Schon von weitem hörte er die wuchtigen Hammerschläge des Schmieds und glaubte förmlich zu spüren, wie die glühende Hitze der Esse mit jedem Schritt zunahm. Svetlav seufzte. Hoffentlich konnte der Schmied das Pferd gleich beschlagen, denn wenn er dort länger warten mußte, dann würde er zerfließen wie das schmelzende Eisen. Als er den halb offenen Verschlag erreicht hatte, blickte der Schmied nur kurz auf, ohne die Arbeit zu unterbrechen, und schüttelte ablehnend den Kopf. Svetlav band sein Pferd fest und trat näher. Der Schmied nahm weiter keine Notiz von ihm, als wäre mit dem Kopfschütteln alles geklärt, und hämmerte auf das Stück Eisen ein, das er mit Hilfe einer großen Zange auf dem Amboß drehte und wendete. Svetlav sah auf einen Blick, daß es die lange, schlanke Klinge eines Dolchmessers für einen Krieger war. Für einen Moment schaute er gebannt zu, wie unter den Hammerschlägen die Waffe mehr und mehr an Schärfe gewann. Der Auftraggeber würde ein gutes Stück bekommen, dachte er bei sich. Der Schmied beachtete ihn immer noch nicht. Svetlav, dem solches Verhalten auch aus Veligard vertraut war, sprach ihn freundlich an: »Ein schönes Stück Arbeit!« Der Schmied schnaubte kurz, und dieser Laut konnte genausogut Zustimmung wie Mißbilligung bedeuten. »Ich frage mich, ob du wohl Zeit hast, mein Pferd zu beschlagen – natürlich erst, wenn du mit der Klinge hier fertig bist!«

Jetzt hob der Schmied den Kopf und musterte Svetlav genauer. »Du bist nicht von hier!« sagte er, mehr feststellend als fragend. Svetlav nickte und wischte sich zum wiederholten Mal den Schweiß von Gesicht und Nakken. Hinter seinem Rücken stampfte das Pferd unruhig; es spürte das nahende Gewitter. Der Schmied wandte sich wieder seiner Arbeit zu und hämmerte von neuem drauflos. »Ich bin zur Zeit zu Gast bei Utar, dem Fischer«, gab Svetlav bereitwillig Auskunft auf die nicht ausgesprochene Frage. »Meine eigene Sippe lebt in Polabien, nicht weit von Racigard.«

»Du siehst eigentlich nicht aus wie einer, der bei einem Fischer wohnt und ihm mit bei den Netzen hilft!« sagte der Schmied zu seinem Amboß gewandt und zeigte damit, daß er über Svetlav mehr wußte, als der ihm erzählt hatte. »Aber was geht es mich an, warum ein kräftiger junger Mann wie du lieber Fische aus der Trava holt, als bei unserem Fürsten in Dienst zu treten! Vielleicht bist du ja auch kein Freund des Christengotts ... Naja, mich brauchen sie, und jetzt mehr als je zuvor, und da fragt keiner, ob ich das Kreuz trage.« Er holte weit aus, um dem fast erkalteten

Eisen den letzten Schliff zu geben, und unter den Klang der Schläge mischte sich jetzt deutlich das Grollen fernen Donners.

Svetlav lachte. »Hast du gehört? Svetovit, der große Donnerer, hilft dir bei deiner Arbeit! Das wird fürwahr eine gute Waffe werden, von Svetovit selbst geweiht! Der kann sich freuen, der sie tragen wird, und wehe seinen Feinden!«

Der Schmied gab keine Antwort, aber seine Schläge wurden noch gewaltiger, als verliehe die Nähe des Gottes seinem Arm übermenschliche Kraft. Der Schweiß lief ihm in Strömen über Gesicht, Rücken und Brust, hinterließ dunkle Flecken auf dem groben Stoff seiner Hose und tropfte auf den Amboß. »Mit Donnergrollen und Schweiß geweiht«, murmelte er. »Dieses Messer wird seinesgleichen suchen!« Und dann fügte er unvermittelt hinzu: »Ich bin Bogomir, der Schmied von Liubice. Wie nennst du dich, Polabier?« Svetlav nannte seinen Namen. »So, Svetlav«, sagte Bogomir, »du bist zwar nicht von hier, aber hast immerhin schon den ganzen Sommer bei uns in Liubice gelebt, und da weißt du tatsächlich nicht, daß ich keine Zeit mehr habe, Pferde zu beschlagen?« Svetlav starrte ihn überrascht an und schüttelte den Kopf. Das Gewitter war inzwischen deutlich näher gekommen, und gerade als Bogomir seinen Hammer wieder auf den Amboß niedersausen ließ, erscholl ein dröhnender Donnerschlag. »Svetovit!« riefen beide Männer gleichzeitig, und das Pferd draußen wieherte erschrocken. »Nun, Utar hat gesagt, daß du ein guter Kerl bist, ein Mann, dem man trauen kann, auch wenn wir nicht wissen, was dich so lange hier in Liubice hält ... Wie dem auch sei, jeder Mann hat seinen Weg, und das ist deine Sache. Du hast mich schließlich auch nicht gefragt, für wen ich diese Waffe schmiede«, sprach Bogomir und fügte listig hinzu: »Und all die anderen da, die halbfertig auf dem Bock liegen und sehnsüchtig auf meinen Hammer warten!«

Zufrieden sah er, wie Svetlav herumfuhr und ungläubig auf den riesigen Stapel von eisernen Schneiden, Klingen, Pfeil-, Lanzen-, Speerspitzen, Wurfmessern und Äxten blickte, der ihm im Dämmerlicht der Schmiede bislang nicht aufgefallen war. »Das sind ja alles Waffen!« rief Svetlav aus. »Das sage ich doch, Polabier, und nun kannst du dir auch vorstellen, warum ich in diesem ganzen Jahr keine Zeit für Pferde und Pflugscharen habe, geschweige denn für einen Ring oder eine Brosche für eine schöne Frau ... Ja, ich habe jetzt einen Auftraggeber, der mich vom Morgengrauen bis zur Dämmerung beansprucht, jeden Tag, und es ist kein Ende abzusehen, Waffen, Waffen, nichts als Waffen.« Bogomir legte den Kopf schief, hob die geschmiedete Klinge hoch und betrachtete sie mit zusammengekniffenen Augen im Schein des lodernden Feuers. Draußen war es dunkel geworden, obwohl es noch längst nicht Abend war, und in dem Moment zuckte der erste Blitz über den Himmel und erfüllte die Schmiede für einen Augenblick mit grellem Licht. Der Schmied legte das Messer beiseite und nickte zufrieden. »Ein Prachtstück«, sagte er. »Das sollte nicht in die Hände irgendeines Beliebigen geraten!« Rumpelnder Donner begleitete seine Worte.

»Sag, Bogomir«, begann Svetlav von neuem, »bist du der einzige Schmied, der diesen … diesen mächtigen Herrn mit Waffen versorgt?«

Bogomir warf den Kopf in den Nacken und lachte. »Wo denkst du hin?« rief er. »In der Burg selbst haben sie noch drei oder vier Schmiede, die tagaus, tagein dasselbe tun wie ich, aber es sind Dänen, die er aus dem Norden mitgebracht hat, und sie verstehen ihr Handwerk nicht so gut. Deswegen hat er auch mich verpflichtet, aber nicht nur mich – du würdest im ganzen Umkreis von Liubice niemanden finden, der sich noch mit dem Schmieden von Hufeisen abgibt! Alle fertigen Waffen, weit und breit, und glaub mir, es muß schon ein stattliches Heer sein, das all diese Waffen gebrauchen kann … Und dabei eilt es ihm so, daß wir uns verpflichten mußten, bis zur Wintersonnenwende nur für ihn zu arbeiten, damit ihm ja kein Stündchen unserer Zeit verlorengeht! Was soll ich dir sagen, meinen Lehrburschen habe ich losgeschickt, damit er auf den Höfen und in den Dörfern nach dem Rechten schaut und ausbessert, was er kann, und das ist nicht allzuviel, aber die Leute sind ja darauf angewiesen – so wie du.« Er warf Svetlav einen prüfenden Blick zu, als schätzte er die Schärfe einer frischgeschmiedeten Klinge. »Hörst du, wie stark es jetzt draußen regnet! Bei dem Unwetter können wir dein Pferd doch nicht im Freien lassen! Bring es nur schnell herein – beschlagen kann ich es natürlich nicht …« Bei den letzten Worten blinzelte er Svetlav mit einem Auge zu. Wortlos drückte der dem Schmied die Schulter und lief dann in den Wolkenbruch hinaus, um sein Pferd in die Schmiede zu führen.

Als er nach wenigen Augenblicken zurückkehrte, war er naß bis auf die Haut. Dem Schmied war das gleichgültig, aber daß das Pferd naß war, konnte er nicht hinnehmen. Er deutete auf einen Ballen Stroh, und Svetlav verstand sofort – er hatte ohnehin dasselbe im Sinn gehabt. Schnell nahm er dem Pferd Sattel und Satteldecke ab und begann, mit langen kreisenden Bewegungen das Fell mit einem Strohwisch trockenzureiben. Der Schmied schaute eine Weile mit verschränkten Armen schweigend

zu und sagte dann: »Bis du das Roß trockengerieben hast, könnte ich ja mal nach dem Eisen schauen … Am besten sehe ich sie mir gleich alle vier an, denn wenn sich eins gelockert hat, dauert's bei den anderen meistens auch nicht lang.« Mit kundigem Griff umfaßte er die hintere rechte Fessel des Pferdes und hatte fast im gleichen Augenblick das lose Eisen entfernt. Leise eine Melodie vor sich hinsummend, begutachtete er die anderen Hufe, und als er versuchsweise mit einer Zange an den Eisen zog, fiel eines nach dem anderen klirrend zu Boden. »Bist viel geritten in letzter Zeit, was?« fragte er. Svetlav nickte. »Gute Eisen waren das, haben einiges ausgehalten«, fuhr der Schmied fort, »und dein Pferd hat einen gleichmäßigen Gang, denn keines ist abgenutzter als die anderen. Das ist recht selten. Aber eins mußt du mir erklären, Svetlav – wieso trägt dein polabisches Roß Veligardische Eisen? Ich wußte nicht, daß man die in der Nähe von Racigard verwendet!« fügte er mit einem Seitenblick hinzu.
Svetlav hielt überrascht im Striegeln inne und entschloß sich dann zur Offenheit. Einem Mann wie dem Schmied konnte man nichts vormachen – ohnehin war das nicht mehr nötig. »Ich beantworte dir deine Frage, wenn du mir erklärst, wie du das herausgefunden hast!« sagte er, und der Schmied nickte grinsend. »Du hast recht, Bogomir, es sind veligardische Eisen, und das Pferd ist in der Burg selbst von Niklots Schmied beschlagen worden. Ich bin Niklots Mann, und ich bin für meinen Herrn unterwegs, um – wie du dir denken kannst nach allem, was im vorletzten Winter in Starigard geschehen ist – die anderen Fürsten im Auge zu behalten, vor allem aber diesen roten Fuchs hier in seinem neuen Bau!«
»Dacht' ich mir's doch, daß ein Mann wie du nicht nur zum Vergnügen unter dem Burgwall Fische fängt!« Bogomir nickte zufrieden, während er vier vorgeformte Eisen in der Nähe der Esse zurechtlegte, eins dann gegen den Vorderhuf von Svetlavs Pferd hielt, den Kopf schüttelte und es gegen ein anderes aus seinem Vorrat austauschte. »Diese sind gut, das verspreche ich dir, Svetlav, du wirst mit ihnen nicht weniger zufrieden sein als mit den veligardischen. Halt das Pferd jetzt ruhig; ich fange bei den Hinterhufen an. Zum Glück ist das Gewitter weitergezogen, das wäre sonst leicht zuviel für dein armes Roß!«
Das Prasseln der Flammen, die Bogomir mit dem Blasebalg anfachte, vermischte sich mit dem Rauschen des Regens draußen. Das Pferd schnaubte leise, während Svetlav ihm auf den Hals klopfte und beruhigende Worte flüsterte. Bogomir summte wieder vor sich hin, während er am Huf Maß nahm, das heiße Eisen mit ein paar kräftigen Schlägen

zurechtbog und, nachdem er es in einem Kübel mit kaltem Wasser abgekühlt hatte, so schnell am Huf festnagelte, daß das Pferd kaum Zeit hatte, erschrocken die Ohren zurückzulegen. Svetlav erkannte, daß hier ein Meister seines Fachs am Werk war, und lächelte. »Nur ruhig, Belgast«, redete er dem Pferd gut zu, »bei Bogomir sind wir in den besten Händen, und gleich ist alles überstanden!« Und so war es. Als die Gewitterwolken abgezogen waren und der Regen nachließ, war Belgast frisch beschlagen, und Svetlav führte ihn wieder aus der Schmiede.

Bogomir war immer noch schweigsam. Er ließ sich jetzt kaltes Wasser aus einer Kanne über das Gesicht und die muskulösen Arme laufen und trocknete sich mit einem Stück grobem Tuch ab. Dann erst sprach er: »Ich schulde dir noch eine Antwort, Veligarder, Offenheit gegen Offenheit – vielleicht nützt es dir ja mal! Du wolltest wissen, woran ich die Hufeisen deiner Heimat erkannt habe. Komm, tritt einmal näher zu mir ans Feuer!« Er hob eins der abgezogenen alten Eisen vom Boden auf. »Schau her – hier, an dieser Stelle!« Svetlav beugte sich über das Eisen und erkannte mit einiger Mühe ein eingekerbtes Zeichen, das er allerdings nicht deuten konnte. Bogomir zog mit seinem schwieligen Finger die feinen Linien nach. »Siehst du«, sagte er, »da ist das ›V‹ für Veligard, aber der zweite Strich ist gleichzeitig der Rücken des F, das für Festung steht, und die drei kleinen Querstriche an dessen Fuß bilden ein E, und das sagt mir, daß Eivar in der Feste Veligard die Hufe deines Rosses beschlagen hat. Da staunst du, was! Du mußt nämlich wissen, daß wir Schmiede alle unsere Zeichen haben, die ein Außenstehender zwar nicht deuten kann, aber wir wissen mit einem Blick, woher und von wem die Arbeit stammt. Wenn du dir deine neuen Eisen anschaust, dann wirst du ein L erkennen für Liubice, an dessen Längsstrich zwei Halbkreise untereinander nach links weisen – ein umgekehrtes B, und wen das als Schmied deiner Eisen ausweist, brauche ich dir ja nicht zu sagen! Dasselbe Zeichen findest du übrigens auch auf den Schmuckstücken, die ich gefertigt habe, ganz fein, mit bloßem Auge kaum zu erkennen, und etwas größer auch auf den Waffen. Sieh einmal –« Er griff nach dem schönen Kampfmesser, an dem er gearbeitet hatte, als Svetlav gekommen war, und legte es dem jungen Mann in die Hände. »Versuch, mein Zeichen zu finden!« Svetlav wog das Messer in den Händen. Wunderbar glatt geschmiedet war der Griff, fest und abgerundet der Knauf, so daß die Hand nicht abrutschte, wenn man mit aller Kraft zustieß, und als er mit dem Daumen über die Klinge fuhr, spürte er, daß sie von unglaublicher Schärfe war, hart und geschmeidig zugleich. »Eine herrliche Waffe!« sagte er, und Bogomir nickte stolz. Der Schmied hatte den Griff mit ineinander verschlungenen, spiralförmigen Linien verziert und damit die Kraft der Göttin beschworen. Eingerollt in eine dieser Schlangenlinien, umgeben von einem feinen Kreis, entdeckte Svetlav das L, das zugleich ein umgekehrtes B war. »Ich habe dein Zeichen!« rief er und zeigte es dem Schmied. »Aber da ist noch etwas anderes, auf der rechten Seite des L – wart' einmal – wie ein Blitz des Svetovit sieht es aus – ist das ein S? Wofür steht das denn?«

Der Schmied legte den Kopf schief und sah Svetlav lange an. Als er schließlich sprach, klang seine Stimme unerwartet ernst.

»Wie du schon sagtest, es ist eine herrliche Waffe und, wie wir beide bemerkt haben, eine ganz besondere dazu! Ich selbst habe das Messer mit der Kraft und dem Schutz der Göttin geweiht, und Svetovit hat mit Blitz und Donner seine Macht dazugegeben, gerade im entscheidenden Augenblick. Und er hat mir gleichzeitig den Mann geschickt, der das Messer tragen soll – S steht für Svetlav!«

Svetlav war so überwältigt, daß er erst nach Worten suchen mußte. »Ich wäre in der Tat überglücklich, wenn ich eine solche Waffe mein eigen nennen dürfte«, sagte er schließlich. »Aber sieh, ich bin nicht wohlhabend – ich kann den Preis dafür nicht aufbringen!«

Bogomir schüttelte nur den Kopf. »Es gibt Waffen, junger Mann, die haben keinen Preis, den man in Silber oder Gold bezahlen kann; die gehören einfach in die Hand desjenigen, dem sie bestimmt sind, und der mag dafür geben, was er entbehren kann! Dieses Messer ist für dich bestimmt – ich wußte es in dem Augenblick, in dem du eingetreten bist, es wird nur dir nützen und keinem anderen. Und du hast mir auch schon etwas dafür gegeben, nämlich die Hoffnung, daß doch noch jemand mit offenen Augen das Verderben sieht, das in Kürze von diesem Ort ausgehen wird ... Und das sollst du wissen: obwohl der Nakonide gut zahlt – meine Waffen kann er kaufen, mich aber nicht! Ich bin kein junger Mann mehr; ich hätte mein Heim hier verlassen und weggehen müssen, wenn ich mich geweigert hätte, Heinrich zu Diensten zu sein, das war meine Wahl. Ich habe mich entschieden zu bleiben, aber sein Mann bin ich deswegen noch lange nicht und werde es auch nicht, und wenn es zum Kampf kommt, bin ich auf der Seite derjenigen, die gegen ihn ins Feld ziehen! Und an dem Tag wird dich dieses Messer an mich erinnern – ich weiß, daß du Schutz nötig hast, deswegen nimm es an, Svetlav! Die Götter wollen es!«

Svetlav schaute Bogomir lange in die Augen, bevor er antwortete: »Du bist ein großer Meister, Bogomir, und mein Wissen kann sich nicht mit deinem Wissen messen. Es soll so sein, wie du gesagt hast, aber ich will dir noch etwas geben: den Schwur, daß ich alles in meiner Macht Stehende tun werde, um gegen Heinrich siegreich zu sein! Bei Svetovit und der großen Göttin, das schwöre ich dir hier und jetzt!«
Da lächelte Bogomir und sagte: »Ich wußte, daß ich das Messer dem rechten Mann gegeben habe. Es ist gut so – und nun solltest du gehen, bevor sich jemand wundert, warum Utars Fischerfreund so lange beim Schmied ist!«
»Halt, Bogomir«, entgegnete ihm Svetlav, »ich schulde dir noch etwas für die Eisen!«
Bogomir lachte vergnügt. »Die sind längst bezahlt – und zwar von dem Herrn in der Burg dort, der mir für jeden Tag, den ich für ihn arbeite, einen halben Silberling gibt!«
Da mußte auch Svetlav lachen. Weitere Worte zwischen ihnen waren überflüssig. Er drückte dem Schmied zum Abschied nur die Hand und verließ die Schmiede.
Es war jetzt früher Abend, und die Schwüle des Tages war nach dem Gewitter einer angenehm kühlen Luft gewichen. Svetlav saß schon im Sattel des Pferdes, als Bogomir ihn von der Schwelle der Hütte aus noch einmal anrief: »He, Svetlav, noch eins: wenn du die Eisen deines Rosses betrachtest, wirst du an einem bestimmten Zeichen noch ein zweites B entdecken – das steht für Belgast – ein guter Name für ein gutes Pferd!« Und damit drehte er sich um und verschwand in der Dämmerung der Schmiede. Svetlav war nur wenige Schritte geritten, als hinter ihm schon wieder die dröhnenden Schläge des Hammers erklangen.
Am nächsten Tag, in aller Frühe, war er bereits unterwegs nach Veligard, um Niklot die Neuigkeiten zu überbringen.

Abgesehen von wenigen Ausnahmen – und eine solche war der Tag gewesen, an dem Svetlav den Schmied von Liubice aufgesucht hatte – blieb der Sommer kühl und regnerisch. Auf den Inseln im Racigarder See verlief das Leben wie immer, als gebe es keine erstarkende Festung, keine Waffenschmiede und keine Späher. Die Menschen nutzten die Sommertage, um Vorräte für den Winter zu sammeln, wie sie es jahrein, jahraus getan hatten. Die Priester beobachteten den Himmel, den weißen Hengst und die Orakel und waren sich einig, daß das angekündigte

Unheil näherrückte, ohne daß sie daran etwas ändern konnten. Für Lusa zählten in dieser Zeit nur die Göttin und das, was sie ihr an Ehre und Achtung erweisen konnte. Sie hatte Svetlav zum letztenmal gesehen, als er im Frühling auf dem Weg von Veligard nach Liubice durch Racigard gekommen war, und ihr war aufgefallen, daß er ihr gegenüber befangener und scheuer gewesen war und nicht den sonstigen brüderlichen Ton anschlug, was in ihr die Hoffnung weckte, daß er vielleicht doch die Frau in ihr sehen und lieben würde, denn ihre Gefühle für ihn waren so stark wie eh und je. Sie zählte jetzt dreiundzwanzig Winter, und es war höchste Zeit für sie, einen Gefährten zu finden, sofern sie dies wünschte und ihr Leben nicht ausschließlich der Göttin widmen wollte.
Von Zeit zu Zeit, und immer nur dann, wenn Ragnar abwesend war, kam Darya zu ihr ins Heiligtum und brachte die kleine Oda mit, die nun schon ein Jahr alt war und mit rührender Liebe an Lusa hing, als spürte sie, wer ihr ans Licht der Welt verholfen hatte. Wenn die Nichte ihr die Ärmchen um den Hals legte, sehnte sich Lusa stets danach, selbst ein Kind aufzuziehen – aber ob die Göttin ihr dies vergönnte, wußte sie nicht. Darya sprach zu Lusas Erstaunen so gut wie nie über Ragnar, nur noch Oda schien ihr wichtig zu sein – es war fast, als gebe es Ragnar nicht mehr. Das war gewiß nicht die Art einer liebenden Frau, und Lusa war sicher, daß auch ein ganzes Dutzend Kinder ihre Liebe zu Svetlav niemals schmälern könnte. Und wie hatte die Schwester den blonden Dänen geliebt! Lusa mutmaßte daher, daß zwischen den beiden etwas vorgefallen war, das diese Änderung bewirkt hatte, aber sie hütete sich zu fragen, solange Darya selbst das Thema nicht berührte. Darya erkannte das Feingefühl der Schwester und war ihr dankbar dafür, denn obwohl seitdem ein ganzes Jahr vergangen war, war sie noch nicht in der Lage, über den schrecklichen Streit mit Ragnar zu sprechen, nach dem zwischen ihnen alles anders geworden war.
Eines Abends hatte Ragnar, der seine Tochter in den ersten Wochen ihres Lebens höchstens dreimal kurz gesehen hatte, gegenüber Darya von Sigrit gesprochen, und Darya hatte erst nach einer Weile begriffen, daß er damit Oda meinte. Zu ihrem eigenen Erstaunen erfaßte sie daraufhin eine kalte Wut; es war, als habe ihr die Erfahrung der Geburt und der Mutterschaft auf einmal neue, ungeahnte Kräfte verliehen, und sie bot Ragnar die Stirn, zum erstenmal, seit sie ihn kannte. Was dann folgte, war so furchtbar gewesen, daß sie noch in der Erinnerung daran erschauerte. Ragnar versuchte es zunächst mit Worten; er bezeichnete

Oda als einen schlechten, heidnischen Namen, den kein Christenkind tragen könne, Sigrit hingegen sei die edle Mutter des Fürsten Heinrich gewesen, von königlichem Geblüt, und es sei eine Ehre für ihr Kind und so weiter ... Darya verlor die Geduld. Alles, was sich in ihr aufgestaut hatte, brach hervor, der Ärger und die Enttäuschung über Ragnars mangelnde Zuwendung, über seine Gleichgültigkeit gegenüber der Tochter und die Vernachlässigung ihnen beiden gegenüber. Ragnar begann daraufhin zu schreien und zu toben, und Darya fürchtete, er werde sie und das Kind umbringen, so groß war sein Zorn. Sie preßte die Kleine an die Brust und sagte kein Wort mehr, sie weinte nur noch – aber sie gab auch nicht nach, und es endete damit, daß Ragnar schäumend vor Wut hinausstürmte und schwor, bis das Kind nicht auf den Namen Sigrit getauft sei, werde er es nicht als Tochter anerkennen und sie nicht länger als sein Weib betrachten. Darya lief in ihrer Erregung gleich zu Vater Dankward und erlebte dort die nächste große Enttäuschung: der Priester schalt sie und sagte, Ragnar habe recht, und er könne das Kind unmöglich auf den Namen Oda taufen. »Aber sie war meine Mutter, und sie war eine gute Frau – Christus hätte an ihr nichts auszusetzen gehabt!« beharrte Darya. Doch Vater Dankward bekam ein steinhartes Gesicht, wie sie es noch nie an ihm gesehen hatte, und sagte, er werde das Kind nur auf den von Ragnar gewünschten Namen taufen, und sie verstieße mit ihrem Ungehorsam gegen ihr Ehegelübde, was er im Hause Gottes gleichfalls nicht dulden könne. Nun wußte Darya, woran sie war, drehte sich schweigend um und ging. Danach weinte sie tagelang und betete zu Jesus Christus und zu dessen Mutter – weil die als Frau sie vielleicht besser verstand. Aber es half nichts, die Männer lenkten nicht ein, und Darya, die spürte, daß sie im Recht war, gab ihrerseits nicht nach. So lebte sie mit Oda mehr oder minder zurückgezogen auf der Burginsel, und ihre Hoffnung, daß Ragnar eines Tages zu ihr zurückfände, erfüllte sich nicht – im Gegenteil; scheue Versöhnungsversuche, die sie anfangs noch unternahm, wies er schroff zurück, und sie wußte längst, daß er des Nachts die eine oder andere Magd zu sich auf sein Lager holte. Langsam fand Darya sich mit dem Zustand ab und wandte ihre ganze zurückgestoßene Liebe der Tochter zu, die wuchs und gedieh. Irgendwann, wenn sie innerlich soweit war, wollte sie mit Lusa über alles sprechen, aber das ging nicht, solange ihr noch die Tränen kamen, wenn sie nur daran dachte.

So standen die Dinge in Racigard, als Svetlav aus Veligard zurückkehrte. Nach seinem aufschlußreichen Besuch in der Schmiede hatte er sich bei Liubice über die Trava setzen lassen und war auf direktem Weg ostwärts geritten, und schon am Nachmittag des dritten Tages konnte er Niklot die Neuigkeiten mitteilen. »Es hilft nichts«, sagte Niklot, »du mußt trotz der bösen Worte, die zwischen uns gefallen sind, nach Racigard zu Radomir reiten, ihm von den Waffenschmieden berichten und ihn warnen. Er mag dann einen seiner Männer mit der Botschaft zu Kruto schicken; ich möchte, daß du dich weiterhin in Liubice aufhältst und mich über alle Veränderungen dort unterrichtest!« Und so ritt Svetlav nach Racigard und suchte sogleich Radomir auf.

Der Fürst erwähnte mit keinem Wort die Auseinandersetzung in Krutos Halle, sondern erwies Svetlav in jeder Hinsicht die gebotene Gastfreundschaft. Die Nachricht, die der Bote ihm brachte, nahm er allerdings höchst ungläubig auf. »Davon hätte mir Bodgar doch berichtet«, sagte er, und Svetlav entgegnete, daß auch ihm die Fertigung der vielen Waffen entgangen wäre, hätte nicht zufällig sein Pferd ein Eisen verloren. »Wenn Bodgar sich in der Burg bei Heinrich aufhält, dann wird ihm dies natürlich verborgen bleiben, denn die Schmiede in der Festung werden schon dafür sorgen, daß die Pferde von Heinrichs Leuten ordentlich beschlagen sind!« fügte er hinzu.

Radomir nickte nachdenklich. »Ja, das mag sein«, sagte er nach eine Weile. »So, hat dieser Hund doch Verrat im Sinn, und das, nachdem wir ihn und die Seinen mehr als großzügig aufgenommen haben … Das sind wahrlich schlimme Nachrichten, Svetlav! Was meint denn Niklot, was wir tun sollten?«

Wäre die Lage nicht so ernst gewesen, hätte Svetlav geschmunzelt. Das war Radomir, wie er ihn kannte! Trotz des Zerwürfnisses zwischen den Fürsten scheute er sich nicht, zuerst nach Niklots Rat zu fragen, bevor er selbst einen Vorschlag machte. Svetlav ließ sich indes nichts von seinen Gedanken anmerken, sondern antwortete. »Nun, es gibt nicht allzuviel, was wir unternehmen können. Wir können Heinrich schwerlich daran hindern, Waffen schmieden zu lassen – wir können uns nur selbst darauf vorbereiten, daß wir unter Umständen bald kämpfen müssen, und dann ist unser einziger Vorteil, daß Heinrich uns nicht so überraschend trifft, wie er vielleicht plant. Aber eins ist gewiß: Kruto muß schnellstmöglich von diesen Entwicklungen unterrichtet werden, und du solltest am besten noch heute einen guten Mann auf den Weg nach Starigard schikken!« Svetlav sah förmlich, wie Radomir in Gedanken seine Leute durchging, und um ihm zuvorzukommen, sagte er schnell: »Ich kann es leider nicht für dich erledigen, denn die Weisung meines Herrn bindet mich für die nächste Zeit an Liubice, wie du dir sicher schon gedacht hast ...«

»Ja, das versteht sich«, sagte Radomir, als hätte er in der Tat nie erwogen, Svetlav um den Gefallen zu bitten. »Ich habe überdies genug Männer, die ich damit betrauen kann.«

»Einen Rat noch, Fürst Radomir: Wen immer du auf den Weg schickst, schärfe ihm ein, daß er auf jeden Fall mit Kruto allein sprechen soll, ohne die blonde Burgherrin daneben ...«

»Bist du Slavina gegenüber immer noch so argwöhnisch, Svetlav? Es mag ja sein, daß sie Christin ist, aber das sind inzwischen viele, und man hört nichts Schlechtes über sie!«

»Es ist nur ein Rat«, sagte Svetlav. »Ich kann mein Mißtrauen nicht begründen, aber bedenke – auch Heinrich ist Christ! Mehr kann ich dazu nicht sagen, denn mehr weiß ich selbst nicht.«

Radomir nickte. »Ich werde an deine Worte denken«, sagte er, aber Svetlav hatte das Gefühl, daß die holde Tafelgenossin während jenes langen Winters in Krutos Halle in Radomirs Erinnerung nichts von ihrem Liebreiz eingebüßt hatte und seine Warnung vermutlich in den Wind gesprochen war.

»Noch eins«, fügte Radomir hinzu. »Wenn du Niklot das nächste Mal sprichst, dann richte ihm von mir aus, daß ich ihm für seine Warnung danke und daß von meiner Seite aus nichts Trennendes zwischen Racigard und Veligard steht – vielleicht haben Kruto und ich Heinrich doch ein wenig zu schnell Vertrauen geschenkt, aber wir hatten ja nur den Frieden aller Bodricen im Auge! Es ist jedenfalls gut, wenn wir drei Fürsten uns wieder einig sind – egal, ob Heinrich nun etwas gegen uns im Schilde führt oder nicht.«

Er kann es immer noch nicht glauben, daß Heinrich nicht ins Land zurückgekehrt ist, um in der Trava Fische zu fangen, dachte Svetlav bei sich, als er die Halle verließ. Seine Augen waren zwar scharf, aber er hatte nicht den besonderen Sinn einer Priesterin, die manchmal spürt, ohne zu sehen, und so entging ihm, daß sich im Schatten eines Pfostens ein Mann verborgen hielt, der sein Gespräch mit Radomir belauscht hatte, und da er anschließend die Burginsel verließ und zum Heiligtum hinüberritt, entging ihm auch, daß noch am selben Abend ein Reiter die Festung verließ und sich in schnellem Trab nach Norden, Richtung Liubice aufmachte. Als Radomirs Bote an Kruto am nächsten Morgen sein Pferd sattelte, war der andere Reiter längst bei seinem Herrn in Liubice und meldete, was er in Radomirs Halle gehört hatte.

»Soll ich Radomirs Boten vielleicht abfangen, bevor er bei Kruto ankommt?« fragte Ragnar eifrig, als er seinen Bericht beendet hatte.

Heinrich winkte ab. »Damit erregen wir nur unnötige Aufmerksamkeit – und Radomir schickt den nächsten Mann los. Nein, laß den Boten nur zu Kruto reiten; es macht wenig, daß sie von den Waffenschmieden wissen, früher oder später hätten sie es ja doch gemerkt«, sagte der Fürst gelassen. »Wir werden unsere Pläne nur ein wenig ändern müssen – oder besser gesagt – beschleunigen! Ich habe ohnehin noch eine Überraschung für sie, eine große Überraschung, mit der keiner der anderen rechnet, und das beste ist, wenn nicht das geringste Zeichen auf mein Vorhaben hinweist – es sei denn, man könnte hier dahinter blicken!« Bei den letzten Worten schlug er sich grinsend mit der flachen Hand auf die Stirn. Ragnar schaute seinen Herrn erwartungsvoll an, aber Heinrich sagte nur: »Wenn die Zeit gekommen ist, werde ich euch natürlich alles wissen lassen!« Als er aber den fragenden Ausdruck im Gesicht seines treuen Spähers sah, ließ er sich herab, leutselig hinzuzufügen: »Im nächsten Frühjahr könnte es vielleicht soweit sein, denke ich ... Übrigens, ich habe dir noch gar nicht berichtet, daß Haakon bei den Sachsen überaus freundlich aufgenommen worden ist ...«

Radomir schickte Polkar als Boten zu Kruto. Polkar war ein junger Krieger, fast ein Bursche noch, der sich danach verzehrte, Ruhm zu erwerben und seinen Wachdienst am Burgtor von Racigard gegen andere, aufregendere und ehrenvollere Aufgaben einzutauschen. Mit leuchtenden Augen ritt er nordwärts, stolz auf das Vertrauen des Fürsten, das ihn vor seinen Kameraden ausgezeichnet hatte, und er war fest entschlossen, Radomirs Auftrag so gut zu erfüllen, daß der sich hinterher beglückwünschte, weil er ihn, Polkar mit der Botschaft betraut hatte. Und dann würde ihm der Fürst vielleicht ein Geschenk geben oder gar eine verantwortungsvollere Stellung unter den Kriegern zuweisen, und er würde weiteren Ruhm erwerben durch Taten, zu denen er als Wache nie Gelegenheit hatte, und jeder würde seinen Namen mit Achtung aussprechen. Vielleicht würde man ihm auch einen ehrenden Beinamen geben wie »der Mutige«, oder »der Kämpfer«, ja, »der Kämpfer«, das gefiel ihm am besten!

Solchen angenehmen Gedanken gab sich der junge Mann hin, während er über die alte Straße ritt, die sich am westlichen Seeufer entlangschlängelte, und den Reiter, der ihm gegen Abend entgegenkam, bemerkte er zunächst gar nicht. Bisher waren ihm nur einige Bauern und Händler mit ihren Karren begegnet, und da Radomir ihm eingeschärft hatte, daß sein Ritt zu Kruto unentdeckt bleiben sollte, hatte er sich für den Fall weniger harmloser Begegnungen vorgenommen, der Gefahr rechtzeitig aus dem Weg zu gehen und sich zu verbergen. Dafür war es nun zu spät. Der andere, der die Sonne mehr im Rücken hatte, mußte ihn längst entdeckt haben, denn er kam in scharfem Tempo auf ihn zugeritten. Wie groß war aber Polkars Erleichterung, als er feststellte, daß er den Messergriff, den er bereits umklammert hielt, loslassen konnte, denn er kannte den Reiter, es war Ragnar Olegson, ein mutiger und sehr angesehener Mann, den Radomir aus Starigard mitgebracht hatte und der ein Mädchen aus Racigard zur Frau genommen hatte. Wenn es einen Krieger gab, den Polkar verehrte, dann war das Ragnar Olegson, der so stark war und so stolz, so kühn und kampfesmutig, und wenn er die Heldengesänge aus seiner dänischen Heimat für Radomirs Leute zum besten gab, dann dachte jeder wie Polkar, daß Ragnar genausogut selbst der Held sein konnte, von dem die Lieder erzählten. Nachdem Polkar herausgefunden hatte, daß Ragnar Christ war, hatte er einige Male selbst das Gotteshaus des kleinen Priesters aufgesucht. An ein oder zwei Tagen hatte sich seine Hoffnung, Ragnar dort zu treffen, zwar erfüllt, aber der hatte ihn keines Blickes gewürdigt, geschweige denn eines Wortes, so daß Polkar von seinen Kirchgängen wieder abkam und statt dessen versuchte, sich durch männliche Worte oder kämpferische Haltung hervorzutun, wenn er Ragnar auf dem Burghof in der Nähe wußte, doch ohne Erfolg: einem Burschen, dem kaum der erste Bartflaum gesprossen war, schenkte der Krieger keine Beachtung. Deshalb war Polkar mehr als verblüfft, als Ragnar ihn schon aus einiger Entfernung anrief: »He, Polkar, wohin des Weges zu so später Stunde? Willst du noch nach Liubice oder hast du gar ein Liebchen hier in der Gegend, von dem in Racigard keiner etwas weiß?«
Polkar errötete; daß Ragnar seinen Namen kannte, war eine Sache, daß er ihm aber eine geheime Liebelei zutraute, das zeigte fürwahr, daß der blonde dänische Krieger ihn wirklich für einen ganzen Kerl hielt! Ragnar schmunzelte in sich hinein, als er die Verlegenheit des Jünglings sah. Er mochte den Burschen, denn es war ihm natürlich nicht entgangen, daß dieser ihm wie ein junger Hund nachlief und die allergrößte Ver-

ehrung entgegenbrachte – etwas, womit man sogar einen so hartherzigen Mann wie Ragnar gewinnen konnte. Polkar wurde unterdessen klar, daß Ragnar eine Antwort von ihm erwartete. Das steigerte noch seine Verwirrung, denn er hatte nicht damit gerechnet, einen Krieger aus Racigard zu treffen, der eine Erklärung für seinen Ritt verlangen würde, und natürlich hatte er keine Ausrede bereit. Radomir hatte ihm strengstens eingeschärft, mit niemandem außer dem Fürsten Kruto über sein Anliegen zu sprechen. Mit niemandem – das schloß wohl sogar den angesehenen Ragnar ein, obwohl Polkar sich kaum vorstellen konnte, daß Radomir etwas dagegen haben würde, wenn er einem seiner besten Männer reinen Wein einschenkte. Aber wie auch immer – er durfte es nicht, und so sehr er Ragnar auch verehrte, wollte er vor allem seinen Fürsten nicht enttäuschen. Deshalb entschloß er sich zur halben Wahrheit und sagte schließlich: »Ich bin heute mit einem Auftrag von Radomir unterwegs!«

»Oh«, sagte Ragnar und tat höchst erstaunt, obwohl ihm vom ersten Augenblick, in dem er den Burschen aus der Ferne erkannt hatte, klar gewesen war, daß er der für Kruto bestimmte Bote sein mußte. »Du bist für den Fürsten unterwegs!« rief er bewundernd und konnte sich nicht verkneifen, hinzuzufügen: »Geht es um etwas Wichtiges?«

»Ach, es geht so«, sagte Polkar ausweichend und litt bei der Vorstellung, daß ausgerechnet Ragnar ihn für einen Wichtigtuer halten mußte, der erst das Interesse des anderen Mannes weckte und sich dann lange bitten ließ, bevor er mit der Sprache herausrückte. Ragnar, der in den offenen Zügen des Jünglings jeden Gedanken lesen konnte, machte sich auch prompt einen Spaß daraus, ihn weiter in die Enge zu treiben.

»Du mißtraust mir wohl?« fragte er mit gespielter Gekränktheit. »Oder weswegen willst du mir nichts Näheres sagen?«

Polkar wand sich vor Verlegenheit, und wieder stieg ihm glühende Röte über die Wangen bis in die Ohren. »Aber Ragnar, wie kannst du nur so etwas von mir denken!« sagte er dann gequält. »Es ist einfach so, daß ich über den Auftrag des Fürsten nicht sprechen darf … Das hat mit Mißtrauen nichts zu tun … Ich meine, gerade dir gegenüber … *Ich* würde dir alles sagen, wenn ich könnte … Ich …«

»Soso«, sagte Ragnar, »du würdest mir alles sagen, aber du sagst nicht einmal, wohin dich dein Ritt führen soll – nun, auch gut, wenn man mir mißtraut …«

»Nein, nein«, rief Polkar, schon verzweifelt, der alles getan hätte, um

Ragnars Gunst nicht zu verlieren, »wenn ich zurückkomme, dann werde ich Radomir fragen, ob ich dir von meinem Ritt berichten darf – bitte hab doch Geduld bis dahin!«
Da lachte Ragnar schallend. »Es ist gut, Polkar«, rief er, »ich werde Geduld haben und darauf warten, ob du dich demnächst herabläßt, mir etwas zu berichten!« Mit Vergnügen sah er, daß dem Jüngling in seiner Hilflosigkeit Tränen in den Augen standen – nun, das mochte genügen, er wollte den Bogen nicht überspannen. Ragnar richtete sich im Sattel auf und sprach in ernstem Ton: »Ich muß jetzt weiter, zurück nach Racigard. Zieh du nur deiner Wege, und erfülle deinen Auftrag gut! Lebewohl, Polkar!«
»Lebewohl, Ragnar!« rief Polkar. »Und vergib mir – ich kann nichts dafür! Alles werde ich dir erklären, wenn ich darf ...«
Während seiner letzten Worte war Ragnar schon ein paar Schritte weitergeritten, aber jetzt zügelte er noch einmal sein Pferd und wandte sich um. Den Spaß konnte er sich nicht verkneifen! »Noch eins, Polkar, wenn du nach Starigard kommst, dann grüß dort die Herrin Slavina von Ragnar Olegson; aber daß du mir das nicht vergißt!« Dann gab er dem Pferd die Sporen und verschwand im Galopp hinter der nächsten Wegbiegung; nur eine Staubwolke blieb zurück. Polkar starrte ihm mit offenem Mund hinterher. Es fiel ihm schwer, einen klaren Gedanken zu fassen – Ragnar hatte gewußt, daß er zu Kruto nach Starigard unterwegs war! Aber warum hatte er ihn dann mit seinen Fragen gequält? Polkar dachte lang darüber nach und gelangte schließlich zur einzig möglichen Erklärung: Ragnar war von Radomir längst in alles eingeweiht worden, und Radomir hatte den Dänen ausgeschickt, um seine, Polkars, Verschwiegenheit auf die Probe zu stellen, und nun würde Ragnar dem Fürsten berichten, daß er sich bewährt habe. Das wiederum hieß, daß alles gut werden würde; der Fürst würde zufrieden sein, daß er Stillschweigen bewahrt hatte, und Ragnar – Ragnar würde ihn aus dem gleichen Grund erst recht achten.
Erfüllt von diesen erfreulichen Gedanken, erreichte Polkar Starigard in geradezu vergnügter Stimmung. Die folgenden zwei Tage, die er dort verbrachte, stellten alles in den Schatten, was er bisher gesehen oder erlebt hatte. Die weitläufige Burg hinter den hohen Ringwällen übertraf selbst seine kühnsten Erwartungen; und dann die Anlegestelle, an der sich stolze Schiffe drängten, und all die waffenstarrenden wagrischen Krieger, die schönen Pferde, die großen Hallen, in denen auch jetzt im Sommer stets die Feuer brannten – was machte es da, daß der Großfürst

an einer Verkühlung litt und ihn mit triefender Nase, roten Augen und in denkbar schlechter Laune empfing? Wortgetreu überbrachte Polkar Radomirs Botschaft von den Liubicer Waffenschmieden, woraufhin Kruto fluchte und ihn augenblicklich fortschickte. Gekränkt wollte er sich ins Gästehaus zurückziehen, als ihn die liebliche blonde Herrin zu sich rufen ließ. Ganz allein empfing sie ihn, ehrenvoll wie einen verdienten Krieger, und Polkar war sich sicher, daß er noch nie eine schönere, klügere und liebenswürdigere Frau gesehen hatte. Er mußte ihr alles wiederholen, was er schon ihrem Gemahl berichtet hatte, und sie legte ihre zarte Stirn in Falten und murmelte: »Schlechte Nachrichten!« Aber anders als Kruto fragte sie weiter und wollte wissen, wer die Waffenherstellung entdeckt hatte und wie, und er war untröstlich, daß er diese Frage nicht zu ihrer Zufriedenheit beantworten konnte. Radomir hatte ihm nichts darüber mitgeteilt, er hatte lediglich munkeln hören, daß irgendein Reisender aus Veligard der Sache auf die Spur gekommen sei. Als er Slavina dies sagte, schüttelte sie mit zorniger Miene den Kopf, was er nicht verstehen konnte – denn war es nicht gut für sie alle, daß Heinrichs Machenschaften durch Zufall ans Tageslicht gekommen waren? Soviel wußte auch er, trotz seiner jungen Jahre: wenn die Schmiede Waffen herstellten, dann drohte Kampf, und es konnte nur gut sein, wenn man vorgewarnt war. Aber schließlich gelang es ihm, die schöne Dame wieder zu versöhnen, denn als sie ihm bedeutete, er möge gehen, fiel ihm Ragnars Gruß wieder ein, und er richtete ihn getreulich aus. O Wunder – sogleich erhellte sich ihre Miene; sie wurde freundlicher und wollte genau wissen, wo er Ragnar getroffen habe und ob dieser vielleicht aus der Richtung von Liubice gekommen sei. Als er dies bestätigte, seufzte sie erleichtert und meinte, dann sei ja alles gut – und hierauf konnte er sich wiederum keinen Reim machen, denn was sollte deshalb schon gut sein? Aber wer vermochte die Gedanken eines Weibes zu verstehen, auch wenn es die Gemahlin des Großfürsten der Bodricen war – und für Polkar war die Hauptsache, daß Slavina mit ihm zufrieden war, daß sie ihm mit huldvollem Lächeln auftrug, Herrn Ragnar für seinen Gruß zu danken, und ihm zum Schluß sogar einen Becher Wein bringen ließ. Fast bedauerte er es, schon so bald wieder nach Racigard zurückzumüssen.

Am nächsten Morgen jedoch ließ Kruto ihn zu sich rufen und trug ihm auf, Radomir für die – wenn auch schlechten – Nachrichten zu danken und ihm zu bestellen, daß er sich seinerseits rüsten werde und dies auch Radomir empfehle, und wie er die Veligarder kenne, hätten die sich in der Zwischenzeit bestimmt schon bis an die Zähne bewaffnet; doch sei es gut, daß man wieder auf sie zählen könne. Im übrigen sollten sie sich stets über alle Neuigkeiten auf dem schnellsten Weg unterrichtet halten – und dieser letzte Satz war es, der Polkar hoffen ließ, Starigard vielleicht in nicht allzu ferner Zeit wiederzusehen.

Polkars Hoffnungen sollten sich jedoch nicht erfüllen, denn der Sommer verging, ohne daß es noch einmal Nachrichten gab, mit denen man einen Boten nach Starigard hätte schicken können. Es war jetzt allgemein bekannt, daß in der Gegend von Liubice ununterbrochen Waffen geschmiedet wurden, aber alle Versuche, mehr in Erfahrung zu bringen, schlugen fehl. Niemand wußte, was Heinrich plante und für wen und wann. In diesem Sommer jedenfalls gab es nicht die geringsten Anzeichen, daß unmittelbare Gefahr drohte. Heinrich und die Seinen lebten weiterhin höchst zurückgezogen hinter dem mächtigen neuen Wall von Liubice und schienen sich nach wie vor ausschließlich um ihre eigenen Angelegenheiten zu kümmern, offensichtlich gleichgültig gegenüber dem Umstand, daß die wachsamen Augen aller bodricischen Stämme auf der schmalen Halbinsel zwischen Svartov und Trava ruhten. Der regnerische Sommer endete in einer noch regnerischeren Erntezeit, und die Niederschläge ließen erst nach, als der Winter kam. Wie so häufig in Polabien und in den benachbarten Gegenden, kam der erste Frost zur Zeit der Nacht der Göttin, und von da an blieb die Kälte. Und wieder stöhnten die Menschen, denn es *konnte* keinen Winter geben, mit dem sie zufrieden gewesen wären, aber diesmal spielte ihnen das Wetter tatsächlich übel mit. Anders als im vorangegangenen Winter blies der Wind nun aus östlicher Richtung; eisige Luft wehte unablässig heran und ließ die letzten Blätter an den Zweigen erstarren und brüchig werden wie verkohltes Pergament. Ein Frost, der alles durchdrang, legte sich über das Land wie eine kalte Hand, als dehnte die Göttin diesmal die Nacht des Stillstands über den ganzen Winter aus.

Svetlav blieb zunächst noch eine Zeit lang bei Utar und dessen Söhnen in Liubice; es widerstrebte ihm, der Burg den Rücken zu kehren, denn er argwöhnte, daß Heinrich, der seiner Meinung nach zu allem fähig war, vielleicht gerade im Winter an die Verwirklichung seiner mit Sicherheit üblen Pläne gehen werde. Aber eines Tages reichten die Strahlen der müden Sonne nicht mehr aus, um die dünne Eisschicht aufzutauen, die sich in letzter Zeit jede Nacht auf der Trava gebildet hatte. Der Fluß blieb zugefroren, und die Fischer konnten ihrer Arbeit nicht mehr wie gewohnt nachgehen, sondern mußten, sobald das Eis trug, in einigen sorgsam offengehaltenen Löchern fischen. Da wußte Svetlav, daß es an der Zeit war zu gehen, denn auch wenn Utar und die Seinen durch den Verdienst auf der Burg keinen Mangel zu leiden hatten, war es doch nicht üblich, daß ein Gast, der nicht zur Sippe gehörte, den ganzen Winter über blieb, zumal die vier Söhne aus den Diensten Heinrichs wieder an das väterliche Feuer zurückkehrten.

Frohgemut schwenkte der Älteste einen kleinen Lederbeutel, der mit Silbermünzen und Hacksilber prall gefüllt war, als sie von der Burg zurückkamen. Er hieß Utar wie sein Vater und war ein kräftiger, hochgewachsener Bursche von etwa zwanzig Wintern, der das Haupt beugen mußte, als er das elterliche Haus durch die niedrige Tür betrat. »Hier, Vater«, rief er schon vom Eingang her, und Svetlav hörte sogleich den Stolz heraus, der in seiner Stimme mitschwang. »Das ist unser aller Lohn vom Fürsten, den wir dir heute bringen, und damit werden wir lange Zeit unser Auskommen haben!« Er umarmte den Vater und übergab ihm den Beutel. Utar begrüßte die Söhne der Reihe nach. Da er keine Hausfrau mehr hatte, brachte er ihnen selbst zwei große Krüge voll Dünnbier, und Svetlav erbot sich, aus der Vorratsgrube, die hinter der Hütte in die Erde gegraben war, frisch gefangene Fische für ein Mahl zu holen.

Als er mit drei großen Dorschen ans Feuer zurückkehrte, sprach der alte Utar, den Silberbeutel in der Hand wiegend: »Ihr seid gute Söhne, daß ihr nicht mit leeren Händen unter dieses Dach zurückkehrt, und ihr habt recht, dieses Silber wird uns für lange Zeit mancher Sorge entheben. Aber eins macht mir doch Kummer: seht, ich bin nicht mehr der Jüngste, und meine Arme werden schwächer – eines Tages in nicht allzu ferner Zeit werde ich nicht mehr auf die Trava hinausfahren können, wenn mir keine kräftigeren und jüngeren Arme helfen, sondern statt dessen lieber nach Silberlingen als nach Heringen fischen!«

Betreten schauten sich die Söhne an. »Dein Freund, der Polabier, hat dir doch geholfen!« meinte schließlich der Jüngste.

Utar schüttelte ernst den Kopf. »Es ist richtig, daß ich in diesem Sommer Hilfe hatte, aber das verdanke ich bloß dem Zufall, der Svetlav meinen Weg kreuzen ließ. Und meint ihr nicht, daß der alte Vater von vier kräftigen Söhnen sich auf mehr verlassen müßte als auf die Zufälle des Lebens, die weniger vorhersehbar sind als das Fangglück an einem Eisloch? Auch ist es nicht Sache der Freundschaft, die Pflichten der Sippe zu erfüllen – das solltet ihr selber wissen!« Der Älteste wollte etwas erwidern, aber Utar gebot ihm mit erhobener Hand zu schweigen. »Ich will nicht euren Verdienst schmälern, meine Söhne! Ich bin stolz auf euch, weil ihr tüchtig und fleißig seid und zu Beginn des Winters einen vollen Beutel Silber nach Hause bringt. Aber habt ihr auch darüber nachgedacht, was wir mit eurem Silber anfangen sollen, wenn dafür nichts mehr zu haben ist? Wenn alle jungen Männer auf der Burg arbeiten wie in den letzten beiden Sommern, wer soll dann noch fischen? Wer soll die Felder bestellen und abernten? Wer soll das Vieh versorgen, wer es schlachten? Wer soll Dächer flicken und Wände abdichten? Wer soll die Wege ausbessern, auf denen unsere Karren zu den Anlegeplätzen am Fluß fahren? Wer soll auf die Jagd gehen? Sollen das alles die Kinder und die Alten tun? Oder die Frauen, die ohnehin schon mehr als ihren Teil zum Leben beitragen? Was wollt ihr tun, wenn ihr für euer Silber in diesem Winter keine Fische bekommt, kein Fleisch, kein Wild, kein Korn? Wenn der Regen auf euer Lager tropft und die Kälte durch die undichten Wände dringt? Wenn auf dem schlechten Weg der Wagen bricht, mit dem ihr Brennholz holen wollt? Was ist dann euer Silber wert – das Silber aller jungen Männer, die sich in den letzten Monden immer an einen gedeckten Tisch in der Burg setzen konnten, ohne sich zu fragen, woher Speise und Trank kommen und wer für das Dach über ihren Köpfen sorgt!«

Utar verstummte, und Svetlav staunte über die unvermutete Beredtsamkeit des alten Fischers. Die vier Burschen blickten still ins Feuer. Nichts gab es, was sie auf die Vorwürfe ihres Vaters hätten erwidern können. Svetlav blickte zu Utar und sah, daß ihm die harten Worte fast schon leid taten. Und richtig, als der Fischer von neuem sprach, war seine Stimme ruhiger und sein Gesichtsausdruck milder: »Nun schaut nicht so trübsinnig drein, meine Söhne! Ich sagte doch, ich bin stolz auf euch, und ich freue mich, daß ich euch jetzt für längere Zeit bei mir habe …«

Svetlav entging nicht, wie der Älteste bei diesen Worten mit seinen Brüdern einen schnellen Blick wechselte, den der Fischer offensichtlich nicht bemerkte, denn er sprach ohne Argwohn weiter: »Ich finde, es ist wichtig, daß ihr euch auch einmal über die Dinge Gedanken macht, von denen ich gesprochen habe, denn so wie in den letzten beiden Sommern kann es in Liubice nicht weitergehen! Wir haben Silber, aber keine Vorräte – und bekanntlich wärmt Silber nicht, noch macht es satt! Wie lange wird Heinrich denn noch an seiner Burg bauen?«

Erleichtert, daß der Vater ein unverfänglicheres Thema anschnitt, nahm der junge Utar einen Schluck aus dem Bierkrug und antwortete: »Es ist jetzt soweit alles fertig, innen wie außen, und es ist wahrlich eine stolze Feste geworden! Vanko, der Sohn vom alten Vankar, dem Bauern, der ist schon einmal in Starigard gewesen, als sie da die große Hochzeit hatten, und er hat gesagt, daß Liubice in jeder Beziehung besser geraten ist als die Burg dort, und er muß es ja wissen! Auch der Fürst ist hochzufrieden mit allem, und das ist wohl das beste Zeichen!«

»Du meinst, die Sache ist also ausgestanden?« fragte Utar den Sohn. »Der... Fürst bedarf eurer Dienste nicht mehr? Kann ich wieder auf euch zählen, und kehren auch die anderen Männer und Burschen an die Feuer ihrer Sippen zurück?«

»Ja, gewiß«, antwortete der Sohn, und Svetlav spürte förmlich, daß gleich das »aber« kommen mußte. Und in der Tat: »Aber es ist so, daß der Fürst uns angeboten hat, weiterhin in seinen Diensten zu bleiben, und er zahlt gut dafür, und ...«

»*Wo*für?« unterbrach ihn der Vater barsch, der seine Hoffnungen schon dahinschwinden sah. »Sollt ihr ihm etwa Gesellschaft leisten, nachdem die Burg fertig ist?«

Der junge Utar überging die scharfe Bemerkung des Alten. »Der Fürst möchte, daß wir uns ... sozusagen ... bereithalten, für den Fall, daß er einmal Dienste anderer Art braucht ... Es könnte ja sein, daß Heinrich sich irgendwann ... verteidigen muß«, setzte er rasch hinzu, um der Frage zuvorzukommen, die sein stirnrunzelnder Vater offensichtlich auf den Lippen hatte. »Und er hat aus Dänemark doch nur ein paar Dutzend Männer mitgebracht – das ist bei weitem nicht genug! Deswegen hat er angeboten, daß wir uns weiter bei ihm verdingen – und, Vater, das ist kein schlechtes Geschäft: wir sollen uns nämlich nur dreimal die Woche in der Burg einfinden, um uns in der Waffenführung zu üben, und den Rest der Zeit können wir frei unserer Arbeit in Haus und Hof, auf dem Fluß und auf den Feldern nachgehen – nur wenn der Fürst uns braucht, müssen wir ihm natürlich uneingeschränkt zu Diensten stehen, was sich ja von selbst versteht!«

Der alte Fischer war von dieser Abmachung wenig angetan, aber ihm fiel nichts ein, was er dagegen hätte ins Feld führen können. »Da ich euch nicht in hellem Silber bezahlen kann, muß ich mich wohl daran gewöhnen, meine Söhne mit Heinrich zu teilen!« sagte er schließlich unwirsch. Sein Ältester, offenbar froh, die Sache hinter sich gebracht haben, trat zu ihm und umarmte ihn. »Wir werden uns nach Kräften bemühen, daß die

Fische nicht zu kurz kommen und daß du über uns nicht zu klagen brauchst!« rief er aus, und seine drei Brüder nickten zustimmend. Damit war der Friede wiederhergestellt. Svetlav brachte die vorbereiteten Fische zum Feuer, und es fiel ihm nicht leicht, die dem Abend angemessene vergnügte Miene zu machen. Als sie sich ein wenig später mit gebeugten Köpfen über das Essen hermachten, entdeckte er mit großem Unbehagen, daß jeder der vier Burschen das Kreuz des Christengottes um den Hals trug.

Am übernächsten Morgen überquerte Svetlav auf Belgast das Eis der Trava, um seinem Fürsten in Veligard die Neuigkeiten zu überbringen, und einige Zeit später sah man ihn in Radomirs Halle. Der junge Polkar hatte kurz danach allen Grund zur Freude: auf den steinhart gefrorenen Wegen durfte er sein Roß vorantreiben; er ritt nach Starigard. Als er Kruto die Botschaft überbrachte, daß fast alle jungen Männer aus Liubice in Heinrichs Diensten standen und sich fleißig in der Waffenführung übten, fluchte dieser noch lauter als im Sommer und ließ das alte Schwert seines Urahnen Zelibar aus der Waffenkammer bringen, das er zuletzt in der Hand gehabt hatte, als er vor siebzehn Wintern zu Plune Bodivoj erschlug. Man munkelte, daß es nicht einmal seiner lieblichen Gattin mehr gelinge, die tiefen Sorgenfalten auf seiner Stirn zu glätten.

Morana

Hätte es in ihrer Macht gestanden, die Nacht des Stillstands endlos auszudehnen, hätte die Göttin nicht gezögert – denn es wäre die einzige Möglichkeit gewesen, das Verderben aufzuhalten. Doch dies war ihr nicht gegeben; das sich ewig drehende Rad der Zeit duldet keinen Eingriff, auch nicht von göttlicher Hand.

Als Morana in ihrer Nacht zu Beginn des Winters über die Erde schritt, nahm sie daher Abschied von den Hügeln, den Seen und Flüssen, den Wiesen und Wäldern und Abschied von den Menschen – denn im nächsten Jahr würde es keine Nacht der Göttin mehr geben. Ihr Weg führte sie wieder an der Kirche im Wald vorbei, und wieder drang Gesang heraus. Obwohl die Melodie dünn und schwach, fast klagend anmutete, wußte die Göttin, daß sich jetzt viel mehr Menschen auf den schmalen Bänken drängten als noch vor drei Wintern. Es war ihr gleich; ihr Anliegen war ein anderes: die Stille der Nacht, und um sie zu wahren, hob Morana auch diesmal die Hände, um die Töne ins Innere des Hauses zurückzuschikken, aber mitten in ihrem Tun stockte sie: die Zeit des Christengottes hatte angefangen – was brauchten die Menschen da noch die Segnung des Stillstands und der Ruhe? Rastlosigkeit war ihnen von nun an bestimmt, blindes Vorwärtshasten ohne Ziel, immer schneller würden sie sich bewegen, und immer mehr würde das Rad des Lebens in Vergessenheit geraten. Aber noch war dies ihre Nacht, noch gehörten diese Stunden nicht dem Gott, dessen Zeichen das Schwert war, und sie war nicht bereit, sie herzuschenken. Also hob sie von neuem die Arme und spürte, daß ihre Macht ungebrochen war, und die dünnen Töne sanken im Gotteshaus zu Boden wie die welken Blätter herbstlicher Bäume, während Reif und Frost von allem Besitz ergriffen, was in der Nähe der Göttin war.

Dann schritt Morana weiter durch die Nacht, aber als sie das Land durchquert hatte, kehrte sie nicht wie sonst zum See zurück, um den Priesterinnen im Heiligtum das klare Wasser der Orakelschalen mit Bildern zu füllen, sondern setzte ihren einsamen Weg fort, dem Mond nach Westen folgend. Ihre Zeit war erfüllt. In den bleichen Strahlen des Mondes ließ die Göttin ein eisiges, erstarrtes Land zurück, und die Kälte dieser letzten Nacht der Stille sollte nie mehr gänzlich weichen.

Darya

Am anderen Morgen schickte Radomir den aus Liubice längst zurückgekehrten Bodgar zum Heiligtum, um in Erfahrung bringen zu lassen, was die Göttin offenbart hatte und ob man daraus vielleicht etwas über die Zukunft des Landes erfahren konnte. Dem alten Krieger war seltsam beklommen zumute, als er die Halle der Priesterinnen betrat und sie dort alle am Feuer versammelt fand, starr und schweigend, mit tiefen Schatten unter den Augen. Anstatt seine Frage zu beantworten, erhob Telka sich schwerfällig und ging mit steifen Schritten nach der langen Nacht des Wachens zu einer mit Wasser gefüllten Orakelschale. Sie hob sie auf und drückte sie dem völlig überraschten Bodgar in die Hände. Bevor er dazu kam, eine Frage zu stellen, sprach die Hohepriesterin, und ihre Worte waren so langsam und schleppend wie zuvor ihre Schritte: »Bring diese Schale zu deinem Herrn, Bodgar, und richte ihm von Telka aus, daß alles, was er selbst darin sieht, die Botschaft der Göttin sein kann – denn in dieser Nacht hat *keine* der Priesterinnen in den Orakeln mehr gesehen als das Abbild des vollen Mondes!«

Bodgar blieb der Mund offenstehen. Was Telka da sagte, war unglaublich, etwas noch nie Dagewesenes. Er war ein alter Mann, aber solange er zurückdenken konnte, hatte die Göttin immer eine Botschaft, irgendein noch so kleines Zeichen gesandt – geschwiegen hatte sie nie. Telka sah die Bestürzung in seinen Augen und nickte. »Ja, ja, ich weiß«, sagte sie leise. »Sie hat uns noch nie im Stich gelassen, so etwas hat es noch nie gegeben … Und schlimmer noch, wir haben diesmal nicht gespürt, daß sie von ihrem nächtlichen Weg zurückgekommen ist! Wir fürchten daher, daß die Göttin uns in der letzten Nacht verlassen hat, und das ist die schlimmste aller denkbaren Nachrichten. Geh nun, und berichte dem Fürsten!« Da setzte Bodgar die Schale ab, die er immer noch in den Händen hielt und eilte zurück auf die Burginsel.

Der Winter, der auf diese Nacht folgte, war eiskalt und trocken und brachte den Menschen, anders als sonst, kaum Ruhe. Es blieb eine hastige Zeit; immer öfter war die Rede davon, daß Kampf bevorstehe, und die Späher waren ohne Pause unterwegs, zumal der gefrorene schneefreie Boden dies zuließ. Svetlav ritt in diesen Tagen häufig zwischen Veligard und Starigard hin und her, und so sehr er es auch begrüßte, daß das Einvernehmen zwischen Kruto und seinem Herrn wiederhergestellt war, so sehr wünschte er sich doch eine Gelegenheit, Racigard wieder einmal zu besuchen. Seit jenem schneereichen Winter hatte er Lusa nur wenige kurze Male gesehen, und ein längeres Gespräch hatte sich nie ergeben. Er hätte gerne mit ihr über die Ereignisse der letzten Zeit gesprochen. Aber es wurde später Frühling, bis ihn Niklot endlich mit einer Botschaft für Radomir auf den Weg schickte. Als Svetlav den Racigarder See mit seinen Inseln wiedersah, war es Mai, der Blütenmond, und die Christen schrieben das Jahr 1093.

Svetlav berichtete Radomir, wie man sich in Veligard auf eine Auseinandersetzung mit Heinrich vorbereite, und stellte zufrieden fest, daß in der Racigarder Burg diesmal nicht der gewohnte Müßiggang herrschte. Das Hämmern der Waffenschmiede erklang nun auch hier, und im Hof übten sich die Krieger im Gebrauch der Waffen. Radomir hatte Polkar ein weiteres Mal mit einer Nachricht zu Kruto gesandt und bestand darauf, um die wiederhergestellte Freundschaft mit den Veligardern zu bekräftigen, daß Svetlav die Rückkehr des Boten abwarte und in der Burg Herberge nahm, nicht wie sonst bei den Priestern. Svetlav hatte vorerst also nichts zu tun und verbrachte in diesen warmen Frühlingstagen viele Stunden bei seinen Freunden im Heiligtum. Endlich bot sich ihm und Lusa die Gelegenheit, ihre Neuigkeiten auszutauschen und in langen Gesprächen Mutmaßungen über die Zukunft anzustellen.

So saßen sie auch an diesem Nachmittag auf einem der großen Steine am Ufer, die Sonne schien, ein leichter Ostwind kräuselte die blaue Wasseroberfläche und streifte mit kühlem Hauch ihre Gesichter. Sie saßen eng nebeneinander und schafften es dennoch, sich nicht zu berühren; trotzdem waren sie sich so nah, daß die Welt jenseits ihres Steines für sie nicht mehr vorhanden war, und jeder, der die beiden so sah, erkannte dies und lächelte. So fand sie auch Darya, die völlig außer Atem den Sandweg entlanggelaufen kam. Sie trug die kleine Oda, deren kurze Beinchen mit der Mutter nicht hatten Schritt halten können, auf dem Arm, und ihre Wangen glühten von der Anstrengung. Sie hatte nur daran gedacht, die Schwester zu finden, aber nie damit gerechnet, daß sie nicht allein anzutreffen sein könnte. Abrupt hielt sie inne und starrte auf die Rücken der beiden Gestalten in der Sonne, den schmalen, geraden ihrer Schwester im gewohnten Dunkelblau und daneben die breiten Schultern eines dunkelhaarigen Mannes, der über seinem Hemd die ärmellose, offene

Lederweste der Veligarder trug. Im ersten Augenblick wollte Darya umkehren, denn das Bild, das den Eindruck völliger Harmonie vermittelte, sprach für sich, aber die Dringlichkeit ihres Anliegens ließ es nicht zu. Sie setzte ihre Tochter ab und überlegte einen Moment, was zu tun sei. In diesem Augenblick aber hatte das Kind das Problem seiner Mutter bereits gelöst, denn kaum stand es auf eigenen Füßen, schrie es auch schon »Lusa, Lusa!« und rannte auf die Tante zu.

Lusa, die mit Svetlav über den »Abschied der Göttin« gesprochen hatte, fuhr herum, entdeckte Nichte und Schwester und errötete tief. Darya mußte unwillkürlich lächeln – die Priesterinnen mochten zwar lernen, sich ein Gefühl nicht anmerken zu lassen, doch wenn es um ihr eigenes Herz ging, schienen sie sich von anderen Frauen nicht so sehr zu unterscheiden. Oda indes fand an ihrer Tante nichts Ungewöhnliches, sondern kletterte auf deren Schoß wie immer, und damit war das Eis gebrochen. Die Schwestern lachten und umarmten sich, und das Kreuz, das Darya um den Hals trug, schlug gegen die silberne Spiralbrosche an Lusas Gewand. Svetlav, der die Szene beobachtete, dachte bei sich, wie gut es wäre, wenn die Liebe den Menschen immer helfen würde, Gegensätze zu überwinden. Unterdessen erklärte Lusa ihrer Schwester, wer er war und woher er kam. Darya musterte ihn aufmerksam, und er hielt, ohne auszuweichen, dem Blick ihrer schönen dunkelblauen Augen stand. Schließlich sprach sie ihn an, und ihre Worte überraschten ihn dermaßen, daß er im ersten Moment sprachlos war. Darya sagte: »Svetlav, wenn du aus Veligard kommst und ein Mann Niklots bist, dann zählst du gewiß zu den Gegnern von Heinrich in Liubice!«

Svetlav hatte Darya einige Male in der Burg flüchtig gesehen. Er wußte, daß sie Lusas Schwester war und daß ihr Mann der blonde Däne aus Heinrichs Gefolgschaft war, der Bote, der den Rat der Fürsten verhindert hatte und sich jetzt an Radomirs Hof so wohl zu fühlen schien – und Svetlav konnte sich denken, warum. Er wußte daher nicht, auf wessen Seite Darya stand, und ihre unverblümte Feststellung, die eigentlich eine Frage war, brachte ihn in Verlegenheit. Was bezweckte sie damit? Und was sollte er erwidern? Lusa, die einen schnellen Blick von Darya zu Svetlav warf, erriet, was in den beiden vorging, und antwortete an seiner Stelle: »Darya, ich sehe, du hast etwas auf dem Herzen, denn du bist atemlos vom Laufen, und ich spüre deine Erregung! Du kannst Svetlav trauen, auch wenn er nicht demselben Banner folgt wie dein Mann, aber wenn du mich lieber allein sprechen willst …«

Bei den letzten Worten schob sie Oda vom Schoß und wollte schon aufstehen, aber Darya legte ihr die Hand auf die Schulter und drückte sie sanft auf den Stein zurück. »Nein, Lusa, bleib sitzen – es ist nämlich gut, daß Svetlav da ist, da mag er gleich mit anhören, was ich zu sagen habe! Ich glaube, wir werden einen Krieger brauchen – und zwar einen, der gegen Heinrich ist!« Erstaunt tauschten Lusa und Svetlav einen Blick. Dann erhob sich Svetlav und bedeutete Darya, sich neben die Schwester zu setzen, während er sich ihnen gegenüber auf dem Boden niederließ, so daß er einen ungebetenen Eindringling gegebenenfalls sofort sah – denn was Darya auf den Lippen brannte, war offensichtlich nicht für fremde Ohren bestimmt.

Darya nickte ihm dankbar zu, beugte sich ein wenig vor und sagte mit leiser, vor Aufregung bebender Stimme: »Sie wollen Kruto ermorden!«

»*Was?*« Svetlav hätte es im ersten Schreck fast geschrien, aber er beherrschte sich noch, und nur der scharfe Tonfall verriet seine Erregung. »Wer will Kruto ermorden? Sprich, Darya, was weißt du? Wie hast du das erfahren? Und wo?«

»Am besten erzählst du alles der Reihe nach«, schaltete sich Lusa ein, die damit erreichen wollte, daß Darya sich ein wenig beruhigte.

»Es war heute mittag«, begann Darya. »Ich war mit Oda draußen in der Sonne, in dem kleinen Hof, der zwischen dem Wall und dem Haus liegt, wo wir unsere Kammer haben. Ich wollte versuchen, dort ein paar junge Kohlsetzlinge einzupflanzen, wißt ihr ...« Lusa lächelte. Sie mußte daran denken, wie gerne sich Darya stets in dem großen, von einem hohen Holzzaun geschützten Garten des Elternhauses aufgehalten und mit wieviel Hingabe sie schon als Kind Kräuter und Gemüse gezogen hatte. Das sah ihr ähnlich, selbst innerhalb des Burgwalls noch Kohl zu pflanzen! »Oda war auch ganz glücklich«, fuhr Darya fort. »Alles war friedlich. Auf einmal vernahm ich in der Kammer hinter mir Ragnars Stimme – ich hatte die Fensterklappe nur angelehnt, und so hörte ich sofort, daß er gekommen war – was ja selten genug geschieht«, fügte sie bitter hinzu. »Im ersten Augenblick wollte ich ihm zurufen, daß ich mit dem Kind draußen bin, aber dann hörte ich noch eine zweite Stimme, und da wußte ich, daß er nicht allein war, und schwieg. Und das war gut so ...«

Svetlav und Lusa saßen regungslos. Der kleinen Oda wurde es auf Lusas Schoß zu langweilig, und als sie merkte, daß es ihr heute nicht gelang, die Tante zum Spielen zu überreden, kauerte sie sich am Strand nieder und begann, kleine Steine ins Wasser zu werfen. »Die beiden Männer in der Kammer«, fuhr Darya fort, »sprachen dänisch miteinander, und das machte mich stutzig. Solange ich Ragnar kenne, hat er sich stets bemüht, wie einer von uns zu sein, und war immer stolz darauf, daß man an seiner Sprache kaum hören konnte, daß er kein Bodrice war. In der ganzen Zeit habe ich ihn nicht einmal dänisch sprechen hören! Natürlich hat er mir am Anfang auf meine Fragen das eine oder andere Wort genannt, aber das war mehr ein Spiel zwischen uns. In dem langen Winter, als ich auf ihn wartete und schon Oda trug, hat meine Sehnsucht mich dazu gebracht, noch ein paar Brocken mehr von der dänischen Sprache zu lernen. Sie ist gar nicht so schwierig, wißt ihr, und je mehr Worte man kennt, desto leichter wird sie. Der alte Targomir brachte sie mir bei; der war doch vor dem großen Aufstand eine Zeitlang als Gefangener bei den Dänen, und er wird sich gewundert haben, warum ich soviel von ihm wissen wollte! Es sollte ja eine Überraschung für Ragnar sein, und ich dachte, vielleicht nimmt er mich ja einmal mit zu seiner Sippe nach Sliaswich ... Aber dann kam alles ganz anders, und er hat nie erfahren, daß ich einiges von der Sprache seiner Mutter verstehe.«

Lusa blickte ihre Schwester traurig von der Seite an, denn es tat ihr weh, Darya so bitter und enttäuscht zu sehen. Wie groß mußte ihre Liebe zu Ragnar gewesen sein, daß sie in jenem Winter voller Schnee und Eis den weiten Weg zu Targomirs Hütte gegangen war – und zwar so lange, bis sie »einiges« von der Dänensprache verstand! Darya bemerkte ihren Blick und deutete ihn richtig. »Siehst du, Lusa, es war nicht vergeblich, daß ich damals die Mühe auf mich genommen habe, sonst hätte ich heute nicht begriffen, worum es in dem Gespräch ging – natürlich nicht jedes Wort, aber genug, um den Sinn verstehen zu können. Der Mann nannte sich Sigurd und kam aus Liubice und sagte: ›Heinrich läßt dir ausrichten, daß die Zeit gekommen ist.‹ – ›Was hat er jetzt vor?‹ fragte Ragnar, und der andere sagte mit einem niederträchtigen Lachen: ›Als erstes wird Kruto sterben!‹ Ragnar fragte darauf nur: ›Wer macht es?‹ Der andere nannte einen dänischen Namen, den ich nicht verstand, und dann sagte Ragnar auch etwas, das ich nicht deuten konnte, es klang so wie ›Aha, das dritte Messer!‹ – aber das ergibt wohl kaum einen Sinn, nicht wahr? Jedenfalls lachten beide wie über einen Scherz. Dann fragte Ragnar, wann es geschehen solle, und dieser Sigurd nannte wieder den dänischen Namen – der Mann sei schon unterwegs nach Starigard. Ich saß da wie betäubt und achtete auch nicht auf Oda, die hinfiel und zu schreien

anfing. Ich eilte zu ihr, und die beiden Männer stellten fest, daß die Luke nicht geschlossen war. Sie stießen sie weit auf, um zu sehen, wer da vor ihrem geöffneten Fenster war, und der Bote sagte: ›Wer ist das? Wenn sie unser Gespräch mitangehört hat, müssen wir sie töten!‹ Ich kann euch sagen, ich war froh, daß ich mich um das Kind kümmern mußte und sie in dem Augenblick nicht mein Gesicht sehen konnten. Ich hörte Ragnar sagen: ›Das ist mein Weib, aber keine Sorge, sie versteht weniger Dänisch als die Fische dort im See – ohnehin hat sie nur Augen und Ohren für ihre Tochter!‹ Ich schaffte es, mich überrascht umzudrehen, Ragnar zu begrüßen und zu fragen, ob ich mich um den Gast kümmern solle. Ragnar winkte ab, wie zu erwarten war, wandte sich wieder dem anderen zu und sagte: ›Siehst du, sie versteht nichts – sie hat gefragt, ob sie dich bewirten soll!‹ Der Däne sagte noch: ›Heinrich läßt ferner ausrichten ...‹ Daryas Stimme begann von neuem zu zittern und klang tränenerstickt: »Also – daß Ragnar sofort nach Liubice kommen solle, denn Heinrich brauche seine besten Männer von nun an in seiner Nähe, und die Späherzeit in Racigard sei endlich vorbei – die *Späherzeit in Racigard*! Und ich dummes Mädchen dachte allen Ernstes, er sei damals aus Liebe zu mir zurückgekommen!«
Nun begann Darya leise zu weinen, und Lusa legte ihr tröstend den Arm um die Schultern. Als sie sich wieder gefaßt hatte, sagte sie: »Ich nehme an, daß Ragnar noch in dieser Nacht Racigard verläßt, und er wird sich gewiß von niemandem verabschieden! Ich ertrage es einfach nicht, wieder in die Burg zurückzukehren und zu tun, als ob nichts geschehen wäre. Für mich gibt es da ohnehin keinen Platz mehr, wenn Ragnar weg ist, und es würde mir auch zu weh tun, ohne ihn dort zu sein, denn selbst wenn er in der letzten Zeit nicht gut zu uns war, waren wir doch einmal glücklich, und die Erinnerung daran ...« Von neuem schluchzte sie und konnte nicht weitersprechen. Erst nach einer ganzen Weile war sie imstande, ihre Tränen zu trocknen. Dann rief sie ihre Tochter zu sich.
»Wir gehen zurück in Vaters Haus«, erklärte sie. »Er wird uns gewiß nicht die Tür weisen, auch wenn er von Anfang an dagegen war, daß ich Ragnars Weib wurde.«
Lusa nickte, und Svetlav, der ihr Gesicht betrachtete, fiel auf, wie abwesend es war. »Ja, das ist gut, Darya«, antwortete Lusa schließlich. »Tu das – geh zu Vater zurück, und behalte das, was du gehört hast, um jeden Preis für dich, damit niemand erfährt, wer Heinrichs Plan verraten hat! Wer weiß, ob du nicht sonst dein Leben gefährdest ...«

Darya überging Lusas letzte Bemerkung und fragte statt dessen: »Was werdet ihr jetzt tun? Werdet ihr Radomir unterrichten?«
»Nein, wenn Heinrichs Pläne schon so weit gediehen sind, dann duldet die Sache keinen Aufschub – und du kennst doch unseren alten Fürsten! Vor allem darf Ragnar nicht erfahren, daß du sein Gespräch mit Sigurd verstanden hast, und wenn wir jetzt zu Radomir gingen, wäre er der erste, der davon Wind bekommen würde ...« Sie erschauerte, denn für einen Augenblick war das Bild des Mannes hinter dem Pfosten in Radomirs Halle wieder in ihr aufgestiegen. Nie hatte sie Darya davon erzählt, aber um ihren Worten Nachdruck zu verleihen, schaute sie der Schwester fest in die Augen und setzte hinzu: »Du willst sicher keinen Abschiedsgruß in Form einer dänischen Klinge erhalten! Wir können mit Radomir daher erst sprechen, wenn Ragnar fort ist, und das wäre sicherlich zu spät, denn jede Stunde zählt jetzt. Ich werde daher den Rat der Priester anrufen – und zwar sofort, und niemand wird erfahren, woher wir Heinrichs Plan kennen! Und nun kommt, die Zeit eilt!«
Mit diesen Worten erhob sich Lusa und ging voran. Die anderen folgten ihr, und obwohl die Priesterin noch stärker als sonst zu hinken schien, konnten sie kaum mit ihr Schritt halten. Vor Telkas Haus blieben alle noch einmal stehen, um sich zu verabschieden. Svetlav dankte Darya für die Warnung und das Vertrauen. »Dein Mut und deine Entschlossenheit retten vielleicht ganz Bodricien!« sagte er. Darya blickte hinüber zum Steinkreis, und als sie antwortete, klang ihre Stimme tieftraurig. Zuerst wußte er nicht, wen sie mit ihren Worten meinte, aber dann verstand er.
»Sie lügen und betrügen«, sagte Darya. »Sie haben mich belogen, und Ragnar hat mich belogen – und betrogen. Sie sagen, ihr Gott sei ein Gott der Liebe, daß man das Leben achten und bewahren soll und daß es eine große Sünde sei, jemanden umzubringen – und was tun sie? Ohne die geringsten Gewissensbisse wollen sie einen Menschen ermorden, der ihnen friedlich entgegengekommen ist, der sie in keiner Weise bedroht, ja, ihnen sogar eine neue Heimat gegeben hat. Da kann ich nicht stillhalten und einfach zuschauen! Ach, der beste Gott macht die Menschen nicht besser ...« Darya schwieg, dann beugte sie sich zu ihrer Tochter hinab und zupfte ohne erkennbaren Anlaß an ihr herum. »Versprich mir eins, Lusa«, sagte sie plötzlich. Wenn mir etwas geschehen sollte, dann kümmere dich um Oda, versprich es! Gelobe es mir – bei der Göttin!«
Lusa erschrak, denn sie erkannte, daß die Worte ihrer Schwester aus einer Ahnung heraus erfolgten. Ohne zu zögern, gab sie ihr Wort. Da

lächelte Darya zum erstenmal an diesem Nachmittag, verabschiedete sich und ging mit ihrer Tochter davon, und die Kleine hüpfte vergnügt neben der Mutter auf und ab.

Svetlav und Lusa wechselten kein weiteres Wort, sondern gingen eilig zu Telka, um zu berichten, was sie erfahren hatten. Es bedurfte keiner weiteren Erläuterung; Telka nahm ihren Umhang, ohne den sie auch an den wärmsten Tagen niemand jemals gesehen hatte, und machte sich auf den Weg zur Halle der Priester. »Bleibt in der Nähe!« sagte sie nur noch, ehe sie verschwand.

So setzten sich die beiden auf die Bank vor Telkas Haus und warteten. Nach einer Weile sagte Lusa: »Ich weiß, was sie beschließen werden!« Svetlav blickte sie fragend an. »Um den Mord zu verhindern, werden sie dich auf dem schnellsten Weg nach Starigard schicken – und zwar auf den geheimen Pfaden!«

»Auf welchen geheimen Pfaden?« fragte Svetlav, der sich darunter nichts vorstellen konnte. Aber Lusa lächelte nur und sagte: »Das werden sie dir gleich selbst erklären – schau, ich glaube fast, der Priesterschüler, der dort angerannt kommt, soll uns holen!«

So war es. Svetlav und Lusa folgten dem Jungen zur Halle der Priester. Er ließ sie ehrfürchtig eintreten, schloß die Tür hinter ihnen und stellte sich dann davor, um Störungen fernzuhalten; die Worte, die dort drinnen gesprochen wurden, dürften von keinem gehört werden, hatte ihm Vojdo eingeschärft. In der Halle herrschte Halbdunkel und völlige Stille. Das Feuer des Svetovit war vor einiger Zeit von selbst erloschen – ein weiteres böses Omen –, und die Priester warteten seitdem auf ein Zeichen des Viergesichtigen, die Flammen wieder zu entzünden, und noch nichts war geschehen. Das hölzerne Standbild wirkte nackt und kraftlos ohne das Feuer, dessen Schein es erwärmt und belebt hatte. Noch ein Gott, der gegangen ist, dachte Svetlav bei sich. Telka, Valna und Vojdo, die drei Hohenpriester, saßen auf ihren Ehrensesseln, wo sie sonst nur an den großen Festen oder bei hohem Besuch Platz nahmen, und sogar Lusa, die im Heiligturn zu Hause war, beschlich bei dem erhabenen Anblick ein Gefühl der Beklommenheit.

Valna führte das Wort, wie es ihr zustand: »Ihr habt uns eine Nachricht von größter Bedeutung gebracht, die uns zwingt, unverzüglich zu handeln – und zwar mit allen Mitteln, die uns zu Gebote stehen. Es gilt nicht nur, einen feigen Mord zu verhindern, sondern auch das große Unheil abzuwenden, das diesem auf dem Fuße folgt und alle Bodricen bedroht!

Die Priester haben daher beschlossen, auf etwas zurückzugreifen, das weder der Macht der Fürsten noch der Macht eines anderen Sterblichen unterliegt, von dem sie selbst nur in Stunden allergrößter Bedrängnis Gebrauch machen dürfen … Noch heute nacht mußt du, Svetlav, nach Starigard aufbrechen, um Kruto vor dem Mann mit den drei Messern zu warnen, aber damit du nicht zu spät kommst, sollst du nicht auf dem üblichen Weg reiten. Wir schicken dich auf die geheimen Pfade – die Pfade, auf denen die Göttin wandelt, wenn sie in bestimmten Nächten durch unser Land schreitet. Bist du dazu bereit, Svetlav, Sohn Svebors?«

Svetlav, der sich trotz Valnas Erklärung unter »geheimen Pfaden« nichts vorstellen konnte, zögerte dennoch keinen Augenblick, die Frage zu bejahen.

Valna lächelte. »Wisse, Svetlav, daß wir nur in Zeiten äußerster Not die Pfade mit der Göttin teilen dürfen, wenn höchste Eile gefordert ist und es keinen anderen Ausweg gibt. Selbst dann sind sie für den, der sie betritt, nicht ungefährlich. Man bewegt sich auf ihnen gewissermaßen außerhalb von Zeit und Raum … Man kommt viel schneller an das Ziel, und die Menschen, die einem unterwegs begegnen, sehen einen nicht – höchstens in ihren Träumen oder falls sie das Gesicht haben … Es ist aber so, daß man selbst Dinge sieht, die einem fremd und schrecklich sind, und nicht jeder ist stark genug, am Ende des Weges den letzten, schwersten Schritt zu tun: nämlich den, der wieder in die Wirklichkeit der Menschenwelt zurückführt … Manche wandeln ewig weiter auf den geheimen Pfaden, andere werden bis an ihr Lebensende heimgesucht von den Erinnerungen an die Erscheinungen, die ihnen unterwegs begegnet sind, und manche kommen schlichtweg um ihren Verstand. Deswegen frage ich dich ein zweites Mal, Svetlav: willst du das Wagnis eingehen, die geheimen Pfade zu betreten?«

Wieder bejahte Svetlav die Frage. Die drei Priester nickten einander zu, und Valna sprach: »Telka und Vojdo werden dich jetzt vorbereiten. Möge die große Göttin dir milde gesinnt sein und ihre schützende Hand über dich halten!«

Svetlav

Alles, was den Worten der alten Valna folgte, schien Svetlav später wie ein Traum. Er mußte sich entkleiden und von Kopf bis Fuß mit geweihtem Wasser aus dem See waschen, wie es die Priesterinnen sonst nur für die Orakelschalen benutzten; auch sein Pferd wurde damit benetzt und quittierte die ungewohnte Behandlung mit erstauntem Schnauben. Danach brachte Vojdo Svetlav andere Kleider, die neu und unbenutzt waren; im Heiligtum gefertigt, hatten sie bisher weder die Haut eines Menschen berührt noch geweihten Boden verlassen. Auch Belgast erhielt anderes Zaumzeug und anstelle des Sattels eine gewebte graue Decke, die eigenartige, verschlungene Muster zierten. Svetlav fiel auf, daß seine neuen Beinkleider, Hemd, Weste und Umhang von derselben grauen Farbe waren, aber er wollte nicht neugieriger sein, als ihm zustand, und fragte daher nicht nach den Gründen. Die einzige Wegzehrung, die Valna und Telka ihm mitgaben, bestand aus einem Lederschlauch, der mit geweihtem Wasser gefüllt war. »Mehr wirst du nicht brauchen«, sagte Telka lächelnd.

Schließlich war alles bereit. Als die Sonne hinter den Hügeln im Westen versank und die Drosseln ihr Abendlied anstimmten, wurde Svetlav in den Ring der stehenden Steine geleitet. Alle Priester und Priesterinnen des Heiligtums waren dort versammelt, und als die drei Hohenpriester ihn in die Mitte des Kreises führten, hoben die anderen in einer schützenden Geste die Hände. Dann trat Telka vor, tauchte die Hände in ein rundes steinernes Becken, in dessen Wasser sich das rötliche Licht der untergehenden Sonne spiegelte, und berührte mit der Spitze eines Fingers seine Stirn. Er spürte, wie sie ein verschlungenes Symbol zeichnete, nahm mit geschlossenen Augen die Bewegungen ihrer Hand in sich auf, folgte in Gedanken der kühlen Spur, die sie auf seiner Haut hinterließ und erkannte, daß es das Zeichen der Göttin war, die doppelte Spirale der Unendlichkeit. Obwohl die Empfindung der Kühle schnell nachließ, meinte er dennoch, die geschwungenen Linien weiterhin deutlich zu spüren, und dieses Gefühl sollte ihn während seines ganzen Ritts begleiten.

Nun kam Valna und reichte ihm in einer Schale aus Ton einen Trank, der wie klares Wasser aussah, aber von überraschender Schärfe und Süße

zugleich war und in seiner Kehle brannte. Valnas gütige Augen lächelten ihn an, aber die Worte, die sie zu ihm sprach, verstand er nicht; nur ihr Blick erreichte ihn noch. Vojdo hatte inzwischen Belgast herangeführt, und in dem Augenblick, als die Sonne am westlichen Himmel versunken war, ließ man ihn das Pferd besteigen. Dann flüsterte jeder der drei Priester dem Tier etwas ins Ohr, und Belgast wieherte leise, als wolle er sagen, er habe verstanden und sie könnten sich auf ihn verlassen. Telka, Valna und Vojdo traten nun zurück, und für einen Moment waren Pferd und Reiter ganz allein in der Mitte des Steinkreises. Ohne ein Zeichen seines Reiters setzte das Roß sich in Bewegung; erst langsam, dann in raschem Trab, und schließlich schien Belgast zu fliegen, so daß die Umrisse der Umgebung sich in verschwommene Farben auflösten, die immer dunkler wurden, bis sie so grau waren wie die Gewänder, die Svetlav trug.
Es dauerte eine Weile, bis sich Svetlavs Sinne an alles gewöhnt hatten, und als er begann, Einzelheiten seiner Umgebung wahrzunehmen, lagen die Inseln im See bereits weit hinter ihm. Trotz des grauen Dämmerlichts ringsumher erkannte er, wo er war: auf den buchenbewachsenen Hügeln am westlichen Seeufer. Der Weg jedoch, dem Belgast ohne das geringste Zögern folgte, blieb seinen eigenen Augen verborgen; er konnte keinen noch so schmalen Pfad ausmachen. Er sah zum Himmel hinauf und stellte fest, daß er, obwohl es inzwischen tiefe Nacht sein mußte, von derselben grauen Farbe war wie die Bäume, die niedrigen Büsche und das weiche Gras, das Belgasts Hufe kaum zu berühren schienen. Sterne, die nie gesehene Bilder formten, schimmerten grünlich am silbergrauen Firmament. Svetlav, der sich vorgenommen hatte, auf diesem seltsamen Ritt über nichts zu staunen oder gar zu erschrecken, betrachtete die fernen Lichtpunkte gelassen und freute sich über ihre ruhige, unberührbare Schönheit.
So ritten sie dahin, kein lebendes Wesen begegnete ihnen, und kein Geräusch zeigte an, daß sie noch in der Welt der Sterblichen waren. Svetlav hätte nicht sagen können, ob viel oder wenig Zeit vergangen war. Als sich die Buchenwälder lichteten und grasiges Hügelland vor ihm lag, dessen Gleichförmigkeit nur hier und dort von einem kleinen Hain, einer Buschreihe oder einem stillen See unterbrochen wurde. Auch stießen sie jetzt bisweilen auf den einen oder anderen Wasserlauf, aber Belgast setzte stets ohne die geringste Anstrengung darüber hinweg.
Er kannte die Gegend; viele Male war er auf dem Weg nach Liŭbice über diese Hügel geritten, und ihre Umrisse waren seinem Auge aus jedem

Blickwinkel vertraut. Und doch war diese wohlbekannte Landschaft auf erschreckende Weise fremder als alles, was er je zuvor gesehen hatte. Ihm fiel auf, daß die grün schimmernden Sternbilder über ihm sich in all den Stunden, die er wohl schon unterwegs war, nicht verändert hatten; eine Sonne oder einen Mond, die ihm geholfen hätten, die Zeit zu messen, gab es nicht, und das Licht wurde weder heller noch dunkler. So ritt er weiter, in einer ewigen Dämmerung, und trotz der Geschwindigkeit, mit der die Landschaft an ihm vorüberzog, verspürte er keinen Luftzug auf der Haut. Die Gegend veränderte nach und nach ihr Gesicht; die Hügel wurden steiler und die Täler tiefer, und das Gras stand manchmal so hoch, daß es ihm bis an die Füße reichte.

Als Svetlav glaubte, er müsse jetzt wohl schon in Wagrien sein, sah er in einiger Entfernung vor ihm eine Gestalt, die offenbar demselben unsichtbaren Weg folgte wie er. Obwohl er kräftig erst links, dann rechts am Zügel zog, hielt Belgast geradewegs auf sie zu, als gebe es in diesem ganzen weiten, verlassenen Land kein Ausweichen, kein Verlassen dieses einen Pfades, den alle nehmen mußten, die hier unterwegs waren. Trotz des gleichmäßigen Trabs bemerkte Svetlav, daß sie sich der Gestalt einmal langsamer, dann wieder schneller näherten. Eben war sie noch so nah, daß er sie anrufen und warnen wollte, und im nächsten Augenblick schien sie weiter entfernt als je und fast verdeckt vom hohen Gras. Dann aber stand sie plötzlich fast unmittelbar vor ihm, und er stieß einen erschrockenen Schrei aus, der ihm jedoch seltsam matt und gedämpft in den eigenen Ohren klang. Dennoch mußte ihn die Gestalt gehört haben, denn sie blieb stehen und wandte sich um.

Svetlav hatte schon von weitem den Eindruck gehabt, daß der einsame Wanderer auf den geheimen Pfaden eine Frau sei, und als sie sich jetzt gegenüberstanden, sah er, daß seine Vermutung richtig gewesen war. Es war eine Frau – die schönste, die er jemals gesehen hatte, schöner sogar, als er sie hätte erträumen können. Obwohl ihr Antlitz noch die runden, frischen Züge eines jungen Mädchens trug, war ihre Gestalt schlank und hochgewachsen, von der stolzen Haltung einer Königin, und er beugte unwillkürlich den Kopf und senkte den Blick. Belgast stand wie angewurzelt, nur ein leises Zittern lief durch seinen Körper. Kein Laut war zu hören. Die Fremde war von eigenartiger Blässe. Ihre Lippen leuchteten voll und rot wie Sommerkirschen in dem bleichen Gesicht, lockiges goldenes Haar fiel ihr bis auf die Hüften und schien dort mit den Spitzen der hohen Gräser zu verschmelzen. Sie trug einen schimmernden grünen

Umhang, der ihre Gestalt fast völlig verbarg, und während Svetlav noch jede Einzelheit dieses Bildes unirdischer Schönheit in sich aufnahm, bemerkte er, daß das Gras in ihrer Nähe grün war wie ihr Umhang, bevor es weiter weg wieder in das ihm jetzt schon so vertraute Grau dieser anderen Welt überging. Eine tiefe Scheu hielt ihn davon ab, den Blick zu heben und ihr in die Augen zu sehen, weil er spürte, daß dies keinem Sterblichen vergönnt war, selbst hier nicht, wo andere Gesetze galten. Unwillkürlich faßte er sich an die Stirn, denn die von Telka gezogenen Linien schienen auf einmal zu glühen, und da durchzuckte ihn die Erkenntnis, daß er die Göttin selbst vor sich hatte, in der Gestalt der Vesna, der Herrin des Wachstums und der Fruchtbarkeit.

Svetlav schlug das Herz bis zum Hals; er wollte vom Pferd gleiten und sich zu ihren Füßen niederwerfen, aber er war zu keiner Regung fähig, und es kostete ihn unsägliche Kraft, nur ihren Namen zu flüstern. Da begann sich das Bild vor ihm zu verändern; das Grün des Gewandes verstärkte sich und wurde gelblich, leuchtete für einen Augenblick golden wie die Abendsonne, um zusehends röter zu werden, bis es das dunkle, satte Rot von Weinlaub am Ende des Sommers hatte. Doch auch diese Farbe war nicht von Dauer, über Violett verwandelte sie sich in ein tiefes Mitternachtsblau, und die Gräser in der Nähe spiegelten alle Farben wider, so daß die Göttin wie von einem Regenbogen umgeben war. Gleichzeitig veränderte sich aber auch ihre Gestalt; die Züge des jungen Mädchens strafften sich, vor seinen Augen reifte sie gleichsam zur Frau heran und alterte. Die goldenen Locken wurden dunkler, und als das tiefe Blau des Umhangs schließlich in Schwarz überging, da war ihre Erscheinung die einer alten, weißhaarigen Frau. Dann wurde plötzlich auch das Gewand grau und ebenso die strahlendweiße Haut, und die ganze Gestalt begann, die Umrisse zu verlieren und zu verschwimmen, bis schließlich nur noch ein zarter Dunstschleier von ihrer Anwesenheit Kunde gab, der sich nach und nach in der Ferne verlor.

Svetlav zitterte am ganzen Leib, als das Pferd sich von selbst wieder in Bewegung setzte. »Oh, Belgast«, flüsterte er, »wir haben die große Göttin gesehen – Vesna, Siwa, Morana, jede ihrer Erscheinungen, und sie hat uns auch ihr viertes Gesicht offenbart, das namenlose Gesicht, das sie jetzt trägt, das Gesicht der grauen Göttin, die sich auflöst und uns nur Erinnerungen hinterläßt und eine Welt, die irgendwann einmal jedes Lebens, jeglicher Farbe beraubt und so grau und öde sein wird wie diese Hügel hier!«

Svetlavs Stimmung war seit seiner Weihe im Heiligtum von Racigard von einer gewissen freudigen Erregtheit bestimmt gewesen; guten Mutes war er den geheimen Pfaden gefolgt, ohne den leisesten Zweifel, daß sein Ritt den gewünschten Erfolg haben werde. Doch der Anblick der sich auflösenden grauen Gestalt, der krasse Gegensatz zu der Schönheit der vorherigen Erscheinungen, hatte eine tiefe Trauer und Hoffnungslosigkeit in ihm hinterlassen. Wie konnte er an den Sieg der gerechten Sache glauben, wenn die Göttin das Land verlassen hatte? Die Stille und Unberührtheit der Welt, durch die er reiste, stieß ihn auf einmal ab und erschien ihm unnatürlich und bedrohlich. Am liebsten hätte er Belgast dazu gebracht, nach Racigard zurückzukehren, aber er ahnte, daß das Pferd ihm nicht gehorchen würde, und daher versuchte er es gar nicht, sondern ließ Belgast weiter dem unsichtbaren Wege folgen und hing unterdessen seinen trüben Gedanken nach.
Sie hatten jetzt das Ende des Hügellandes erreicht; vor ihnen lag eine weite, flache Ebene, die vor langen Zeiten einmal Meeresboden gewesen sein mußte, denn es geschah häufig, daß die Bauern dieser Gegend auf ihren kargen Feldern Versteinerungen von Muscheln und anderem Seegetier fanden. Am nördlichen Rand der Ebene erstreckten sich als letzte Hinterlassenschaft des Meeres die Sümpfe von Starigard quer über die wagrische Halbinsel, und es war ohne weiteres möglich, auf den zahlreichen Wasserläufen per Boot von Küste zu Küste zu gelangen. Belgast verlangsamte seinen Schritt, und Svetlav spähte angestrengt in die Richtung, in der er Starigard wußte. Er konnte nichts ausmachen – obwohl normalerweise vom Rand des Hügellandes aus Starigards hoher Wall in der Ferne zu sehen war. Die Sumpflandschaft rund um die Burg erkannte er deutlich, sogar noch die wieder ansteigende Spitze Wagriens dahinter, doch es gab nicht die geringste Spur der mächtigen Hauptburg des Bodricenlandes, und ihm fiel ein, daß er auf dem ganzen langen Ritt nicht ein einziges Mal die Anzeichen einer menschlichen Behausung wahrgenommen hatte. Er drückte Belgast die Fersen in die Flanken, und das Pferd trabte den sanften Hang in die Ebene hinunter, genau in die Richtung, in der er Starigard vermutete.
Sie waren noch nicht allzu weit geritten, als ihnen auf einmal wie aus dem Nichts ein Trupp bewaffneter Reiter entgegenkam. Svetlav dachte schon, er sei unbemerkt wieder in die menschliche Welt geraten, und dies seien Krutos Leute, als ihn die anhaltende Stille und die graue Farbe der Gesichter und Helme eines Besseren belehrten. Graue Hände hielten die

Zügel grauer Pferde, und an grauen Gewändern bewegten sich graue Waffen, ohne zu klirren. Sie kamen geradewegs auf ihn zu, als sei er überhaupt nicht vorhanden, und während Belgast nervös auf der Stelle tänzelte, zog der Anführer des Trupps hart an den Zügeln seines Rosses und schrie heiser: »Aus dem Weg, du Narr!«, aber Svetlav vermochte hinterher nicht zu sagen, ob die Erscheinung wirklich gesprochen oder ob er sich die Worte nur eingebildet hatte. Er selbst entgegnete jedenfalls nichts und überließ die Entscheidung der Weisheit von Belgast, die sich auf diesen Wegen besser zu bewähren schien als seine eigene. Das Pferd, trotz seiner offenkundigen Unruhe, wich nicht zur Seite. Der graue Krieger verzerrte vor Wut das Gesicht zu einer widerlichen Grimasse, zog ein gewaltiges Schwert aus der Scheide, gab seinem Roß die Sporen und stürmte die wenigen Schritte, die sie noch trennten, auf Svetlav zu, die Waffe drohend erhoben. Die anderen Reiter folgten ihm auf den Fersen. Selbst wenn Svetlav noch versucht hätte, Belgast zur Freigabe des unsichtbaren Weges zu zwingen, hätte die Zeit nicht mehr dazu gereicht.

Im Handumdrehen und fast ohne sich dessen bewußt zu sein, hatte Svetlav sein eigenes Schwert gezogen, um den Hieb zu parieren. Aber wie groß war sein Erstaunen, als die vermeintliche Klinge des Widersachers durch sein eigenes Schwert hindurchging, ohne daß er auch nur die Andeutung eines Schlags gespürt hätte, und sein Erstaunen wandelte sich in Entsetzen, als er sah, daß die graue Schneide etwa in Höhe des Herzens in seinen Körper drang, ohne daß er Schmerzen verspürte oder Blut hervorquoll. Er meinte, das höhnische Lachen seines Gegners zu hören, und wieder vernahm er die heisere Stimme: »Es wird Sache eines anderen sein, dich an dieser Stelle zu treffen, Svetlav!« Und dann riß der graue Krieger mit einem Ruck das Schwert aus Svetlavs Brust, der ungläubig auf seine Weste starrte, die an der Stelle des Einstichs gänzlich unversehrt war. Als er den Blick wieder hob, waren die Reiter vor ihm verschwunden. Er drehte sich um und blickte zurück, aber nicht die geringste Spur war mehr von ihnen zu entdecken.

Während Svetlav wie betäubt seinen Weg fortsetzte, wurde ihm mit erschreckender Gewißheit klar, daß er das Gesicht des grauen Kriegers kannte. Schon einmal hatte er in diese kalten, toten Augen geblickt, und er sah deutlich das Bild der bedrohlichen Erscheinung, die ihn in der Nacht der Göttin bei den Grabhügeln heimgesucht hatte, als sich die Ebene vor seinen Augen rot färbte. Sogar den Namen des Dörfchens

dort wußte er auf einmal wieder. Smilov hatte es geheißen. Smilov – plötzlich schien das Wort eine böse Vorbedeutung für ihn zu haben, ohne daß er hätte sagen können, warum.
Svetlav fühlte sich auf einmal ausgelaugt und unendlich müde und verspürte das dringende Bedürfnis nach einer Stärkung. Da fiel ihm der Lederschlauch ein, den die Priesterinnen ihm mitgegeben hatten. Er holte ihn hervor, öffnete ihn und nahm mit geschlossenen Augen einen tiefen Zug. Das kalte, klare Wasser schmeckte köstlich. Er meinte förmlich, die lieblichen Ufer des Racigarder Sees vor sich zu sehen, den kühlen Wind der Inseln auf der Stirn zu spüren, er hatte auf einmal Lusas Lachen und ihre sanfte, warme Stimme im Ohr, und eine neue Kraft erfüllte ihn. Er verschloß den Schlauch sorgfältig und hielt erneut mit hellwachen Sinnen Ausschau. Sie hatten bereits die Sümpfe erreicht, und er war jetzt froh, daß er sich auf den geheimen Pfaden befand und deshalb wohl keine Sorge zu haben brauchte, vom richtigen Weg abzukommen. Dennoch boten die Sümpfe einen unheimlichen und beklemmenden Anblick, und die allgegenwärtige graue Farbe verstärkte den Eindruck noch.
Sie konnten jetzt nicht mehr weit von Starigard sein – oder vielmehr von der Stelle, wo Starigard im Reich der Menschen zu liegen pflegte –, und Svetlav begann sich zu fragen, wie er von den geheimen Pfaden wieder in seine eigene Welt gelangen sollte. Plötzlich hörte er ganz in der Nähe die zarten Klänge einer Flöte. Zuerst glaubte er an eine Sinnestäuschung, denn die Töne schienen direkt aus der undurchdringlichen Wildnis der Sümpfe herüberzuwehen, aber dann bemerkte er, wie Belgast aufmerksam die Ohren aufstellte und den Kopf in die Richtung wandte, aus der die Klänge kamen. Die sanfte, traurige Melodie wurde lauter, als käme der geheimnisvolle Flötenspieler näher. Svetlav, den die letzte Begegnung auf den geheimen Pfaden argwöhnisch gemacht hatte, tastete nach dem Griff seines Schwertes. Ein paar Schritte vor ihm teilte sich plötzlich das dichte graue Schilf, das zu beiden Seiten den unsichtbaren Weg säumte, und er erblickte einen hochgewachsenen jungen Mann, der mit der Flöte an den Lippen auf sie zuschritt. Belgast zeigte nicht das geringste Erschrecken, sondern blieb stehen und begrüßte den Fremden mit einem leisen, fast freudigen Wiehern. Als dieser sie erreicht hatte, setzte er die Flöte kurz ab, strich dem Pferd über Hals und Nüstern und sagte: »Das ist für dich, Belgast!«
Gleich darauf erklang eine leichte, fröhliche Melodie, die in Svetlavs

Geist ein welliges grünes Hügelland wachrief, endlose, saftige Wiesen, über die eine Herde von Pferden dahinstürmte, strotzend vor Kraft und Lebensfreude, bis sie in weiter Ferne am Horizont verschwanden. Belgast stampfte mit den Hufen, schlug mit dem Schweif und wieherte erneut. Da nahm der Fremde das Instrument von den Lippen, und Svetlav sah, daß er lächelte. Er sah ihm in die Augen und erschrak vor der Eindringlichkeit seines Blickes, denn obwohl der Flötenspieler seiner Gestalt nach in der Blüte der Jugend zu stehen schien, meinte Svetlav, noch nie in so alte Augen geschaut zu haben. Ein Schauer lief ihm über den Rücken. Der Fremde lächelte immer noch, als er sprach: »Und dies ist für dich, Svetlav!« Wieder erklang eine Melodie, in der sich diesmal Trauer und Heiterkeit auf eigenartige Weise vermischten. Das ist mein Leben, dachte Svetlav flüchtig, während er den Flötenspieler betrachtete, der ganz in sein Spiel versunken war.
Ein leichter Wind kam auf, der das hohe Schilf zum Rascheln brachte und die graue Oberfläche der Tümpel kräuselte. Und plötzlich erschien Svetlav das moorige Wasser weniger grau, es schimmerte grünlich, genauso wie die Binsen und das Schilf. Vor ihnen erstreckte sich auf einmal ein breiter, fest gestampfter Weg, und an einem blauen Himmel segelten weiße Frühlingswolken dahin. Mit den Farben kehrten die Geräusche zurück, zunächst schwach, kaum vernehmbar unter den Klängen der Flöte, dann immer lauter – sie waren wieder in die Welt der Menschen zurückgekehrt. Erst als die Melodie in sanften, dunklen Tönen verklungen war, besann sich Svetlav, der voll Staunen die Veränderung um sie herum betrachtet hatte, auf den Flötenspieler, und wieder versank sein Blick in den weisen alten Augen.
»Dort vorne, hinter der nächsten Wegbiegung, liegt Starigard«, sagte der Fremde leise, und seine Stimme klang so melodisch wie sein Instrument. »Ihr wärt in weniger als der Hälfte einer Stunde dort ... Aber ihr braucht nicht mehr dorthin, Svetlav und Belgast! Ihr seid zwar schnell gereist, außerhalb von Zeit und Raum, aber auch auf den geheimen Pfaden läßt sich das Schicksal nicht einholen. Es ist zu spät, Kruto ist tot, und der andere Fürst herrscht schon in der Burg, an seiner Seite die schöne Witwe. Ihr könnt nichts mehr ausrichten, und wenn ihr euer Leben nicht in Gefahr bringen wollt, dann kehrt auf der Stelle um und bringt die Botschaft nach Polabien und nach Veligard!«
Entsetzen ergriff Svetlav bei dieser Nachricht. »Wie konnte das geschehen?« unterbrach er den Flötenspieler. Der gab ihm jedoch keine Ant-

wort, sondern blickte an ihm vorbei in die Ferne und fuhr mit seiner leisen, klangvollen Stimme fort: »Wenn ihr südwärts geht, werdet ihr bald einen Trupp wagrischer Krieger einholen, die dem neuen Herrn nicht dienen wollten und vor seinem Zorn flüchten mußten. Du wirst unter ihnen etliche finden, die dir Zeugnis von den Ereignissen in Starigard geben können. Ich muß jetzt weiter ...«

Damit wandte er sich um und ging davon, nicht auf dem Weg, sondern mitten durch das Schilf, als seien Sumpf und Moor so gut wie die beste Straße für ihn, und Svetlav und Belgast vernahmen nur noch ein paar ferne Flötenklänge, die rasch schwächer wurden. Alle Hoffnung zerronnen! Svetlav fühlte sich einsamer und verlassener als je, verlorener als auf den geheimen Pfaden. Er zweifelte nicht, daß der Flötenspieler die Wahrheit gesprochen hatte. Dennoch dauerte es eine Weile, bis er sich entschloß, das Pferd zu wenden, und beide mit hängenden Köpfen den Weg nach Süden einschlugen.

Es war genauso, wie der Fremde mit der Flöte gesagt hatte: sie hatten noch nicht ganz das Ende der Sümpfe erreicht, als Svetlav in einiger Entfernung den Klang von Männerstimmen hörte. Es mußte ein größerer Trupp sein, der vor ihnen nach Süden zog, und Svetlav trieb Belgast an, um die Männer, die offensichtlich zu Fuß unterwegs waren, rasch einzuholen. Irgendein Zauber der geheimen Pfade schien sie indes noch zu umgeben, denn erst als sie die Nachhut des Zugs erreicht hatten, bemerkte man sie und stieß Warnrufe aus. Im Nu waren sie von einer Schar bewaffneter Krieger umringt, die dem Pferd in die Zügel griffen, es zum Stillstand zwangen und die Spitzen ihrer langen Speere auf Svetlav richteten.

Svetlav erkannte einige wieder, mit denen er während seiner Zeit bei Kruto einen Becher geleert und das eine oder andere Wort gewechselt hatte. Dies waren also die Starigarder Krieger, die dem neuen Herrn den Gehorsam verweigert hatten. Obwohl die Männer auch ihn wiedererkennen mußten, zeigten sie dies mit keiner Miene, sondern zwangen ihn abzusteigen und hielten ihn weiterhin im Kreis ihrer Speerspitzen fest – und mehr als alles andere verriet dieser ungewöhnliche Argwohn, wie schrecklich die Ereignisse in Starigard gewesen sein mußten. So ließ er sich die rauhe Behandlung ohne Murren gefallen und zu dem Anführer führen. Es dauerte eine ganze Weile, bis seine Bewacher ihn die Reihen der Kampfgenossen entlang an die Spitze des Zugs geführt hatten. Dort erwarteten ihn zwei Männer, und Svetlav erkannte in einem von ihnen den alten Ivo, das graue Gesicht gezeichnet von Erschöpfung und Schmerz. Ein notdürftiger Verband bedeckte die krustigen Ränder einer Kopfwunde, und Svetlav fragte sich, woher er noch die Kraft zu einem so langen Marsch hatte. Er wollte auf Ivo zugehen und ihn begrüßen, doch die Speerspitzen der Krieger hinderten ihn daran, bis Ivo die Männer zurückwinkte.

»Von Svetlav aus Veligard haben wir keinen Verrat zu befürchten, selbst in dieser bösen Zeit, wo das Schwert sämtliche Schwüre zerschlagen hat! Laßt ihn reden – ich will seine Neuigkeiten hören, und er soll die unsrigen erfahren, falls er sie nicht schon kennt!«

Die Krieger senkten die Speere, die bekannten Gesichter grinsten Svetlav jetzt an, und einer rief: »Nichts für ungut, Veligarder, aber so lautete Ivos Weisung: jeden festhalten, der aus der Richtung von Starigard kommt!« Svetlav nickte den Männern zu und begrüßte dann Ivo und Lubor, den Mann an Ivos Seite, einen wackeren Krieger in mittleren Jahren, der ihm ebenfalls aus Starigard bekannt war.

»Ziehen wir weiter, während wir unsere Neuigkeiten austauschen«, sagte Lubor, »denn die Zeit eilt, und wir müssen auf dem schnellsten Weg nach Racigard!« Dabei warf er Ivo einen sorgenvollen Blick zu, den Svetlav sofort richtig deutete. Mit Lubors Hilfe überredete er den halsstarrigen alten Krieger, der sich schämte, einzugestehen, daß er an seiner Verletzung litt, auf Belgast den Weg fortzusetzen. Schließlich gab Ivo murrend nach, und der Zug setzte sich wieder in Marsch. Svetlav schätzte, daß es an die fünf, sechs Dutzend Krieger sein mochten, die Starigard den Rükken gekehrt hatten – gewiß eine stattliche Zahl, aber hatten nicht fast zehnmal so viele einst in Krutos Diensten gestanden? Und alle anderen folgten jetzt Heinrich. Svetlav seufzte …

Nun begann Ivo, von den Ereignissen in Starigard zu berichten: »Wir waren ja vorgewarnt, Svetlav, vor allem durch dich, und keiner war unter uns, der nicht seit dem letzten Sommer gewußt hätte, daß der Nakonide Übles im Schild führt. Natürlich haben wir unsere Vorkehrungen getroffen, so wie ihr in Veligard und Radomir auf den Inseln. Aber das Ausmaß von Heinrichs Niedertracht hat keiner geahnt … Wir hätten ihm noch viel mehr mißtrauen sollen«, murmelte er nach einer nachdenklichen Pause, »aber gerade Kruto war ja so sicher, daß Heinrich nach allem, was die Fürsten für ihn getan hatten, den Frieden halten würde. Aber wann hat jemals ein Nakonide Güte mit Güte und Vertrauen mit Vertrauen vergolten? Unser Fürst hat seinen Irrtum schließlich mit dem Leben bezahlen müssen ... Vor drei Tagen kam ein dänischer Bote aus Liubice und wollte unbedingt unter vier Augen mit Kruto sprechen, angeblich um ihm eine wichtige Nachricht von Heinrich zu überbringen. Kruto empfing ihn arglos in der kleinen Halle, und nur Slavina – möge der viergesichtige Svetovit sie mit seinem Blitz erschlagen – war noch bei ihm. Der Bote, ein dicker Mann von freundlichem Äußeren, der sich Haakon nannte, legte bei der Wache Schwert und Kampfmesser ab, und als die Männer schon dachten, das sei alles, löste er noch ein zweites Messer, das er an einem schmalen Lederriemen unterhalb des Knies trug, und reichte es ihnen mit breitem Grinsen. Breitbeinig und mit ausgestreckten Armen stand er da und scherzte mit den Kriegern, ob sie ihn nicht lieber durchsuchen wollten. Aber unsere Männer lachten nur und winkten ab. Sie gaben ihm den Weg frei, und so betrat der Dicke die Halle des Fürsten – um den Tod zu bringen. Was sich dort drinnen abspielte, vermag keiner genau zu sagen – aber eins ist gewiß, der dänische Hund muß noch ein drittes Messer bei sich gehabt haben, denn das Herz unseres Fürsten war mit einem einzigen Stich durchbohrt ... In seiner eigenen Halle, vor den Augen seines Weibes ... Dieses trat nach einiger Zeit ganz ruhig zu den Wachen hinaus, ohne mit der leisesten Regung ihres lieblichen Gesichtes zu verraten, daß ihr Gatte wenige Schritte hinter ihr in seinem Blut lag, und bat die Krieger ›im Namen des Herrn Kruto‹, auf dem Burgwall das Ehrenbanner zu hissen, das wir nur aufziehen, wenn ein hochgestellter Gast in Starigard weilt. Sie sagte, daß in Kürze Heinrich mit einer Schar Krieger aus Liubice eintreffen würde, und das Banner sei das verabredete Zeichen, um ihm anzuzeigen, daß Kruto bereit sei, ihn zu empfangen. Niemand zweifelte an ihren Worten, und so geschah ›im Namen des Herrn Kruto‹ ...« Ivo seufzte kummervoll und fuhr dann fort: »Hoch zu Roß hielten sie Einzug in Starigard, Heinrich und seine Krieger, durch weit geöffnete Tore, und wir wunderten uns nur über ihre vielen Waffen ... Heinrich sprang vom Pferd und schritt mit einer Handvoll Männer, ohne viel zu fragen, zu Krutos kleiner Halle hinüber, als wisse er genau, wo der Fürst sich aufhielt, aber bevor die Wache ihn einlassen konnte, wurde die Tür von innen aufgestoßen, und Slavina trat heraus. Sie blieb einen Moment in der Tür stehen, bis alle Augen auf sie gerichtet waren, und dann rief sie mit lauter Stimme, daß sie im ganzen Burghof zu hören war: ›Der Fürst Kruto ist tot! Ich biete meine Hand Heinrich aus dem Geschlecht Nakons, auf daß er mich beschütze und mir zur Seite stehe!‹ Und Hein-

rich trat auf sie zu, ergriff ihre Rechte und küßte sie, während wir starr vor Entsetzen dastanden wie die Steine von Racigard … Aber dann begriff ich, was für ein Spiel hier gespielt wurde, stürmte mit einem guten Dutzend Krieger in die Halle, und Slavina trat einfach einen Schritt beiseite – als hätte sie zu einem Festmahl geladen und gewährte ihren Gästen nun Eintritt! Ja, und dort drinnen fanden wir unseren Fürsten, neben dem Feuer lag er, noch warm, das Hemd blutüberströmt und in der Hand den eigenen Dolch … – ach, hätte er doch die Zeit gehabt, dem Stoß seines Mörders zuvorzukommen … ›Wo ist der dänische Hund?‹ schrie ich, und Slavina sagte seelenruhig, daß er sie beiseite gestoßen habe und geflüchtet sei – und sie sei so erschrocken gewesen, daß sie nicht einmal sagen könne, wohin … Da wir niemanden hatten die Halle verlassen sehen, gab es nur einen Weg, den der Mörder genommen haben konnte. Wir rannten die Treppe hinauf in Krutos Schlafgemach über der Halle, und da wurde uns augenblicklich klar, daß der Mörder bereits geflüchtet war: der Fensterflügel stand noch halb offen, und ein langes Tau, das fast bis zum Boden reichte, war am Gesims verknotet. Diese Seite des Hauses ist nämlich dem Burghof abgewandt, und dort hat selten jemand etwas zu schaffen, so daß es in der Tat möglich ist, sich ungesehen davonzumachen – vor allem, wenn man es so listig und geschickt anstellt wie der dänische Krieger! Aber noch eins wurde uns klar: Slavina mußte dem Mörder geholfen haben, denn ein Messer zu verstecken ist eine Sache – aber einen Strick von dieser Länge zu verbergen, das ist schlichtweg unmöglich. Es war Verrat, und zwar von langer Hand geplant!
Wir stiegen wieder hinab in die Halle, wo Heinrich und Slavina nebeneinander am Feuer standen und Krutos Leiche den Rücken zuwandten. Ich sagte: ›Der Mörder des Großfürsten war dein Bote, Heinrich …‹ Aber Heinrich ließ mich gar nicht ausreden. ›Willst du mir etwa unterstellen, ich hätte etwas mit Krutos Tod zu tun?‹ brüllte er mich an. ›Jeder in ganz Starigard hat gesehen, daß ich erst angekommen bin, als euer Herr schon tot war, und was den angeblichen Boten angeht – ich habe keinen ausgeschickt!‹ Aber ich sagte: ›Trefflich hat sich alles für dich gefügt. Kruto ist tot, und seine Witwe bietet dir ihre Hand und Wagrien, und du könntest obendrein auf dem Prunksitz des Großfürsten Platz nehmen, von dem wir deinen Vater einst verjagt haben … Allzu trefflich, um ein bloßer Zufall zu sein!‹ In meinem Eifer hatte ich nicht bemerkt, daß hinter meinem Rücken Slavina zwei Männer aus Heinrichs Gefolge herbeigewinkt hatte, und ihre kühle Stimme fiel mir ins Wort – und das

war vielleicht gut so, denn ich konnte sehen, daß ich Heinrich dermaßen in Wut versetzt hatte, daß er mich wohl getötet hätte, wenn ich noch weitergesprochen hätte. Slavina sagte nur: ›Nehmt diesen Mann fest – er hat meinen Gast, den künftigen Herren von Starigard, beleidigt!‹ Als die beiden Dänen zupackten, wehrte ich mich nach Kräften, und diese Wunde« – Ivo deutete an seinen Kopf – »bezeugt, daß sie scharf zuhauen mußten, um mich zu besiegen und mundtot zu machen.«

»Und wie ging es dann weiter?« fragte Svetlav.

»Sie führten mich und alle, die bei mir gewesen waren, in die Gästehalle und ließen uns dort unter den Augen bewaffneter dänischer Krieger zurück, und einige von uns, die sich trotz der Übermacht zur Wehr setzten, bezahlten es mit dem Leben. Den Rest des Tages, die nächste Nacht, den anderen Tag und die Nacht darauf hielten sie uns dort fest, ohne jede Stärkung – wir hatten kaum einen Schluck Wasser. Derweil ließ Heinrich alle Starigarder in Krutos großer Halle zusammenkommen und trat in Slavinas Vollmacht seine Herrschaft über Wagrien an. Allen, die ihm treu dienen wollten, versprach er guten Lohn und eine Zeit des Wohlstands und des Friedens. Die anderen sollten davonziehen und sich eine andere Bleibe suchen – aber so gut wie in Starigard würden sie es nie treffen, versicherte er. Was soll ich dir sagen, Svetlav – du siehst es ja selbst: der Mann folgt dem am liebsten, der ihm am meisten verspricht, und nur etwa jeder zehnte Mann hielt den Schwur, den er einst Kruto gegeben hatte, dessen Haus zu dienen und zu schützen. Alle anderen beugten vor Heinrich die Knie und leisteten ihm den Waffeneid; der war hochzufrieden und ließ noch am selben Tage ein Festmahl für ganz Starigard rüsten. Ein christlicher Priester, der – ebenfalls ganz zufällig – zur Burg gekommen war, sollte Heinrich gleich mit Slavina vermählen, damit niemand die Rechtmäßigkeit seiner Herrschaft in Zweifel ziehen konnte ... Wir hörten sie in der großen Halle lachen, grölen und singen, als sie sich mit Krutos Wein und Krutos Bier betranken und Krutos Frau sie mit dem Besten aus Krutos Vorratskammern bewirtete, als man uns, Krutos treue Krieger, ohne einen Bissen, ohne Wegzehrung davonjagte wie streunende Hunde ...«

Ivo verstummte, und sie zogen schweigend weiter, über die Ebene dem Hügelland im Süden Wagriens entgegen. Erst nach einer ganzen Weile richtete Ivo wieder das Wort an Svetlav: »Und wo kommst du her, Svetlav? Welcher Auftrag hat dich nach Starigard geführt, und was hast du dort vorgefunden?«

Svetlav erzählte kurz von der Warnung, die er Kruto habe überbringen

sollen und daß er trotz aller Eile – wie damals beim Rat der Fürsten – zu spät gekommen sei. Die geheimen Pfade erwähnte er allerdings nicht. »Ich bin gar nicht erst bis nach Starigard gekommen, Ivo«, sagte er schließlich. »Ein fremder Wanderer kam mir auf dem Weg entgegen und brachte mir die Kunde von Krutos Tod, so daß ich nun, da mein Auftrag gescheitert war, schweren Herzens umkehrte, um wie ihr auf dem schnellsten Weg die anderen Fürsten über die Geschehnisse ins Bild zu setzen, und dann holte ich euch ein!«
Ivo war recht nachdenklich geworden bei Svetlavs Schilderung. »Ein fremder Wanderer, der aus der Richtung von Starigard kam – das ist merkwürdig! Wer mag das gewesen sein? Ob es wohl ein Mann war, der sich uns noch anschließen wollte?«
Svetlav schüttelte den Kopf. »Der Fremde sah nicht wie ein Krieger aus, obwohl er hochgewachsen war und von geschmeidiger Gestalt. Er war ein wandernder Barde, ein Musikant – ein Flötenspieler!«
Ivo fuhr herum. Er warf Svetlav einen eigenartigen, fast scheuen Blick zu und sagte mit gedämpfter Stimme: »Du hast einen Flötenspieler in den Sümpfen getroffen, der dir von Krutos Tod berichtet hat?«
Svetlav nickte, und Ivo flüsterte fast, als er weitersprach: »Dann siehst du wahrlich mehr als andere, Svetlav – und daß du bloß mit keinem darüber sprichst, denn deine Begegnung ist gewiß kein gutes Vorzeichen …«
Svetlav schaute erstaunt zu dem alten Krieger auf. Ivo fuhr fort: »Du scheinst mich nicht zu verstehen … So höre: meines Wissens gibt es nur einen einzigen Flötenspieler, der Grund dazu hätte, an diesem heimgesuchten Ort jetzt sein Lied erklingen zu lassen! Allen Bodricen ist er vertraut, auch wenn du vielleicht der einzige bist, der ihn je von Angesicht zu Angesicht gesehen hat … In unseren Gesängen und Geschichten ist oft die Rede von ihm – ein Jüngling mit Augen so alt wie die Welt, nicht wahr, Svetlav?«
Svetlav dämmerte es langsam, und ihm war, als spürte er plötzlich die Berührung einer eiskalten Hand, die nach seinem Herzen griff. So leise, daß nur Ivo den Text verstand, stimmte er ein altes Lied der Bodricen an:

Leichten Schrittes kommt er des Weges;
Kein Mensch ist, der ihn hört,
Kein Mensch ist, der ihn sieht,
Den Boten der Göttin –
Ein Jüngling mit Augen so alt wie die Welt …

In deinen Träumen nur
Hörst du den Klang seiner Flöte
Oder wenn er dich ruft,
Dich, am Ende deines Weges.

Die Fürsten

Eine der kennzeichnenden Eigenschaften Heinrichs war, daß er keine Zufriedenheit kannte. Auch ein gelungener Schlag oder ein erfüllter Plan verschafften ihm weder Ruhe noch Freude, sondern stets strebte er rastlos seinem nächsten Ziel entgegen. So hatte er mit Slavina nicht mehr als zwei Nächte als deren Ehemann in Starigard das Lager geteilt, als er bereits zum Aufbruch drängte. »Der erste Teil meines Vorhabens ist wohl gelungen«, sagte er zu ihr, als sie am fünften Tage nach Krutos Tod beim Morgenmahl saßen und Slavina ihn mit liebevoller Aufmerksamkeit bediente. Fragend schaute sie ihn an. »Ja, der erste Schritt ist getan, und das Glück war uns gewogen. Zwar bin ich jetzt im Besitz dieser lieblichen Hand«, sagte er und drückte Slavinas weiße schlanke Finger so fest, daß sie leise aufschrie, »und Wagrien ist gewiß auch keine zu verachtende Mitgift! Aber um das Erbe meines unglücklichen Vaters anzutreten, muß ich noch einen zweiten Schritt tun, und der ist erheblich schwieriger als der erste! Was, denkst du, meine Teure, tun unsere Feinde jetzt?«
Slavina, die mit ihrem frisch angetrauten Gemahl eigentlich lieber Zärtlichkeiten ausgetauscht hätte, als über bodricische Politik zu sprechen, überlegte eine Weile, bevor sie antwortete: »Ich denke, die anderen Fürsten sinnen auf Rache«, sagte sie schließlich.
Heinrich nickte. »Selbstverständlich«, sagte er, »und wir wären schlecht beraten, einen Vergeltungsschlag hier in Starigard abzuwarten! Zwar denke ich, daß es wohl einige Zeit dauern wird, bist die anderen kampfbereit sind, aber wir haben dennoch keinen Tag zu verlieren. Um die Herrschaft über ganz Bodricien zu erlangen, bedarf es nämlich noch eines sehr langen Rittes – und das meine ich so, wie ich es sage!«
»Du meinst, wir sollten nach Liubice aufbrechen?«
Heinrich nickte. »Ja, das sollten wir, aber das ist es nicht allein. Ich habe an einen noch längeren Ritt gedacht, und du sollst mich dabei begleiten und mit deiner Schönheit meinem Anliegen zum Erfolg verhelfen ...«
Slavina schaute Heinrich mit großen Augen an. Der lächelte und kostete für einen Moment das Gefühl der Überlegenheit aus. Sie war nicht nur eine schöne Frau, sie war auch die klügste, die er kannte, vorausschauend und listig zugleich, seiner fast ebenbürtig – aber eben nur fast ... »Ich

will dir erklären, worum es mir geht«, fuhr er fort. Sie rückte ein wenig näher zu ihm, und er legte den Arm um ihre Schultern. »Wenn sich Niklot und Radomir gegen mich verbünden – und ich sehe keinen Grund, warum sie das nicht tun sollten –, dann führen sie gemeinsam an die fünfzehn-, sechzehnhundert Krieger gegen uns ins Feld. Und wie viele Männer habe ich dem entgegenzusetzen?«

Slavina begann zu ahnen, worauf er hinaus wollte. »Du hast deine Krieger, die du aus dem Dänenreich mitgebracht hast – siebzig Männer mögt ihr gewesen sein, als ihr den Winter nach deiner Rückkehr in Starigard verbracht habt. Und du hast jetzt Krutos Leute; es werden um die sechshundert Mann sein, die dir den Treueeid geleistet haben, nicht wahr?«

»Es sind Überläufer«, sagte Heinrich verächtlich. »Und wer dem einen Herrn die Treue bricht, der bricht sie auch dem anderen! Ich bin mir sicher, daß sie nicht mit der gebotenen Entschlossenheit kämpfen werden, wenn sie sich den anderen Bodricen gegenüber sehen und vielleicht sogar noch den einen oder anderen alten Genossen aus Starigard darunter entdecken. Vielleicht hätte ich Krutos Anhänger doch nicht so ohne weiteres ziehen lassen sollen ...«, fügte er nachdenklich hinzu. »Aber was soll's, was geschehen ist, ist geschehen, und es ist besser, wenn man keine Feinde innerhalb des eigenen Burgwalls hat – und so viele töten, das hätte nur unnötig den Haß der Widersacher geschürt und damit ihre Kampfeswut! Ja, Slavina, so stehen die Dinge; ich habe nur meine Leute, auf die ich mich verlassen kann, genau sechsundsechzig an der Zahl, und etwa die neunfache Menge an wagrischen Kriegern, von denen wir bezweifeln, daß sie bereit sind, für den neuen Herrn tatsächlich ihr Letztes zu geben ... Dazu kommen noch, was du nicht wissen kannst, etwa zwölf Dutzend Männer, die in Liubice in meinem Sold stehen, zwar willig und mir ergeben, aber keine geübten Krieger, sondern Söhne von Bauern und Fischern, die sich für den Burgbau bei mir verdingt haben und vom Kriegshandwerk noch weniger verstehen als vom Errichten von Hallen und Häusern! Du siehst, wenn es zum Kampf kommt, und das ist gewiß, dann stehen jedem der Unsrigen zwei feindliche Männer gegenüber, und zwar durchweg erprobte Recken! So kann ich das Bodricenreich auf keinen Fall für das Geschlecht Nakons zurückgewinnen, und schlimmer noch: wir sind in Gefahr, das bisher Erreichte wieder zu verlieren! Deshalb, meine Gemahlin, muß ich mir Verbündete suchen – mächtige Verbündete, mit deren Hilfe es uns gelingt, das Schlachtglück auf unsere Seite zu zwingen, und ich muß mir klarwerden, welchen Preis dafür zu

zahlen ich bereit bin – denn selbst die, an die ich denke, werden sich weder wegen unserer gemeinsamen christlichen Sache noch wegen der alten Freundschaft unserer Sippen in eine Schlacht mit den Bodricen stürzen, deren Ausgang letztlich ungewiß ist!« Er seufzte und schwieg.
Slavina, die Heinrichs Gedankengänge nicht stören wollte, wartete, daß er wieder das Wort ergriff, aber als dies nicht geschah, sagte sie nach einer Weile: »Ich glaube, ich weiß, wen du als Verbündete gewinnen willst. Du hast an die Sachsen gedacht, nicht wahr?«
»Ja, natürlich«, entgegnete Heinrich unwirsch, denn er ließ sich in der Tat ungern unterbrechen, wenn er über etwas nachdachte, und er hatte gerade darüber gegrübelt, was er dem Billunger im Gegenzug für dessen Unterstützung anbieten konnte. Aber wie er es auch drehte und wendete, es gab nur eins, was in Betracht kam: der Lehenseid, und der würde dem Sachsenherzog die Oberhoheit über das Bodricenland geben, und selbst im Fall eines Sieges über die anderen Fürsten wäre es dann mit der Unabhängigkeit vorbei ... Außerdem mißfielen Heinrich die Nachrichten, die Haakon von seinen geheimen Streifzügen ins Sachsenland mitgebracht hatte: daß die Sachsen nämlich mit gierigem Blick nach Nordosten schauten. Wer konnte schon sagen, ob nicht eines Tages ein machthungriger Herzog danach trachtete, ganz Bodricien dem Sachsenreich einzuverleiben! Er seufzte und starrte abwesend vor sich hin. Ohne die Unterstützung der Sachsen war seine eigene Sache hingegen völlig aussichtslos, und vielleicht war Magnus Billung ja ein umgänglicher Mann, dem der Lehenseid genügte und der ihm im Fall eines Sieges in Bodricien weiterhin freie Hand ließ – zufrieden damit, daß das Land ruhig war und er im Streitfall auf Heinrichs Lehenstreue zählen konnte. Ja, dachte Heinrich, man würde sehen müssen, aus welchem Holz der Sachsenherzog geschnitzt war, und zwar so bald wie möglich. Noch heute wollte er einen Boten zu Magnus Billung schicken, der ihr Erscheinen ankündigte.
Slavina, die gekränkt war, daß er ihr nicht die Aufmerksamkeit schenkte, die sie gewohnt war, hatte sich inzwischen erhoben. »Ich will deine wichtigen Gedanken nicht stören!« sagte sie spitz. Ohne auf ihren gereizten Tonfall einzugehen, sah Heinrich sie gelassen an und sagte: »Sieh zu, daß du dich reisefertig machst, und bereite alles für einen längeren Ritt vor! Wir werden Starigard morgen in aller Frühe verlassen – und falls du es noch nicht erraten hast: hierher zurückkehren werden wir nicht! Einmal abgesehen von den Annehmlichkeiten, die meine neue Burg zu bieten

hat, ist sie auch besser befestigt als Starigard und aufgrund ihrer Lage unseren Plänen dienlicher. Aber zunächst müssen wir jene andere Reise hinter uns bringen, von deren Ausgang alles weitere abhängt!« Am nächsten Morgen ließ Heinrich Starigard in der Obhut Ottars zurück, seines vertrauten Genossen aus den Jahren der Verbannung im Dänenreich, und sie machten sich mit einem Dutzend Reitern auf den Weg.
Am neunten Tag nach ihrem Aufbruch erreichten sie Luniburg, die Burg der Billunger, die seit jeher mit dem Schicksal der Nakoniden so eng verknüpft gewesen war. Dort hatte Uto, Heinrichs Großvater, durch ein sächsischen Kurzschwert sein Leben verloren, dort war Gottschalk, Heinrichs Vater, unter der schützenden Hand des alten Billungers in dessen Hauskloster erzogen worden und herangewachsen, bis er nach dem Tod seines Vaters als erster der Nakoniden ins Dänenreich gegangen war, um Jahre später siegreich nach Bodricien zurückzukehren. Heinrich sah mit zwiespältigen Gefühlen auf die stolze Festung, von deren gemauerten Wehrtürmen die gelbweißen Banner der Billunger wehten. Was mochte Luniburg für ihn bereit halten?

Wenn Heinrich später an diesen ersten Besuch bei Magnus Billung zurückdachte, wie er mit bangem Herzen als ein Bittsteller dem mächtigen Sachsenherzog gegenübergetreten war, vermochte er sein Glück nicht hoch genug zu preisen: der Sachse hatte seinen Lehenseid nicht nur äußerst gnädig angenommen, sondern zugleich mit Bestimmtheit die erforderliche Unterstützung gegen »die heidnischen Widersacher«, wie er sich ausdrückte, zugesagt. Das Allerwichtigste und Allerbeste war aber, daß er ihm von Anfang an nicht nur die Huld des Lehensherrn entgegenbrachte, sondern die aufrichtige Freundschaft eines Waffengenossen, denn der Herzog rechnete es Heinrich überaus hoch an, daß er ihm ohne Zögern, als erste Handlung, nachdem er Fürst der Wagrier geworden und noch bevor er in die eigene Burg zurückgekehrt war, den Treueschwur geleistet hatte. »Das ist wahre Lehenstreue!« sagte Magnus und kam sogleich auf die alte Verbundenheit ihrer Sippen zu sprechen. In den höchsten Tönen lobte er Gottschalk als einen rechtschaffenen christlichen Herrscher und verlieh der Hoffnung Ausdruck, daß mit Heinrichs Sieg das Christentum nun endgültig in Bodricien Einzug halten würde. Von Slavina war er entzückt und konnte ihr gar nicht genug danken für ihren Wagemut und ihre Opferbereitschaft an der Seite des alten wagrischen Heiden, und als sie schließlich voneinander schieden, hatte Hein-

rich das Gefühl, einen lieben Bruder zu verlassen – so herzlich war ihr Abschied, so großzügig die mitgegebenen Geschenke.
»Bei Gott, das ist wahrlich gut gelaufen!« sagte er daher zu Slavina, als Luniburg hinter ihnen lag und sie wieder nach Norden, Richtung Labe ritten. »Nun können wir uns behaglich in Liubice einrichten und in aller Ruhe abwarten, bis der Feind bereit ist, uns zum Kampf herauszufordern. Und weil darüber sicher der ganze Sommer vergehen wird, haben auch meine wackeren Liubicer Recken ausreichend Zeit, um zu lernen, statt Hammer und Schaufel das Schwert zu schwingen! Für uns scheint sich nun alles zum Besten zu fügen, meine Teure ...«

Die Fürsten der Bodricen kamen bei Radomir in Racigard zusammen. Sie fanden sich dort kurz nach der Sommersonnenwende ein, als die Tage lang und die Nächte hell und kurz waren, was ihnen allen entgegenkam, denn die Beratungen waren schwierig und langwierig, und nach den Ereignissen in Wagrien stand keinem der Sinn nach Schlaf.
Als Radomir und Niklot durch Ivo und Svetlav von Krutos Tod und Heinrichs Verrat erfuhren, schickten sie Boten selbst in die entlegensten Teile des Landes und luden alle Gaugrafen und Kleinfürsten zum Rat nach Racigard. Sie kamen alle: Männer, die sich seit langer Zeit nicht oder sogar noch nie gesehen hatten, aus Gegenden, die selten von einem Späher oder Kundschafter aufgesucht wurden, kleine Herrscher auf namenlosen Burgen, die abseits der Orte lagen, wo Macht ausgeübt, Pläne geschmiedet und Entscheidungen getroffen wurden. Manch einer der jüngeren war noch nie in Racigard gewesen, und in ihren offenen, vom ländlichen Leben geprägten Zügen spiegelte sich unverhohlenes Staunen angesichts der beeindruckenden Großartigkeit von Burg, Heiligtum und Siedlung. Da fielen betretene Blicke auf die vom langen Ritt schmutzigen Stiefel, Umhänge wurden so zurechtgezogen, daß der ausgebesserte Riß in einer tiefen Falte verschwand, und die eine oder andere Hand rieb noch einmal über Schulterfibel, Gürtelschnalle oder den silbernen Fingerring, um dem blinden Metall doch noch zu ein wenig Glanz in dieser glänzenden Umgebung zu verhelfen ... Reich waren sie alle nicht, aber ihre Pferde waren muskulös und gut genährt, und Schwerter, Streitäxte und Speere blitzten fleckenlos in der Sommersonne. Gut drei Dutzend Männer hatten sich um Radomirs Feuer versammelt, und darunter waren sogar einige wagrische Gaugrafen, die sich aus alter Treue zu Kruto der Herrschaft Heinrichs nicht beugen wollten und

für ihre unnachgiebige Gesinnung nicht nur ihren gesamten Besitz, sondern auch ihr eigenes Leben sowie das ihrer Sippe und ihrer Leute einsetzten.

Radomir und Niklot hatten, ihrem Rang entsprechend, auf zwei Hochsitzen Platz genommen. Die Männer saßen auf den breiten Bänken an den Längswänden der Halle, wo sie nachts auch ihr Lager aufschlagen würden, denn eine eigene Halle für Gäste wie in Starigard gab es in Racigard nicht. Der Zorn über den Verrat an Kruto stand deutlich in allen Gesichtern, aber dieser Zorn vereinte die Bodricen nicht nur, sondern trennte sie auch. Wie sich nämlich herausstellte, gab es keinen unter ihnen, der nicht schon einen Plan ersonnen hatte, an Heinrich Rache zu nehmen, und jeder der stolzen Herren hielt seine Vorstellung für die beste und wollte keine Handbreit davon abweichen … Die Gefahr, sich über das gemeinsame Anliegen zu entzweien, wuchs mit jedem neuen Vorschlag, und für Radomir, der anstelle des erschlagenen Großfürsten dem Rat vorstand, war es ein schweres Amt, die hitzigen Gemüter zu beruhigen und den einen oder anderen am wütenden Davonstürmen zu hindern.

»Und dabei sind wir doch alle einer Meinung«, sagte er kopfschüttelnd. »Einer Meinung sind wir und streiten uns dennoch, während kostbare Zeit vergeht und der Nakonide seine Krieger unermüdlich auf den Kampf vorbereitet! Wie sollen wir auf dem Schlachtfeld Seite an Seite stehen, wenn wir uns noch nicht einmal im Rat einigen können!« Nach und nach verstummten die erregten Stimmen, und die Blicke der Männer richteten sich auf Radomir. »Ich habe euch bisher reden lassen«, fuhr dieser fort, »weil ich euren stolzen Sinn kenne und euren Widerwillen gegen jede Art von Zwang. Ihr Herren von Bodricien handelt gern nach eurem eigenen Gutdünken, ohne euch von einem Höhergestellten etwas vorschreiben oder wenigstens raten zu lassen. Das unbeugsame Gemüt und der Drang nach Unabhängigkeit haben uns einst alle geeint und das Bodricenreich groß und mächtig gemacht – aber es ist damit wie mit jeder Tugend: übertreibt man sie, schlägt sie ins Gegenteil um und bewirkt nur Schaden. Und davor müssen wir uns hüten – heute mehr als je!«

Radomir schwieg, um seine Worte auf die versammelten Männer wirken zu lassen. Niklot hatte Svetlav in den Rat mitgenommen, der als einfacher Krieger zwar kein Stimmrecht hatte, dessen Klugheit aber von Nutzen sein konnte; jetzt sahen sie einander an und empfanden Respekt vor der Wortgewandheit des alten Polabenfürsten.

»Ich bin ein alter Mann«, fuhr Radomir fort, »und wenn es zur Schlacht mit den Nakoniden kommt, woran ich nicht zweifle, werde ich euch nicht mehr von großem Nutzen sein, denn spätestens der zweite meiner Gegner wird mich fällen; wenn nicht gar der erste … Ich blicke aber auf ein Leben von über sechzig Wintern zurück, und gerade in den letzten hatte ich viel Zeit, um über Fehler nachzudenken, die ich gemacht habe und die dazu beigetragen haben, daß wir uns hier und heute mit Heinrich auseinandersetzen müssen. Ich will neue Fehler vermeiden, und darin will ich euch von Nutzen sein – hier, im Rat, wo ich jetzt mehr tauge als auf dem Schlachtfeld …

Hört also, was ich zu sagen habe«, sagte Radomir feierlich. »Und nehmt meinen Rat an, damit dieses unwürdige Gezänk endlich ein Ende hat! Ich habe drei Tage lang euren Worten gelauscht, und jeder, der an diesem Feuer seine Stimme erhoben hat, war von demselben Wunsch beseelt, nämlich an Heinrich Rache zu üben für den feigen Mord an Kruto und den gemeinen Verrat an allen Bodricen. Und ich denke, es gibt nur einen einzigen Weg der Rache, der weder in der Tötung Heinrichs noch in der Zerstörung von Liubice besteht oder was ihr sonst noch alles ersonnen habt … Wir müssen uns vielmehr des Übels der Nakoniden für alle Zeiten entledigen und versuchen, sie alle und jeden, der auf ihrer Seite steht, zu vernichten. Mit ihnen ist es nämlich wie mit dem Unkraut auf dem Feld: ihr mögt den Acker noch so gut jäten, wenn irgendwo nur ein einziges Samenkorn übrigbleibt, beginnt die Plage von neuem, und deshalb reicht es nicht aus, Heinrich zu töten oder seine Burg dem Erdboden gleichzumachen! Vergeßt nicht, daß die Seuche schon weit um sich gegriffen hat; viele junge Männer aus Liubice stehen in seinen Diensten und dienen nicht nur ihm, sondern auch dem Christengott; außerdem die vielen Wagrier, die ihn als rechtmäßigen Nachfolger ansehen, weil Kruto ohne Erben sterben mußte! Nein, um die Nakoniden samt dem Gift des Christentums zu vertreiben, bedarf es einer gewaltigen Schlacht: wir alle gegen sie alle – und wehe dem Verlierer, denn der wird nicht nur einen Kampf verlieren, sondern das ganze Reich, und zwar für alle Zeiten …« Radomir schwieg einen Augenblick, offenbar seine Gedanken ordnend, und als er weitersprach, war sein Ton noch ernster als zuvor: »Es wird die letzte große Schlacht unseres Volkes sein, denn entweder sind wir, was ich hoffe, siegreich und es beginnt eine Zeit des Friedens, oder wir unterliegen – was der viergesichtige Svetovit verhindern möge –, und dann wird das Joch der Nakoniden und des Christengottes so schwer auf uns lasten, daß keiner unserer Nachkommen je wieder das Schwert gegen sie zu erheben vermag. Das ist unsere Wahl, und wir müssen sie mit den Waffen treffen! Ich bin jedoch guten Mutes, daß wir unserer gerechten Sache zum Sieg verhelfen werden, wie damals im großen Aufstand, am Ufer der Labe, als der Feind unterlag... Wäret ihr bereit, einem gemeinsamen Anführer in die Schlacht zu folgen und zu kämpfen mit allem, was euch zu Gebote steht?«

In der Halle brach ein gewaltiger Tumult los. Dies war eine Rede, so recht nach ihren stolzen Herzen, und unter den bodricischen Herren war keiner, der nicht bereit gewesen wäre, auf der Stelle gegen die Nakoniden ins Feld zu ziehen. Lautstark bekundeten sie ihre Zustimmung, und im Nu waren die hitzigen Streitgespräche über die Art der Rache an Heinrich vergessen. Der alte Fürst nickte zufrieden. So hatte er es erhofft; nun konnte er die nächste Hürde in Angriff nehmen. »Es gibt noch einen zweiten Punkt, in dem wir Einigkeit erzielen müssen«, begann er von neuem. »Im großen Aufstand gegen die Nakoniden war Blusso, Krutos Vater, derjenige, der uns zum Sieg geführt hat. Wem wollen wir dieses Mal folgen? Zelibars mächtige Sippe ist mit dem gemeinen Mord auf Starigard ausgestorben, und die Wagrier haben keinen rechtmäßigen Herrn mehr. Ihr müßt euch nun entscheiden, ob ihr mir oder Niklot den Waffeneid leisten wollt, und – halt, hört mich gefälligst zu Ende an!« Radomir brachte die Männer, die sofort begonnen hatten, das Für und Wider des einen und des anderen zu erörtern, mit einer energischen Geste zum Schweigen. »Spart euch die Worte – ihr werdet keine Wahl haben! Ich habe seit Krutos Tod darüber nachgedacht, und auch die Priester im Heiligtum um Rat gefragt und mich schließlich für das entschieden, was für alle Bodricen das Beste ist. Niklot ist der jüngere von uns beiden, auf der Höhe seiner Manneskraft; seine Sinne sind schärfer, und sein Arm ist stärker als der meine. Und auch das muß heute gesagt werden: Hätten wir nicht das Unglück, das uns jetzt bevorsteht, abwenden können, wenn ich vor drei Wintern auf seinen Rat gehört hätte? Wenn ich mitgeholfen hätte, Kruto von seiner Idee abzubringen? Wir haben damals Niklots Worten keinen Glauben geschenkt und uns für weiser als ihn gehalten, bis die Ereignisse uns eines Besseren belehrt haben. Für diesen Irrtum müssen wir nun alle mit unserem Blut einstehen, und wir können nur gewinnen, wenn wir uns einig sind, Wagrier, Polabier und Veligarder! Deshalb wollen wir uns weder über die Frage des Anführers entzweien noch die Stachel allzu rascher Worte zwischen uns treiben, die bekanntermaßen hef-

tiger brennen und langsamer heilen als andere Wunden ... So ist dies mein zweiter Rat: Folgt dem jüngeren, dem besseren Mann in die Schlacht, und wählt Niklot als gemeinsamen Heerführer aller Stämme!«
Radomir hatte zum Schluß noch einmal die Stimme erhoben, und als er schließlich schwieg, herrschte in der Halle für einen Augenblick eine fast feierlich anmutende Stille. Jeder war bewegt; die Rede des alten Fürsten hatte sie in ihrer kleinlichen Streitsucht beschämt und ihnen vor Augen geführt, wie notwendig Einigkeit war. Beinahe gleichzeitig erhoben sich die Männer von den Bänken und leisteten dem Veligarder Fürsten an Ort und Stelle den Treueschwur.
Niklot dankte ihnen und sagte: »Radomirs Weisheit hat uns geeint und gestärkt, und keiner von uns hätte das besser vermocht als er! Nun ist es an mir, mich der erwiesenen Ehre würdig zu zeigen, und ich schwöre euch, ich werde das Schlachtfeld nicht aufrecht verlassen, wenn ich euch nicht zum Sieg führen kann, was der Viergesichtige verhüten möge! Reitet jetzt zurück in eure Gaue und auf eure Burgen, ruft eure Leute zusammen und übt euch im Kampf und in der Waffenführung! Und nach der Ernte findet euch zahlreich und stark hier wieder ein – dann wollen wir sehen, ob wir den Nakoniden nicht ein Ende bereiten können!«
»Wann, denkst du, sollen wir uns sammeln?« fragte Radomir.
»Wenn die Zeit der Waage des Lichts verstrichen ist«, sagte Niklot, und die Männer nickten, denn bis dahin war die Ernte sicher unter Dach und Fach, und die ruhigen Tage des Winters würden den Verwundeten Gelegenheit geben, bis zum Beginn der Feldarbeit im Frühjahr zu genesen.
»Wo sollen wir denn zusammenkommen?« fragte ein eifriger wagrischer Gaugraf aus Süsel. »Wieder in Racigard?«
»Wir brauchen einen Ort«, sagte Niklot, »der für uns alle mehr oder minder gut zu erreichen ist – gleichgültig, ob wir aus Wagrien oder aus Veligard kommen. Racigard liegt zwar etwa in der Mitte zwischen uns, doch es fehlt hier an Platz, um so viele Krieger für einen unbestimmten Zeitraum aufzunehmen.« Radomir nickte zustimmend. »Auch sollten wir den Vorteil nutzen und den Ort selbst festsetzen, an dem wir uns den Nakoniden zum Kampf stellen wollen – und das beste wäre, sich gleich dort zu sammeln, damit wir uns weitere Wege ersparen und unsere Kräfte ganz und gar für die Schlacht einsetzen können.« Niklot schwieg nachdenklich.
Schließlich war es Radomir, der das Wort ergriff: »Ich denke, ich kann dir helfen, Niklot. Der Ort, den du suchst und der alle Voraussetzungen

erfüllt, ist nicht weit von Racigard entfernt, also im mittleren Teil unseres Landes, und es gibt dort genug Platz, um anderthalbtausend Krieger bis zur Schlacht aufzunehmen. Außerdem liegt er an der einen Stelle, die jeder passieren muß, der von Norden nach Süden und von Ost nach West gelangen will oder umgekehrt, und es ist genau der rechte Ort, um eine Schlacht zu schlagen, ein einsames, flaches, weites Feld, wo nur Heidekraut wächst, umgeben von undurchdringlichen Mooren, Seen und Wasserläufen. Am Rand erheben sich außerdem ein paar Hügel, von denen aus man einen vorzüglichen Überblick über die ganze Gegend hat. Du bist dort übrigens schon selbst entlanggeritten, Niklot – und Svetlav viele, viele Male! Nicht wahr, Svetlav, du weißt, welche Ebene ich meine?«

Seitdem Svetlav auf den geheimen Pfaden unterwegs gewesen war, hatte er sich verändert. Obwohl er die andere Welt wieder verlassen hatte, schien ein Teil von ihm immer noch durch das hohe Gras zu streifen, und er nahm die Wirklichkeit der Menschenwelt jetzt häufig auf andere Weise wahr als zuvor. Wenn jemand mit ihm sprach, konnte es geschehen, daß er nicht die Worte hörte, die gesprochen wurden, sondern diejenigen, die der andere insgeheim dachte, und es war ihm in den ersten Tagen nach seiner Rückkehr mehrmals geschehen, daß er auf die Gedanken antwortete und nicht auf die gesprochenen Sätze. Nach der ersten Verwirrung und Bestürzung auf beiden Seiten hatte er gelernt, vorsichtig zu unterscheiden, und ebenso hatte er gelernt, mit den Bildern umzugehen, die plötzlich vor ihm auftauchten und sich wie ein Schleier über die Wirklichkeit legten. Auch überfiel ihn mitunter schlagartig das Wissen um ein Ereignis der Zukunft, und nun war ihm klar, weshalb die Priester ihn seinerzeit gewarnt hatten, bevor sie ihn auf die geheimen Pfade geschickt hatten. Aber in all den Wochen seit seiner Rückkehr hatte ihn noch nie eine Vorahnung so heftig ergriffen wie an diesem Nachmittag in Radomirs Halle. Es hatte angefangen, als Niklot über den Ort der Schlacht nachdachte. Zunächst war da nur ein leises Unbehagen gewesen, kaum spürbar, wie die erste leichte Brise eines nahenden Sturmes, die noch kaum das Wasser kräuselt. Aber dann hatte Radomir das Wort ergriffen, und die Brise in Svetlavs Innern war zu einem kalten Wind angewachsen, der ihn frösteln ließ; bei den letzten Sätzen aber brach ein tosender Gewittersturm in ihm los, Svetlav wurde leichenblaß, der Schweiß stand ihm auf der Stirn. Das Entsetzen lähmte ihm Glieder und Zunge, er war unfähig, auf Radomirs Frage auch nur ein einziges Wort zu erwidern. Niklot warf ihm einen scharfen Blick zu, denn ihm war nicht entgangen, daß mit seinem vertrauten Gefolgsmann etwas nicht stimmte. Radomirs Augen hingegen waren alt und schwach, und er deutete Svetlavs Schweigen als die Bescheidenheit eines Mannes, der im Kreis Höherstehender nicht die Stimme erheben mag. So beantwortete er seine Frage selbst: »Ich sprach von der Ebene bei Smilov, Niklot; ich denke, sie ist der rechte Ort, um den Nakoniden den Garaus zu machen!«

Smilov, Smilov, Smilov, hämmerte es in Svetlavs Kopf, und er begriff nun, warum der Name ihn verfolgte, stets gepaart mit düsteren Vorahnungen. Auf der Ebene bei Smilov würden sie den letzten großen Kampf der Bodricen kämpfen, ihr Leben lassen und ihre Hoffnungen verlieren; denn eins war gewiß: siegen würden sie nicht … Schmerz und Verzweiflung betäubten ihn fast angesichts dieser furchtbaren Erkenntnis, und er hörte Niklots entschlossene und zuversichtliche Stimme nur wie aus weiter Ferne: »In der Tat, Radomir, das ist nach Lage und Beschaffenheit ein vortrefflicher Ort, und wenn wir die verbleibende Zeit gut nutzen und noch ein paar zusätzliche Erdhügel für die Beobachtung der Schlacht aufwerfen, dann werden wir die Nakoniden zweifellos dort schlagen, ganz gleich, ob sie uns mit Verbündeten kommen oder nicht – und danach«, setzte Niklot hinzu, »danach wird eine neue Zeit beginnen!«

Ja, dachte Svetlav, und der Kummer, den er verbergen mußte, erdrückte ihn fast, da hast du wahr gesprochen, mein tapferer Fürst, allzu wahr – nur anders, als du denkst … Danach wird eine neue Zeit beginnen … Dann zog er sich zurück in den Schatten an der Wand, damit keiner im Schein des Feuers erkennen konnte, daß ihm die Tränen in den Augen standen.

Der Flötenspieler

Der Flötenspieler schritt durch gelbliches Gras und Heidekraut. Die Kühle der Nacht lag noch über dem Land; es roch nach Erde, den Nadelgehölzen in der Ferne und namenlosen Kräutern. Morgentau bedeckte den Boden, hing tropfenförmig in den stachligen Zweigen von Ginster und Wacholder und benetzte die reifen, tiefschwarzen Früchte der Brombeersträucher. Birken und Erlen standen in kleinen Gruppen beisammen, als scheuten sie die Weite der Ebene, und in der Ferne hoben sich aus dem Dunst die schärferen Umrisse von drei, vier Gehöften ab, die einen kleinen Weiler bildeten. Es war eine einsame Gegend; sandiges, flaches Heideland, öde und unfruchtbar, von den Menschen gemieden.

Noch war alles still. Kein Laut war zu hören außer der sanften, leisen Melodie, die der Flöte entstieg. Bald jedoch würde am östlichen Horizont die Sonne aufgehen und das starre Land erwärmen, und unter ihren Strahlen würde das Leben erwachen. Ein neuer Tag würde beginnen, unmerklich kürzer als der vorangegangene, unmerklich länger als der folgende; das Rad des Lebens würde sich ein kleines Stück weiterdrehen. Der Flötenspieler widmete sein Lied eine Weile diesem ewigen Kreislauf und ließ Töne erklingen, die wie warmer Regen niedertropften, um im nächsten Moment wie der Gesang der Lerche zum Himmel zu steigen, ein ständiger Wechsel und doch immer dieselbe Melodie, jung wie jeder neue Morgen und zugleich alt wie die Welt.

Schließlich setzt er die Flöte ab und ließ sich auf einem Findling nieder, der auf einer kleinen Bodenerhebung mitten im Heidekraut lag. Er ließ den Blick über die Ebene schweifen, und als über den fernen Wäldern im Osten die Sonne aufging und die milde Wärme eines Spätsommermorgens verbreitete, rührte er sich immer noch nicht. Er hörte weder das Lied der Lerche, noch das Summen der Bienen, auch die Kaninchen, die, sonst so scheu, kaum drei Schritte von seinem Stein entfernt Gräser und Kräuter rupften, sah er nicht. Seine Sinne waren erfüllt von den Wahrnehmungen einer anderen Welt; er hörte Schreie, die noch nicht ausgestoßen waren, das Klirren von Waffen, die noch keiner erhoben hatte, und er sah Männer zu Boden sinken, die in diesem Augenblick irgendwo das Morgenmahl zu sich nahmen. In seinen Ohren klang das Krächzen von Raben, und er sah sie in Scharen vor sich, wie sie sich mit schweren Flügelschlägen in die Lüfte schwangen und in den dunklen Wolken verschwanden, die ein kalter Wind vom Norden herantrieb, ein Wind, dessen Zeit noch nicht ganz gekommen war.

Der Flötenspieler hatte genug gesehen. Es war Zeit zu gehen. Er erhob sich und folgte einem Weg über die sonnige Heide, der sich nur seinem Auge offenbarte.

Smilov

Aus allen Richtungen kamen sie nach Smilov, aus entlegenen Gehöften und Weilern, aus den Fischerhütten an der See und den einsamen Wäldern. Jeder, der ein Schwert führen konnte und mit Messer und Streitaxt umzugehen verstand, war dem Aufruf der Fürsten gefolgt und hatte sich auf den Weg gemacht, auf den Weg zur Heide von Smilov.

Alte Männer waren darunter, hager und gebeugt, und junge, die mit federnden Schritten gingen, ihre erste Schlacht zu schlagen, und stolz ihre Waffen miteinander verglichen. Reiche Herren ritten nach Smilov, begleitet von Knechten, die Waffen und Proviant trugen. Die Bauern trafen in kleinen Gruppen auf der Ebene ein, und diejenigen, die den weitesten Weg zurückzulegen hatten, waren als erste da. Zu viert oder zu fünft waren sie aufgebrochen, und sie verkürzten sich den weiten Marsch mit allerlei Geschichten und Scherzen, als seien sie unterwegs zum Markt und nicht zu einem Schlachtfeld. Unter ihnen besaß keiner ein Pferd; sie kamen zu Fuß, und manch einer der Alten war schon vor vielen Jahren auf diese Weise an die Labe gezogen, um den Vater dessen zu besiegen, den es jetzt zu schlagen galt. Von den kleinen Burgen und Festungen, die über das ganze Land verstreut waren, kamen die Krieger. Mit langen, gleichmäßigen Schritten strebten sie Smilov zu; manch einer war unter ihnen, an dessen Hand die Finger nicht mehr vollzählig waren, aber die andere Hand lag um so fester auf dem Griff von Streitaxt oder Schwert, und die Narben, die sie trugen, verliefen über Gesicht oder Brust – nie über den Rücken …

Aus der Gegend von Liubice kamen nur etwa zwei Dutzend Männer, allesamt bejahrt, aber die Mienen dafür um so finsterer und entschlossener. Utar, der alte Fischer, war unter ihnen, und neben ihm schritt Bogomir, der Schmied, mit einem gewaltigen Schwert, an dem manch bewundernder Blick hängenblieb. »Vier Söhne habe ich großgezogen«, sagte Utar bitter, als sie sich der Ebene von Smilov näherten. »Wie groß wäre meine Freude, wenn sie jetzt an meiner Seite gingen, und bereitwillig würde ich mein Leben auf dieser Heide lassen, wenn meine Söhne neben mir kämpften! Aber statt dessen komme ich allein zu meinem Fürsten, alt, schwach, und muß noch die Schmach ertragen, daß die Abkömmlinge meines Blutes auf der Seite des Feindes kämpfen! Ich schwöre beim viergesichtigen Svetovit, daß ich jeden einzelnen von ihnen töten werde, wenn sich in der Schlacht unsere Wege kreuzen sollten – und wenn dies die letzte Tat meines Lebens ist!«

Utars Los teilten alle Männer, die von Liubice kamen, alle wußten ihre Söhne auf der Seite von Heinrich. Für sie gab es nur eins: in dieser Schlacht zu sterben und möglichst viele der Nakoniden mit in den Tod zu nehmen, denn die Schande, daß die Söhne die gemeinsame Sache der Bodricen verraten hatten, konnte nur mit Blut getilgt werden – gleich, welche Seite am Ende siegreich blieb.

Ivo und Lubor hatten in Wagrien Männer gesammelt, die Heinrich die Gefolgschaft verweigerten, und es war eine stattliche Zahl. In guter Stimmung und in der frohen Erwartung, an dem verhaßten Mörder ihres Fürsten endlich Rache zu nehmen, zogen sie in den Kampf.

Von Osten her schließlich kamen an einem kühlen, nebligen Herbsttag die Veligarder. Niklot hatte seine Gaugrafen mit allen Kriegern und Freiwilligen zuvor in seiner Burg versammelt, der Zug schien kein Ende zu nehmen. An die achthundert Männer folgten dem gelb-schwarzen Banner von Veligard, gut ein Viertel davon berittene Krieger mit scharfen Gesichtszügen und schmalen, wachsamen Augen. Unter ihnen war auch Svetlav; er ritt an der Seite seines Vaters, denn alle Bitten der Mutter hatten den alten Krieger nicht dazu bewegen können, diese Schlacht anderen zu überlassen und daheim zu bleiben. Als Rajda merkte, daß all ihr Flehen Svebor nicht umzustimmen vermochte, gab sie nach, und als Svebor und Svetlav dann an einem milden Herbsttag zur Veligarder Burg aufbrachen, um sich dort mit den anderen zu sammeln, gab sie ihnen ihren Segen und vergoß keine Träne; die sparte sich Rajda für die erste der vielen einsamen Nächte auf, in der sie die Göttin um ein gütiges Geschick für Mann und Sohn anflehte. Nun waren seit dem Abschied schon zweimal sieben Tage vergangen; auf den Gehöften und in den Dörfern nahm der Alltag wieder sein Lauf, ein Alltag ohne waffenfähige Männer, und Frauen, Greise und Kinder versuchten ihr Bestes, für den Winter ausreichend vorzusorgen.

Die letzten, die auf der Heide von Smilov ankamen, waren die polabischen Krieger aus Racigard und dessen Umgebung. Radomir führte den Zug an, und obwohl er die ihm dargebrachten Ehrerbietungen freundlich erwiderte, war seine Miene ernst. Mit ihm ritt der junge Polkar auf einem braunen Hengst und barst vor Stolz, daß er der Bannerträger des

Fürsten sein durfte. Die rotgrüne Fahne Polabiens wehte über seinem Kopf im Herbstwind, und der Jüngling sah sich in Gedanken schon nach gewonnener Schlacht das Banner in der aufrechten Haltung des Siegers nach Racigard zurücktragen. Natürlich würde ihn eine Wunde zieren, am besten über der Brust, und die Racigarder Maiden würden ihm zuwinken und miteinander tuscheln: »Seht nur, dort kommt Polkar, der Bannerträger des Fürsten – und wie gerade er sich im Sattel hält, trotz seiner schlimmen Verletzung! Wahrlich, ein großer und tapferer Krieger!«

Ganz am Ende von Radomirs Zug schritt Vojdo mit den Priestern. Statt ihrer langen Umhänge trugen sie jetzt fein geschmiedete Kettenhemden, und an ihren grimmigen Mienen ließ sich ablesen, daß sie ihrem viergesichtigen Gott auch mit der Waffe gute Dienste leisten würden.

In ihrer Nähe ging eine Gruppe alter Racigarder Männer, die alle schon im großen Aufstand an der Labe gekämpft hatten. Ihre Waffen hatten lange, friedliche Jahre in Truhen und Schränken geruht; jetzt strahlten sie wieder in frischem Glanz. Ludgar der Alte war unter ihnen, erfüllt von dem Gedanken, an Ragnar Olegson Rache zu nehmen, der seiner Tochter Darya soviel Schmach und Schande zugefügt hatte. An seiner Seite schritt Targomir, dessen Leben Lusa vor zwei Wintern mit ihren Heiltränken gerettet hatte und der Darya einst die Dänensprache gelehrt hatte. Wie jeder der alten Krieger war er jetzt bereit, sein Leben zu geben für den Sieg gegen die Christen.

Auch Telka war mit einer ganzen Schar Priesterinnen zur Ebene von Smilov gekommen; sie würden später versuchen, noch das eine oder andere Leben zu retten. Sie suchten sich einen Lagerplatz in einem Kiefernwald am östlichen Rand des Schlachtfelds, wo ein klarer Bach ihnen das nötige Wasser spenden würde. Im Heiligtum befand sich jetzt nur noch ein halbes Dutzend Priesterinnen, darunter die alte Valna und die jüngsten Mädchen, dem Kindesalter kaum entwachsen, die weder bei der Versorgung der Verletzten von Nutzen sein noch die Greuel einer Schlacht ertragen konnten. Telka hatte aber auch darauf bestanden, Lusa zurückzulassen.

Lusa hatte sich zunächst aufgelehnt: »Ich bin mit der Heilkunst besser vertraut als manche andere«, hielt sie Telka entgegen und fügte trotzig hinzu: »Oder ist etwa mein kürzeres Bein ein Hindernis?«

Telka sah sie an und nahm mit einer sanften Bewegung ihre Hand. »Lusa, meine Tochter«, sagte sie, »ich lasse dich nicht zurück, weil du schlechter oder schwächer bist als andere Priesterinnen, sondern weil du besser bist und stärker! Schau mich nicht so erstaunt an – verstehst du denn nicht, du weißt doch selbst, daß wir in eine Schlacht ziehen, die wir verlieren; und der Tod bedroht uns alle gleichermaßen, sowohl die, die nach Smilov gehen, als auch die, die auf der Insel bleiben und das Heiligtum hüten! Wir kennen nicht die Namen, die der Bote der Göttin rufen wird, aber für eines müssen wir sorgen: daß in der dunklen Zeit des Christengottes unser Wissen um die Geheimnisse des Lebens nicht ganz verlorengeht, sondern weitergegeben wird, und sei es in geflüsterten Worten, von Mund zu Mund – wenn es einmal kein Heiligtum und keine Priesterinnen mehr gibt... Wenn du den nächsten Vollmond erleben solltest, Lusa, dann erinnere dich an meine Worte und denke stets daran: auch der kleinste Funke, der vor dem Verlöschen bewahrt wird, vermag einst ein großes Feuer zu entfachen!«

Bei Telkas eindringlichen Worten stiegen Lusa Tränen in die Augen, denn sie wußte ebensogut wie die alte Priesterin, daß dies ein Abschied für immer war. Schweigend saßen die beiden Frauen nebeneinander, starrten in die Flammen und dachten dieselben Gedanken, und als sie sich schließlich erhoben, hielt Telka immer noch Lusas Hand.

Am nächsten Morgen blieb Lusa mit Valna und den jungen Mädchen allein im Heiligtum zurück, und die vertraute Stätte, an der sie die längste Zeit ihres Lebens verbracht hatte, kam ihr auf einmal fremd, leer und bedeutungslos vor, als wäre zusammen mit dem Leben dort auch die Kraft geschwunden, die hier stets so deutlich spürbar gewesen war. Lusa kümmerte sich um Valna, hielt die Priesterschülerinnen zur Verrichtung der täglichen Arbeiten an und bemühte sich nach Kräften, eine Atmosphäre des Normalen und Alltäglichen zu schaffen. Außer ihnen befanden sich nur noch die beiden ältesten Priester im Heiligtum, deren Aufgabe es war, das Feuer in Svetovits Halle zu hüten, das Vojdo vor dem Aufbruch nach Smilov neu entzündet hatte, allerdings ohne ein Zeichen des viergesichtigen Gottes; ohne gutes Omen waren sie zum Schlachtfeld gezogen, und das weiße Orakelpferd trabte sogar des Nachts rastlos in seinem Pferch hin und her, als ließen es Furcht und Sorge nicht zur Ruhe kommen. Über allem lag eine unnatürliche Stille, in der sich sogar die jungen Mädchen scheuten, laut miteinander zu sprechen, geschweige denn zu lachen und zu scherzen wie in vergangenen glücklicheren Tagen. Jedes Geräusch war überdeutlich wahrzunehmen, und so hörte Lusa es sofort, als sich eines Abends draußen die Schritte eines Pferdes langsam Telkas Haus näherten, wo sie, in trübe Gedanken versunken, damit be-

schäftigt war, Pflaumen und kleine grüne Äpfel, die vielleicht niemand jemals essen würde, zum Dörren vorzubereiten.
Da man jetzt täglich damit rechnen mußte, daß das Heer der Nakoniden, das Heinrich in Liubice um sich sammelte, nach Smilov aufbrach, dachte Lusa im ersten Schrecken über das ungewöhnliche Geräusch, daß der Reiter vielleicht ein Kundschafter Heinrichs sei; dann hatten sie wenig Gutes zu erwarten. Schnell griff sie nach dem Dolch, der seit dem Auszug der Priesterinnen stets in ihrer Nähe lag, und trat ein paar Schritte in den Hintergrund des Raumes zurück, der fast im Dunkeln lag. Jemand stieß die niedrige Tür des Eingangs auf, und da es draußen schon dämmrig war, waren von dem Mann, der eintrat, kaum die Umrisse zu erkennen. Er verharrte einen Augenblick auf der Schwelle und sah sich um, aber noch bevor er ihren Namen rief, hatte Lusa gespürt, daß es kein Feind war, sondern Svetlav, ihr geliebter Svetlav, den sie nicht mehr gesehen hatte seit dem Tag, an dem er vom Rat der Priester auf die geheimen Pfade geschickt worden war. Schnell legte sie das Messer an seinen Platz in der Nähe ihres Lagers zurück und ging auf Svetlav zu, um ihn willkommen zu heißen und ans Feuer zu bitten. Während sie den Raum durchquerte, wurde sie sich plötzlich wieder ihres Hinkens bewußt, an das sie in den letzten Tagen kaum einen Gedanken verschwendet hatte. Einen Moment lang dachte sie, warum muß ich mich wie eine alte Frau mit jedem Schritt abquälen, und warum nur verleiht die Göttin meinem Herzen Flügel, wenn sie meine Beine nicht damit Schritt halten läßt? Svetlav indes schien von dem, was in ihr vorging, nichts zu ahnen; er wartete ohne das geringste Zeichen von Ungeduld am Eingang – so, wie es die Sitte gebot – und blickte ihr lächelnd entgegen.
Lusa begrüßte ihn, geleitete ihn zum Feuer und brachte ihm dann ein Stück frischgebackenes Brot und etwas Räucherfleisch. Das einzige Getränk, das sie ihm anbieten konnte, war klares Wasser, aber er schien dies nicht als Mangel zu empfinden, sondern leerte den Becher in wenigen durstigen Zügen. Es war das erste Mal, daß sie in Telkas Haus ganz allein waren, und das Ungewohnte machte zunächst beide befangen. Svetlav erzählte Lusa von Smilov; dort seien jetzt alle Stämme Bodriciens versammelt, die Späher hätten inzwischen Kunde gebracht, daß sich Heinrichs Heer von Norden nähere und daß man in den nächsten zwei, drei Tagen mit dem Beginn der großen Schlacht rechnen könne. »Es gibt Gerüchte, daß sich Heinrich mit den Sachsen verbündet hat«, fügte er hinzu, »aber unsere Leute haben im Süden noch nichts Ungewöhnliches

bemerkt. Wenn du mich fragst – ich bin mir völlig sicher, daß Heinrich nicht allein mit seinen Kriegern gegen uns antritt und daß wir nicht so leicht davonkommen werden!« Ihre Blicke trafen sich, und der Ausdruck von Bitterkeit und Hoffnungslosigkeit, den Lusa in seinen Augen erkannte, ließ sie erschauern. Er weiß es, dachte sie, er weiß, daß er in eine Schlacht zieht, die längst verloren ist – ich frage mich nur woher, denn im Heiligtum ist sicher keiner, der sein Wissen nicht für sich behalten hätte ... Sie beugte sich vor, sah Svetlav forschend ins Gesicht, und als sie sich abermals in die Augen schauten, entdeckte sie noch mehr darin. »Die geheimen Pfade!« entfuhr es ihr, und sie merkte zu spät, daß sie ihre Gedanken laut gesprochen hatte.

Svetlavs Züge verdüsterten sich; er schwieg. Lusa wußte nur zu gut, was in ihm vorging. Sie legte ihm die Hand auf den Arm, nahm ihren ganzen Mut zusammen und murmelte: »Sag jetzt nichts, Svetlav! Wie sollte ich denn nicht merken, wenn ein Mensch, der meinem Herzen so nahe steht wie du ...« Sie spürte, wie ihr bei diesen kühnen Worten das Blut in die Wangen stieg, und war dankbar, daß das Feuer an diesem Abend nicht höher brannte. »... wenn dieser Mensch nicht mehr derselbe ist«, fuhr sie fort, ihre Verlegenheit überwindend. »Deine Reise auf den geheimen Pfaden hat dich verändert, das weißt du so gut wie ich, denn dir sind Dinge begegnet, die jenseits deiner bisherigen Wirklichkeit lagen, und das hat, wie alles, was wir erleben, Spuren hinterlassen! Ich habe es deutlich genug in deinen Augen gelesen: du hast aus der anderen Welt den Blick mitgebracht, jene zweifelhafte Gabe, mehr zu erkennen als das, was die menschlichen Sinne uns üblicherweise zubilligen; eine schwere Bürde ... Auch ich mußte einst lernen, sie zu tragen, und ich weiß deshalb, wie belastend sie sein kann, gerade dann, wenn sie noch ungewohnt ist! Deshalb rate ich dir: wehre dich nicht gegen etwas, gegen das du dich nicht wehren kannst – denn wer den Blick hat, gehört nicht mehr sich selbst allein, sondern auch der Göttin, und wer würde so vermessen sein, sich ihrem Willen zu widersetzen? Sträube dich nicht, wenn das Gesicht über dich kommt, sondern sei wie ein leeres Gefäß, bereit aufzunehmen und zu bewahren ... Dann trägt sich die Bürde des Blicks am leichtesten, Svetlav, und wer weiß, ob er dir nicht eines Tages sogar einmal nützlich ist!«

Svetlav lachte bitter. »Das kann ich mir kaum vorstellen«, entgegnete er, »denn die Zeiten sind denkbar schlecht dafür! Du hast den Blick ja selbst eine zweifelhafte Gabe genannt, und ich kann dir versichern, daß ich bisher nur Kummer davon hatte. Wir beide sind stets offen miteinander

gewesen, Lusa, und so soll es auch bleiben, darum höre: ich weiß, daß Smilov uns Bodricen kein Schlachtglück bringen wird, und ich weiß noch ein wenig mehr! Ich habe zwar versucht, mein Wissen zu verbergen, aber auch die Menschen, die mit ganz gewöhnlichen Augen in die Welt blikken, sind nicht blind, und was meinst du, wie mein Fürst mich gescholten hat, weil ich weder Eifer noch Freude zeigte, wenn von der Schlacht die Rede war! ›Bist du kleinmütig geworden, Svetlav, oder hast du zuviel Zeit im Heiligtum bei den Priestern verbracht?‹ hat er mich gefragt, aber was hätte ich ihm darauf antworten können? Und erst die Schar, die ich anführe, Lusa, in die sichere Niederlage! Wie sehr dürsten sie nach anspornenden Worten, ich aber habe kaum mehr als traurige Blicke für sie, und meine Rede klingt so hohl, daß ich mich dafür schäme. Mein eigener Vater hält mich für einen Zauderer, wenn nicht für einen Feigling, denn als er neulich angesichts der Ebene von Smilov ausrief: ›Dieser Boden dürstet nach dem Blut der Nakoniden, und wahrlich, wir werden es vergießen – wie warmer Regen soll es auf die sandige Heide fallen!‹, da konnte ich nur antworten: ›Wenn dies der Wille der Götter ist ...‹, worauf er sich ohne ein weiteres Wort von mir abwandte und mich seitdem meidet, was ich ihm wirklich nicht verdenken kann!«
Bei den letzten Worte war Svetlav aufgesprungen und ging rastlos vor dem Feuer auf und ab. Da erhob sich auch Lusa, trat zu ihm und sprach ernst: »Hast du in deinem Zorn und deiner Verbitterung nie daran gedacht, daß du vielleicht nicht der einzige bist, der um den Ausgang dieser Schlacht weiß?« Svetlav blieb wie angewurzelt stehen, und seinem überraschten Blick war zu entnehmen, daß ihm dieser Gedanke in der Tat noch nicht gekommen war. Lusa fuhr fort: »Die Götter haben auch uns ihre Zeichen gesandt, jeder einzelne der Priester und Priesterinnen weiß, wer der Sieger von Smilov sein wird – und weil wir dies wissen, wissen wir auch, daß wir nichts daran ändern können, sondern es hinnehmen müssen –, genauso wie die bittere Wahrheit, daß die Zeit unserer Götter abgelaufen ist und daß nun ein anderer herrschen wird, einer, dessen Zeichen das Schwert ist. Auch das ist eine Schlacht, die verloren ist, heute schon, und das Haus der Göttin, das ich hüte, ist leer, Svetlav, und wird für alle Zeiten leer bleiben!« Sie schwieg einen Augenblick und ließ sich dann wieder am Feuer nieder. Svetlav blieb neben ihr stehen, die Arme vor der Brust verschränkt und blickte nachdenklich in die Flammen. Lusas düstere Worte waren nicht gerade dazu angetan, ihn zu trösten, doch er spürte, daß sie noch nicht zu Ende gesprochen hatte.

»Ein leeres Haus«, begann sie von neuem. »Dennoch hüte ich es ... Und die Priester, die so gut um den Ausgang der Schlacht wissen wie du, sind trotzdem mit Schwertern nach Smilov gezogen und die Priesterinnen mit ihren Heilmitteln, obwohl kein Heilmittel der Welt das Unglück von unserem Volk abwenden kann! Weißt du warum, Svetlav? Uns, die wir die Zukunft geschaut haben, kann es nicht mehr darum gehen, etwas abzuwenden – wie sollten wir das auch? Es geht um etwas anderes, und das ist vielleicht der einzige Trost, den ich dir spenden kann ... Auf dieser Welt gibt es viele Wege; es gibt große, breite Straßen, auf denen ein ganzes Volk seiner Bestimmung entgegenzieht, aber es gibt daneben auch die schmalen Pfade des einzelnen, die vielleicht ein Stück entlang der Straße laufen, dann aber abbiegen und sich im hohen Gras verlieren ... Was haben wir denn gesehen – doch nur den Verlauf der großen Straße der Bodricen, vielleicht bis zum nächsten Hügel! Aber kennst du, Svetlav, deinen eigenen Pfad? Weißt du, wohin er dich führt und wie lang er ist? Und das mußt du auch bedenken: wir, die das Gesicht haben, sehen immer nur einen kleinen Teil des Ganzen und meist nie den Verlauf unseres eigenen Weges. Deswegen hüte ich ein leeres Heiligtum, deswegen sind die Priester und Priesterinnen in eine Schlacht gezogen, die sie nicht gewinnen können – und es ist ein Teil deines Weges, mit dem Schwert in der Hand bei Smilov zu kämpfen; wenn nicht für den Sieg, so doch für dein eigenes Leben!«

Lusa hielt wieder inne, und Svetlav sann über ihre Worte nach. Das Bild schien so einfach – Wege, die sich kreuzten, nebeneinander herliefen, sich zu einer breiten Straße vereinigten, um sich an anderer Stelle wieder zu trennen –, aber etwas störte ihn daran, und das war die Vorstellung, keine Wahl zu haben, einem vorbestimmten Weg folgen zu müssen und so wenig davon abweichen zu können wie von den geheimen Pfaden. Ob der Mensch wohl nie eine wirklich freie Entscheidung treffen konnte? Es überraschte ihn, daß Lusa, die eben noch so ernst gewesen war, lachte, als er ihr seine Gedanken mitteilte. »Seitdem dieses Heiligtum steht, haben schon Generationen von Priestern darüber nachgedacht«, sagte sie. »Aber die Antwort wird dir wohl nur ein Gott geben können und kein Mensch! Doch bedenke, dir steht es heute frei, nach Smilov zurückzukehren und zu kämpfen oder einen anderen Weg einzuschlagen, und was immer du tust, wird dein Weg sein, so daß es müßig ist, darüber nachzugrübeln, ob die Wahl deine eigene ist oder vorbestimmt! Wenn uns das Gesicht Dinge zeigt, die in der Zukunft liegen, dann heißt das nicht, daß diese Dinge geschehen *müssen*, sondern schlichtweg, daß sie geschehen *werden* – man trägt dich sozusagen ein Stück des Weges voraus und läßt dich einen Abschnitt sehen, den noch keiner betreten hat, und da kannst du nur sagen: So wird es sein, aber nicht: So muß es sein.«

Svetlav dachte über ihre Worte nach und fand, daß etwas Tröstliches darin lag, mochten sie zutreffen oder nicht. Es war richtig, er konnte seine Wahl treffen, er konnte überall und immer seine Wahl treffen, und das war es letztlich, was zählte. Seine Stimmung hob sich ein wenig, und dankbar für die Linderung seines Kummers blickte er auf Lusa nieder, die jetzt still und offensichtlich tief in Gedanken versunken vor ihm am Feuer kauerte. Auf einmal war ihm, als sehe er sie zum erstenmal, die geraden Schultern unter dem groben dunkelblauen Wollstoff, die Fülle des kupferfarbenen Haares, das blasse Gesicht, das der Feuerschein rosiger erscheinen ließ, als es wirklich war, und ihre Augen, grau wie die seinen, klar, wissend und voller Güte… Eine nie gekannte Zärtlichkeit stieg plötzlich in ihm auf; sein Herz schlug schneller bei der überraschenden Erkenntnis, daß auch sie vielleicht zu seinem Weg gehörte, wenn es seine Wahl war, und als er daran dachte, wie viele Jahre er gebraucht hatte, um dies zu begreifen, mußte er über sich selber lachen – es war das erste Lachen, seitdem er von den geheimen Pfaden zurückgekehrt war. Lusa, die im ersten Augenblick seinen plötzlichen Stimmungsumschwung nicht verstand, blickte fragend zu ihm auf – aber sobald sich ihre Augen trafen, erkannte sie, was in ihm vorgegangen war. Da brach in ihr der Damm, hinter dem sie so lange Zeit ihre Gefühle für ihn zurückgehalten hatte, und was sie nie für möglich gehalten hätte, geschah: mit einer Selbstverständlichkeit, die jenseits aller bewußten Gedanken lag, stand sie auf und schloß Svetlav im selben Moment in die Arme, in dem er sie an seine Brust zog. In dieser Nacht fielen kaum noch Worte zwischen ihnen, und sie gaben sich ganz ihren Umarmungen hin, jeden Gedanken an das Morgen aus ihren Köpfen verbannend.

Als sie in der trüben Dämmerung eines grauen Herbstmorgens voneinander Abschied nahmen, hatten sie immer noch kaum miteinander gesprochen. Es bedurfte keiner Worte mehr zwischen ihnen, sie lasen einander in den Augen, und jede Geste, jede Berührung war so selbstverständlich, das alles Gesprochene überflüssig war. Als Svetlav erwachte und spürte, daß es Zeit war zu gehen, hatte sich Lusa bereits erhoben, das Feuer geschürt und das Morgenmahl bereitet. Schweigend saß sie an seiner Seite und nippte an einem Becher mit Kräutersud, dessen herber, würziger Duft den ganzen Raum erfüllte. Svetlav nahm sein Mahl genauso still zu sich, und als er es beendet hatte, legte er die Arme um Lusas Schultern und zog sie zu sich.

»Nun, da sich unsere Wege vereinigt haben, kann ich es kaum ertragen, daß sie sich schon wieder trennen«, sagte er leise. »Meine Liebste – und wenn dies die einzige Nacht gewesen ist, die uns die Göttin bestimmt hat, bin ich glücklich, daß wir eine Liebe erleben durften, die ihresgleichen sucht – und die Gewißheit, daß du mich liebst, wird mich schützen wie ein unsichtbarer Schild! Wenn ich morgen oder übermorgen bei Smilov auf dem Schlachtfeld stehe, wird mein Arm stärker sein als je zuvor und je danach; für den Sieg werde ich zwar nicht kämpfen, aber dafür, daß ich dich wiedersehe und für unseren gemeinsamen Weg – danach … Denn es wird ein Danach geben, das weiß ich jetzt, und möge die große Göttin, die Hüterin allen Lebens, auch uns ein Stückchen davon gewähren!« Er schwieg und blickte ins Feuer, aber die Flammen enthüllten seinen flehenden Augen nichts.

Lusa strich ihm zart über die Wange. »Das Feuer wird dir nichts offenbaren, Svetlav«, sagte sie sanft, »die Göttin verlangt stets Geduld von den Menschen, wenn es deren eigenen Weg betrifft, Geduld und Vertrauen! Geh du jetzt also deinen Weg, ich werde den meinen gehen, und vielleicht führen beide ja wieder zusammen – wer weiß! Ich möchte dir gern dies hier mitgeben …« – sie nestelte an den Falten ihres Gewandes – »als Zeichen meiner Liebe, aber vor allem als Zeichen des großen Lebens, das kein Ende nimmt, auch wenn das eigene, kleine Leben einmal erlischt …«

Voll Staunen sah Svetlav, daß auf Lusas ausgestreckter Hand die silberne Spiralbrosche lag, ohne die er sie noch nie gesehen hatte, solange er sich erinnerte. »Aber Lusa, das ist das Zeichen der Göttin, das dich immer begleitet und beschützt hat; es gehört zu dir – ich kann das nicht annehmen!« Lusa erwiderte zunächst nichts, sie beugte sich nur vor und befestigte die silberne Schlange mit ruhigen Händen an Svetlavs Hemd, direkt über seinem Herzen. Schließlich sagte sie: »Ich wohne im Hause der Göttin, ihr Schutz umgibt mich, sie ist stets bei mir. Ich brauche die Brosche nicht so dringend wie du. Auf dem Schlachtfeld soll sie dir Schutz und Kraft geben und dich der Liebe versichern, meiner Liebe und der Liebe der Mutter allen Lebens …«

Wieder schwiegen beide, es gab jetzt nichts mehr zu sagen. Aber die Zeit blieb nicht stehen, und sie konnten den Abschied schließlich nicht länger hinausschieben. In einer letzten Umarmung hielten sie sich umschlungen, bis Lusa sich von ihm löste und sagte: »Ich weiß, daß es Sitte ist, einen Scheidenden zum Tor zu begleiten und ihm nachzublicken, bis er den Augen entschwunden ist; aber ich bitte dich, erspare mir das – mein Herz würde brechen! Wenn du jetzt gehst, dann laß mich hier am Feuer zurück, damit das letzte Bild von dir, das ich bewahren kann, der Anblick deines Gesichtes ist und nicht der deines Rückens ... In Gedanken werde ich ohnehin immer bei dir sein ... Ich segne dich, mein einzig Geliebter, möge die Göttin dein Leben hüten und der Schlachtgott deinen Arm führen – heil ziehe hin, heil kehre zurück!« Nachdem sie mit beschwörender Stimme die letzten Worte gesprochen hatte, wandte sie sich von ihm ab und starrte ins Feuer, als sei er bereits nicht mehr anwesend. Svetlav verstand. Er erhob sich schweigend, ohne sie noch einmal zu berühren, nahm seinen Umhang, durchquerte mit raschen Schritten den Raum und trat in den kalten Morgen hinaus.

Belgast, den er an einem Pfosten vor Telkas Haus angebunden hatte, hob den Kopf und schnaubte, als wolle er Svetlav begrüßen. Svetlav nahm den Kopf des Pferdes zwischen beide Hände und blickte ihm in die blanken Augen. »Heil ziehe hin, heil kehre zurück – das gilt auch dir, mein treuer Freund! Und nun wollen wir uns auf den Weg machen – nach Smilov!« Er band das Pferd los, streifte ihm mit geübten Handgriffen das Zaumzeug über und schwang sich in den Sattel. Doch er ritt nicht zum äußeren Tor, sondern zum Steinkreis. Der Dunst des frühen Morgens, der über dem See lag, schwebte auch über den Steinen. Kein Laut war zu hören, nicht einmal das leise Plätschern der Wellen, das sonst allgegenwärtig war. Kein Lüftchen regte sich, die trockenen braunen Blätter an den Eichen raschelten nicht, und der heilige Ort schien wie für alle Zeiten erstarrt. Svetlav verharrte eine Weile und nahm das stille Bild in sich auf, denn er ahnte, daß er an diesem Morgen das Heiligtum von Racigard zum letztenmal sah. Dann wendete er das Pferd und folgte seinem Weg, dem Weg nach Smilov.

Am Abend desselben Tages meldeten die Späher Niklot, daß Heinrich mit seinem Heer von Liubice anrücke, und die ganze Nacht hindurch konnten die Krieger der bodricischen Stämme beobachten, wie sich die Ebene von Smilov im Westen füllte. Immer mehr Lagerfeuer flammten auf, und der Wind trug den Rauch herüber, das Wiehern der Pferde und den Klang menschlicher Stimmen, wenn Befehle gerufen wurden. Die ganze Nacht trafen weitere Krieger des feindlichen Heeres ein, und in Niklots Zelt gingen die Späher ein und aus und brachten Neuigkeiten. Weit nach Mitternacht stürzte ein junger veligardischer Kundschafter völlig außer Atem in das Zelt des Fürsten. Niklot hatte ihn nach Westen geschickt; er war lange ausgeblieben, Gesicht und Umhang waren grau vom Staub, und man sah ihm an, daß er pausenlos geritten war. »Die Sachsen kommen, um an Heinrichs Seite zu kämpfen, und Magnus Billung selbst führt sie an!« rief er schon vom Eingang aus, ohne abzuwarten, daß sein Herr ihn zum Sprechen aufforderte. Die im Zelt anwesenden Anführer der Bodricen fluchten, allein Niklot ließ sich nicht aus der Ruhe bringen, sondern stellte dem jungen Mann genaue Fragen. »Sie müssen die Labe weiter abwärts überquert haben, vielleicht bei Hammaburg, so daß die Späher, die du zur Furt bei der Ertheneburg geschickt hast, nichts entdecken konnten! Die Sachsen nähern sich nämlich von Westen, nicht von Süden«, antwortete der Kundschafter, »und an ihrer Seite reiten auch die Holsten, die Dithmarscher und die Stormaren!« – »Konntest du erkennen, wie groß das Gefolge des Billungers ist?« fragte Niklot, und der Kundschafter dachte eine Weile nach, bevor er antwortete: »Ich glaubte zu sehen, daß er etwa so viele Männer ins Feld führt wie Heinrich; auch sind ihre Feuer so zahlreich wie die der Nakoniden!« – »Dann ist der Feind uns an der Zahl der Männer ebenbürtig«, sagte Niklot, »vorerst nur an der Zahl – ich will nicht hoffen, daß er uns auch an Kampfesmut und Tapferkeit ebenbürtig ist! Ruft die Priester, sie sollen dem Viergesichtigen Opfer bringen, und dann sorgt dafür, daß sich eure Männer zur Ruhe begeben, damit sie morgen frisch in die Schlacht ziehen können! Wir werden den Feind zum Kampf fordern, wenn er vom Marsch noch nicht ausgeruht ist, und morgen in aller Früh soll die Schlacht von Smilov beginnen!« Die Anführer der Bodricen nickten zustimmend und erhoben sich. Niklots Rat war gut; daß alles ganz anders kommen sollte, ahnte keiner von ihnen.

Auch Magnus von Sachsen schlug ein Zelt auf, ungleich prächtiger als das des Veligarders, und mehrere Eisenbecken mit glühender Holzkohle verbreiteten eine angenehme Wärme darin. Magnus ließ sofort Heinrich zu sich rufen, und als dieser erschien, hielt er sich nicht lange mit Grußworten auf. »So hast du mir den Feind nicht geschildert, Nakonide!« sagte er verstimmt. »Selbst in dieser finsteren Nacht ist an der Zahl ihrer Feuer zu erkennen, daß ihr Heer gewiß so groß ist wie das unsere – wenn

nicht größer. Die Späher melden, daß sie allesamt gut bewaffnet und wohlausgeruht sind und begierig darauf, unser Blut zu vergießen! Das wird nicht der leichte Sieg werden, den du mir ausgemalt hast!«
Heinrich überlegte kurz, wie er seinen Verbündeten am schnellsten versöhnen könnte. »Der Herrgott wird unserer gerechten Sache schon zum Sieg verhelfen«, begann er schließlich listig, ohne auf Magnus' Vorwürfe einzugehen. »Er wird gewiß nicht zulassen, daß die Heiden uns unterwerfen! Herzog Magnus! Wir kämpfen auf der Seite des Christentums, und wenn wir verlieren, verliert Gott – und wie sollte das wohl angehen? Außerdem«, fügte er erleichtert hinzu, den eben war ihm der rettende Gedanke gekommen, »habe ich in deinem Heerzug die Friesen noch nicht ausmachen können! Sie stellen doch immer eine große Anzahl wakkerer Krieger; kämpfen sie denn diesmal nicht unter dem Banner Sachsens?«
»Du bist ein Fuchs, Heinrich«, sagte der Herzog, »und ich muß schon sagen, mir ist es lieber, auf derselben Seite zu kämpfen wie du, als auf der anderen ... Es stimmt, ich erwarte noch an die dreihundert friesische Krieger, und wir müssen den Beginn des Kampfes hinauszögern, bis sie eingetroffen sind, wie auch immer wir das anstellen. Denn bekanntlich lähmt oft schon der Anblick der Übermacht den Mut und die Entschlossenheit eines Mannes!«
Heinrich, froh über das wiedergefundene Einvernehmen mit seinem mächtigen Lehensherrn, beugte sich vertraulich zu Magnus. »Mit Verlaub, Herr«, sagte er, »wenn es darum geht, ausreichend Zeit zu gewinnen, dann würde ich dir gerne einen Vorschlag unterbreiten ...«

Hinter dem Lager der Sachsen und der Nakoniden erhob sich das Grabhügelfeld. Alles war still dort; es roch nach feuchter Erde, nach Herbstlaub und Pilzen. Ein leichter Nachtwind strich durch das kahle Geäst der Buchen, und von irgendwoher erklang der klagende Schrei einer Eule. Die Nacht war weit fortgeschritten, als am östlichen Horizont ein blasser Mond aufstieg, der in Dunst und Nebel zu schwimmen schien. Sowenig Licht er auch spendete, es reichte immerhin aus, um die einsame Gestalt eines Jünglings zu erkennen, der an einem mächtigen Baumstamm lehnte. Er blickte auf die zahllosen Feuer hinunter, manche hell und flakkernd, andere nur dunkelrot glühende Punkte. In der Mitte der Ebene aber zog sich von Norden nach Süden ein breiter Streifen Dunkelheit, wo keine Flamme brannte und wo morgen die Heere aufeinandertreffen würden. Die Augen des Jünglings ruhten auf dem dunklen Streifen, als er die Flöte an die Lippen setzte, und es war gut, daß der Nachtwind die leisen Töne nicht bis in die Lager auf der Heide hinabtrug, denn die Melodie war nicht für menschliche Ohren bestimmt: der Schmerz, der darin lag, war unerträglich.

Früh am nächsten Morgen, bevor es hell genug war, um die fürstlichen Farben der Banner zu erkennen, rüsteten sich die bodricischen Stämme zum Kampf. Es schien wieder ein grauer, trüber Tag zu werden, die Wolken hingen tief und berührten in der Ferne fast die Wälder, und im Nordwind konnte man schon einen Hauch des nahenden Winters spüren. Es war ein guter Tag für eine Schlacht, trocken und beileibe nicht warm: der kühle Wind würde den Männern den Schweiß trocknen und sie konnten ausdauernd kämpfen.

Niklot war in voller Rüstung und wollte den bodricischen Edelleuten und Heerführern die letzten Anweisungen erteilen, als ihm drei sächsische Unterhändler gemeldet wurden, die ohne Waffen ins Lager der Bodricen geritten waren und um Anhörung gebeten hatten. Er glaubte seinen Ohren nicht zu trauen, als sie ihn mit höflichen Worten im Namen des Herzogs Magnus fragten, ob man sich nicht gütlich einigen könne. Was blieb dem Veligarder anderes übrig, als schnell den Rat der Fürsten zusammenzurufen und den überraschenden Vorschlag zu erörtern, während die sächsischen Gesandten in einem Zelt in der Nähe auf den Bescheid warteten. Svetlav, dessen verändertes Wesen keinem verborgen geblieben war und der deswegen nicht mehr so hoch in der Gunst seines Fürsten stand wie zuvor, war diesmal nicht eingeladen worden, dem Rat beizuwohnen. Da sich Neuigkeiten aber rasch herumsprachen und die sächsischen Unterhändler im Lager nicht unbemerkt geblieben waren, erörterten auch die Krieger außerhalb des Fürstenzeltes den Vorschlag der Sachsen, erbittert wie ihre Heerführer, und in ihrer Lust am Wortgefecht standen sie ihren Herren in nichts nach.

»Heinrich muß auf jeden Fall das Land verlassen!« forderten mehrere, und alle anderen nickten zustimmend. »Ja, aber er kann Liubice nicht mitnehmen«, warf einer ein, »man wird ihm dafür eine Entschädigung zahlen müssen!« Ausrufe der Empörung erschollen, und ein anderer sagte: »Das fehlte noch, daß man dem Hund nach all dem Unheil, das er über uns gebracht hat, eine Entschädigung zuspricht! Er wäre derjenige, der die Entschädigung zu zahlen hätte, und zwar ganz gleich, ob ...« Hier unterbrach ihn sein Vorredner: »Ja, aber bedenke doch, wie teuer Heinrich der Aufbau von Liubice zu stehen gekommen ist; es heißt sogar, er hätte sein ganzes Erbe dafür hergegeben! Da könnt ihr doch wohl nicht wirklich erwarten, daß er uns die Burg als Abschiedsgabe überläßt!« Ein anderer Krieger fiel ihm ins Wort: »Man muß schon wie du aus Veligard kommen und nichts von dem bemerkt haben, was sich in den letzten Jahren in Wagrien abgespielt hat, um allen Ernstes zu glauben, daß Heinrich sein Erbe auch nur angetastet hätte! Weißt du nicht, Radlav, womit Heinrich seine Leute bezahlt hat und immer noch bezahlt? Nein, mein Lieber, das sind keine dänischen Münzen, die er so freigiebig austeilt, sondern unser eigenes Geld, an dem Wagriens Blut klebt! Ist dein Gedächtnis so kurz, daß du vergessen hast, wie Heinrich die Küsten unseres Landes heimgesucht hat? Wie er Höfe überfallen und geplündert hat? Von solchen Strandhieben kehrt man nicht mit leeren Booten heim! Unser Eigentum ist es, mit dem er die Burg Liubice errichtet hat, nichts anderes – und dafür dem nakonidischen Hund noch eine Entschädigung gewähren, wäre der blanke Hohn!« – »Das mag wohl sein«, gestand Radlav ihm zu. »Aber selbst wir in Veligard«, setzte er hinzu, und sein Ärger über die kränkenden Worte des anderen war unüberhörbar, »selbst wir in Veligard, die wir von den Ereignissen jenseits unseres Burgwalls ja nichts wahrnehmen, selbst wir wissen, daß sich bei einem Vergleich beide Seiten einander zu nähern pflegen! Es ist schlichtweg einfältig, zu glauben, lieber Lerko, daß der Nakonide gehen würde, ohne etwas mitzunehmen – außer eurer Slavina natürlich, die wir ihm ja nur zu gern mitgeben!« Die umstehenden Männer lachten, doch Lerko starrte Radlav mit finsterer Miene an. »Du nennst mich einfältig?« fragte er drohend und machte ein paar Schritte auf den anderen zu, die Hände bereits zu Fäusten geballt.

»So hört doch auf!« rief Svetlav ärgerlich, der die Szene aus einiger Entfernung beobachtet hatte und nun näher trat. Unter all den Männern war er der einzige, der noch in vollem Umfang für den Kampf gerüstet war und Schwert und Schild nicht aus der Hand gelegt hatte. Radlav, der zu Svetlavs Schar gehörte, hatte seinen Anführer selten so wütend gesehen. »Wenn die in dem Zelt dort«, sagte Svetlav und wies auf Niklots Zelt, »genauso erbittert über Nichtigkeiten streiten wie ihr hier, dann können sich Heinrich und Magnus wahrlich beglückwünschen, daß ihre List so trefflich gelungen ist!« Die umstehenden Männer starrten ihn verständnislos an. »Begreift ihr denn nicht«, fuhr er mit ernster Stimme fort, »daß

wir alle hier nach einem Lied tanzen, das Heinrich und Magnus für uns spielen? Ihr kampflustigen Krieger legt eure Schwerter aus der Hand, um allen Ernstes darüber zu streiten, ob Heinrich eine Entschädigung für Liubice erhalten soll oder nicht, aber warum fragt sich keiner von euch, weshalb unsere Gegner erst jetzt, an diesem Morgen, Unterhändler schicken?«
»Nun, sie werden gesehen haben, wie groß und stark unser Heer ist, und scheuen den Kampf!« sagte Radlav.
Svetlav nickte. »Das mag zum Teil stimmen, aber es ist gewiß nicht einmal die Hälfte der Wahrheit! Mir kann niemand weismachen, daß ausgerechnet Heinrich, der sich in Bodricien so gut auskennt wie jeder von uns, nicht gewußt haben soll, wie viele Krieger die Fürsten zusammenbringen, wenn es gilt, ein gemeinsames Heer aufzustellen. Nein, die Größe unseres Heeres hat vielleicht den Sachsenherzog überrascht, falls Heinrich ihm darüber keinen reinen Wein eingeschenkt hat, aber Heinrich würde es mit Sicherheit nicht tatenlos hinnehmen, daß sein Verbündeter ihn im Stich läßt und uns noch auf dem Schlachtfeld ein Friedensangebot unterbreitet – es sei denn, dies alles würde auch in seinem Einverständnis erfolgen … Das wiederum kann jedoch nur eins bedeuten …« Svetlav blickte in die Runde, aber an den Gesichtern der Männer sah er, daß sie noch nicht begriffen hatten, worauf er hinauswollte. »Was, denkt ihr, würden wir jetzt wohl tun, wenn die Unterhändler heute morgen nicht zu uns gekommen wären?«
»Kämpfen würden wir jetzt!« riefen mehrere Krieger gleichzeitig.
»So ist es! Und was für Schlüsse zieht ihr daraus?« Die Männer schwiegen wieder, und Svetlav gab die Antwort selbst, und zwar in einem Ton, als sei dies ganz selbstverständlich und als spreche er nur noch aus, was die anderen ohnehin schon dachten. »Ja, es ist genau so, wie ihr annehmt – das plötzliche Friedensangebot kann nur dem Ziel dienen, den Beginn der Schlacht hinauszuzögern!«
In den Augen der Männer blitzte Verständnis auf. »Dann muß es aber einen Grund dafür geben«, sagte Lerko nach einer Weile, und ein anderer fiel ein: »Ja, vielleicht will der Feind nach dem langen Marsch erst genügend Kräfte sammeln, bevor er uns entgegentritt!« – »Das kann sein … oder er wartet noch auf etwas!« – »Beim viergesichtigen Svetovit!« rief da Radlav. »Natürlich! Die Hunde hoffen auf Verstärkung!«
Svetlav hatte befriedigt verfolgt, wie die Männer selbst den richtigen Schluß zogen. Genau das war seine Absicht gewesen: nie vermag die

Rede eines anderen so zu überzeugen wie Erkenntnisse, zu denen man selbst gelangt ist. Daher nickte er lediglich, aber nun waren die Krieger nicht mehr zu bremsen. »Wenn das so ist, wollen wir sofort mit dem Kampf beginnen!« riefen viele. »Das werden wir sicher auch«, sagte einer. »Unsere Fürsten werden die Unterhändler mit Schwerthieben zu ihrem Herrn zurückjagen! Nehmt nur geschwind wieder eure Waffen auf!« Da war es für Svetlav an der Zeit, sich zurückzuziehen, denn er hatte das bestimmte Gefühl, daß ihnen allen noch reichlich Zeit bleiben würde, zu den Waffen zu greifen, und er wollte die Kampfesfreude der anderen nicht trüben.

Seine Ahnung trog ihn nicht. Nachdem die bodricischen Fürsten und Edelleute stundenlang erregt debattiert hatten, wurden die Unterhändler endlich mit einem ausgeklügelten Friedensangebot zu Magnus Billung zurückgesandt. Es vergingen abermals Stunden, bis die drei Reiter mit einem Gegenvorschlag zu Niklots Zelt zurückkehrten, und als der Rat sich schließlich über die Antwort einig war, die dem Sachsenherzog erteilt werden sollte, war es bereits weit nach Mittag. Die Krieger waren des zermürbenden Wartens längst überdrüssig, murrten und verlangten, endlich zu kämpfen, aber die Fürsten ließen sich nicht beirren. Die Antwort der Sachsen müsse erst abgewartet werden, hieß es, denn diese zeigten sich um den Frieden sehr bemüht, und es spreche einiges dafür, daß sich das Blutvergießen doch noch vermeiden lasse. In der Zwischenzeit saßen die Herren Bodriciens in Niklots Zelt, erörterten mit hitzigen Gemütern, wem Liubice und wem Starigard zufallen sollte, wenn Heinrich das Land verlassen hatte, und sie stritten noch immer, als ein alles durchdringender Lärm sie abrupt zum Schweigen brachte: in der Ferne erklang der Schlachtruf der Sachsen.

Nachdem die Unterhändler zum zweitenmal von den Bodricen zurückgekehrt waren, ließ Magnus Billung sich mit der Antwort noch mehr Zeit, denn von den Friesen war noch immer nichts zu sehen. Schließlich war es Heinrich, den seine innere Unruhe dazu trieb, das Lager zu verlassen und selbst nach der Verstärkung aus dem Westen Ausschau zu halten. Er ging allein, sein Ziel war der Höhenrücken knapp hinter dem Lager.

Von dort hatte man eine vortreffliche Sicht, sowohl nach Osten über das gesamte Schlachtfeld als auch über die welligen Hügel, die sich im Westen bis zum Horizont erstreckten. Aber so weit sein Auge reichte, in dem ganzen weiten Land unter ihm waren die Friesen nirgendwo zu sehen.

Heinrich fluchte. Es widerstrebte ihm, weiterhin liebenswürdige Botschaften mit Niklot auszutauschen, und er befürchtete, daß der Billunger über all den süßen Worten von Frieden und Vergleich vielleicht doch noch die Lust am Kämpfen verlor, denn eins war gewiß: ein heißes Herz wie die bodricischen Männer hatte der Sachse nicht ... Heinrich fluchte abermals. Und auf einmal traute er seinen Ohren nicht: ganz in der Nähe erklangen die leisen Töne einer Flöte. Er fuhr herum, um den Burschen zu stellen, dem es einfiel, in dieser Stunde am Rand der Ebene von Smilov Musik zu machen, aber so sehr er sich auch anstrengte, er konnte niemanden entdecken. Eben noch hatte er geglaubt, er höre die Melodie hinter sich, aber nun schien sie auf einmal von vorn mit dem Nordwind zu kommen, dabei war weit und breit niemand zu sehen. Heinrich schäumte vor Wut bei dem Gedanken, daß jemand es wagen könnte, sich über ihn lustig zu machen. Das Lied erklang jetzt von allen Seiten zugleich, als sei er umgeben von lauter Flötenspielern, und der Fürst brach wie ein wütender Eber durchs Unterholz, um den Kerl in die Finger zu bekommen, der ihn so unverschämt zum Narren hielt.

Da brachen die Töne plötzlich ab, und als Heinrich kochend vor Zorn um sich stierte, entdeckte er einen hochgewachsenen jungen Mann, grau gekleidet, der lässig am grauen Stamm einer mächtigen Buche lehnte, von dem er sich kaum abhob; ein silberner Schläfenring hielt sein volles dunkles Haar aus der Stirn. Nachdenklich blickte er in die Ferne, in den Händen immer noch die Flöte, ein Instrument aus Weidenrohr. Er wandte nicht einmal den Kopf, als der Fürst heranstürmte.

»Was fällt dir ein«, brüllte Heinrich schon von weitem, »tatenlos hier zu stehen und wie ein altes Weib herumzududeln, während sich jeder anständige Mann unten auf der Ebene zum großen Kampf rüstet?« Der Fürst stolperte über eine Baumwurzel und wäre beinahe gestrauchelt, was seine Wut noch mehr anfachte. »Du bist groß, stark, jung – wo sind deine Waffen, Mann? Wer ist dein Herr, und woher kommst du?«

Inzwischen hatte Heinrich den Jüngling erreicht und blieb breitbeinig vor ihm stehen; die Hand bereits auf dem Schwertknauf, war er entschlossen, den weibischen Feigling niederzustrecken, wenn dieser ihm nicht mit der gebotenen Achtung und Unterwürfigkeit Auskunft erteilte. Und daran schien es in der Tat zu mangeln; der Fremde, der zu Heinrichs Ärger auch noch ein Stück größer war als er selbst, blickte über den Fürsten hinweg, als sei er ein unbedeutendes Insekt im Gras zu seinen Füßen, und kein Wort kam über seine Lippen. Heinrich geriet außer sich. Noch nie war ihm eine derartige Unverfrorenheit, eine so offenkundige Mißachtung widerfahren. »Mach den Mund auf, Bursche!« brüllte er. »Oder bist du stumm? Dann wird mein Schwert dich gleich das Sprechen lehren! Und schau mich gefälligst an, wie es sich gehört – bei Gott, ich muß dir mit der Klinge Benehmen beibringen!« Heinrich traf Anstalten, sein Schwert zu zücken, als der Jüngling ihm mit einer langsamen, fast müden Bewegung das Gesicht zuwandte und ihre Blicke sich trafen. Der Fürst erstarrte. Die Hand, die eben noch zur Waffe hatte greifen wollen, brachte jetzt nicht einmal mehr ein Kreuzzeichen fertig, sondern fiel wie gelähmt herab. Seine Gedanken wurden träger, bis sie schließlich erstarben und er den furchtbaren Augen ausgeliefert war, Augen, so alt wie die Welt. Alles um ihn herum versank. Nichts war mehr von Bedeutung. Der Fürst vergaß, warum er gekommen war und wo er war, ja, er vergaß sogar, wer er war. Eine ganze Weile stand er reglos wie die hohen Bäume um sie herum, und obwohl der Jüngling die Lippen nicht bewegte, meinte Heinrich auf einmal Worte zu vernehmen, deren Sinn er zunächst nicht erfaßte. Erst allmählich begriff sein verwirrter Verstand, daß die Worte Sätze bildeten und die Sätze ein Lied, das nur ihm galt …

Sonne, die nicht wärmt und nur blendet,
Wind, der nicht kühlt und nur pfeift;
Du hast soviel Leben verschwendet,
Daß keine Hoffnung mehr reift.

Wasser, das nicht näßt und nur funkelt,
Erde, die nicht trägt und nur staubt;
Du hast die Zukunft verdunkelt,
Daß keiner an diese mehr glaubt.

Ein Sieg ohne Ruhm, voller Schmerzen,
Ein Fürst, der kein Heil bringt, nur Schaden,
Ein Land mit gebrochenem Herzen –
Kein Gott wird dich jemals begnaden.

Ein Reich, das nicht hält, sondern schwindet,
Ein Eid, der nichts taugt, sondern bricht,
Treue, die trennt und nicht bindet –
Die Zeit bringt einst alles ans Licht.

Kein Glück, sondern Fluch deinem Samen,
Und Erinnerung, die nicht tröstet, nur quält,
Ein einsames Grab ohne Namen –
Das hast du selber gewählt.

Die Worte verstummten. Die Augen des Flötenspielers, kalt und fern wie der Wintermond, ruhten noch immer auf dem Fürsten, und dieser nahm starr vor Entsetzen wahr, daß jener Blick bar jeglicher Gefühle war: weder Vorwurf noch Zorn, weder Trauer noch Mitleid lagen darin, und diese völlige Ausdruckslosigkeit ängstigte Heinrich am meisten. Das ist kein Mensch, war der erste klare Gedanke, den er nach einer scheinbar endlosen Zeit zu fassen vermochte, und die Erkenntnis erfüllte ihn von neuem mit Grauen. Noch immer war er nicht in der Lage, sich umzudrehen oder gar davonzulaufen; der Blick der schrecklichen Augen nagelte ihn fest, und Heinrich fürchtete, seine Qual werde nie ein Ende haben. Endlich aber wandte der Flötenspieler sich von ihm ab und wies mit der Hand nach Westen. »Die Friesen kommen«, sagte er mit einer Stimme, die so ausdruckslos war wie seine Augen, und im nächsten Moment war er zwischen den grauen Baumstämmen verschwunden.
Dem Fürsten kam gar nicht der Gedanke, sich von den Worten des Flötenspielers zu überzeugen. Er taumelte zurück ins Lager, ohne zu wissen, wie, und als er dort das Nahen der Verstärkung ankündigte, verstand keiner, warum seine Stimme zitterte und er so bleich war wie der Tod. Magnus Billung indes verschwendete keinen weiteren Augenblick, Waffen wurden angelegt und Pferde bestiegen, Helme zurechtgerückt und Befehle gebrüllt. Das Heer der Sachsen begab sich in Stellung, und kurz darauf erklang aus Hunderten von Kehlen der gewaltige Schlachtruf.

Obgleich sich die Bodricen schon so lange Zeit auf die Schlacht eingestellt und vorbereitet hatten, waren sie vom tatsächlichen Beginn geradezu überrascht – vielleicht, weil es die Sachsen gewesen waren, die als erste zu den Waffen gegriffen hatten, und nicht, wie geplant, sie selbst. Es dauerte eine Weile, bis jeder Mann seinen Platz fand. Allen voran zogen die Bannerträger der Fürsten und Gaugrafen, hoch zu Roß und umgeben von den dazugehörigen Reitern. An die langgestreckte Front der Reitertrupps schloß sich das Fußvolk an, das ebenfalls in vielen getrennten Haufen marschierte, entsprechend der Zugehörigkeit zu ihren bodricischen Herren. Die Flanken des Heers bildeten die gefürchteten veligardischen Bogenschützen, deren Pfeile nur selten ein Ziel verfehlten. Niklot selbst ritt an der Spitze des Heers, umgeben von fünf Dutzend seiner besten Krieger, und er ließ es sich nicht nehmen, eigenhändig das gelb-schwarze Banner von Veligard zu tragen, bis sie sich dem Feind auf Bogenschußweite genähert hatten und seine Männer ihn nötigten, die Fahne dem Träger zu übergeben und sich statt dessen mit dem Schild zu schützen. Abermals wurden Schlachtrufe laut, dieses Mal auf beiden Seiten; dann brach der Kampf los, und die Zerstörung griff um sich. Heidekraut und Gras, das keines Menschen Fuß je berührt hatte, war im Nu zertreten und niedergetrampelt, und es sollte lange Zeit dauern, bis eine Lerche wieder ihr Nest auf der Ebene von Smilov baute. Dafür waren alsbald die Raben zur Stelle, und sie warteten in großen, schwarzen Scharen am Rand des Feldes auf ihr Festmahl.

Von den künstlichen Hügeln im Osten, die die Bodricen vor der Schlacht angelegt hatten, beobachteten erfahrene Anführer das Kampfgetümmel; ständig sandten sie berittene Boten mit Befehlen aus, wo die Linien zu verstärken und wo sie auseinanderzuziehen seien, wo ein versprengter Trupp Unterstützung brauchte und wo man dem zurückweichenden Feind nachsetzen mußte. So, wie der Kopf einer Schlange blitzartig hervorschnellt, zustößt und sich wieder zurückzieht, griffen die Bogenschützen an, und gleich bei ihrem ersten Vorstoß ließen viele Sachsen ihr Leben. Der Hauptkampf tobte indes dort, wo das veligardische Banner Niklots Nähe anzeigte; nach kurzer Zeit waren schon zwei Bannerträger getötet worden, und nun verteidigte der dritte verbissen die Farben von Veligard und sein Leben. Reiter und Fußvolk kämpften dort bereits Seite an Seite mit Speeren, Lanzen, Schwertern und Äxten, und keiner stand seinem Nachbarn an Tapferkeit und Ausdauer nach. Es roch nach erhitzten Rössern, nach Leder und Schweiß, nach Urin und Blut. Die Luft war erfüllt von aufgewirbeltem Staub, der den Männern die Kehlen ausdörrte und in den Augen brannte, und doch ging der Kampf weiter, Schlag um Schlag, bis der Gegner ermattete oder eine Unvorsichtigkeit beging.

Die beiden Heere waren einander ebenbürtig, und der Kampf, Mann gegen Mann, zog sich hin, ohne daß eine Seite an Boden gewann. Dann jedoch ritten die veligardischen Bogenschützen eine Vielzahl von Angriffen in rascher Folge, und die bis dahin mehr oder minder geschlossene Front der Nakoniden und Sachsen brach an verschiedenen Stellen auf und begann zu schwanken. Im gleichen Maße wuchs der Kampfesmut der Bodricen; der Sieg stand ihnen auf einmal greifbar vor Augen, und sie hieben mit vermehrter Wucht auf den Feind ein, ohne ihre Kräfte zu schonen. Nachschubtruppen, die Niklot bis dahin zurückgehalten hatte, kamen jetzt zum Einsatz, und das Schlachtglück schien sich in der Tat den Bodricen zuzuneigen. Da geschahen zwei Dinge gleichzeitig: der leichte Nordwind drehte auf West und nahm rasch an Heftigkeit zu, so daß sich die trägen, dunklen Wolken in Bewegung setzten, erst zögernd, dann immer schneller, und endlich zeigten sich hier und da erste blaue Flecken am Himmel. Und gleichsam auf den Flügeln des Westwindes kamen die Friesen, gut dreimal hundert Männer, davon die Hälfte beritten, starke, grimmige Krieger, die ihren langen Weg mit Bedacht zurückgelegt hatten und keine Spuren von Müdigkeit zeigten, sondern darauf brannten, endlich zu kämpfen. Im Nu hatten sie ihre Kurzschwerter mit scharfen, breiten Klingen gezogen und sich unter die Sachsen gemischt, und so mancher bodricische Krieger, der eben noch im Begriff gewesen war, seinen Gegner in die Knie zu zwingen, sah sich auf einmal einem neuen Feind gegenüber, der die rot-blauen Farben der Friesen trug und mit unverbrauchter Kraft das Schwert führte. Nach dem langen Kampf vermochte kaum einer der Bodricen den friesischen Hieben auf Dauer zu widerstehen, und bereits im ersten Waffengang fiel den Schwertern der ausgeruhten Verstärkung fast ein Viertel des erschöpften bodricischen Heeres zum Opfer.

Auch Radomir war darunter, und er nahm den größten Teil der polabischen Krieger mit in den Tod. Dazu gehörten auch die starken Männer seiner Leibwache, die ihn verteidigten, bis schließlich der letzte von ihnen unter der Wucht der friesischen Hiebe sein Leben gelassen hatte. Polkar hatte sich als Bannerträger des Fürsten stets an dessen Seite gehalten, und so war auch ihm zunächst der Schutz der Leibwache zugute gekommen. Seine Sehnsucht nach Ruhm und Heldentaten war schon nach kurzer Zeit blankem Entsetzen gewichen und dem Wunsch, sich im entlegensten Sumpfgebiet des Grenzlandes zu verbergen. Mit schrekkensweiten Augen verfolgte er das Kampfgetümmel, und in dem Maße, wie sein eigener Mut sank, verlor auch das Banner Polabiens seine stolze Haltung. Der alte Bodgar, der auch in dieser Schlacht nicht von der Seite seines Fürsten wich, herrschte Polkar grob an: »Bannerträger! Wer sich in der Schlacht umschaut, ist ein verlorener Mann! Ich rate dir, deinen Blick statt dessen auf die Farben Polabiens zu richten, damit sie so getragen werden, wie es ihnen gebührt – stolz und aufrecht!«

Polkar fuhr zusammen und stellte das Banner in der dafür vorgesehenen Halterung an der linken Seite seines Pferdes sogleich wieder senkrecht, aber wie sehr er sich auch bemühte, seinen Blick nicht mehr schweifen zu lassen, die Todesschreie rings um ihn fanden doch den Weg zu seinem Herzen. Die Zeit schien stillzustehen. Der scharfe Lärm der gekreuzten Klingen, der hohle Klang, wenn Schwerter auf Schilder prallten, und das dumpfe und soviel schrecklichere Geräusch, wenn eine Waffe den menschlichen Körper traf ... Die Schlacht erschien Polkar nach einiger Zeit auf merkwürdige Weise unwirklich, wie die Bilder eines Alptraums, aus dem er irgendwann erwachen würde, und er umklammerte krampfhaft das rot-grüne Banner von Polabien wie den rettenden Strohhalm, im Ohr noch die Worte des alten Bodgar: Stolz und aufrecht, stolz und aufrecht ... Neben ihm sanken einer nach dem anderen die Männer der Leibwache zu Boden, als einer der letzten Bodgar, dem ein blonder Krieger mit einem einzigen Axthieb den Schädel spaltete; doch Polkar sah weder links noch rechts, sondern starrte nur auf die Fahne vor ihm. Er wandte auch nicht den Kopf, als Radomir, von einer sächsischen Lanze in die Brust getroffen, vom Pferd stürzte und blutüberströmt im Heidekraut liegenblieb. Und beinahe wäre das rot-grüne Banner das Letzte geblieben, das Polkar in seinem kurzen Leben sah, denn auch, als ihm dieselbe Streitaxt, an der noch Radomirs Blut klebte, die Rippen spaltete und ins Herz drang, wandte er die Augen nicht von der Fahne an seiner Seite. Erst der Schmerz, der ihm scharf ins Bewußtsein drang, ließ ihn noch einmal den Blick heben. Bevor die Welt um ihn herum für immer versank, nahm er über den Hügeln im Westen eine gleißende Sonne wahr, deren letzte Wolkenschleier der Westwind davontrug, und noch während er starb, brannte die strahlende Helligkeit in seinen Augen.

Zugleich mit Polkar hatten die meisten bodricischen Krieger, die mit dem Gesicht zur Sonne kämpften, den Blick zum Himmel gerichtet, um gleich darauf geblendet die Augen zu schließen, was manchen das Leben kostete. Es war kein Trugbild, nach Wochen düsteren und trüben Wetters war der Himmel auf einmal glasklar, und die Sonne strahlte so hell, als hätte sie ihre ganze Kraft für diesen einen Nachmittag aufgespart. Die Bodricen sahen darin zunächst ein gutes Zeichen, aber bald darauf verbreitete sich die Kunde, daß Radomir und mit ihm die besten Krieger von Racigard gefallen waren. Ohne das rot-grüne Banner wußten die übriggebliebenen Polaben nicht mehr, wohin sie gehörten, und so wandten sich die meisten ziellos bald hierhin, bald dorthin, und ihren von der

Sonne geblendeten Augen fiel es zunehmend schwer, Freund von Feind zu unterscheiden, zumal das Rot-Blau der Friesen kaum von ihrem eigenen Rot-Grün zu unterscheiden war.

Ludgar der Alte kämpfte wie rasend. Mit einem geschickten Sprung war es ihm gelungen, seinen Gegner, der sich durch die Farben Rot und Weiß als Heinrichs Mann auswies, zu zwingen, mit dem Gesicht gegen die Sonne zu kämpfen, und als erfahrener Krieger brachte er den um vieles Jüngeren mit allerlei Finten und vorgetäuschten Schlägen dazu, sich zu verausgaben. Als Ludgar merkte, daß die geblendeten Augen des Nakoniden die Art und Richtung der Hiebe nicht mehr zu erkennen vermochten, holte er aus zum tödlichen Schlag. Er hatte in dieser Schlacht bereits drei Männer getötet, aber sein einziges Ziel war, an Ragnar Olegson Rache zu nehmen, der seine Tochter Darya so viele Tränen gekostet hatte. Ludgar stieg über die Leiche des niedergestreckten Mannes hinweg und kämpfte sich furchtlos vorwärts, dorthin, wo er den blonden Dänen vermutete: in der Nähe Heinrichs. Was kümmerte es ihn, daß er sich von den Reihen der Seinen entfernte und mitten unter die Feinde geriet – wenn er nur Ragnar Olegson den Garaus machen konnte, wollte er danach gern sterben. Laut brüllte er den verhaßten Namen, und als die Nakoniden begriffen, daß er einen bestimmten Mann zum Zweikampf forderte, ließen sie ihn ungehindert passieren – alles andere hatte Zeit bis später ...

Ludgar der Alte fand Ragnar so, wie er es sich vorgestellt hatte: an der Seite des rotbärtigen Verräters hielt er sich eher im Hintergrund als in den ersten Reihen der Kämpfenden. In der immer noch hellen Nachmittagssonne sah Ragnar ihn auf sich zukommen, einen grimmigen alten Polaben, die Augen zusammengekniffen und in der Rechten das Schwert. Die Sonne ließ jede Scharte, jeden frischen Blutfleck auf der Klinge deutlich hervortreten, aber sie zeigte auch andere Einzelheiten – die tiefen Furchen des Gesichts, die schweißglänzende Stirn und die umschatteten Augen. Ragnar erkannte, daß es ein alter und müder Krieger war, der ihn herausforderte und den er trotz dessen offenkundiger Wut nicht zu fürchten brauchte. »Du bist Ragnar Olegson!« sagte der Alte, als er nahe genug war; es war eine Feststellung, keine Frage. »Ich habe dich in Racigard gesehen. Ich kenne dich!« rief er und spuckte auf den Boden.

»Guter Mann«, sagte Ragnar lässig vom Rücken seines Pferdes herab, »ich hatte nicht vor, meinen Namen zu leugnen. Ja, ich bin Ragnar Olegson, und ich gedenke auch, es zu bleiben! Und wer bist du?«

Da trat der alte Krieger dicht an Ragnars Pferd und warf ihm einen haßerfüllten Blick zu. »Ich sehe wohl, daß meine Züge kein Erkennen bei dir auslösen«, sagte er. »Vermutlich kannst du dich ohnehin nicht mehr an das Gesicht derjenigen erinnern, deretwegen ich dich heute zum Kampf fordere … Ich bin Ludgar aus Racigard, und jede Träne, die meine Tochter Darya um dich Hund geweint hat, soll mit einem Tropfen deines Blutes vergolten werden! Zieh dein Schwert!«
Ragnar hatte zunächst beabsichtigt, den unverschämten Herausforderer einfach von oben niederzustrecken, aber die Erkenntnis, daß es Daryas Vater war, der ihm nach dem Leben trachtete, ließ seinen Arm kurz zögern – nur für einen Augenblick, aber lang genug für Ludgar, der die schmähliche Absicht des Jüngeren sofort durchschaut hatte. So traf sein erster Hieb den Hals des Pferdes, das auf der Stelle zusammenbrach. Ragnar kochte vor Zorn, weil dieser hergelaufene polabische Greis seinen Plan durchkreuzt und ihn gezwungen hatte, Auge in Auge mit ihm zu kämpfen – und das vor dem Fürsten und seinen nakonidischen Gefährten, von denen einige sich schon lobend über den Hieb des Alten äußerten. Behende sprang er auf Ludgar zu und brüllte: »Dann nimm du nun die Hiebe, die ich der Schlampe, die du deine Tochter nennst, nicht mehr erteilen kann!«
Das hätte er lieber nicht sagen sollen; die Schmähung seines Kindes vor den Ohren der umstehenden Männer versetzte Ludgar in Raserei, und mit einer Kraft, die keiner in ihm vermutet hätte, schlug er auf Ragnar ein, nur angreifend, nie verteidigend, alle Regeln zum eigenen Schutz außer acht lassend. Sogar seinen Schild hatte er abgelegt und führte das Schwert beidhändig, was seinen Schlägen die doppelte Wucht verlieh. Mit einem solchen Gegner hatte es Ragnar noch nie zu tun gehabt; er mußte trotz seiner Kraft und Geschmeidigkeit alles aufbieten, um Ludgar abzuwehren, und es steigerte nicht gerade seinen Kampfesmut, als er hörte, wie Eirik Heinrich zurief: »Der Alte ist wahnsinnig – er wird Ragnar den Garaus machen! Wir müssen eingreifen!« Heinrich, der auf seine Männer merkwürdig gedankenabwesend wirkte, schüttelte nur den Kopf und antwortete: »Das ist kein Wahnsinn, Eirik, sondern pure Wut, und dieser Kampf geht nur die beiden an – also halt dich da heraus!«
Ragnar aber hörte die Worte seines Fürsten nicht mehr, denn Ludgar hatte sich blitzschnell gebückt und ihm mit einem mächtigen Hieb das linke Bein oberhalb des Knies durchschlagen. Bewußtlos stürzte er zu Boden. Da warf der Alte das Schwert beiseite, zog sein Dolchmesser und

schnitt Ragnar mit einer einzigen raschen Bewegung die Kehle durch. Während ringsum der Kampf tobte, herrschte auf dem kleinen Flecken Erde, wo Ludgar neben Ragnars Leiche kniete, völlige Stille. Heinrichs Männer standen reglos und starrten gebannt auf die beiden Gestalten am Boden. Ludgar legte das Messer aus der Hand und drückte Ragnar mit einer fast sanften Bewegung die Augen zu. Er erhob sich und sprach drei Worte, ausschließlich an Heinrich gerichtet: »Für meine Tochter!« Dann wandte er sich um und ging, wie er gekommen war, mitten durch die Kämpfenden, doch diesmal unbewaffnet.
Er war ein paar Schritte weit gekommen, als ihn Eiriks Speer in den Rücken traf und auf der Stelle zu Fall brachte. Im Nu war Ludgar wieder von Heinrich und seinen engsten Vertrauten umringt. Der Fürst, dessen Verhalten heute alle erstaunte, blickte seinen Gefolgsmann streng an und sprach: »Das hättest du nicht tun dürfen, Eirik!« Dann stieg er vom Pferd, kniete neben dem Sterbenden nieder und drehte ihn vorsichtig auf den Rücken, nachdem er eigenhändig den Speer aus der Wunde gezogen hatte. »Wenn ein bodricischer Krieger stirbt, soll ihm die Sonne ins Gesicht scheinen«, sagte er, wie zu sich selbst, während seine Männer bei diesen Worten die Achseln zuckten und einander vielsagende Blicke zuwarfen. Heinrichs nächste Worte waren jedoch noch viel rätselhafter, und noch lang nach der Schlacht stritten sich die Überlebenden darüber, ob er sie wirklich gesprochen hatte oder ob sie einer Sinnestäuschung erlegen waren. Es war ihnen nämlich, als hätten sie aus dem Munde ihres Fürsten die Frage vernommen: »Hörst du das Lied des Flötenspielers, Ludgar?«

Utar, der Liubicer Fischer, suchte die Reihen der nakonidischen Krieger nach den vertrauten Gesichtern seiner Söhne ab, und obwohl es selbst seinen scharfen Augen kaum möglich war, im Kampfgetümmel die Züge einzelner Menschen zu erkennen, zweifelte er nicht, daß es nur eine Frage der Zeit war, bis er sie fand – und bis dahin am Leben zu bleiben war sein Ziel. Er kämpfte Seite an Seite mit Bogomir, dem Schmied, dessen gewaltiger Klinge schon einige Feinde zum Opfer gefallen waren, und Utar stand kaum hinter ihm zurück, denn obgleich von kleinerer Statur, war er stark und behende und wußte seine scharfe Streitaxt gut zu gebrauchen. Sie kämpften inmitten der anderen Liubicer, einem verbitterten Haufen, in dem manch einer wie Utar den Blick suchend über die Reihen des Feindes schweifen ließ, um dort den Sohn, den Bruder oder den Freund auszumachen. Bisher war es ihnen versagt geblieben, ihre aufgestaute Wut an denen auszulassen, denen sie galt, denn merkwürdigerweise trafen sie immer nur auf Sachsen, und allmählich lichteten sich ihre eigenen Reihen, ohne daß sie ihrem Ziel näher gekommen waren. Bogomir, der die anderen um Haupteslänge überragte, war schließlich derjenige, der die entscheidende Entdeckung machte. »Sie sind alle dort hinten«, brüllte er seinen Gefährten zu, »dort, wo Heinrichs Banner weht!« Er stürmte vorwärts, und die anderen hinterher. Keine Macht der Welt hätte die Liubicer Männer jetzt dazu bewegen können, an ihrem Platz weiterzukämpfen, denn ihre eigene Rache war ihnen wichtiger als der Kampf gegen Krieger, deren Namen sie nicht kannten und die der Zufall ihnen gegenüberstellte. Unter lautem Geschrei folgten sie Bogomir, während Sachsen und Friesen in die Lücke vorstießen, die auf diese Weise im bodricischen Heer entstand. So schlossen sich die Reihen der Feinde rings um sie, während die Liubicer auf die nakonidischen Farben zustürmten, und noch bevor der erste von ihnen das Ziel erreicht hatte, wurden die letzten bereits von hinten angegriffen. Sie waren eingekesselt; von allen Seiten drangen Sachsen und Friesen auf sie ein, und der gewaltigen Übermacht gelang es schnell, den kleinen Haufen aufzureiben. Mehrere hochgewachsene, blonde Krieger hatten sich gleich zu Beginn auf Bogomir gestürzt, den Anführer der Schar, der noch im Fallen das selbstgeschmiedete Schwert einem Feind in den Leib stieß. Doch auch der erbittertste Widerstand half am Ende nichts: keinem von ihnen war es vergönnt, gegen die Männer zu kämpfen, denen ihr besonderer Zorn galt.

Inzwischen hatten die nakonidischen Heerführer Heinrichs Liubicer Mannen nämlich zu einer anderen, entfernteren Stelle abgezogen, damit ihnen der Anblick ihrer erschlagenen Verwandten erspart bliebe, der – so schmachvoll er war – mit Sicherheit Trauer und Mitleid ausgelöst hätte, und nichts ist dem Kampfgeist eines Kriegers abträglicher als diese beiden Gefühle. Die Liubicer hingegen nahmen diesen Schachzug nicht mehr wahr; mit jedem Hieb glaubten sie, auf die verhaßten Verräter zu stoßen, zumal man zur Irreführung Heinrichs Banner an seinem alten Platz gelassen hatte – inzwischen fast zum Greifen nah.

Nur ein paar Dutzend Schritte davon entfernt fiel Utar, seine vom langen Kampf ermüdeten Arme vermochten die raschen Hiebe eines jüngeren, frischeren Mannes nicht mehr zu parieren. Als der Fischer sterbend auf dem Rücken lag, das Gesicht der strahlenden Sonne zugewandt, sah er plötzlich seine Söhne; einer nach dem anderen traten sie zu ihm, riefen seinen Namen und beugten sich weinend über ihn. Er wollte die Hände, die sie nach ihm ausstreckten, zurückstoßen, aber er schlug ins Leere. Mit seinem letzten Atem wollte er sie verfluchen, aber kein Laut kam über seine Lippen. Schließlich wehrte er sich nicht mehr, sondern ließ zu, daß sie ihn berührten, mit Händen so kühl wie die nächtliche Brise über der Trava, und daß sie ihn davontrugen, direkt in die leuchtende Sonne hinein.

Die Bodricen kämpften am liebsten an der Seite derer, die sie kannten, weil dies zum einen ihren Mut mehrte und zum anderen niemand die Schande ertragen hätte, wenn er sich vor seiner Sippe oder vertrauten Nachbarn und Gefährten als feige oder schwach erwiesen hätte. So kämpfte Svebor in der Schar derjenigen, die aus dem Dorf Veligard kamen und sich in der Nähe von Niklot, seiner Leibwache und seinen Kriegern hielten, zu denen wie Svetlav viele ihrer Söhne gehörten. Die Veligarder boten dem Feind unnachgiebig die Stirn; sie wankten und wichen nicht, so daß der Kampf nach wie vor dort am heftigsten tobte, wo Niklot mit den Seinen stand, und als die Liubicer aufgerieben und Wagrier und Polaben längst zurückgewichen waren, da warf sich der übermächtige Feind mit aller Kraft auf die Veligarder Krieger, um nun endlich den Sieg zu erzwingen. Den Bogenschützen gelang es längst nicht mehr, mit der tiefstehenden Sonne in den Augen treffsichere Pfeile abzuschießen; hingegen boten sie, wie auch die übrigen bodricischen Krieger, dem Feind hervorragende Ziele: einen nach dem anderen ereilte sein Geschick, und schließlich war unter den Überlebenden keiner mehr, der noch an den Sieg der bodricischen Stämme glaubte.
Von seinem Platz zwischen Niklots Mannen sah Svetlav, der noch zu Pferde saß, wie sein Vater nicht weit von ihm sich verzweifelt gegen die Schwerthiebe eines nakonidischen Kriegers wehrte und daß niemand in der Nähe war, der ihm hätte zur Seite stehen können. Im nächsten Augenblick war jedoch sein eigenes Leben in Gefahr, denn zwei feindliche Krieger griffen ihn gleichzeitig an, und für kurze Zeit beanspruchte der Kampf seine ganze Aufmerksamkeit. Als er sich schließlich seiner Gegner entledigt hatte, sah er sich wieder nach seinem Vater um, fand ihn aber nicht mehr, und so riß er sein Pferd herum und ritt zurück zu der Stelle, an der er Svebor das letzte Mal gesehen hatte. Erst jetzt, während er seinen Vater suchte, fiel ihm auf, wie viele Männer bereits tot am

Boden lagen – dieselben, die noch am Morgen hitzig über das Friedensangebot der Sachsen gestritten hatten und es kaum erwarten konnten, in die Schlacht zu ziehen. Für den Feind gab es hier nichts mehr zu gewinnen und für die Bodricen nichts mehr zu verlieren. Jetzt fanden sich die Raben ein, denen ohnehin in Kürze das ganze Schlachtfeld gehören würde.

Svetlav hatte den Vater bald gefunden. Svebor lag, wie er gestürzt war; im Fallen hatte er sein Schwert unter sich begraben. Svetlav drehte ihn sanft auf den Rücken, so daß sein Gesicht der Sonne zugewandt war. Mit Schaudern sah er die große Wunde, die sich vom Hals quer über die Brust zog. Es war ein rascher und ehrenvoller Tod gewesen, wie Svebor es sich gewünscht hatte – das jedenfalls würde er der Mutter berichten können, falls er sie jemals wiedersah. Er kniete neben dem Vater nieder und zog auf seiner Stirn das Zeichen der Göttin.

Plötzlich erstarrte er. Das Geräusch der Kämpfenden war wieder nähergerückt, aber das war es nicht, was ihn erschauern ließ. Es war vielmehr die Ahnung einer Gefahr, die ihm persönlich galt. Er nahm zuerst nur einen Schatten wahr, und als er aufsah, erblickte er die Umrisse eines Kriegers. Er sprang auf und entdeckte zu seinem Schrecken, daß er in seinem Schmerz um den Vater etwas getan hatte, was ein Mann in einer Schlacht niemals tun durfte: er hatte sein Schwert an den Stamm einer jungen Birke gelehnt, zwar nur in wenigen Schritten Entfernung, aber unerreichbar, denn zwischen ihm und der Waffe stand jetzt dieser Krieger, dick und kurzbeinig. Im selben Augenblick war ihm, als hörte er die Stimme seines Vaters, die ihm wie aus weiter Ferne zurief: »Nimm mein Schwert!« Svetlav bückte sich und riß das alte Schwert unter Svebors Leiche hervor. Der Dicke hielt in der Rechten ein Schwert von unverkennbar dänischer Machart und wischte mit einem Grasbüschel bedächtig das Blut von der Klinge. Er schien bester Dinge zu sein, denn er blickte Svetlav grinsend ins Gesicht und sagte: »Damit sollte ich wohl warten, bis ich auch dich erledigt habe, sonst muß ich gleich wieder dreckiges Bodricenblut von meiner teuren Klinge wischen …« Er brach in ein schallendes Gelächter aus, während Svetlav vor Zorn kochte. Ohne sich zu bedenken, sprang er auf den dicken Dänen zu und griff ihn mit ein paar harten Schlägen an, die der andere aber geradezu lässig parierte. In der Linken hielt er dabei immer noch das Grasbüschel, wie um zu zeigen, daß er es ohnehin gleich wieder brauchen werde. Svetlav entging die Schmähung nicht, sie machte ihn nur noch wütender. Wieder schlug er zu, wieder parierte der andere, und währenddessen redete er ständig auf Svetlav ein, jedes Wort ein eigener, gut gezielter Hieb. »Er will wohl kein sauberes Schwert, der Veligarder«, sagte der Dicke, »und dabei habe ich mir gedacht, so ein braver junger Mann, der sich mitten in der Schlacht um seine tote Sippschaft kümmert, der soll eine saubere Klinge kosten, bevor er seine Leute wiedersieht! Aber das will er gar nicht ...« Bei den letzten Worten wechselte er blitzschnell das Schwert von der rechten in die linke Hand und schlug überraschend aus der entgegengesetzten Richtung zu – ein alter Trick, den aber nur wenige Krieger so vollkommen beherrschten wie der dicke Däne. Svetlav hatte die Wucht des Schlags unterschätzt und konnte nicht verhindern, daß die scharfe Klinge das Kettenhemd durchschlug. Ein brennender Schmerz nahm ihm für einen Augenblick den Atem, aber gleichzeitig erkannte er, daß er sich nicht länger von heißem Zorn leiten lassen durfte, sondern kühle List anwenden mußte. Außerdem rief dieser Gegner irgendeine undeutliche Erinnerung in ihm wach, doch er konnte sie nirgends einordnen. Ein lachender, schwatzender, dicker dänischer Krieger, der ihm völlig fremd war – wüßte er nur, wieso er ihm zugleich sonderbar bekannt vorkam! Immer wieder überraschte ihn die Behendigkeit des anderen, der trotz seiner Leibesfülle wie ein schlanker Jüngling mühelos hin und her sprang. Etliche Male hatte Svetlav schon gedacht: Jetzt hab' ich dich, du Hund! Aber immer wieder entwand sich sein Gegner mit einer raschen Wendung. Allerdings war er dabei wortkarger geworden, wie Svetlav mit Befriedigung feststellte.

Der Zweikampf zog sich hin, bis die Sonne nur noch als dunkelrote Kugel über den Hügeln im Westen stand, und als ihre Strahlen Svetlav nicht mehr blendeten, gelang ihm ein überraschend tiefer Hieb, nach Bodricenart beidhändig ausgeführt, mit dem er dem Dänen das Schwert aus der Hand schlug. Der Gegner jedoch gab sich nicht geschlagen: er tat, als wolle er, sich nach dem Schwert bücken, warf sich aber statt dessen gegen Svetlavs Beine. Einen Augenblick später lag Svetlav auf dem Rükken, während der andere auf ihm kniete und seinen Dolch zückte. »Wer Haakon überlisten will, muß schneller sein!« rief der Däne und lachte höhnisch. Svetlav lag mit geschlossenen Augen da, wie betäubt, obwohl er hellwach und jeder Muskel angespannt war. Als er spürte, daß der andere zustoßen wollte, kam er ihm zuvor – blitzschnell rollte er sich auf die Seite, so daß die Klinge tief in den Sandboden eindrang. Svetlav nutzte die Verblüffung des Dänen, riß den Dolch aus dem Boden und sprang auf. Er wußte jetzt, mit wem er es zu tun hatte. Haakon, Krutos Mörder! Im Geist hörte er Ivos Worte: »Ein dänischer Bote, ein dicker Mann von freundlichem Äußeren, der mit den Kriegern scherzte ... ein zweites Messer, unterhalb des Knies ... er hatte gewiß noch ein drittes Messer verborgen ... ein drittes Messer ...«

Im selben Augenblick zog der Däne unter seinem ledernen Beinkleid ein zweites Messer hervor und stürzte sich erneut auf den Bodricen. Es war jetzt ein stummer, verbissener Kampf, denn nun war auch Haakon klargeworden, daß der Sieg ihm nicht leichtfallen würde. Während Svetlav immer gelassener wurde, geriet Haakon zunehmend in Wut darüber, daß er sich in dem Veligarder Krieger, der weder besonders groß noch besonders kräftig war, derart verschätzt hatte. Der Zorn machte seine Angriffe zwar heftiger, aber gleichzeitig wurde er auch anfälliger für Finten und verschliß dabei seine Kräfte.

Unterdessen versank die Sonne hinter dem alten Grabhügelfeld, und gleichzeitig legte sich der Westwind. Mit einem raschen Blick rings um sich stellte Svetlav fest, daß nur noch an wenigen Stellen gekämpft wurde: die Schlacht von Smilov war geschlagen, Nakoniden und Sachsen hatten gesiegt, und am Rand des Schlachtfeldes flammten schon vereinzelte Feuer auf. Falls es in meiner Macht steht, dachte Svetlav, dann will ich dafür sorgen, daß Krutos Mörder diesen Sieg nicht mehr besingen kann! Inzwischen war es ihm gelungen, seinen eigenen Dolch zu ziehen – denselben, der an einem fernen Sommertag in der Schmiede von Liubice nicht nur mit den verschlungenen Linien der Göttin, sondern auch mit dem Blitz und Donner des Schlachtgottes geweiht worden war. Ein besonderes Messer für einen besonderen Kampf ...

Im schwindenden Licht wurde es zunehmend schwierig, der Klinge des anderen zuvorzukommen, aber es war der Schwerthieb, den er gleich zu Beginn des Kampfes empfangen hatte, der Svetlav mehr und mehr zu schaffen machte, und er spürte, daß seine Kräfte allmählich erlahmten. Die Sonne war untergegangen, als es ihm mit einer letzten Anstrengung gelang, Haakon das Messer aus der Hand zu schlagen. Der Däne hob beide Arme über den Kopf, als wollte er sich ergeben, und hätte Svetlav nicht gewußt, wer dieser Gegner war, so wäre er jetzt verloren gewesen. Denn im nächsten Augenblick hatte Haakon aus der verborgenen Halterung hinter seinem Nacken das dritte Messer gezogen und ließ es nun mit beiden Händen auf Svetlav niedersausen. Svetlav hatte in Erwartung des Angriffs seinen Dolch zwar fester gepackt, aber auf die Wucht des

Stoßes war er nicht vorbereitet, und so fing er ihn nur unzureichend ab. Beide Messer fanden ihr Ziel; Haakon, in die Kehle getroffen, brach als erster zusammen; Svetlav sank neben ihm nieder.

Von weither drangen die Klänge einer Flöte in Svetlavs Bewußtsein. Mühsam öffnete er die Augen, doch von seiner Umgebung vermochte er kaum etwas zu erkennen. Es herrschte ein dämmriges Zwielicht, und ihm war, als sehe er schadhafte Lehmwände und über seinem Kopf grobe Balken, zwischen denen ein trüber Himmel durchschien – so grau wie alles andere ringsum. Der Flötenspieler hat mich geholt, dachte Svetlav, ich bin wieder in der anderen Welt … Er schloß wieder die Augen und lauschte den Tönen, die ihm auf einmal vertraut vorkamen. Es war ein Kinderlied, das er als Knabe oft gesungen hatte und das im ganzen Bodricenland beliebt war, und obwohl er es lang nicht mehr gehört hatte, fielen ihm die ersten Zeilen sofort wieder ein: *Wer soll tanzen, wer soll tanzen – die Braut soll tanzen, die Braut soll tanzen …*
Noch einmal öffnete Svetlav die Augen und versuchte, den Kopf nach dem Flötenspieler zu wenden, und im selben Moment verstummte das Lied. Er spürte, daß jemand zu ihm trat. Eine kleine, rauhe Hand berührte seine Stirn, und das Gesicht, das sich über ihn beugte, war nicht das unbeschreiblich schöne Antlitz des Flötenspielers von den geheimen Pfaden, sondern das schmutzige Gesicht eines mageren Jungen, der in der anderen Hand eine krumme, selbstgeschnitzte Flöte hielt. Er roch unverkennbar nach Schafen, und seine dunklen Augen strahlten vor Freude, als er entdeckte, daß der Veligarder Krieger bei Bewußtsein war. Langsam dämmerte in Svetlav die Erkenntnis, daß er ein Wesen seiner eigenen Welt vor sich hatte, der Welt des Lebens, und unter größter Anstrengung stieß er mühsam hervor: »Wo … hier?« Der Junge strahlte ihn an und sagte: »Smilov, Herr! Hier ist Smilov!«

Valna

Es war so, wie es immer gewesen war: die Männer starben in der Schlacht, die Frauen und Kinder danach.

In der dritten Nacht seit dem Abschied von Svetlav erwachte Lusa kurz vor dem Morgengrauen aus ihrem unruhigem Schlaf. Schlechte Träume hatten sie heimgesucht, in denen sich ihre Ahnungen und Gesichte spiegelten. Eine Weile lauschte sie den schweren Atemzügen der alten Valna, die sie seit gestern bei sich in Telkas Haus beherbergte. Bis auf die beiden Priester des Svetovit waren Lusa und Valna jetzt ganz allein im Heiligtum. Am Mittag des vorangegangenen Tages waren die ersten Boten aus Smilov in Racigard eingetroffen und hatten vom Ausgang der Schlacht berichtet. Daraufhin hatten die meisten Bewohner die Inseln im See verlassen und nur wenige sich in der Burg verschanzt, denn eins war gewiß: Racigard war das erste Ziel der feindlichen Horden, die in Kürze mordend und brandschatzend durch das Land ziehen würden. Nachdem Lusa von der Niederlage der Bodricen erfahren hatte, hatte sie den Priesterschülerinnen kurzerhand befohlen, das Heiligtum zu verlassen und sich in Sicherheit zu bringen; sie war allein mit Valna zurück geblieben. Die alte Priesterin hatte den Vorschlag, sich in die Obhut ihrer Sippschaft zu begeben, entrüstet von sich gewiesen. »Ich habe an diesem Ort mein ganzes Leben verbracht, und hier will ich auch sterben!« sagte sie zu Lusa, und die gab nach und bereitete ein weiteres Lager in Telkas Haus. Valna saß am Feuer und zog Pilze zum Trocknen auf lange Fäden, als gebe es weder eine verlorene Schlacht noch sonst was, das man zu fürchten habe – außer dem bevorstehenden Winter. Valnas Gelassenheit tat Lusa gut. Trotz ihrer Sorge um Svetlav, um ihren Vater, um Telka und die anderen Priesterinnen und Priester fand sie nachts leichter Schlaf.

Am nächsten Morgen aber wachte sie mit wild hämmerndem Herzen auf, und da sie wußte, daß sie keine Ruhe mehr finden würde, erhob sie sich, warf ihren blauen Umhang über und trat fröstelnd vor das Haus. Ringsum herrschte Totenstille, aber jenseits des Walls, dort, wo die Siedlung lag, war am Morgenhimmel der rote Widerschein eines großen Feuers zu erkennen, und die leichte Brise, die mit dem wachsenden Tageslicht aufgekommen war, trug den Geruch von Verbranntem herüber.

Eine furchtbare Angst ergriff Lusa. Sie hatte schon seit einiger Zeit ihre Schwester nicht mehr gesehen, denn nachdem die Männer in die Schlacht gezogen waren, hatte Darya in Ludgars Haus und Hof mehr als genug zu tun, und Lusa war mit der Erfüllung ihrer Aufgaben im Heiligtum vollauf beschäftigt gewesen. O Göttin, dachte Lusa, hoffentlich ist Darya mit den anderen aus Racigard geflohen …

Aber während sie auf den unheilverkündenden Feuerschein blickte, stieg ungerufen ein Bild vor ihrem inneren Auge auf; sie sah ihre Schwester, die sich verzweifelt gegen eine Handvoll betrunkener Krieger wehrte, sie konnte ihre Stimme hören: »Laßt mich in Frieden!« schrie Darya. »Seht hier, hier ist mein Kreuz – versteht ihr denn nicht, ich bin eine Christin! Eine Christin wie ihr! Eine Christin …« Die verzweifelten Schreie verhallten, und einen Augenblick später sah Lusa ihre Schwester vor sich stehen, es war plötzlich kein düsterer, kalter Herbstmorgen mehr, sondern ein sonniger Nachmittag im Mai, und Darya beugte sich zu ihrer Tochter hinab und sagte: »Wenn mir etwas geschehen sollte …«

Lusas Herz schlug bis zum Hals; sie sah Darya vor sich stehen und bitten: »Schwester – denk an meine Tochter!«

Die Erscheinung zerfloß wie Nebelschleier, die der Wind verweht, und Lusa stand allein vor Telkas Haus. Abrupt wandte sie sich um, ging hinein und weckte Valna.

»Sie haben die Siedlung angezündet«, sagte sie knapp. »Ich muß hin und nach dem Kind meiner Schwester sehen. Ich bin wieder zurück, so schnell ich kann – möge dich die Göttin behüten!«

Valna stellte keine Fragen, sondern nickte Lusa lediglich zu. »Geh, mein Kind«, sagte sie. »Und möge die Göttin vor allem *dich* behüten!«

Nachdem Lusa das Heiligtum verlassen hatte, bereitete Valna sich ohne Hast auf das vor, was ihr jetzt bevorstand: ihren Tod. Bedächtig wählte sie ihr bestes Gewand, legte den dunkelblauen Umhang über die Schultern und steckte ihn sorgfältig mit der Silberbrosche der Priesterinnen am Halse zusammen. Bevor sie Telkas Haus verließ, löschte sie das Feuer, denn wenn das Leben aus dem Heiligtum wich, waren Licht und Wärme nicht mehr nötig, und die Flammen, die hier bald lodern würden, sollten ihren Ursprung nicht in einer der Herdstellen haben. Ihren Eschenstab, der an einem Pfosten in der Nähe des Eingangs lehnte, ließ sie stehen; auf ihrem letzten Weg brauchte sie keine Stütze. So aufrecht, wie sie konnte, und mit hocherhobenem Kopf trat die alte Priesterin vor das Haus.

Bevor sie sich ihrem Ziel, dem Steinkreis der Göttin, zuwandte, gestattete sie sich einen letzten Blick über das Heiligtum in der Stille des frühen Morgens. Noch war alles beim alten, es war ein Morgen wie unzählige andere, nur daß die Menschen fehlten. Valna schüttelte traurig den Kopf, denn sie wußte, daß dies für die alten Häuser, die hohe Halle des Svetovit und die Stätte der Göttin der letzte Morgen war. Und es war ihr eigener letzter Morgen ... Sie ließ ihren Blick zum äußersten Ende der Halbinsel wandern, wo die grauen Steine und die grauen Bäume mit dem Grau von Wasser und Himmel verschmolzen, und machte sich langsam dorthin auf den Weg. Nichts eilte mehr; für sie gab es keine Zeit mehr, die Unterwerfung forderte, das Rad ihres Lebens stand bereits still. Jeder Schritt trug sie weiter fort aus der Welt der Sterblichen, Valna ging zu ihrem Stein, an dem bei den Zeremonien ihr Platz gewesen war und dessen verwitterte Oberfläche ihr so vertraut war wie das Gesicht eines alten Freundes. Wenn es einen Ort gab, an dem sie gern sterben wollte, dann hier. Sie lehnte den Rücken an den grauen Granit, schloß die Augen und wartete.

Sie spürte das Nahen des Feindes lange bevor ihr Ohr das Grölen und Schreien der Männer wahrnahm. Es war wie eine dunkle Woge, die heranrollte, gebildet aus den niedrigsten und gemeinsten aller menschlichen Gefühle, aus Mordlust und Rachgier, Gewalttätigkeit, Zerstörungswut, blindem Haß; und als die Woge sie erreicht hatte, vernahm sie erste entfernte Stimmen, die schnell zu einem ohrenbetäubenden Geschrei anschwollen, gemischt mit dem schrecklichen Lärm, der stets die Zerstörung begleitet. Valna hörte das Bersten und Krachen von Holz und das gellende Wiehern von Svetovits weißem Roß, das abrupt verstummte. Der Wind war zu schwach, um die Dunstschwaden über dem See zu zerteilen, aber kräftig genug, um ihr den Geruch von Rauch zuzutragen, der mit jedem Augenblick beißender wurde. Dort, wo die Häuser und Stätten des Heiligtums lagen, stieg jetzt schwarzer Qualm zum Himmel, und das Prasseln der Flammen drang selbst bis zum äußersten Ende der Halbinsel vor, wo Valna, an ihren Stein gelehnt, wartete ...

Es dauerte nicht mehr lange. Nachdem die marodierenden Krieger alles zerschlagen hatten, was sich zerschlagen ließ, und alles angezündet hatten, was brannte, gab es nur noch eins zu tun: das zu zerstören, dem weder Schwerter noch Feuer etwas anhaben konnten.

Vater Dankward war es, der ihnen den Weg zum Kreis der Göttin wies. Nachdem er vom Ausgang der Schlacht erfahren hatte, hielt ihn nichts mehr in seiner Hütte. Mit einem hastigen Gebet dankte er seinem Gott für den glorreichen Sieg über die heidnischen Fürsten; dann raffte er seine Kutte und lief den ganzen langen Weg nach Racigard, so schnell ihn seine hageren Beine trugen. Er wußte, daß es nur noch eine Frage der Zeit war, bis die Sieger von Smilov dort einfallen würden, und den Zeitpunkt wollte er um nichts in der Welt verpassen; das war seine Stunde, die Stunde der Abrechnung mit den widerspenstigen Heiden auf den Inseln und vor allem der Abrechnung mit der Teufelsbrut von Priestern in ihrem Heiligtum. Bei Gott, er wollte dafür sorgen, daß sie ausgemerzt wurden mit Stumpf und Stiel, mitsamt ihren widerlichen Götzen!

Schon auf der Burginsel traf er auf eine Horde angetrunkener Sachsen, die dort Radomirs Wohnung nebst sämtlichen Gebäuden in Schutt und Asche gelegt hatten und nur zu gerne seinem Aufruf Folge leisteten, ihrem Gott einen wahren Dienst zu erweisen und das verfluchte Heiligtum gründlich zu verwüsten. Mit gebieterischer Miene schritt Dankward der grölenden Horde voran über die Holzbrücke zur Siedlungsinsel und zum Heiligtum, und bei jedem Atemzug war er sich auf wunderbare Weise der Macht bewußt, die ihm die Krieger hinter seinem Rücken verliehen, und voll unsäglicher Vorfreude auf das, was nun kommen würde; der schönste Tag seines Lebens!

Nichts im Heiligtum blieb unversehrt, nichts entging der Wut der Sachsen, und wenn sie vor Trunkenheit und Siegesrausch doch einmal etwas übersahen, dann sorgte Dankward dafür, daß nichts übrigblieb. Er bedauerte nur, daß sich keine Priester und Priesterinnen mehr im Heiligtum aufhielten; die feige Brut war offensichtlich längst über alle Berge, und die zwei altersschwachen Greise, die sie bei dem genauso bejahrten weißen Klepper vorfanden und die keinerlei Widerstand leisteten, waren nicht geeignet, den brennenden Haß der Männer zu befriedigen. Viel zu schnell waren sie tot, und es machte noch nicht einmal Spaß, sie umzubringen, denn sie nahmen ihr Ende geradezu gleichmütig hin.

Als schließlich das wenige Leben, das sie im Heiligtum vorgefunden hatten, ausgelöscht war und die Häuser und Hallen lichterloh brannten, wollten sie schon wieder abziehen, doch Dankward erinnerte sich an den Steinkreis, von allen Symbolen der Heiden das mächtigste: gerade diese Steine und die dazugehörigen Eichen durften auf keinen Fall unversehrt bleiben. Er stürmte vorwärts und die sächsischen Krieger hinterdrein.

So sah Valna ihn auf sich zukommen: rennend und stolpernd, eine groteske Gestalt vor dem Hintergrund von Feuer und Rauchschwaden, die

Verkörperung des blanken Hasses. Zunächst bemerkte der Mönch sie gar nicht, bis ein scharfäugiger Krieger in ihre Richtung zeigte und ihm etwas zurief. Dankward blieb wie angewurzelt stehen und ging dann mit langsamen, fast vorsichtigen Schritten auf sie zu. Valna rührte sich nicht; sie sah ihn nur an, sah in sein versteinertes Gesicht und in die Augen, in denen sich die mitleidlose, selbstgefällige Überlegenheit des Siegers spiegelte – und doch gleichzeitig auch Angst. Wenige Schritte vor ihr blieb er erneut stehen, und die alte Priesterin erkannte, daß die Furcht in ihm größer war als alle anderen Empfindungen. Dann versammelten sich die Krieger hinter ihm, das Schwert in der Faust. Niemand sprach ein Wort.

Alle Schmähungen und Verwünschungen, die Dankward auf der Zunge gehabt hatte, lösten sich auf unter dem Blick der dunklen, alten Augen, die ihn von weit jenseits seiner eigenen Welt anzuschauen schienen. Es lagen Trauer und Schmerz darin, aber auch Gelassenheit, aber was der Mönch wahrnahm, das waren Verachtung und sogar ein gewisser Triumph, als wollte die alte Hexe ihm sagen: »Ich sterbe, weil ich es will, nicht weil ihr es wollt!« Der Mönch konnte ihren Blick nicht länger ertragen. Er trat einen Schritt zur Seite, wandte sich zu den Kriegern um und rief, sich hastig bekreuzigend, mit sich überschlagender Stimme: »Worauf wartet ihr noch? Hat sie euch alle verhext mit ihrem bösen Blick?« Irgend etwas ließ die Männer jedoch zögern, und schließlich war es Valna selbst, die den Bann brach und ihnen das Heben der Schwerter und Zuschlagen erleichterte: sie schloß die Augen, und die Kraft ihres Blickes erlosch.

Lusa

Alles, was geschah, nachdem sie das Heiligtum verlassen hatte, erschien Lusa im nachhinein wie ein böser Traum. Sie ging den vertrauten Weg vom Heiligtum zur Siedlung, aber es war nicht mehr die Insel, die sie kannte. Sie ging durch eine ausgestorbene Welt. Niemand begegnete ihr auf dem Weg, auf dem man sonst alle paar Schritte auf einen Menschen traf. Auf den eingezäunten Weiden links und rechts war kein Vieh mehr; es gab keine Männer, die im Buchenwald Holz schlugen, und keine Fischer, die am frühen Morgen von ihren Booten nach Hause kamen. Der Waschplatz am See lag öde und verlassen da; es gab keinen Reiter, der mit einer eiligen Botschaft zur Burg ritt, keinen Händler, der sein Gespann zur Siedlung trieb, keine Kinder, die am Wegrand spielten, und selbst die im Herbst allgegenwärtigen Krähen waren verstummt. Als sie die Biegung erreicht hatte, hinter der das Dorf lag, schlug kein Hund an, und der Rauch, der ihr in den Augen brannte, war nicht der Rauch morgendlicher Herdfeuer … Da sie wußte, was sie erwartete, blieb sie einen Augenblick stehen und schloß die Augen, um Kraft zu sammeln. Sie sah das Dorf vor sich, wie sie es gekannt hatte: eineinhalb Dutzend Häuser und Gehöfte mit grünen Gärten und geräumigen Vorhöfen und schilfgedeckten Dächern, in der Mitte der Dorfplatz, die Viehtränke mit fetten Enten und Gänsen, der gemauerte Backofen, um den sich an Backtagen alle Kinder scharten, die Ecke unter der hohen Eiche, wo die Alten zu sitzen und über vergangene Zeiten zu reden pflegten – und gleich daneben eines der stattlichsten Häuser, ihr Elternhaus … Lusas Herz zog sich vor Schmerz zusammen. Sie atmete tief ein und trat um die Biegung.

Vor ihren Augen breitete sich ein Bild der Verwüstung aus. Die Plünderer hatten kein Haus, keine Scheune, keinen Stall verschont. Die meisten Gebäude waren völlig niedergebrannt, einige aber, wie ihr Elternhaus, nur zum Teil, wodurch sie einen noch grausameren Anblick boten, wie ein verstümmelter und entstellter Mensch. Der Feind hatte den Ort offensichtlich erst vor kurzem verlassen, denn die Feuer waren noch nicht niedergebrannt, und hier und dort schlugen immer noch hohe Flammen aus den Ruinen. Lusa hoffte inständig, daß sich im Dorf keine fremden Krieger mehr verborgen hielten. So tastete sie sich vorwärts über das, was einmal der Hauptweg der Siedlung gewesen war und breit genug für zwei Gespanne nebeneinander. Jetzt konnte man auf der Straße kaum gehen, denn sie war übersät mit verkohlten Balken und Schilfbündeln, Asche und verbranntem Hausrat. An der Viehtränke stieß sie auf die ersten Leichen. Unter ihnen war eine junge Frau, die ihr bekannt vorkam; ihr mißhandelter Körper lag in einer schlammigen Pfütze, und als Lusa genauer hinsah, erkannte sie Slavka, die Freundin ihrer Schwester. Bis sie das verkohlte Gerippe erreicht hatte, das einmal das Haus ihrer Sippe gewesen war, entdeckte sie noch weitere Leichen. Es waren nicht viele, insgesamt nicht einmal ein Dutzend, woraus sie schloß, daß die meisten Bewohner des Dorfes sich doch in Sicherheit gebracht hatten. Lusa merkte aber schnell, daß es sich bei allen Toten um Christen handelte, manche trugen sogar das Kreuz um den Hals – ein hölzernes, kein kostbares aus Silber oder Gold –, und sie begann zu verstehen: offenbar waren die Christen im Dorf überzeugt gewesen, sie hätten von ihren sächsischen und nakonidischen Glaubensgenossen nichts zu befürchten, und der gemeinsame Gott sei mächtiger als die sie trennenden Fürsten. Ein tödlicher Irrtum; sie war fast sicher, daß ihre bösen Ahnungen in bezug auf Darya sich bewahrheiten würden. Jeder Schritt fiel ihr schwerer; ihr kurzes Bein schien am Boden zu haften, und fast wünschte sie, der Weg werde nie ein Ende nehmen, damit es ihr erspart bliebe, die Leiche ihrer Schwester zu finden. Dann besann sie sich jedoch wieder auf das gegebene Versprechen und ging weiter.

Sie fand Darya im Garten hinter dem Elternhaus, wohin sie offensichtlich mitten in der Nacht geflohen war, denn sie trug trotz der Kälte keine Schuhe, sondern lediglich ein dünnes Schlafgewand, das bis unter ihre Achseln hochgeschoben war. Sie lag auf dem Bauch, das Gesicht im Laub vergraben, und hatte im Rücken den tiefen Einstich eines Messers, das jetzt längst wieder an dem ledernen Gürtel irgendeines Kriegers hing … Es war offensichtlich, daß die Männer Darya Gewalt angetan hatten, und die silberne Kette mit dem Kreuz hatten sie ihr brutal vom Hals gerissen, denn im Nacken war ein blutiger Striemen zu sehen. Trauer und Zorn schnürten Lusa die Kehle zu. Sie drehte die Schwester sanft auf den Rücken, zog ihr das Gewand bis über die Knie und entfernte behutsam einige feuchte Blätter, die an Stirn und Wangen klebten. »Liebste Schwester«, flüsterte sie, »für dich kann ich nun nichts mehr tun, außer mein Versprechen einzulösen … Ich werde Oda finden, tot oder lebendig; aber falls sie noch lebt, soll keine Sorge um das Wohl deiner Tochter deine

Ruhe stören! Möge dich jetzt der Gott aufnehmen, den du dir selbst erwählt hast, und möge sein Frieden in nichts dem Frieden der Göttin nachstehen!«

Da das Kind im Garten nicht zu finden war, bahnte sich Lusa zwischen umgestürzten, fast ausgeglühten Balken einen Weg in den Teil des Hauses, den das Feuer verschont hatte. Da das Dach vollständig abgebrannt war, war der Boden überall mit dessen herabgestürzten Überresten, verkohltem Schilf und Asche bedeckt, und hier und da schwelten noch kleine Brände, die der leiseste Luftzug neu entfachen konnte. Lusa bewegte sich so vorsichtig, wie sie konnte, und das trübe Tageslicht, das nun ungehindert in die Räume schien, erleichterte ihre Suche. Während das eingestürzte Dach den vorderen Teil der Halle ganz unter sich begraben hatte, standen im hinteren Teil die Wände noch aufrecht, und an den Pfosten hingen alle Gerätschaften an den Haken, die dort immer ihren Platz gehabt hatten und die jetzt nie wieder ein Bewohner dieses Hauses in die Hände nehmen würde. Lusa wußte, daß die Nische, in der Darya und Oda ihr Lager gehabt hatten, in diesem hinteren Teil des Hauses lag, und angesichts der unversehrten Dinge stieg zum erstenmal die Hoffnung in ihr auf, daß das Kind, sofern es sich dort aufhielt, noch am Leben sein konnte. Ihr Fuß stieß an einen Gegenstand, und als sie sich bückte, sah sie, daß es ein kleines Schiffchen aus Holz war. Das war ein gutes Vorzeichen, und so kämpfte sie sich schneller voran, bis sie endlich die Nische an der Rückwand des Hauses erreicht hatte. Und dort auf der Bank, unter einer Decke aus Fellstücken, die am Abend zuvor noch Daryas liebevolle Hand glattgestrichen hatte, lag Oda – allerdings so reglos, daß es kein Schlaf sein konnte, der das Kind umfangen hielt. Rasch trat sie heran, beugte sich über die Kleine und schlug die Decke zurück.

Oda bewegte sich nicht. Mit den geübten Handgriffen der heilkundigen Priesterin fühlte Lusa an Brust, Schläfe und Hals, ob das Kind noch lebte, und als sie die zwar schwachen, aber regelmäßigen Herzschläge spürte, stieg Erleichterung und Freude in ihr auf. Schnell tastete sie die Kleine nach Verletzungen ab, konnte aber außer einer flachen Beule am Haaransatz nichts entdecken. Oda mußte im Schlaf von einem herabfallenden Holzstück oder Ähnlichem getroffen worden sein, und die Bewußtlosigkeit hatte ihr jedenfalls erspart, das Eindringen der fremden Krieger und den Überfall auf ihre Mutter mitzuerleben. Lusa zögerte jetzt nicht länger. Sie nahm das Kind samt seiner Felldecke in die Arme und bahnte sich mit der ungewohnt schweren Last den Weg ins Freie. Nur das kleine

Schiffchen nahm sie mit, und dieses Spielzeug sollte einmal alles sein, was das Kind an die ersten Jahre seines Lebens erinnern würde.
Das Gefühl der Unwirklichkeit hielt Lusa weiter gefangen; sie ging dahin, ohne zu wissen, was sie tat, und als sie wieder auf dem Hauptweg des Dorfes stand, warf sie keinen Blick zurück auf ihr Elternhaus. Sie hatte nur einen Gedanken: so schnell wie möglich fort von Tod und Zerstörung, zurück in die sichere Welt des Heiligtums! Sie hatte das Dorf schon hinter sich gelassen und fast die Wegbiegung erreicht, als sie auf einmal wüste Stimmen vernahm. Starr vor Schreck wandte sie sich um und sah am Rand der Siedlung drei sächsische Krieger, die dort wohl ihren Rausch ausgeschlafen hatten und sich nun wieder ihren Gefährten anschließen wollten und auf einmal die einsame Gestalt auf dem Weg erblickten. Der Gedanke, daß es auf der Insel noch eine Frau gab, die in der vergangenen Nacht die Macht des Siegers nicht gekostet hatte, verlieh ihnen Flügel. Sofort rannten sie hinter Lusa her, sich gegenseitig laut anfeuernd. Und Lusa lief um ihr Leben, ihr Herz klopfte zum Zerspringen, und ihr kürzeres Bein hinderte sie an gleichmäßigen Bewegungen; sie stolperte, und mehrmals wäre sie beinahe gestürzt, und zu allem Überfluß kam jetzt Oda wieder zur Besinnung und begann zu weinen und sich in ihren Armen zu winden. Während ihre johlenden Verfolger sich viel zu schnell näherten, machte Lusa die nächste schreckliche Entdeckung: von der Burginsel kehrten die ersten Krieger zurück und würden ihr in Kürze den Weg abschneiden – es schien kein Entrinnen zu geben. O Göttin, dachte sie, hilf uns, hilf uns! Panische Angst schnürte ihr die Kehle zu ... Und auf einmal sah sie den Ausweg vor sich, klar und überraschend einfach.
Sie trat hinter einen Haselstrauch am Wegrand, der sie vorübergehend vor ihren Verfolgern verbarg, und blickte sich um. Ja, die Stelle war günstig, und mit dem Schutz der Göttin mochte die Flucht vielleicht gelingen. Liebevoll streichelte sie Odas Wange und flüsterte dem Kind ein paar beruhigende Worte zu. Dann drückte sie das dichte Gezweig vor sich zur Seite und zwängte sich durch das Gebüsch, und von einem Augenblick zum anderen umgab sie die Stille des Waldes. So schnell sie es mit Oda auf dem Arm vermochte, steuerte sie quer durchs Gestrüpp auf das westliche Ufer der Insel zu. Ein Geschrei in der Ferne verriet ihr die Wut ihrer Verfolger, denen ihr Opfer entwischt war – ohne Zweifel würden sie bald den Wald nach ihr absuchen, und bis dahin mußte sie ihr Ziel erreicht haben. Trotz ihrer Eile ließ Lusa sich jetzt mehr Zeit. Zwi-

schen den grauen Buchenstämmen sah sie schon den See hindurchschimmern. Hier in der Nähe mußte es sein – sie durfte die Stelle auf keinen Fall verpassen. Sie blieb stehen, setzte Oda ab und sah sich um. Die Erinnerung überkam sie, und sie dachte an einen warmen Nachmittag im Frühling, kurz nach der Schneeschmelze, an zwei Schwestern, die sich auf einem Balken mitten im Morast lachend umarmten … »Du kennst doch den alten Fischerplatz …«, hörte sie sich selber sagen, und für einen Augenblick waren Schmerz und Trauer so groß, daß ihr die Tränen in die Augen stiegen. Aber die Zeit zum Weinen war noch nicht gekommen. »Komm, Oda«, sagte sie statt dessen und nahm das Kind bei der Hand, »wir müssen noch ein Stück weiter!« Das Gebrüll in der Ferne war lauter geworden. Die Sachsen hatten einander wohl getroffen und drangen jetzt vielleicht schon in den Wald ein. Lusa sah sich gehetzt um – und erkannte, nur wenige Schritte entfernt, den von Ranken und Zweigen völlig verdeckten Zugang zu dem Tunnelweg, der zum alten Fischerplatz hinunterführte. In den letzten Jahren war er noch mehr zugewachsen, und obwohl es Herbst war und die Bäume kahl, waren Gestrüpp und Sträucher an dieser Stelle so dicht, daß kein Fremder dort einen Pfad vermutet hätte. Schnell schob Lusa mit bloßen Händen die stachligen Ranken so weit zur Seite, bis eine kleine Öffnung entstand, und zwängte sich mitsamt dem Kind hindurch. Natürlich verfing sich ihr Umhang, und sie entfernte einige verräterische dunkle Wollfäden aus den Dornen, bevor sie den Vorhang hinter sich noch dichter zuzog.
Oda beobachtete sie aus großen blauen Augen; sie schien dies alles für ein aufregendes Versteckspiel zu halten, aber Lusa wußte, daß die Fragen bald kommen würden. »Sei ganz still, Kleines«, sagte sie, »und bleib dicht bei mir! Wir wollen erst einmal sehen, ob wir dort unten am Strand auch allein sind …« Leise gingen sie den Tunnelweg entlang, und Oda hielt sich hinten an Lusas Umhang fest, denn der Pfad war zu schmal, als daß sie hätten nebeneinander gehen können. Bevor sie ins Freie traten, spähte Lusa vorsichtig in alle Richtungen – aber kein Mensch war zu sehen, und alles war beim alten: sogar der umgedrehte Kahn, auf dem sie damals mit Darya gesessen hatte, lag noch an Ort und Stelle. Sie atmete auf. Sie waren gerettet, zumindest vorerst, und mit Glück würde sie niemand hier aufspüren.
In der Nacht bereiteten sich die beiden ihr Lager aus trockenem, harten Strandgras unter dem Boot, das sich schützend wie ein Dach über ihnen wölbte. Das Kind war nach den vorangegangenen Aufregungen und Stra-

pazen im Nu eingeschlafen, und erst jetzt, in völliger Dunkelheit und Stille, konnte Lusa ihren Tränen freien Lauf lassen.
Zwei Tage und zwei weitere Nächte hielten sie sich am alten Fischerplatz verborgen. Es war eine merkwürdige Zeit. Die Stunden des Tages gehörten dem Kind. Lusa kümmerte sich ununterbrochen um die Kleine. Sie kühlte die Beule an ihrem Kopf mit Stoffstreifen, die sie von ihrem Unterkleid abgerissen und mit kühlem Seewasser getränkt hatte; gemeinsam pflückten sie Brombeeren und sammelten im Tunnelweg Haselnüsse und Bucheckern. Lusa erzählte ihr Geschichten, spielte mit ihr am Strand und beschäftigte sie, so gut sie es verstand. Aber immer, wenn Oda abgelenkt war, hielt sie Ausschau nach möglichen Eindringlingen. Eine große Traurigkeit hatte von ihr Besitz ergriffen, denn sie hatte gleich am Morgen nach ihrer ersten Nacht entdeckt, daß außer dem Dorf und der Burg nun auch ein dritter Ort brannte: ganz im Norden der Siedlungsinsel stieg schwarzer Qualm zum Himmel. Dort gab es nur eine einzige Stätte, und das war das Heiligtum. Sie zweifelte nicht mehr, daß die alte Priesterin, die sie dort zurückgelassen hatte, nun auch tot war.
Die Nächte indes gehörten den Toten. Oft erschien Darya in Lusas unruhigen Träumen und sprach ihr Mut zu, und ihr Vater, der aus einer großen Wunde im Rücken blutete und Worte redete, die sie nicht verstand. Als sie auch Telka und die anderen Priesterinnen sah, die an einem eigenartig leuchtenden Feuer beisammen saßen, wußte Lusa, daß auch sie die Schlacht und die Tage danach nicht überlebt hatten. Einmal glaubte sie Ragnar Olegsons Gesicht vor sich zu sehen, bleich, die Lider geschlossen über den grünen Augen, und es folgten die Gesichter vieler Männer, die meisten fremd, manche aber vertraut wie Radomir – nur Svetlavs Gesicht war nicht darunter. Sosehr sie sich auch bemühte, ihn zu rufen, es wollte ihr nicht gelingen; und schließlich ahnte sie, daß er weder bei den Lebenden war noch bei den Toten.

Die Zeit schlich dahin; düstere, kalte Tage und noch kältere Nächte. Seit dem Nachmittag der Schlacht hatte die Sonne nicht mehr geschienen, und als Lusa am Morgen nach der dritten Nacht schwerfällig und steif unter dem Boot hervorkroch, sah sie, daß es zum erstenmal in diesem Herbst gefroren hatte, denn Gras und Schilf waren von weißem Reif überzogen. Es wurde Zeit, daß sie für Oda und sich eine andere Bleibe fand – aber wo? Obwohl die großen Feuer niedergebrannt zu sein schienen und Lusa am Tag zuvor eine ganze Rotte Männer gesehen hatte, die über den Damm und die Brücke von den Inseln zum westlichen Seeufer gezogen waren, wagte sie das sichere Versteck noch nicht zu verlassen. Sie grübelte den ganzen Tag und war trotz der Beschäftigung mit dem Kind so tief in Gedanken versunken, daß sie nicht bemerkte, wie ein kleiner Kahn näherkam. So war es Oda, die als erste die Entdeckung machte und fröhlich rief: »Guck mal – ein Boot!«

Lusa erstarrte. Das Boot war bereits so nahe, daß der einzelne Mann, der darin saß, sie längst entdeckt haben mußte; es hatte keinen Sinn mehr, sich zu verstecken. Angestrengt spähte Lusa auf den See hinaus, in der Hand ihr kleines Messer und bereit, ihrer beider Leben bis aufs letzte zu verteidigen. Dies sollte indes nicht nötig sein, denn der Mann im Kahn winkte ihnen eifrig zu und schwenkte seine Kappe. Lusa erkannte ihn: es war Vitu, einer der alten Fischer von Racigard, und auch sie hob erleichtert beide Arme zum Gruß. Bald hatte Vitu sein Boot auf den knirschenden Uferkies gezogen und sprang an den Strand. Eine Weile sprach keiner von ihnen etwas. Der Blick des alten Mannes ruhte kummervoll auf der Frau mit dem Kind. »Die Christen wollten nicht mit uns kommen«, begann er ohne Umschweife, denn er wußte, wer Odas Mutter und Lusas Schwester war. »Wir anderen sind alle geflohen, als die Kunde von der verlorenen Schlacht kam, und haben uns in den Wäldern versteckt; hinter Mechow, wo Ortsunkundige niemals hinfinden! Aber die Christen wollten in Racigard bleiben, denn sie hatten keine Angst vor ihren Glaubensgenossen, und keinem ist es gelungen, sie umzustimmen. Wir mußten sie schließlich auf der Insel zurücklassen, und als wir aus der Ferne die Feuer sahen, wußten wir, was geschehen war …«

Während er sprach, hatte er aus dem Kahn einen Holzeimer mit einigen frischen Forellen geholt und neben sie gestellt. Ohne ein weiteres Wort entfachte er mit zwei geeigneten Steinen, Zunder, trockenem Gras und dürren Zweigen ein kleines Feuer, und als er Lusas ängstlichen Blick bemerkte, sagte er: »Du brauchst dich nicht zu fürchten, Priesterin, es ist kein Feind mehr in der Nähe. Die Sachsen haben die Inseln gestern verlassen, nachdem sie alles zerstört haben, was Menschen zerstören können. Ihre blutige Spur führt nach Süden, und sie werden nicht noch einmal hierher zurückkehren …« In der Zwischenzeit hatte er die Forellen auf zugespitzte grüne Weidenstöcke gesteckt, drückte Lusa zwei davon in die Hand und begann seinerseits, die Fische über dem langsam niederbrennenden Feuer hin und her zu drehen. »Ihr beiden«, sagte Vitu und sah Lusa ernst in die Augen, »seid die einzigen Überlebenden auf den Inseln. Auf der Burginsel haben die verfluchten Sachsen alles ausgeräuchert; ein paar von uns hatten sich dort verschanzt. Zum Glück haben sich die meisten Burgbewohner jedoch nicht in der trügerischen Sicherheit von Radomirs Wällen gewiegt, sondern sind wie wir in die Wälder geflüchtet, so daß nur die wenigen umgekommen sind, die die Burg nicht verlassen wollten. Aber sonst ... sonst ...« Er schwieg und widmete seine ganze Aufmerksamkeit wieder den Forellen.

Lusa holte tief Luft. Sie mußte diese Frage stellen und fürchtete sich vor der Antwort, die sie im Grunde schon kannte. »Vitu«, begann sie zögernd, »was ist mit dem Heiligtum geschehen?«

Der Fischer seufzte und senkte die Augen, als er antwortete: »Sie haben es zerstört – wie das Dorf, wie die Burg, wie die Weiler und Gehöfte, an denen sie vorbeigekommen sind und noch vorbeikommen werden. Ich habe heute morgen mit einem Boot dort angelegt – es gibt nur noch Trümmer und Asche auf der heiligen Halbinsel, und es sieht schlimmer aus als an allen anderen Orten, an denen diese Hunde gehaust haben ...« Lusa dachte an Valna und an die Stätte der Göttin, wo uraltes Wissen, Harmonie und Kraft sich zu zeitloser Schönheit vereint hatten, und ihre Augen füllten sich mit Tränen. Wie aus weiter Ferne hörte sie Vitus Stimme: »Manche haben gesehen, wie dieser Christenpriester aus dem Wald dort drüben in seinem schwarzen Weiberrock auf die Inseln gekommen ist, und er soll die Wut der Sachsen noch angefacht haben, daß sie ja alles zerstören im Heiligtum, keinen Grashalm unzertreten lassen und keinen Stein aufrecht! Mein Vetter, weiß du, hat Augen so scharf wie ein Falke, und er hat aus seinem Versteck am Ostufer genau sehen können, wie ...«

Erschrocken hielt er inne. Lusas Forellen rochen plötzlich angebrannt. Ihre Unterseiten waren schon ganz verkohlt, und die Priesterin schien weder dies noch den stechenden Geruch zu bemerken. Sie saß starr, den Blick in die Ferne gerichtet, und als Vitu ihr wortlos die Stöcke aus der Hand nahm, sprach sie mit einer Stimme, die aus einer anderen Welt zu kommen schien: »Ich muß sofort dorthin!« Im nächsten Augenblick ging sie davon, ohne ein weiteres Wort, ohne Abschied und ohne auch nur einen einzigen Bissen zu sich genommen zu haben. Der alte Fischer hatte erst einmal alle Hände damit zu tun, das jammernde Kind zu beruhigen, das sie neben ihm am Feuer zurückgelassen hatte. »Nicht weinen, Kleine«, sagte er und gab seiner Stimme den großväterlichen Klang, in dem er seine eigenen Enkel zu trösten pflegte. »Nicht weinen; sie kommt doch wieder, sie kommt doch bald wieder …« Aber irgendwie konnte er selbst nicht so recht an seine Worte glauben.

Aus den schweren dunklen Wolken, die schon den ganzen Tag über dem Land gehangen hatten, begannen erste Tropfen zu fallen. Lusa merkte es nicht. Sie merkte auch nicht, daß der Regen mit Graupel vermischt war und nach und nach in große, nasse Schneeflocken überging, die zu Wasser zerrannen, sobald sie den Boden berührten, und auf ihrem Umhang feuchte Flecken hinterließen. Es dämmerte bereits, und im schwindenden Licht und den wirbelnden Flocken erschien die vertraute Umgebung der Insel merkwürdig fremd. Ein Gefühl der Unwirklichkeit begleitete sie auf dem ganzen Weg vom Fischerplatz zum Heiligtum. Obwohl sie selbst den Feuerschein über der nördlichen Spitze der Insel gesehen hatte und die Worte des Fischers nicht im geringsten anzweifelte, vermochte ihr Herz nicht zu glauben, was ihr Verstand längst begriffen hatte … Als der hohe Wall des Heiligtums aus dem Vorhang des fallenden Schnees unvermittelt vor ihr aufragte, war daher ihr erster Gedanke: es ist ja noch alles in Ordnung. Sie trat durch die weit geöffneten Torflügel.

Der Anblick, der sich ihr dann bot, überstieg ihre schlimmsten Erwartungen. Es war nicht die Zerstörung allein; es war etwas anderes, das jenseits aller Zerstörung lag. Auch hier im Heiligtum waren sämtliche Gebäude niedergebrannt und die Wege mit Trümmern übersät, aber es war mehr als das: jeder Gegenstand, den die Flammen verschont hatten, war beschädigt oder zerbrochen; Krüge und Schüsseln waren zerschlagen, sämtliche Gerätschaften verbogen und verbeult, Spindeln und Webschiffchen der Frauen zertreten, Kleidungsstücke zerrissen, Lederzeug zerfetzt, Vorratsbehälter zerbrochen und der Inhalt ausgeschüttet – und sie erkannte mit Schaudern, daß hier nicht nur der Rausch und der Übermut des Siegers am Werke gewesen waren, sondern Haß, blanker Haß. An der Stelle, wo Telkas Haus gestanden hatte, dieser Ort der Geborgenheit und Wärme, war nur noch ein großer Aschehaufen, und als Lusa wie betäubt davorstand und sich zwang, nach Spuren des einstigen Lebens zu suchen, stieß ihr Fuß an einen Gegenstand. Sie bückte sich danach, entfernte die Asche und betrachtete ihn, als hätte sie ihn noch nie zuvor gesehen, als hätte er nicht die geringste Bedeutung für sie – und sah, daß es eine Hälfte ihrer irdenen Orakelschale war … Mit schlafwandlerischer

Sicherheit griff sie erneut in die Asche zu ihren Füßen und hob auch die andere Hälfte auf, und als sie beide Stücke aneinander hielt, sah sie, daß kein Scherbchen fehlte; fast hätte man meinen können, die Schale sei unversehrt. Starr blickte sie darauf, bis sie irgendwann begriff, daß diese Schale nie wieder geweihtes Wasser aus dem See aufnehmen würde, daß sich nie wieder die Bilder ihrer Gesichte darin spiegeln würden, und plötzlich wurde sie sich der Sinnlosigkeit ihres Tuns bewußt. Sie schüttelte verwundert den Kopf über sich selbst, und dann nahm sie mit einer langsamen Bewegung die Hände wieder auseinander, so daß die Illusion des Heilseins zerbrach. Sie wandte sich ab und setzte ihren Weg fort, mit gesenktem Blick und hängenden Schultern, in jeder Hand eine Hälfte der Orakelschale.

Am heftigsten hatte der Haß dort gewütet, wo die Macht und die heilenden Kräfte am stärksten waren: an der Stätte der Göttin. Die zwölf Eichen, in Jahrhunderten zu ihrer stolzen Höhe herangewachsen, waren in wenigen Augenblicken der gewalttätigen Wut der Sieger zum Opfer gefallen; die gefällten Stämme lagen kreuz und quer am Boden, verkohlt und geborsten, und die Zweige, an denen noch das braune Herbstlaub hing, reckten sich wie hilfesuchende Arme dem dunklen Himmel entgegen. Der Haß auf den alten Glauben mußte den Sachsen die Kräfte von Riesen verliehen haben. Es war ihnen gelungen, fast sämtliche Steine des Kreises umzustürzen, die an diesem Ort seit undenklichen Zeiten aufrecht den Winterstürmen und Sommergewittern getrotzt hatten. Sie lagen am Boden, und manche von ihnen waren durch den Aufprall in zwei oder drei Teile zerbrochen. Niemand würde sie je wieder aufrichten, niemand würde an dieser Stelle je wieder heilige Feuer entzünden und die Bilder künftiger Ereignisse sehen. Die Zeit der Göttin war vorbei. Die Christen würden kommen und, wie sie dies gerne taten, gerade hier, an dieser Stätte, eine ihrer trutzigen Kirchen errichten, in deren Grundmauern sich die Steine wiederfinden würden, die heute gestürzt und entweiht auf dem nassen Boden lagen.

Und ausgerechnet dann, als Lusa dachte, nichts auf der Welt könne ihren Schmerz noch vergrößern, fand sie Valna. Ihr Leichnam lag in sich zusammengesunken am Fuß ihres Steines, eines der wenigen Steine, den die Christen nicht zu stürzen vermocht hatten. Sie hatten ihr die Augen ausgestochen, bevor sie mit ihren Schwertern über sie hergefallen waren, und nach all dem Schrecklichen, was Lusa in den letzten Tagen gesehen hatte, nach all der Rache, Gewalt und Zerstörung, war der unermeßliche

Haß, von dem der verstümmelte und versengte Körper der alten Priesterin zeugte, mehr, als sie noch ertragen konnte. Die beiden Teile der Orakelschale entglitten ihren Händen und schlugen auf den Boden auf, wo sie endgültig in unzählige Scherben zerbrachen. Lusa merkte es nicht. Vor Entsetzen sank sie neben Valna am Fuß des Steins nieder, und sie begann zu schreien, bis ihre Stimme versagte. Als sie nicht mehr schreien konnte, blieb sie reglos auf dem Boden kauern, mit geschlossenen Augen, die Stirn an den kühlen Stein gepreßt, und wünschte sich nur noch den Tod.

Der Schnee fiel immer noch in großen, nassen Flocken, die kein gnädiges Tuch über das verwundete Land und seine Toten ausbreiteten, sondern zu schmutzigen, trüben Rinnsalen zerliefen. Der Tag ging zu Ende; bald würde es Abend werden und Nacht, und der nächste Morgen hielt für Lusa keine Hoffnung mehr bereit, nachdem sie endlich verstanden hatte, daß ihre ganze Welt zerstört war und nie wieder neu erstehen würde. Und wie zuvor beim Anblick von Telkas verbranntem Haus und dem zerstörten Steinkreis kam ihr – jetzt jedoch mit unmißverständlicher Klarheit – zu Bewußtsein, daß alles vorbei war; es war vorbei, und dies waren die ersten Tage einer neuen Zeit, in der es keinen Platz mehr gab für eine Priesterin des Heiligtums. Langsam und wie von selbst tastete ihre Hand nach dem kleinen Messer in ihrem Beutel. Da sprach auf einmal von irgendwoher eine Stimme aus der Dunkelheit: »Tu das nicht! Das ist nicht dein Weg!«

Lusa fuhr auf. Es dauerte eine Weile, bis sie durch den wirbelnden Schnee die hochgewachsene Gestalt eines jungen Mannes ausmachte, der zwischen den Überresten des Steinkreises stand. Er mußte ein Sachse sein, der aus irgendwelchen Gründen noch einmal ins Heiligtum zurückgekommen war, und Lusa, die bereits den Tod gewählt hatte, suchte erneut nach ihrem Messer. Der Mann war ihr gleichgültig. Was immer er mit ihr vorhatte – sie würde ihm zuvorkommen; ein rascher Schnitt, und kein Mensch würde ihr mehr etwas anhaben können ... der Jüngling trat näher, und irgend etwas zwang sie, ihn anzusehen. Merkwürdig, dachte sie, er sieht weder wie ein Sachse noch überhaupt wie ein Krieger aus, und er ist zudem gekleidet wie mitten im Sommer ...

Als ihr Blick schließlich an seinen offenen Sandalen hängenblieb, verwandelte sich ihr Erstaunen in Unglauben, denn der Schnee, der überall zerrann, ruhte ungeschmolzen, weiß und flockig, auf den bloßen Rücken seiner Füße. Lusas Augen wanderten zögernd aufwärts, und sie sah, daß die Flocken auch auf seine Schultern niedersanken, ohne zu tauen, und daß sein dunkles Haar, gehalten von einem Schläfenring, von einem glitzernden Schleier aus Schnee bedeckt war. Auch in seinen Fußspuren, die aus der Mitte des Kreises zu ihr führten, waren die Schneeflocken nicht geschmolzen, und Valnas Leiche lag nicht mehr mit verrenkten Gliedern neben ihr, sondern gerade ausgestreckt wie auf einem Ruhelager, zugedeckt von weißem Schnee wie von einer wärmenden Decke. Nun wußte sie, wer er war, noch bevor sie die Flöte gesehen hatte, die er in der rechten Hand trug, und steckte ihr Messer in den Beutel zurück. Es war nicht mehr nötig. Die Göttin hatte ihr den geschickt, nach dem sie sich gesehnt hatte, und er war gekommen, sie zu rufen.

»Flötenspieler«, sagte sie, ohne daß sie es wagte, in sein Gesicht zu schauen. »Sei mir willkommen!«

Der Flöte entstiegen zwei, drei Töne, die fast wie ein Lachen klangen, und dann sprach er wieder, mit völlig teilnahmsloser Stimme: »Steh auf, Mädchen; dies ist nicht deine Stunde, dies ist nicht dein Weg ...« Lusa rührte sich nicht. Der Flötenspieler sprach abermals, ohne eine Spur von Ungeduld: »Steh auf; es ist jetzt an der Zeit! Lausche meinem Lied, und ... tanze!«

Diese Worte waren so ungeheuerlich, daß Lusa sicher war, sich verhört zu haben; reglos kauerte sie auf dem Boden. »Steh auf, Lusa!« wiederholte der Jüngling. »Steh auf und tanze!« Schwerfällig, mit tauben Gliedern erhob sich Lusa. Tanze ... Vielleicht war das der Weg, um in die andere Welt zu kommen?

»So ist es gut«, vernahm sie die ruhige Stimme, »und nun ... tanze!« Einige unwiderstehlich heitere Töne entstiegen der Flöte. Lusa stand wie angewurzelt. Die fröhliche Melodie – die Aufforderung zu tanzen, hier, inmitten des zerstörten Heiligtums, neben Valnas Leiche; es war unmöglich. Und außerdem wollte sie nicht tanzen, sie wollte sterben, hier und jetzt!

»Ich kann nicht tanzen!« »Warum kannst du nicht tanzen?« »Ich habe noch nie getanzt, in meinem ganzen Leben nicht, denn ich hinke – und außerdem will ich nicht tanzen!« – »Du lebst und willst nicht tanzen?« Die Flöte erklang erstaunt. »Wisse, Kind, du hast gar keine Wahl; du mußt tanzen, *weil* du lebst – hier und heute! Für das Leben mußt du tanzen ...«

Lusa verstand die Worte des Flötenspielers nicht. Sie stand stocksteif, während der schmelzende Schnee ihr über das Gesicht rann. Der Flötenspieler hatte das Instrument von neuem an die Lippen gesetzt und zu spielen begonnen. Es war eine muntere kleine Melodie; sie erinnerte Lusa an ein Kinderlied, das sie mit Darya oft gesungen hatte. Auch der Flötenspieler sang jetzt, nur daß er etwas andere Worte gebrauchte. »Wer soll tanzen, wer soll tanzen«, sang er, »Lusa soll tanzen, Lusa soll tanzen …«, und die Flöte spann den Faden fort. Obwohl sich alles in ihr dagegen sträubte, konnte Lusa sich den vertrauten Klängen nicht länger entziehen. Wie von selbst kamen ihr die nächsten Zeilen über die Lippen, ein Flüstern nur, das in den Flötentönen fast unterging. »Ich bin eine alte Frau, eine lahme Frau, kann nicht tanzen, kann nicht tanzen, tanzen kann ich nicht …«

Aber das Wunder geschah. Ausgerechnet ihr zu kurzes Bein tat den ersten Schritt, ohne daß sie sich dessen bewußt war; zögernd folgte das linke, die Flöte jubelte, noch ein Schritt vor, einer zurück, einer zur Seite, und dann drehte sie sich das erste Mal um sich selbst, und trotz ihres ungleichmäßigen Schrittes strauchelte sie nicht. Lusa tanzte – sie tanzte und tanzte im fallenden Schnee, auf dem aufgeweichten Boden, umgeben von Tod und Zerstörung, und mit jedem Ton der Flöte wurde ihr leichter, wurden ihre Schritte federnder und ihre Bewegungen gelöster. Der Flötenspieler spielte längst eine andere Melodie, eine Melodie, die so kraftvoll war wie das Rauschen der Meereswellen, das Brausen des Winterwindes, der die Baumwipfel biegt, wie das Donnern galoppierender Pferdehufe. Dann und wann mischten sich zartere Klänge darunter, süß wie das Lied der Lerche, friedlich wie das Murmeln eines Baches und sanft wie das Abendlied, das die Mutter ihrem Kind singt. Es war das Lied des Lebens, und Lusas Füße fanden für jeden Ton einen Schritt, und mit jedem Schritt gewann sie das Leben für sich zurück. Sie drehte sich und wollte nicht mehr sterben, sie wiegte sich hin und her und verspürte von neuem die Liebe zum Leben, und während sie noch hüpfte und sprang, erkannte sie ihren Weg. Er führte nach Smilov.

Svetlav

Es war so, wie Lusa es in ihren schlaflosen Nächten am alten Fischerplatz unter dem umgedrehten Boot gespürt hatte: Svetlav befand sich weder unter den Lebenden noch unter den Toten. Sein verletzter Körper lag auf einem dürftigen Lager aus Stroh, allerdings nicht mehr in dem verfallenen Schafstall, wo der Knabe ihn in den ersten Tagen vor den marodierenden Horden versteckt hatte, sondern am rußenden Feuer einer ärmlichen Hütte, durch deren geflicktes Dach an verschiedenen Stellen der Regen tropfte und in der es kaum weniger nach Schafen roch.

Der Knabe hatte den fremden Krieger in der Nacht nach dem großen Kampf gefunden, als er barfüßig, einen großen Sack über der Schulter, vorsichtig über das Schlachtfeld huschte auf der Suche nach brauchbaren Gegenständen, die das Leben in der kleinen Hütte am Rand von Smilov erleichtern könnten. Gewiß, es war gewagt, sich in der allerersten Nacht dort draußen herumzutreiben, denn auch die Feinde waren unterwegs, um die Gefallenen zu plündern und den Verletzten die Kehlen durchzuschneiden, und außerdem waren dies die Stunden, in denen sich, wie jeder wußte, die Seelen der Toten sammelten, um gemeinsam in die andere Welt zu ziehen, und wehe dem Lebenden, den sie in ihrer Nähe erwischten: der wurde glatt mitgenommen ins Jenseits, ob er soll oder nicht! Sladko, der Junge aus Smilov, erschauerte, denn gerade jetzt fielen ihm schlagartig die schaurigen Geschichten ein, die man sich abends am Feuer erzählte, und er wußte nicht, was er mehr fürchten sollte: die lebendigen Feinde oder die Toten … Und doch war es diese erste Nacht, in der man mit der größten Ausbeute rechnen konnte, bevor all die anderen dagewesen waren, und wie unermeßlich wertvoll wären ein Paar lederne Schuhe oder gar ein unversehrtes Wams!

Sladko zwang sich also, mutig weiterzugehen, auch als er auf die ersten Toten traf, aber er konnte sich nicht überwinden, die Hand auszustrekken und sie nach ihrem Hab und Gut abzutasten, aus Angst, in eine blutige Wunde zu fassen oder vielleicht von der kalten Hand eines Leichnams am Arm gepackt und festgehalten zu werden – wer wußte es denn? Er stieß auf ein Bündel aus grobem Stoff, das ein Umhang sein mochte, und erleichtert, daß sich dessen Träger nicht in der Nähe befand, bückte er sich danach und hob es auf. Langsam ging er weiter. Sobald sich in seiner Nähe etwas regte oder bewegte, blieb er wie angewurzelt stehen, kauerte sich am Boden nieder und widerstand tapfer dem Wunsch davonzurennen, dennoch spürte er jeden Augenblick in seiner Einbildung den kalten Stahl eines sächsischen Messers oder den eisigen Hauch eines wandelnden Toten ...

Er war noch nicht weit gekommen, als er den fremden Krieger fand. Sein Fuß war unvermittelt gegen etwas Weiches gestoßen – und er hatte es trotz der kurzen Berührung deutlich gespürt: der Körper des Mannes, der vor ihm ausgestreckt am Boden lag, war warm ... Der Mann lebte noch! Erschrocken kniete Sladko nieder. Seine an die Dunkelheit gewöhnten Augen hatten sogleich das veligardische Kettenhemd erkannt, und an dem kurzen, offenen Lederwams, das der Krieger darüber trug, schimmerte glatt und silbern im schwachen Licht der Sterne das verschlungene Zeichen der großen Göttin. Sladko hielt den Atem an und bemühte sich, einen klaren Gedanken zu fassen. Der hier vor ihm lag, war einer der Seinen, ein Bodrice, und bestimmt einer derjenigen, die heute am tapfersten gekämpft hatten. Sladko wußte, daß die überlebenden Veligarder sich mit ihrem verwundeten Fürsten und dem Rest des Heeres nach Osten zurückgezogen hatten, weit hinter die Wälder, und eins war gewiß: von dort würde dem fremden Krieger keine Hilfe zuteil werden. Andererseits würde der nächstbeste Mann des Feindes, der das Schlachtfeld nach Beute oder Überlebenden absuchte, auf ihn stoßen; es war nur eine Frage der Zeit ...

Der Junge begriff, daß es von seiner Entscheidung in diesem Augenblick abhing, ob der Fremde leben oder sterben würde, und da wußte er, was er zu tun hatte. Weder die schönen Stiefel des Veligarders noch das Wams mit der kostbaren Brosche zählten – er, Sladko, würde heute nacht einem bodricischen Krieger das Leben retten, und die große Göttin würde diese Tat gewiß gern sehen – und außerdem, wer konnte schon sagen, ob der Verwundete vielleicht gar ein veligardischer Fürst oder ein berühmter Held war! Der Gedanke, daß das Schicksal eines womöglich so bedeutenden Mannes in seiner Hand lag, beflügelte den Knaben. Vergessen waren Furcht und Zaudern, und auch der schaurige Siegesgesang, der vom fernen Ende des Schlachtfeldes aus dem Lager des Feindes herüberklang, vermochte ihn nicht zu beeindrucken; im Nu hatte er aus den leichten Zweigen einer nahestehenden Birke und dem gefundenen

Umhang eine Art Trage gebaut, auf der er den fremden Krieger hinter sich herziehen konnte. Sladko stand erst am Beginn seines zehnten Winters, aber er war ein kräftiger und geschickter Junge, und sein Vorhaben gelang ihm, ohne daß er den Verletzten zu heftig bewegen mußte, was – wie er wußte – den Wunden abträglich gewesen wäre.

Schritt für Schritt erreichte er schließlich den Rand des Schlachtfeldes und hielt einen Augenblick inne, um zu verschnaufen. Wohin sollte er sich jetzt wenden? Nach Smilov, das zwar nur hinter dem nächsten Hügel lag, war es mit seiner schweren Last zu weit – außerdem würde er erst den Oheim fragen müssen, ob er einen verwundeten Krieger an sein Feuer bringen durfte, und Sladko wußte nur zu gut, wie knapp der Platz in der kleinen Hütte war, in der auch er nach dem frühen Tod seiner Eltern nur geduldet wurde ... Der Junge seufzte. O Göttin, dachte er, falls dieser Mann unter deinem besonderen Schutz steht, dann hilf mir – zeige mir einen Ort, wo ich ihn in Sicherheit bringen und er die nächsten Tage überstehen kann!

In unvorstellbar weiter Ferne, am Rand der Welt, vernahm die Göttin den flehenden Ruf und lächelte. Sie lenkte den Blick des Knaben auf die dunklen Umrisse eines alten Schafstalls, der ganz in der Nähe lag, und Sladko fragte sich erstaunt, weshalb er nicht gleich daran gedacht hatte. Verborgen hinter Brombeersträuchern und Wacholder, stand in einer kleinen Mulde ein windschiefer, halb verfallener Verschlag, ein notdürftiger Unterstand bei schlechtem Wetter, verlassen und vergessen, genau der richtige Ort. Kein umherstreifender Sachse würde hinter den morschen Brettern einen Menschen vermuten, und bis er die Erlaubnis hatte, den fremden Krieger in die Hütte am Rand des Dorfes zu holen, konnte dieser hier ruhen. Und so fand Svetlav sein erstes Lager, kaum dreihundert Schritte vom Schlachtfeld entfernt, zugedeckt mit einem fremden Umhang, der eine ganze Familie hatte wärmen sollen.

Sladko berichtete seinem Oheim gleich am nächsten Morgen von dem fremden Krieger, den er im alten Schafstall versteckt hatte, und der Onkel nahm die Nachricht mit einem Seufzen auf, denn es wäre ihm lieber gewesen, wenn der Neffe Brauchbareres als einen verwundeten Mann vom Schlachtfeld mitgebracht hätte. »Es ist wohl eine gute Tat«, sprach er bedächtig, »aber nicht immer erwächst einem daraus auch Heil! Nun, wir werden sehen ... Zunächst war es klug von dir, daß du den Veligarder nicht ins Dorf gebracht hast, denn die Sachsen werden uns in den nächsten Tagen hier sicher öfter besuchen, als uns lieb ist, aber danach – falls

dein Krieger dann noch am Leben ist – soll ihm unser Feuer nicht verwehrt werden; wer weiß, vielleicht lohnt er es uns ja später!«
Sladkos Sippe war bitterarm, wie viele Kätner in den abgelegenen Weilern, und es mußte wohlüberlegt sein, wenn man einem Fremden Gastfreundschaft gewährte. Ein zusätzlicher Esser, noch dazu auf unabsehbare Zeit krank, und das zu Beginn des Winters, war eine schwere Bürde, die eine arme Familie in noch größere Not stürzen konnte, und so jung Sladko war, er wußte dies wohl und rechnete es seinem Onkel daher hoch an, daß er bereit war, das Gebot der Gastfreundschaft über die Sicherung des eigenen Lebensunterhaltes zu stellen. Und er selbst wollte wahrlich alles tun, was in seiner Macht stand, damit der Fremde am Leben blieb und in den Genuß des wärmenden Feuers kam!
Es dauerte drei Tage, bis die feindlichen Krieger endlich aus der Gegend von Smilov abgezogen waren. Nachdem sie gemerkt hatten, daß es für sie im Dorfe nichts zu holen gab, hatten sie schnell das Interesse verloren und sich lohnenderen Zielen zugewandt – so wie Racigard auf den Inseln. Sladko hatte getreulich bei Svetlav Wache gehalten, immer voller Hoffnung, daß der fremde Krieger das Bewußtsein wiedererlangen würde, aber der hatte nur einmal, im ersten Morgengrauen, die Augen kurz geöffnet und gefragt, wo er sei; danach war er wieder in den Dämmerzustand des Todkranken versunken. Einmal, nach Anbruch der Dunkelheit, war Sladkos Tante gekommen und hatte sich notdürftig um die Wunden gekümmert. Dabei hatte sie scheu über die silberne Brosche auf der Brust des Kriegers gestrichen. »Es wird sich gewiß alles zum Guten wenden«, hatte sie dem Jungen zugeflüstert, »er steht ja unter dem Schutz der großen Göttin!«
Am Abend des vierten Tages nach der Schlacht holte der Oheim den Verletzten endlich zu sich ans Feuer, und dort ruhte er seitdem auf dem frischesten Stroh, das es in der Hütte gab, regungslos, mit wachsbleichem Gesicht, die durchscheinenden Lider geschlossen. Am nächsten Tag gegen Abend begann es zu schneien, und Sladko war glücklich, daß sein Krieger nicht mehr in dem offenen Verschlag ausharren mußte, sondern in der Wärme der Kate geborgen war, auch wenn er davon vielleicht nichts spürte. Aber noch am selben Tag änderte sich der Zustand des Verletzten; er warf unruhig den Kopf hin und her, und seine Lider flatterten, als wollte er mit aller Kraft die Augen öffnen. Die Tante flößte ihm aus einer hölzernen Schale klares Wasser ein, während Sladko seinen Nacken stützte und die jüngeren Vettern und Basen verscheuchte, die

sich mit großen Augen neugierig um das Lager drängten. Der fremde Krieger stöhnte und murmelte Worte, die sie nicht verstanden, aber sie wichen die ganze Nacht nicht von seiner Seite und redeten ihm gut zu, bis er im Morgengrauen endlich einschlief und sie auch ein wenig Ruhe fanden.

Svetlavs Geist wanderte seit Tagen zwischen den Welten, in einem verschwommenen, konturlosen Reich, in dem Licht und Schatten einander abwechselten, ohne Formen zu bilden, die ihm vertraut waren. Er ließ sich treiben, denn er wußte nicht, wohin er gehörte, und wartete einfach auf den Ruf der einen oder der anderen Welt. Irgendwann wurden die Schemen deutlicher und bunter; er begann, Dinge bewußt wahrzunehmen, und das erste, was er erkannte, war die Gestalt der grüngekleideten Göttin, wie sie ihm einst im hohen Gras der geheimen Pfade erschienen war. Wieder sah er nur ihren Rücken, aber sie schien ihm ein Zeichen zu geben, daß er ihr folgen sollte, und ohne Zögern wanderte sein Geist hinter ihr her, nichts fürchtend, nichts erhoffend. Sie schritten durch einen lichten Wald aus hohen, schlanken Buchen und zugleich durch die Zeit, denn die zarten, maigrünen Blätter wurden voller und nahmen eine dunklere Farbe an, die schließlich in leuchtendes Rotbraun überging. Wie er es schon einmal gesehen hatte, verwandelte sich auch die Göttin; sie wurde Siwa, die Herrin der Reife und der Ernte, und ihr Gewand nahm den gleichen tiefgoldenen Farbton an wie ein Gerstefeld am Ende des Sommers. Weiter führte der Weg; es wurde Abend und Winter zugleich, und Rauhreif und Schnee überzogen die nunmehr kahlen Bäume und das weiche Moos am Boden. In der Ferne erkannte Svetlav nebelhaft die Umrisse eines Kreises aus stehenden Steinen, fast genau wie im Heiligtum von Racigard, nur daß dieser Kreis in völliger Einsamkeit auf einem freien Feld stand, das jetzt unter einer Decke aus glitzerndem Schnee verborgen lag. Die Göttin war inzwischen Morana, im nachtblauen Gewand, alt, weise und mächtig, und in der Mitte des Steinkreises begann sie sich langsam im Tanz zu drehen. Sie tanzte, bis die Sonne wieder aufging und es gleichzeitig Frühling wurde, und die Sonne stieg, und mit dem Mittag kam der Sommer, und als sie sank und schließlich unterging, fielen leichte Schneeflocken aus dem dunklen Himmel. Dann begann sich das Rad von neuem zu drehen; Vesna, Siwa, Morana; Wachstum, Ernte, Stillstand; immer wieder, bis Svetlav verstanden hatte, daß es so bis an das Ende aller Zeiten sein würde. Das Rad des Lebens würde

sich drehen und drehen, das Rad des Lebens … des Lebens … In diesem Augenblick schlug er die Augen auf, und als erstes nahm er stöhnend die Schmerzen seines Körpers wahr.
»Er ist wach!« rief der magere Knabe, dessen Gesicht er irgendwann schon einmal gesehen hatte. »Er ist wach, und er hat ganz klare Augen!« Sogleich eilte eine verhärmte junge Frau herbei und beugte sich über ihn, und eine ganze Reihe schmutziger kleiner Gesichter tauchten an seiner Seite auf und strahlten ihn an, und Svetlav begriff. »Dies also ist Smilov«, sagte er, und die Freude, die daraufhin aus den fremden Augen sprach, war deutlicher als jede Antwort.

Es war am Nachmittag desselben Tages. Svetlavs Gedanken hatten zu kreisen begonnen, um die Schlacht und alles, was geschehen war, und die Sorge um Lusa quälte ihn übermächtig, so daß er schließlich müde und erschöpft die Augen schloß und sich den angenehmen Erinnerungen an seinen Traum von der Göttin überließ. Plötzlich spürte er einen kalten Luftzug im Gesicht und gleichzeitig die ungewohnte Helligkeit des Tageslichts durch die geschlossenen Lider. Blinzelnd öffnete er die Augen. Sladko war fortgegangen, um Wasser zu holen, und in seiner Eile hatte er die niedrige Tür weit offen gelassen. Die Sonne schien, aber es war nicht Frühling oder Sommer wie im Tanz der Göttin, sondern Winter: draußen erstreckte sich eine dünne weiße Schneedecke, so weit Svetlav blicken konnte, und gab das Licht tausendfach zurück. Durch die Tür sah er in der Ferne die Gestalt einer Frau, die in einen langen, dunkelblauen Umhang gehüllt war und sich scharf vor dem weiß glitzernden Hintergrund abzeichnete. Das Bild ähnelte so sehr denen seiner Träume, daß er im ersten Moment dachte, es müsse Morana sein, und er lächelte bei dem Gedanken. Die Frau kam näher, und als sie nicht mehr weit von der Hütte war, bemerkte er, daß sie ein kleines Kind an der Hand hielt, dessen blonder Haarschopf in der Wintersonne leuchtete. Mit einem Mal war Svetlav hellwach. Durch die offene Tür konnte er sie nun frei und ungehindert sehen, von Kopf bis Fuß; und aus seinem Lächeln wurde ein überglückliches Lachen: die Göttin, die mit dem Kind an der Hand auf die Kate zukam, zog deutlich das rechte Bein nach …
Ja, er täuschte sich nicht, es war Wirklichkeit, herrliche Wirklichkeit: sie hinkte – und er nahm das Bild in sich auf wie den Tanz des Lebens.

Nachwort

Der Roman, der in den Jahren 1089 bis 1093 im heutigen Schleswig-Holstein und Mecklenburg spielt, beruht auf historischen Ereignissen. Dazu zählen insbesondere die im ersten Lied des Flötenspielers erwähnten Fehden zwischen den christlichen und heidnischen Fürsten, die sich über fast 150 Jahre hinzogen; ferner die Vertreibung und Rückkehr des nakonidischen Herrscherhauses in das wagrisch-polabische Stammland nebst den vorangegangenen Überfällen auf die Küstenstriche. Authentisch sind weiterhin die Ermordung Krutos durch einen Gefolgsmann von Heinrich, die im Anschluß daran erfolgte Eheschließung mit Krutos Witwe Slavina und der dem Sachsenherzog Magnus Billung unverzüglich geleistete Lehenseid, der – wie sich rund 35 Jahre später nach Heinrichs Tod herausstellte – zur völligen Abhängigkeit Wagriens und Polabiens von Sachsen und zur Zersplitterung des Obotritenreiches führte. Geschichtliche Tatsachen sind außerdem der umfassende Ausbau der Burg Alt-Lübeck in den Jahren unmittelbar nach Heinrichs Rückkehr sowie die Schlacht von Schmilau.

Ausgang und grober Verlauf der Schlacht von Schmilau halten sich gleichfalls an die historischen Überlieferungen. So erwähnt zum Beispiel der Mönch und Chronist Helmold von Bosau in seiner um 1170 geschriebenen *Slawen-Chronik* die »Verzögerungstaktik« des Sachsenherzogs bezüglich des Schlachtbeginns wegen noch ausstehender Hilfstruppen und den Umstand, daß die tief stehende Sonne das Heer der obotritischen Stämme geblendet und diesem so den Kampf erschwert habe.

Die Namen des polabischen und des mecklenburgischen Fürsten sind hingegen nicht überliefert. »Radomir« ist frei erfunden; »Niklot« orientiert sich an einem später lebenden Fürsten gleichen Namens, der vom zeitlichen Rahmen her der Sohn oder Enkel meines Niklot sein könnte. Was das Heiligtum in Ratzeburg angeht, so ist bekannt, daß die Polaben an der Stelle des heutigen Domes einer Fruchtbarkeitsgöttin namens Siwa huldigten. Ich habe mir die Freiheit genommen, aus dieser eine dreigestaltige Göttin zu machen, um so den allesbestimmenden Wechsel der Jahreszeiten (damals war nur eine Dreiteilung in Frühlung, Sommer und Winter üblich) zu verdeutlichen. Die beiden anderen Namen der

Göttin, »Vesna« und »Morana«, sind gleichfalls nicht erfunden, sondern als Namen der Göttinnen für Frühling und Wachstum sowie für Winter und Tod der *Encyclopaedia Britannica* unter dem Stichwort *»Slavs – Culture and Religion«* entnommen. Svetovit, auch Sventovit, ist ein anderer Name der bekannten slawischen Gottheit Svantevit. Die Gestalt des Flötenspielers beruht wie die restlichen Personen auf Phantasie.
Sofern die geographischen Bezeichnungen nicht tatsächlich überliefert sind wie »Liubice« für Alt-Lübeck, »Starigard« für Oldenburg, »Veligard« für Mecklenburg und »Bodricen« (Bodrizer) für die Obotriten, wurden sie »slawisiert« – selbstverständlich ohne Anspruch auf Richtigkeit. Manche Ableitungen waren einfach, zumal wenn noch identifizierbare slawische Vorsilben wie *po/pod* = an, bei oder *sa* = hinter vorhanden waren. Andere Namen sind slawisch »inspirierte« Erfindungen, wie »Racigard« für Ratzeburg und »Smilov« für Schmilau, wobei es mir natürlich auf den »richtigen« Klang ankam und nicht auf eine konkrete sprachliche Ableitung.
Für den Leser ist sicher von Interesse, daß sämtliche Orte tatsächlich existieren und besucht werden können. Bei bekannten Orten wie Oldenburg, Ratzeburg und Mecklenburg (bei Wismar) liegt dies wohl auf der Hand; es gilt aber zum Beispiel auch für das Dorf Schmilau und die sich davor erstreckende, noch heute kaum bewohnte Ebene. Der Höhenrükken mit dem im Roman erwähnten Grabhügelfeld befindet sich in der Tat westlich von Schmilau in der Gemeinde Fredeburg.
Was danach geschah: Einiges kann man dem Lied des Flötenspielers entnehmen, das Fürst Heinrich sein weiteres Schicksal prophezeit und sich darin an die geschichtlichen Tatsachen hält. Heinrich regierte von Alt-Lübeck aus bis zum Jahr 1127, und noch heute vermerken Historiker erstaunt, daß er während dieser ganzen langen Zeit keine entschlossenen Missionierungsversuche bei seinen Landsleuten unternahm. Die Phantasie kennt dafür natürlich den Grund: diese Scheu vor dem alten Glauben, die gar nicht so recht zu Heinrichs heftigem und draufgängerischem Charakter passen will ... ist das Verdienst des Flötenspielers ... Schließlich aber erteilte Heinrich im Jahre 1126 Vizelin, dem späteren Bischof von Oldenburg, die Missionserlaubnis und besiegelte damit vielleicht sein eigenes Schicksal: nur ein Jahr darauf, 1127, wurde der Fürst ermordet.
Den Nachkommen Heinrichs war kein Glück beschieden. Seine Söhne bekämpften sich zunächst gegenseitig, und bis 1129 waren alle Nachfah-

ren eines gewaltsamen Todes gestorben. Mecklenburg blieb nach der Schlacht von Schmilau in der ganzen folgenden Zeit noch ein von Heinrich unabhängiges Fürstentum, bis dem die sogenannten »Wendenkreuzzüge« des welfischen Herzogs Heinrich der Löwe ein Ende setzten. Soviel zum authentischen Hintergrund des Romans. Die tatsächlichen historischen Ereignisse sind jedoch nur Hintergrund, nicht Gegenstand dieser Geschichte, und dementsprechend sage ich jetzt zum Schluß auch nicht: »So ist es gewesen!«, sondern mit einem Augenzwinkern »So könnte es gewesen sein …«

Renata Petry

Jean-Christophe Grangé

Der Flug der Störche

Thriller

368 Seiten, Geb.

ISBN 3-431-03432-2

Der Schweizer Ornithologe Max Böhm hatte den jungen Louis Antioche beauftragt, herauszufinden, warum die Störche in diesem Frühjahr nicht an ihre gewohnten Nistplätze zurückkehrten. Nun ist Böhm tot; die Umstände seines Todes sind rätselhaft. In Böhms Nachlaß finden sich Fotos, die beweisen, daß der Storchenforscher ein schreckliches Geheimnis bewahrte.

Antioche verfolgt auf eigene Faust den Weg der Störche von Europa nach Zentralafrika. Die Stationen seiner Reise werden zu Etappen einer rätselhaften Mordserie. Bald stellt sich heraus, daß das Verschwinden der Störche in Zusammenhang mit einem organisierten Diamantenschmuggel steht. Was aber haben die Störche mit den furchtbaren Morden zu tun? Antioche folgt der blutigen Spur der Störche über Bulgarien und Israel nach Zentralafrika und weiter nach Kalkutta. Seine Nachforschungen werden zu einer Reise in das Grauen.

„Ein Roman mit Hochspannung – eine Reise am Rande der Angst.“ *Le Figaro Magazin*

„Ein Thriller der Extraklasse, der den amerikanischen Bestsellern in nichts nachsteht.“
Le Republicain Lorrain

Renata Petry

Die falsche Reliquie

Roman
224 Seiten. Geb.
ISBN 3-431-03366-0

Mitte des 15. Jahrhunderts: Hartnäckig halten sich Gerüchte, nach denen im Kloster Cismar mit einer gefälschten Reliquie unlautere Geschäfte mit den ahnungslosen Wallfahrern gemacht werden. Der Bischof von Lübeck entsendet seinen jungen, naiven Neffen Martinus – als Novizen getarnt – in das Kloster, um diesen Gerüchten nachzugehen.

Martinus nimmt seine verdeckten Recherchen auf und kommt schließlich der Wahrheit über die falsche Reliquie und dem Geheimnis eines vor langer Zeit ermordeten Mönchs auf die Spur. Dabei gerät er selbst in höchste Gefahr.

Im Laufe von Martinus' Nachforschungen lichtet sich der Nebel über den Weg der Blutreliquie aus dem Kaiserlichen Palast zu Konstantinopel in das abgelegene Kloster an der Ostsee und über dem Schicksal des Mönchs Raphaelus, der zufällig das Geheimnis entdeckt hatte und dafür sterben mußte.

Spannend und mitreißend schildert dieser Roman auf der Grundlage authentischer Ereignisse die geheimnisvollen Vorgänge hinter den Klostermauern von Cismar.

Ehrenwirth Verlag München

Ursula Sachau

Lucas, der Maler

Biographischer Roman
ca. 360 Seiten. Geb.
ISBN 3-431-03417-9

Rom, im Jahre 1523. Papst Clemens VII. bebt vor Zorn. „Sieh es dir an!“ schreit er, ungeachtet seiner Würde, seinen Sekretär an. „Eine Mißgeburt von einem Esel, aufrecht stehend, von Schuppen bedeckt, mit Brüsten wie ein Weib – darüber in fetten Lettern ‚Der Papstesel von Rom‘! Wir sind gemeint, uns stellt man so dar! – Wir wollen wissen, wer das gezeichnet hat, und er soll seiner gerechten Strafe nicht entgehen.“ Der Sekretär braucht nicht lange, um die Antwort zu finden: „Lucas Cranach nennt sich der Maler – er lebt in dem Ketzernest Wittenberg und steht in Verbindung mit diesem Luther.“

Aufgrund der Ermittlungen, mit denen Pater Johannes vom Vatikan beauftragt wird, entsteht in der Form eines biographischen Romans ein farbiges, detailreiches Lebensbild Lucas Cranachs des Älteren. Entlang der spannenden Romanhandlung wird Cranach in den verschiedenen Stationen seines Lebens, als Maler, Werkstattgründer, Politiker, Geschäftsmann, Immobilienbesitzer, Stadtrat und Bürgermeister, ebenso anschaulich greifbar wie in seinen Beziehungen zu Albrecht Dürer und Martin Luther. Es ergibt sich ein sorgfältig recherchiertes Lebensbild eines der bedeutendsten Meister, den die deutsche Kunstgeschichte aufzuweisen hat.

Cornelia Oelwein

Lady Jane Ellenborough

Eine Frau beeindruckt ihr Jahrhundert
ca. 280 S., mit 32, teilweise unveröffentlichten, Abbildungen, Geb.
ISBN 3-431-03434-9

Lady Jane Ellenborough war eine der faszinierendsten Frauen des 19. Jahrhunderts.

Mit 16 Jahren fiel sie als umworbene Schönheit bei den prunkvollen Bällen der englischen High Society auf, mit 17 heiratete sie den doppelt so alten Lord Ellenborough. Schon zwei Jahre später genoß sie in aller Öffentlichkeit ihre Romanze mit dem österreichischen Prinzen Schwarzenberg; die bald folgende Scheidung von Lord Ellenborough machte den Skandal perfekt.

Trotz der vielen Skandale und Gerüchte um Lady Jane hatte sie stets Zugang zu den Hochgestellten und Mächtigen ihrer Zeit. In München wurde König Ludwig I. ihr größter Verehrer; den Kontakt zu ihm hielt sie noch aufrecht, als sie bereits als Ehefrau des Grafen von Venningen in Weinheim lebte.

Nach mehreren gescheiterten Ehen reiste Lady Jane in den Orient, wo sie einen angesehenen Beduinenscheich heiratete. Auch sie selbst stand bald in hohem Ansehen; als in Damaskus die Massaker an der christlichen Bevölkerung losbrachen, rettete sie vielen Menschen das Leben. Nach drei Jahrzehnten in Syrien starb sie 1881 an der Cholera. Ihr Grabstein in Damaskus ist noch heute zu besichtigen.

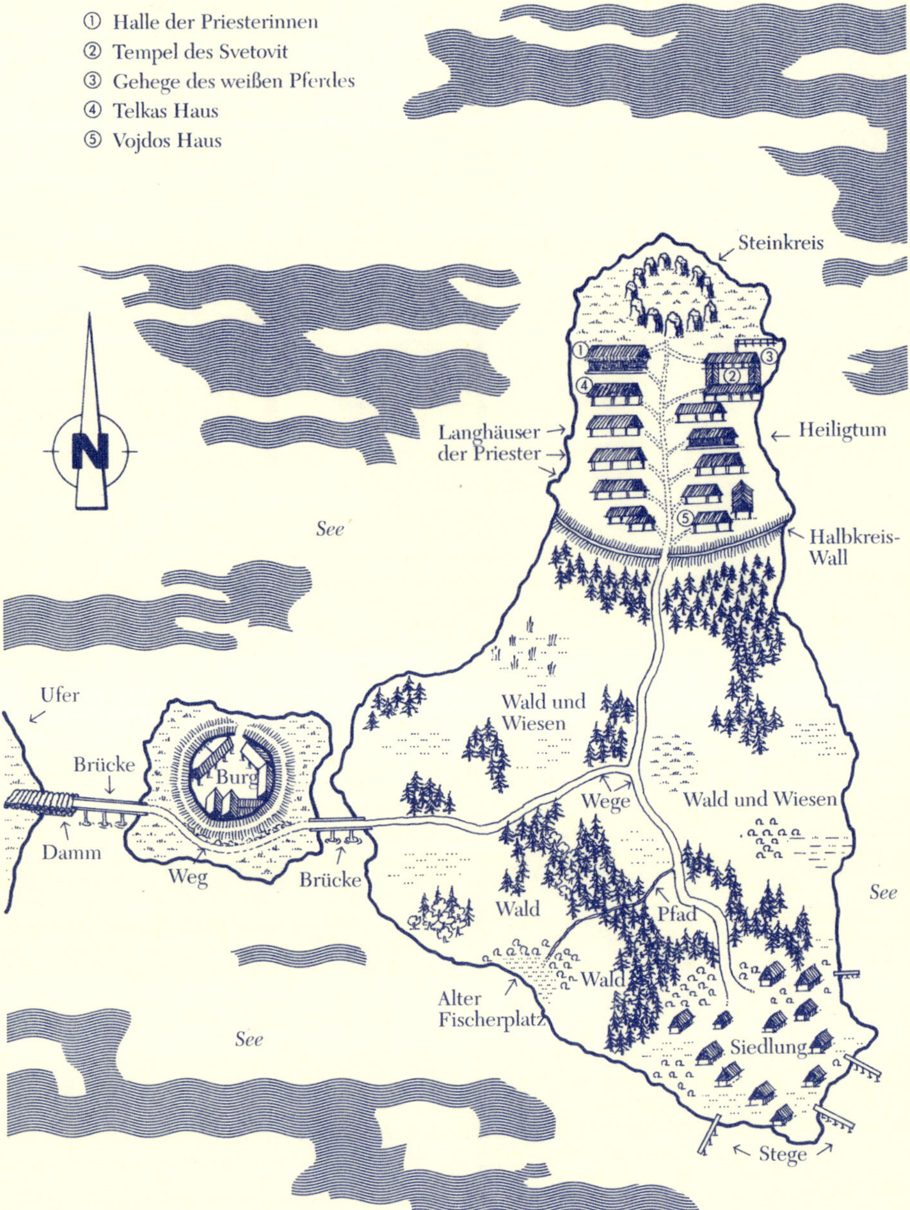

Die Inseln von Racigard